En la línea de fuego

LA TRAMA

En la línea de fuego

James Brabazon

Traducción de María Cristina Martín Sanz

Papel certificado por el Forest Stewardship Council®

Título original: *The Break Line*
Publicado originalmente en inglés por Penguin Books, Ltd., Londres
Todos los derechos reservados

Primera edición: julio de 2019

© 2018, James Brabazon
© 2019, Penguin Random House Grupo Editorial, S. A. U.
Travessera de Gràcia, 47-49. 08021 Barcelona
© 2019, María Cristina Martín Sanz, por la traducción

Cita de la p. 9: Joseph Conrad, *El corazón de las tinieblas*, Debolsillo, 2003
© 2003, Sergio Pitol, por la traducción de la cita de la p. 9

Penguin Random House Grupo Editorial apoya la protección del *copyright*.
El *copyright* estimula la creatividad, defiende la diversidad en el ámbito de las ideas
y el conocimiento, promueve la libre expresión y favorece una cultura viva.
Gracias por comprar una edición autorizada de este libro y por respetar las leyes del *copyright*
al no reproducir, escanear ni distribuir ninguna parte de esta obra por ningún medio sin permiso.
Al hacerlo está respaldando a los autores y permitiendo que PRHGE continúe publicando libros
para todos los lectores. Diríjase a CEDRO (Centro Español de Derechos Reprográficos,
http://www.cedro.org) si necesita fotocopiar o escanear algún fragmento de esta obra.

Printed in Spain — Impreso en España

ISBN: 978-84-666-6605-3
Depósito legal: B-12.886-2019

Impreso en Liberdúplex
Sant Llorenç d'Hortons (Barcelona)

BS 6 6 0 5 3

Penguin
Random House
Grupo Editorial

Para Joy

...toda esa vida misteriosa y primitiva que se agita en el bosque, en las selvas, en el corazón del hombre salvaje. No hay iniciación para tales misterios. Ha de vivir en medio de lo incomprensible, que también es detestable. Y hay en todo ello una fascinación que comienza a trabajar en él. La fascinación de lo abominable. Podéis imaginar el pesar creciente, el deseo de escapar, la impotente repugnancia, el odio.

Joseph Conrad,
El corazón de las tinieblas

PRÓLOGO

La última luz

Domingo, 27 de marzo de 1994

Todo comenzó hace mucho tiempo. Por aquel entonces, yo tenía diecinueve años y era soldado. No era un asesino.

Aquella tarde me llamaron al despacho del coronel Ellard. Mandó a un ordenanza, el cual me dijo que le acompañara de inmediato con mi fusil. Pregunté si me había metido en algún lío, y él se encogió de hombros con una sonrisa.

—Hay un tipo trajeado con el coronel. Tienen prisa.

Salimos disparados por el pasillo. El ordenanza sonrió otra vez y se quedó fuera, no quería que le enviasen a hacer más recados, así que entré solo en el despacho. Dentro encontré al coronel Ellard y al individuo que llevaba todo el día observándome sentado a un lado, justo detrás de la puerta. Me costaba distinguirlo con claridad.

Aquella mañana, cuando el sargento mayor nos permitió tomarnos un descanso para echar un pitillo, reparé en él: estaba junto a la verja principal, de pie en el lado de dentro de la alambrada. Hacía poco que había amanecido y todavía hacía frío. Tenía las manos embutidas en los bolsillos del pantalón de un traje gris oscuro y me miró fijamente mientras yo encendía y me fumaba medio Marlboro. La chaqueta llevaba un forro de seda roja que brillaba cuando la agitaba el viento y unas estrechas solapas que enmarcaban una camisa blanca abierta en el cuello. Aplasté el cigarrillo en una papelera galvanizada, y al devolverle la mirada, se volvió y echó a andar a paso vivo hacia el comedor de oficiales. No llevaba abrigo y estaba sin afeitar, lo cual me hizo preguntarme de dónde habría salido.

Aquel mismo día volví a verle, esta vez hablando con el coronel Ellard. Me señalaron mientras disponía mi equipamiento (el fusil, la funda, el visor, el supresor y una caja de veinte municiones) y acto seguido echó a andar hacia mí. Me tumbé boca abajo en la línea de tiro y, sin presentarse, se arrodilló y me preguntó si veía el perno de retención que sujetaba el objetivo, a cien metros. Levanté la vista hacia Ellard, que me hizo un gesto de asentimiento. Volví a la mira del fusil y respondí que sí. El individuo me dijo que disparase, y así lo hice. A continuación me volví hacia él, que estudió mi rostro con detenimiento, como si estuviera buscando algo que hubiera perdido, y se largó.

Una vez en el despacho permanecí de pie, en posición de descanso. Según era la costumbre de Raven Hill, no se intercambiaban saludos, pero en presencia del coronel uno nunca podía relajarse del todo. Hablaba en una voz tan baja que en la cancha de tiro costaba trabajo oírle, y tenía tanta paciencia con nosotros que daba la sensación de que focalizaba toda su atención en ti, y en nada más que en ti. Era el último oficial irlandés del ejército británico que había ascendido a lo más alto del escalafón empezando desde abajo. «No desde soldado raso, sino desde el pozo», les decía a los nuevos reclutas. Antes de enrolarse, se dedicaba a extraer carbón tumbado boca arriba en las minas de Arigna, en el condado de Roscommon. Y ahora era un jefazo. Esperaba, y recibía, obediencia absoluta. No temíamos encolerizarle, sino decepcionarle. Y, como sus métodos funcionaban, nos plegábamos a ellos sin cuestionarlos. Además, nos tenía a todos aterrorizados porque, aunque nos caía bien, no le entendíamos. Enseguida aprendí que, en el Ejército, sin el acicate del miedo era imposible progresar en lo que fuera.

Sentado detrás del escritorio de nogal, el coronel Ellard me indicó con una seña que le entregara el fusil, de modo que saqué el cargador, accioné el pasador dos veces para mostrar que la recámara estaba vacía y se lo entregué. Su política era que siempre tuviéramos las armas en código ámbar: con el cargador lleno y nada en la recámara. Lo dejó con cuidado encima de la mesa.

—Gracias. Fuera encontrará un Mercedes de color negro. Móntese y espere. No conducirá usted.

Hice ademán de marcharme, pero él levantó la mano derecha para impedírmelo y señaló al otro individuo con la cabeza.

—Max, este es el comandante Knight. Obedecerá sus órdenes como si las impartiera yo. Hasta nuevo aviso será su oficial al mando.

Knight permaneció sentado a mi espalda sin decir nada. Al volverme para salir pude ver su rostro con claridad. Se había afeitado. Sonrió y me saludó levemente con la cabeza.

Me acomodé en el asiento del pasajero. A los diez minutos, salió Knight y metió un fusil enfundado en el maletero del coche; luego se acercó y se sentó al volante. Rodamos durante una hora sin hablar. Yo no tenía nada que decir. Empezaba a despuntar la primavera, las colinas de color parduzco absorbían los últimos retazos de luz diurna. Aquella madrugada se había adelantado la hora, y me resultó inquietante que anocheciera tan tarde. Rodeábamos un pueblo grande situado al oeste de Belfast por una carretera de grava cubierta de barro, trillada por los neumáticos de los tractores y salpicada de boñigas de vaca. Nos metimos por detrás del montículo más alto y nos encontramos con la luna elevándose por encima de Lough Neagh.

Al llegar a un punto de control ubicado por debajo de un corte de la carretera atendido por soldados rasos se nos sumaron dos soldados vestidos de paisano, muy probablemente procedentes del Servicio Aéreo Especial o de la Unidad Especial de Reconocimiento. Ninguno saludó. Se montaron a la parte de atrás y parecían sentirse cómodos con la presencia de Knight, ya debían de conocerse. Al cabo de un cuarto de hora, nos detuvimos de nuevo. Fui el primero en apearme, y pude ver que uno de nuestros pasajeros llevaba una pistola SIG semiautomática metida en la cinturilla de los vaqueros. Knight me dijo que sacara el fusil del maletero y que le acompañara a subir el repecho. Hablaba con un acento de Dublín refinado en un colegio privado inglés, y me recordó a la entonación inglesa de mi padre. Si aún viviera, tendría su misma edad. Las botas le resbalaban continuamente, así que en más de una ocasión tropezó y tuvo que ayudarse a trepar apoyando las palmas de las manos. Había sido un día caluroso y el sol me había quemado la piel, pero ahora hacía frío y un viento cortante volvía a soplar con fuerza.

Subimos un poco más, y empecé a notar el olor y los ruidos del pueblo. Era domingo. Por la puerta de vaivén del bar salía una música tradicional irlandesa que se propagaba colina abajo. Un aroma a carne asada, mezclado con el hedor del humo de turba y de la hierba mojada, flotaba en la brisa que provenía del lago.

Finalmente, la pendiente se niveló para formar una ancha alfombra de hierba. Nos acercamos al borde del repecho que daba al lado sur del pueblo corriendo despacio y semiagachados, pero en ningún momento solté las correas de la funda del fusil que agarraba con la mano derecha. Me di cuenta de que, después de haber tropezado repetidas veces, el rocío de la tarde había mojado el traje de Knight: unas manchas oscuras señalaban las rodillas y los puños de la camisa, con los que había parado la caída. Por la ventana entreabierta de una casa de piedra, justo debajo de donde estábamos, se filtraba el estruendo de cacharros de cocina que anunciaba el final de la cena. Escruté el terreno con el mapa y los prismáticos que pedí a uno de los soldados de paisano que nos acompañaban.

A trescientos metros, en la escasa luz del ocaso, distinguí, enmarcada por unos visillos ennegrecidos por el humo de la chimenea, una familia de siete miembros que se alumbraba con una única bombilla de tungsteno. Había cuatro niños que parloteaban y correteaban alrededor de la mesa, se lamían la grasa de los dedos y llevaban platos vacíos a una mujer de mediana edad que trajinaba en la cocina. Estaba de pie, como paralizada, frente a un hondo fregadero que se encontraba debajo de otra ventana. Presidía la mesa un varón con una niña que lucía una melena del color del maíz trillado sentada en las rodillas. Era su hija. Knight se puso de cuclillas a mi lado y me pasó un cargador.

—El hombre que está sentado a la mesa tiene las manos manchadas de sangre. Tiene la orden de matarlo.

—Sí, señor. Entendido.

Saqué el fusil de la funda acolchada. Era el mío. A pesar de todo el traqueteo del trayecto, no había duda de que el punto de mira seguía alineado. Inserté el cargador, ajusté la elevación de la mira y me acerqué el cristal al ojo. Observando el interior de la casa distinguí los lamparones de la camisa del hombre y el corte en el cuello que se había hecho aquella mañana al afeitarse antes de acudir a misa. Vi que la niña movía los labios. Los ojos del uno eran la viva imagen de los del otro. Vi elevarse el pecho del hombre, estudié el ritmo de su respiración. El objetivo volvió el rostro hacia el exterior, cada vez más oscurecido, y, sin dejar de escuchar a su hija, miró por la ventana. Introduje una bala en la cámara. El viento cesó. No había ningún ajuste que hacer. Quité el seguro. Arma preparada.

—¿Señor?

—Proceda.

La línea horizontal de la mira pasaba por debajo de los ojos del objetivo. La línea vertical dividía en dos la punta de la nariz. Inclinó la cabeza para apoyar el mentón en la cabeza de la niña. El tiempo se detuvo. Cuando empecé a ejercer presión muy suavemente sobre el gatillo, la yema del dedo índice se detuvo un instante y luego retrocedió otra décima de milímetro más.

Nada.

Los relojes se pusieron de nuevo a cero. Por encima de la sangre que me latía en los oídos y del oxígeno que me corría por la garganta tan solo podía oír el leve eco del chasquido de metal contra metal. Liberé la recámara e introduje otra bala. Un destello metálico alcanzó mi ojo derecho cuando el cartucho desechado voló frente al rostro de Knight, que seguía a mi lado. Ajusté la mira. Volvíamos a estar solos, el objetivo, su hija y yo. La niña le tocó la mejilla. Él me miró por la ventana, directamente, como si me sostuviera la mirada a través del fusil. Primera presión: yo ya formaba parte de él, siguiendo el percutor que llevaba hasta el cartucho; ya estaba unido a la bala.

Otra vez, nada.

Aspiré una profunda bocanada de aire y sentí en la espalda la mano del comandante Knight, mojada por la hierba, a la vez que me ponía en tensión y procedía a accionar nuevamente el pasador. Y después, esas cinco palabras que todavía me sobresaltan a media noche:

—Lo ha hecho muy bien.

Habían retirado el percutor de mi fusil. Era la última prueba a la que me sometía Knight para asegurarse de que era lo que buscaba: lo que más adelante describió como un «psicópata legalmente cuerdo».

—Su padre estaría orgulloso de usted —me dijo cuando regresábamos al coche.

1

Veintitrés años después

Me la ligué en el 360° Roof Bar. Ya estaba como una cuba. Su exnovio era el funcionario político de la embajada de Estados Unidos en Caracas, un espía con el pelo rapado al uno y cara de patata que sentía debilidad por las mujeres caraqueñas. La había dejado la semana anterior, o eso me contaron. Supuse que ella ahogaba sus penas en alcohol o bien seguía celebrándolo. Fuera, la ciudad se desintegraba. Todo el mundo empinaba el codo a base de bien.

Pedí un ron con limón para ella, hice un chiste en un español deliberadamente macarrónico y me senté a su lado.

—¿Cómo sabes que no espero a alguien? —me dijo ella.

—Porque llevas todos estos años esperándome a mí, corazón.

Rompió a reír, y se le resbaló un codo sobre la mesa de caoba, con lo cual se derramó sobre la mano un poco de ron, oscuro y pegajoso. Se lamió los dedos.

—Imagínate cuánto podríamos divertirnos dos rubios como tú y yo. —Alcé mi copa—. Diversión multiplicada por dos.

—Diversión multiplicada por dos —repitió ella en español con una sonrisa ancha y triste—. Me llamo Ana María.

Hizo lo propio con su copa y me miró, expectante.

Allí estábamos: un hombre de negocios charlando con una lugareña en una mesa discreta de la terraza superior, observándose el uno al otro y contemplando la panorámica. Excepto que ella no era una lugareña. Y yo estaba allí para matarla.

—Yo me llamo Max —le dije—. Max McLean.

Chocamos las copas y bebimos un buen trago de ron. Me pareció una crueldad innecesaria mentirle a aquella mujer, ya muerta, mientras se tomaba una copa. Me sentía cada vez más cansado de ser todo menos yo mismo.

En Venezuela, follarse a un espía es malo para la salud, sobre todo para la amante abandonada del embajador ruso en Cuba. Desde luego no se le podía reprochar la falta de coherencia a la hora de escoger amantes que no le convenían. A estas alturas, ya había visto y oído bastante como para pasar a figurar en la lista de objetivos internacionales. Si nosotros no la hubiéramos encontrado primero, los rusos no habrían tardado.

La mujer bebía y hablaba, y yo reía y la escuchaba con atención. No me gusta matar mujeres, y menos hacerles el trabajo sucio a los americanos. No me gusta matar a nadie. A la segunda copa de ron se me quitaron las ganas de matarla. No porque fuera guapa o divertida y me apeteciera estar tomando algo con ella, sino porque cuando estás a punto de quitar la vida a alguien desde tan cerca, antes lo has tenido que observar muy atentamente. Lo quiera o no, uno llega a conocerlo antes de matarlo. El tiempo se distorsiona. Aquello que normalmente tardaría semanas, incluso meses, en ocurrir entre dos personas queda comprimido en breves minutos, a veces segundos. La olla a presión emocional de la proximidad de la muerte evapora todos los detalles superfluos, hasta solo dejar la esencia de la persona que vas a liquidar.

Y se me quitaron las ganas de matarla porque ese proceso de reducción no me había convencido, más bien me dejó la sensación de que allí se estaba cometiendo un terrible error. Ninguno de los datos del informe coincidía. La historia de tapadera de la chica —que era una doctora que estaba de vacaciones— se repetía con una indiferencia poco natural. Su cháchara achispada era ligera y nada forzada. O era una profesional excepcional, o era inocente. Hay muy pocas personas que trabajen tan bien.

Efectué una consulta acerca del objetivo. *Verificado. Proceda.*

Pero había algo que no encajaba. Y tenía que encajar.

Matar a quemarropa, sentir sobre ti el último aliento de la víctima al tiempo que se apaga la luz de sus ojos... no es moco de pavo; te acompañará para siempre. He matado a muchas personas: algunas tenían una bomba, una pistola, un teléfono móvil o un interruptor en la mano; otras simplemente sabían cosas que no podían olvidar, habían visto cosas que no podían fingir no haber visto. Algunas murieron por una buena razón, pero otras, no.

Precisamente ese era el propósito del entrenamiento por el que me habían enviado a Raven Hill. Garantizaba que uno apretaría el gatillo cuando se le ordenase, sin hacer preguntas.

La mayoría de los miembros de la brigada quiere fallar al disparar al objetivo. Mi trabajo es diferente. Para mí no hay fallo posible, tan solo consecuencias.

Pero tengo que estar convencido de disparar.

Así que no llevé a aquella chica al lugar en que debía matarla.

Le birlé el móvil del bolso y me excusé un momento. Bajé en el ascensor hasta el vestíbulo del hotel, situado en la planta baja, y pedí la llave de la habitación en que había planeado asesinarla. Me quité el rastreador del dobladillo de los vaqueros, lo dejé junto con su móvil en el cajón de la mesilla de noche y, por si acaso, le saqué la batería a mi móvil. Cuando volví a subir a la carrera por la escalera de incendios y aparecí ante ella, apenas se había percatado de mi ausencia.

Media hora más tarde, bajamos al aparcamiento y recorrimos el tráfico nocturno de Caracas en un taxi privado para tomar una habitación barata en el Garden Suites. Llegamos pocos minutos antes de las dos de la madrugada.

Ya en la habitación, la abracé desde atrás al tiempo que nos dejábamos caer en la cama. Mientras se estiraba sobre el colchón, le aparté a un lado la melena, de un rubio sucio, para dejar al descubierto el punto de la nuca en el que le habría apoyado el cañón del arma. Y entonces lo vi. O no lo vi, mejor dicho. Ana María Petrova tenía una cicatriz del tamaño de un tapón de botella en la base del cráneo, allí donde, de un mordisco, el perro *Ovcharka* del embajador le había arrancado un pedazo de carne. Aquella Ana María no tenía ninguna cicatriz, no llevaba el rótulo de «objetivo» grabado en el cuerpo. Se revolvió y se tumbó boca arriba, soltó una risita y se metió los dedos bajo la cinturilla de las bragas. Ni siquiera era rubia natural.

No era ella en absoluto.

El estómago me dio un vuelco. El malestar de las tripas se me subió a la boca. Vomité bilis en el lavabo del cuarto de baño y, temblando, me mojé las muñecas con agua del grifo. A aquella chica le había faltado muy poco para no volver a ver jamás la luz del día.

«Pero te has dado cuenta» —me dije para tranquilizarme—, te has dado cuenta.»

Dos horas más tarde, y después de una docena de chupitos de ron Diplomático, nos quedamos dormidos.

Zump. Zump. Zump.
Oí los morteros antes de que las granadas cayesen al suelo. Desgarraban el aire en prolongados chirridos metálicos, como si unas planchas de acero negro se hicieran pedazos en el cielo de la noche. Las primeras bombas cayeron en un grupo de tres, muy cerca de nuestra posición: una a la izquierda, lejos; otra a la derecha, más cerca; y la tercera detrás, todavía más cerca. Una triangulación rápida y letal. A continuación, los primeros fragmentos de metralla candente pasaron silbando por encima de nuestras cabezas. Estábamos atrapados en campo abierto. Me tiré al suelo y me hice un ovillo, adopté la postura fetal y me preparé para el impacto.
¿Dónde estaba la chica? ¿Dónde estaba Ana María?
A mi alrededor solo veía codos, barbillas y botas de otros hombres enterrados en el suelo. La zanja más pequeña y más superficial que uno fuera capaz de excavar representaba la diferencia entre acabar hecho pedazos o no.
Zump. Zump. Zump.
Las explosiones caían con fuerza, cerca y muy seguidas. Después, el bombardeo cesaba y seguía un silencio que dejaba un pitido en los oídos. Los míos gritaban de dolor.
Zump. Zump. Zump.
De repente, sobrevino un intenso fogonazo luminoso seguido de una ráfaga de aire y de ruido que me devolvió la percepción de los sentidos, como una riada arranca los guijarros de una playa azotada por una tormenta.
Un ventilador de techo. Unas persianas de listones. Agua de un grifo.

Caracas.

Zump. Zump. Zump.

—¿Señor?

Cama desierta, sábanas retorcidas y empapadas de sudor. Solo.

Las diez de la mañana, y el aire ya se notaba denso y pegajoso.

Ana María ha debido de irse.

—¡Servicio de habitaciones!

Alargué una mano y la pasé por la mesilla de noche buscando el cartón rojo y blanco y un encendedor de plástico.

Quedaban tres.

Extraje un cigarrillo, lo encendí e inhalé el humo. Veía la habitación con más nitidez a medida que la realidad del sueño iba disminuyendo. Unas veces era Afganistán, otras veces Irak. O Colombia. Uganda. Siria. Londres.

Casi todos los días empezaban así, borrosos e imprecisos tras una noche de pesadillas desgarradoras. Me resultaba más fácil despertarme en la guerra. En la que fuera. Por lo menos allí sabía dónde estaba.

Zump. Zump. Zump.

—¿Señor?

En el pasillo esperaba algún empleado del hotel al que debía atender.

—Su desayuno, señor.

—Sí, sí, estoy aquí. Un momento... Espere.

Agua que corre.

La ducha.

No había pedido el desayuno.

Metí la mano por debajo de la cama y saqué la Glock que le había robado a la policía y que había escondido con cinta adhesiva debajo del colchón. En algún lugar habría un poli venezolano al que estarían incriminando por algo que no había sucedido.

—¡Servicio de habitaciones!

Se oyó una llave hurgar en la cerradura. La puerta, retenida por un pestillo, se frenó con un fuerte golpe tras abrirse apenas tres centímetros. La presión reinante en la habitación cambió, y se desplazó hacia un cristal flojo de la ventana que daba a la zona ajardinada que había abajo.

—De acuerdo —ladré. Tiré el Marlboro en el ron que quedaba en la última copa de Ana María y me planté, desnudo, a los pies de la cama. Aquello no iba a ser fácil.

—¿Qué tal?

Tiré de la puerta, ya liberada del pestillo, para abrirla. La pistola a la altura de la cintura, el cañón apoyado totalmente contra el panel de contrachapado.

Veintipocos. Frente quemada por el sol. Cabello castaño, limpio y muy corto. Camisa blanca, corbata negra. Chaleco negro. Zapatos relucientes.

—Señor...

Tenía la mano izquierda cerrada en un puño y levantada en alto, como si estuviera ejecutando un absurdo saludo comunista, preparado para volver a golpear en la puerta; la derecha la tenía escondida bajo una servilleta desdoblada y extendida sobre un carrito de camarero.

Un peón del MI6, el servicio de inteligencia.

—¿Podemos continuar en inglés? Ha sido una noche muy larga. —El joven destensó el brazo derecho. Puso cara de desinflarse—. Y también puede soltar esa SIG que tiene en la mano. —Me miró fijamente, sin pestañear, alarmado—. Ahora mismo.

—Señor McLean —susurró el peón en inglés al tiempo que sacaba la mano derecha desarmada—. Tengo órdenes de...

—De llevarme a la embajada, donde recibiré órdenes nuevas.

—Sí, y...

—Y mi misión actual se da por terminada.

—Sí, y...

—Estoy metido en un buen lío.

El peón dirigió una mirada de soslayo hacia el pasillo.

—Sí. Y... Oiga, lo siento mucho, pero ¿le importa que...?

Le cerré la puerta en las narices y volví a poner el pestillo. O me habían dejado irme de rositas o alguien la había cagado. El hecho de quedarme profundamente dormido y como una cuba en la cama con Ana María no formaba parte del plan. Lo suyo habría sido que hubiesen arrancado la puerta de sus bisagras en cuanto crucé el umbral. Escuché con atención. No oí ningún movimiento fuera.

En ese momento me acordé de que yo no tenía ningún plan.

La chica estaba en la ducha, en efecto, inmóvil como la estatua de una fuente, con la mirada perdida en los baldosines blancos. Cuando me vio en el espejo, se volvió lentamente y abrió unos ojos como platos. Caí en la cuenta de que iba desnudo, y empuñaba una pistola.

—¡Coño! Max, ¿qué...?

Me llevé un dedo a los labios y levanté en alto la semiautomática apuntando hacia un lado, inofensiva. Ana María se giró hacia mí, y yo abrí la mampara de la ducha. Vi que tenía los ojos dilatados y el pulso disparado en la carótida.

—Ana María. —Ella hizo ademán de cerrar el grifo, pero la interrumpí aferrándole la muñeca con mi mano izquierda—. Tengo que irme. Ahora mismo.

Zump. Zump. Zump.

La chica respiraba a toda prisa. Le solté la muñeca y volví a llevarme un dedo a los labios.

Amortiguados por la puerta del cuarto de baño y por el chorro de agua, los golpes en la puerta de la habitación resultaban apenas audibles. De todos modos, Ana María los oyó y se relajó.

—¿Quién está ahí, tu maldita esposa?

—Es complicado. No eres la persona que esperaba que fueras.

—¿Qué? Eres un puto embustero —siseó en inglés, mirando alternativamente a la pistola y a mí. Entre nosotros flotaba una nube de agua pulverizada. Resultaba difícil ver con claridad.

—Me he equivocado de cubana.

—¿Que te has equivocado de cubana? ¡Coño! Lo tuyo es increíble, tío. ¿Te has follado a la que no era? ¿Eh? —Acto seguido empezó a hablar en ruso—: *Idi na jui! Mudak!*

Por lo menos, en aquello Londres no se había equivocado. Y, en efecto, me sentí como un gilipollas.

—Caracas no es un lugar seguro —le contesté en ruso. De los muchos regalos que me hizo mi madre, uno de los mejores fue el de enseñarme la jerga callejera de Moscú.

—Con cabrones como tú andando por ahí, desde luego que no. —Volvió a hablar en español, lo cual ya era un cierto avance.

—Ahí fuera hay unos hombres que si te ven te matarán. Quédate aquí. Dentro de exactamente cinco minutos, toma el ascensor hasta la primera planta y luego huyes por la escalera de incendios —le susurré en español—. Sal por el restaurante que hay detrás y refúgiate en el parque infantil. Ve hasta el club de tenis y que te pidan un taxi. Me quedo con tu teléfono.

—¿Me has robado el teléfono?

—No. Bueno, sí. Es complicado. No mires atrás y no vuelvas aquí. ¿Has entendido?

No lo había entendido.

—Escucha. Encima de la mesilla hay dinero...

Frunció los labios como si fuera a escupirme.

—¡No! No significa lo que estás pensando. Ana María, por favor. Sal de esta ciudad. Ve a pasar una semana en la playa y después regresa a La Habana, o incluso a Moscú. Coge ese dinero y márchate. De lo contrario me matarían a mí también. Confía en mí.

Intenté darle un beso en la mejilla, pero ella apartó el rostro bruscamente. Apoyé el dorso de la mano sobre su pecho. No se movió.

—Se suponía que yo debía... —Me costaba mucho explicarme. El entrenamiento le ayudaba a uno a apretar gatillos y a cerrar la boca. En aquellos momentos no estaba luciéndome en ninguna de las dos cosas—. Hay personas... —continué con dificultad—, personas muy peligrosas, de mi bando, que piensan que tú eres otra persona. Otra persona a quien quieren ver muerta. —Ana María me miraba fijamente, sin expresión—. Ahora ya me has visto la cara. Sabes cómo me llamo. Eso es suficiente para que también te maten a ti. En serio. Lo siento.

—¿Lo sientes? Joder, Max, ¿sabes qué? Yo también. ¡Coño! —Se limpió el agua de los ojos—. Vete —susurró—. Lárgate.

Cerré la ducha, me volví, cogí una toalla de la puerta para secarme la cara, y salí.

Ana María se quedó donde estaba, temblando, y me llamó. Pero no vino detrás de mí. Tenía pocas posibilidades de salir viva de allí. De una forma o de otra, yo sería el responsable de su muerte.

Me vestí, me guardé la pistola en los vaqueros y abrí la puerta para enfrentarme a mi guardián. Le empujé hacia el pasillo a él y al carrito de camarero que había birlado.

—Vámonos.

Él me miraba sin parpadear.

—¿Señor?

Andábamos por el pasillo taconeando sobre el suelo de parquet, y me volví hacia él.

—¿Cómo ha sabido que yo...? Quiero decir, ¿he hecho algo que...?

—Lo he sabido porque llevas el último botón del chaleco sin abrochar. Y, por favor, deja de llamarme «señor».

2

—¿Vas armado?

Jim Jones, el jefe del equipo local de la embajada británica, me miró a través de sus gafas Oakley.

—Vaya pregunta más tonta.

—Joder, McLean. —Me hablaba igual que un padre exasperado le hablaría a un hijo desobediente—. Está bien, ¿qué arma llevas?

—Vaya pregunta más tonta.

Nos habíamos metido en el tráfico de Caracas, ya cerca del piso franco.

—McLean, ¿vas armado, sí o no?

Su cabeza calva dejaba ver en bajorrelieve una vena que palpitaba. Le sonreí y le puse sobre las rodillas la nueve milímetros del mercado negro exagerando un poco mi acento irlandés, por si acaso.

—Ahí la tienes, amigo. Ve con cuidado, no vayas a hacerte daño.

Jim había pasado más tiempo en las fuerzas especiales de la Marina metido en las trincheras de Armagh que a bordo de un barco. No era lo que se dice un admirador de mis compatriotas.

—Capullo —suspiró. De haber huido, él habría recibido la orden de matarme.

—Y yo que pensaba que los sargentos mayores todavía llamaban «señor» a sus superiores.

—Menos mal que estoy en la puta Marina, ¿a que sí, señor?

Ambos rompimos a reír. El peón del MI6 también rio, pero enseguida se puso serio cuando Jim se quitó sus Oakley y le miró. Nos apeamos en la calle del Vigía. La villa estaba encaramada en la ladera de una colina, mirando hacia la base aérea de la ciudad.

—McLean —me advirtió Jones cuando dejamos atrás el monovolumen—, antes de que veas al jefe, que sepas que hueles a chocho. —Acto seguido sonrió de oreja a oreja—. Señor.

Ahora iba afeitado, y el traje de Savile Row, marca de la casa, le quedaba un poco más prieto en la cintura, pero por lo demás el comandante Frank Knight no parecía acusar el paso de los años que habían transcurrido entre el frío amanecer de la cancha de tiro de Raven Hill, cuando lo conocí, y aquella bochornosa mañana de Caracas.

Veintitrés años de puro caos. Yo le había visto envejecer, y él me había visto hacerme un hombre. Sin él, hace tiempo que mi silla de montar estaría manchada de sangre. Y él, sin mí, tal como le gustaba repetir, se habría prejubilado.

—¡Pero si es el muchachote en persona! —Me agarró la mano con firmeza como si fuera a estrechármela, pero se limitó a agarrarla con fuerza al tiempo que me aferraba el brazo con su mano izquierda. Miró un instante a mi espalda y luego me miró a mí.

—La has cagado, Max.

—¿Yo la he cagado?

—Oh, sí. A la mierda la Oficina, que le den, que se joda, pero deberías haber matado a esa chica.

Hablaba deprisa y en voz baja. Como todos los que estaban en el ajo, siempre se refería al MI6 como la «Oficina».

—Frank...

—No, Max. No. No digas nada. —Elevó el tono de voz—. Tenías una misión. Un objetivo que liquidar. Sin hacer preguntas. Sin pensar. Sin joderla. O, bueno, primero la jodías y luego la matabas, si era necesario. O al revés: primero la matabas y luego la jodías, me da igual. Pero, por favor, McLean, tienes que liquidar al puto objetivo.

Al terminar ya hablaba a gritos, aunque los amortiguaban los mullidos sofás estilo años setenta que estropeaban la sala.

—No era la mujer que debíamos liquidar, Frank. ¿Quieres un asesino? Pues paga a un sicario.

Knight hundió los hombros.

—Tú eres el sicario, Max.

Lo dijo en tono cansado, pero era la verdad. Yo era el asesino a sueldo, no importaba que se hubieran equivocado de mujer, mi trabajo consistía en obedecer órdenes.

—¿Qué va a pasar ahora?

—Regresas a Londres. King está furioso, como es natural.

Por la ventana vi la silueta de Jones rodeando el monovolumen, preparándose para acompañarme hasta el aeropuerto.

—Max.

Volví a mirar a Knight a los ojos.

—¿Van a someterme a un consejo de guerra?

—Desde luego que no. Te van a someter a King. ¿Un consejo de guerra? ¿Has perdido la chaveta o qué? No eres un colegial al que han llamado al despacho del director. Acabas de joder de forma escandalosa una operación altamente secreta, lo cual resulta irónico, porque... —Frank se interrumpió unos momentos, como si estuviera sopesando lo que diría a continuación—. Porque, lo creas o no, King va a ofrecerte que asumas el mando de Raven Hill. O por lo menos esa era la intención que tenía. A saber lo que piensa ahora, después de semejante estropicio. —No dije nada. Frank continuó—: El coronel Ellard debería haberse jubilado hace cinco años. Incluso antes, de hecho. Y lo cierto es que, por mucho que nos joda, no hay nadie más que valga para hacer ese trabajo. Pero, claro... después de esto... —Abrió las manos como si todo lo que había sucedido en las últimas doce horas hubiera tenido lugar en aquella habitación—. Los yanquis llevan un cabreo de mil demonios, te lo puedes imaginar. Y yo también, McLean. Yo también.

—Tengo la impresión de que estoy trabajando para una pandilla de aficionados. —Extraje el último Marlboro del paquete y prendí una cerilla—. De que tú y yo estamos trabajando para una pandilla de aficionados. —En medio de aquel aire tan húmedo, el humo calmaba y asfixiaba a la vez—. ¿Queréis que asuma el mando de Raven Hill? Menudo notición, ¿no? Pero entonces cuéntame, Frank, por favor, cuéntamelo para que pueda explicárselo a todos esos chicos y chicas tan ilusionados, por qué la he cagado, yo y solo yo, al no matar a la mujer que no era. No sé quién es aquí el loco, pero te juro que yo me considero bastante cuerdo.

—La has cagado porque... ¿De verdad tengo que explicarlo después de todos estos años? Esa chica te vio la puta cara. Así de simple. Olvídate de todo lo demás. Tú eres una pieza valiosa del engranaje porque probablemente eres uno de los mejores sicarios que han existido jamás. Tu valor es incalculable porque no existes, por lo menos fuera de nuestro grupo.

Nos miramos fijamente por unos instantes, pero yo no veía nada más que a Ana María: su melena salvaje, sus pechos bajo mis manos y su esencia adherida a mis dedos que se mezclaba con el olor a tabaco. Aquella chica, aquella mujer desconocida a la que había dicho cómo me llamaba y que debería estar muerta, seguía en mi piel, como un fantasma.

—¿Sabes quién es?

—Es tu objetivo. Y punto.

—Vamos, no me jodas. Déjame adivinar: no tienes ni idea de quién es y no sabes decir otra cosa aparte de que la he cagado.

—Sí, así es, más o menos. Además, no deberíamos estar teniendo esta conversación. ¿Y sabes por qué? Porque se suponía que esa chica estaría muerta. Joder, tío, ¿en qué estabas pensando?

Frank ya profería rugidos. Di una calada profunda al cigarrillo y esperé. Su rostro fue perdiendo color hasta que finalmente, ya calmado, se quedó de un tono beis, similar al de las paredes que nos rodeaban.

—King quiere ascenderte a teniente coronel. Teniente coronel por nombramiento. No es que pase en contadas ocasiones, es que no ha ocurrido jamás. —Hablaba tranquilo, con parsimonia—. Pasarías por un período de prueba de un año, y después Raven Hill sería tuyo, y, si así lo quieres, serías alguien, quien quisieras. Recuperarías tu vida, tendrías una vida como Dios manda. Se acabó lo de matar, lo de huir. Joder, Max McLean, incluso cobrarías una pensión.

—No tengo ninguna vida que recuperar, Frank. —Paseé la mirada por la habitación—. Estoy aquí, ¿no?

Frank debía de saber que yo ya había imaginado cómo sería asumir el puesto de Ellard, al viejo no podía reemplazarle cualquiera. De hecho, en una ocasión lo hablamos por encima, después de que me hirieran cerca de Argel, en una emboscada. Llegaría un momento, y a este paso sería más pronto que tarde, en que tendría que retirarme. Tal vez dejar escapar a Ana María había sido, de alguna forma, pisar el freno. Pero luego, ¿qué? Dedicarme para siempre a la jardinería no me tentaba mucho que dijéramos, ni siquiera lo contemplaba como opción, dado lo difícil que me resultaría cuidar de las rosas mirando constantemente a mi espalda. No, yo sabía muy bien, ya desde antes de graduarme en Raven Hill, que estaría atado a ellos para siempre, o bien desaparecería del mapa.

Ya había desaparecido una vez, lo que me había conducido adonde me encontraba.

—Pues a lo mejor deberías ir pensando en la vida que te gustaría —siguió diciendo Frank—. Es muy duro dejar de ser un desconocido y que no te maten por ello.

—¿Has encontrado a la chica? —Había un montón de sitios donde mirar, salvo a los ojos de Frank. No sabía si decirle que se metiera aquel puesto por donde le cupiera o darle las gracias de todo corazón. Mi debilidad me ponía furioso. Con todo, me sorprendió que me temblaran las manos—. Frank, hemos colaborado en muchas misiones. Pero este...

—Este, ¿qué? ¿Este asesinato? —El pliegue del cuello de la camisa se le estaba empapando de sudor, que formaba un collar azul oscuro cada vez más ancho. Le miré a la cara con gesto inexpresivo—. No —continuó—, esa chica no era el objetivo que tú creías, pero sí era tu objetivo. No te corresponde a ti decidir qué objetivos liquidar y cuáles no. A esas alturas de su vida, la mayoría de los asesinos de cuarenta y dos años ya lo ha entendido. Si no te gusta, eres muy libre para intentar cambiarlo, pero empezando por arriba. En este momento, mientras estés operativo, no. Por Dios, es que es de locos.

—¿La has encontrado?

—Todo tiene consecuencias, Max. Eso pasa siempre. Ya sabes lo que ocurre cuando la cosa se tuerce, cuando se tuerce de verdad, cuando le das vueltas a cómo serán esas consecuencias.

—No has dado con ella, ¿verdad? —En este momento me permití esbozar una sonrisa y señalé a Frank con el cigarrillo encendido—. No la has encontrado. Y no la vas a encontrar. Joder. La has cagado, ¿a que sí?

Observé cómo le rechinaban los dientes. Torció la cara hacia el ventilador del techo, que estaba apagado, como si quisiera ordenarle que se pusiera en marcha. A lo mejor estaba buscando inspiración.

—No, Max, ya la has cagado tú por mí. Enhorabuena.

Dejamos pasar unos instantes en silencio. Luego Frank se volvió hacia mí. Debieron de hackear el circuito cerrado de televisión del 360º Roof Bar y me habían seguido hasta el Garden Suites en tiempo real. Entonces, ¿por qué no mataron ellos mismos a la chica? Que Jim Jones sufriera una crisis de conciencia por matar a una chica guapa era casi tan improbable como que se pusiera a cantar el himno de Irlanda. A lo mejor Ana María, la rubia de bote, había sido el auténtico objetivo desde el principio, y Frank la quería muerta. O a lo mejor él también se lo pensó mejor.

—Así pues, Max —dijo suspirando—, te estaría enormemente agradecido si ahora resolvieras esta cagada por mí.

—¿Y cómo? —Me costó trabajo no burlarme, tenía la sensación de que estaba ganando la partida.

—King va a ofrecerte otra misión; y, si aceptas el mando de Raven Hill, será tu última misión encubierta. —Cuando vio que enarcaba las cejas, se apresuró a añadir—: Y no, no tiene nada que ver con esa maldita rubia que se ha escapado.

—¿Es una oferta o una orden? Además, la chica no era rubia natural. Créeme.

—Es una oferta. Una buena, te gustará.

—Seguro que sí. No me lo digas, me van a pagar treinta monedas de plata por traicionar a otra pobre idiota con un beso para que después me aparquéis en las oficinas de Raven Hill. Y pensar que por un momento he creído que me estabais haciendo una oferta de verdad. Mato por vosotros y me lanzáis un hueso, es lo mismo de siempre. Menos mal que me caes bien, Frank.

—Y menos mal que yo tengo más paciencia que el maldito Job. Raven Hill no es un hueso. Es el jamón entero. Hay que joderse. —Frank lanzó un profundo suspiro, casi con desesperación—. Ya hace mucho tiempo que trabajamos juntos. ¿Cuántos años hará?, ¿veinte?

—Veintitrés —le corregí.

—¿Te importa que te cuente una historia?

—Adelante. Pero si vas a contarme que érase una vez un muchachito irlandés que apretaba el gatillo cuando se lo ordenaban, puedes irte a la mierda.

Se cruzó de brazos para después dejarlos caer a ambos lados del cuerpo.

—No. Érase una vez una chica, cuando yo era un subalterno, mucho antes de que te conociera a ti en Raven Hill. O debería decir una niña, más bien. Tendría ocho o nueve años. Pies sucios y pelo grasiento recogido en una coleta. En las montañas, durante la crisis de Adén. La recuerdo con toda claridad. Mientras registrábamos un autobús, se lanzó contra mi compañero empuñando un cuchillo. Sucedió todo muy deprisa, pero la cosa fue que yo ya había desenfundado mi Browning y la agitaba para hacer salir a los pasajeros del autobús. La apunté con la pistola de inmediato. Todavía me parece estar viendo su expresión y los chillidos que profería al abalanzarse sobre mi compañero. —Frank estaba mirando por la ventana. No había aire acondicionado y el calor resultaba insoportable—. No lo hice, Max. No pude. Era una niña, ¿entiendes? Simplemente me quedé allí parado, como un imbécil, sin hacer ni decir nada, mientras ella arremetía contra mi compañero. —Se volvió para mirarme. Tenía los ojos húmedos, pero resultaba imposible saber si era sudor o lágrimas—. Le metió un buen tajo, sí. Mi compañero tuvo suerte de no perder el ojo. Pero al final era un simple peine. Un peine, no un cuchillo.

Apagué el cigarrillo en el paquete ya vacío.

—¿Y qué te dijo después tu compañero?

—Que la próxima vez, matase a aquella zorra.

Frank atravesó la estancia y tiró de la puerta para abrirla, pero se detuvo al ver que alguien la empujaba. Entró una enfermera vestida con ropa de civil, con un pequeño maletín médico negro en una mano y un portapapeles en la otra, preparada para llevar a cabo una evaluación médica de mi estado tras el trabajo realizado.

—Piénsate lo de la oferta, McLean —me dijo Frank a la vez que se adentraba en la oscuridad del pasillo—. Los tipos como tú son unos incomprendidos. Yo diría que en estos momentos necesitas todos los descansos posibles.

3

«Château Musar, 1988. Del valle de la Becá, nada menos.» King, el general mayor sir Kristóf King, director de las Fuerzas Especiales, se sirvió el denso vino tinto libanés tras apartar la mano del subcabo que tenía el desdeñoso trabajo de hacerle de camarero.

—Me dicen que en Venezuela ha pasado usted por ciertas... dificultades. —Una sonrisa fugaz se extendió por su dentadura.

Me puso una gruesa copa en la mano y levantó la suya sin apartar los ojos de mí.

—Brindo por su excelente salud.

—Gracias, señor. —Me acerqué la copa de cristal tallado a los labios, dudé y la aparté un poco—. Y por la suya, general.

—Por favor, llámeme Kristóf.

Me eché por la garganta un sorbo de aquel líquido casi negro. King agitó una mano de forma casi imperceptible. El subcabo asintió con la cabeza y nos dejó solos. Desapareció con su chaquetilla blanca de camarero tras una recia puerta de madera de teca.

—Por favor, siéntese.

Obedecí, y tomé asiento en un sofá chester de dos plazas que habían acercado a la chimenea. Estábamos en marzo y hacía frío. Todavía quedaban témpanos de hielo colgando de los canalones de Raven Hill. Los turistas resbalaban junto al Cenotafio, mientras en la chimenea del general ardían y crepitaban troncos de manzano coronados por cristales negros de carbón. Hacía más de un año que no veía a King, pero nunca me habían invitado a cenar. Aquello no pintaba bien, y aquella tontería de invitarme a que lo tutease, tampoco. Sospeché que, fuera lo que fuese lo que iba a pedirme, era bastante menos apetecible que lo que había apuntado Frank.

—¿Me permite que le llame Max?

—Por favor. Lo prefiero a Paddy.

—¿Paddy? Ah, sí, claro. Perdóname. Imagino que en Belfast te resultaría más bien divertido ser un partidario del Estado Libre Irlandés, ¿no?

Maximilian Ivan Drax Pierpoint Mac Ghill'ean, mi padre. Dios lo tenga en su gloria. El nombre de «Max McLean», el huérfano anónimo, me quedaba bien, y así fue como ingresé en el Ejército, usando mi nombre inglés. En el cuerpo de paracaidistas, lógicamente gracias a mi acento irlandés, me gané de inmediato, sin poder evitarlo, el apodo de «Paddy».

—Servía para confundir al enemigo.

—¿Qué enemigo?

—Los sargentos.

—Ah, sí, ya entiendo. Un infiltrado entre ellos, ¿eh? ¡Maravilloso! Apuesto a que en secreto todos te consideraban un espía católico. —La sonrisa fugaz se extendió por su dentadura como un tic nervioso. En vez de un gesto de sociabilidad, era más bien una mueca.

—No tan en secreto. Siendo irlandés en el cuerpo de paracaidistas, es un milagro que no me pegase un tiro a mí mismo, señor.

—Llámame Kristóf, acuérdate. —Endureció el tono de voz para convertirlo en una orden—: No olvides nunca de dónde provienes, ¿estamos?

Por encima del fuego de la chimenea había una repisa antigua con diversas melladuras aquí y allá, una rara pieza rescatada del incendio que había consumido el palacio original de Whitehall siglos atrás. Soportaba el peso de varias fotografías de marco dorado que mostraban los hijos de King y a sus antepasados. En cambio, no había fotos del propio King. No era aconsejable, dado el trabajo que desempeñaba. Ni siquiera aquí, en sus aposentos privados. Aun así, apartada a un lado, semioculta en una estantería abarrotada de libros victorianos forrados con cuero verde, había una estatua de bronce de treinta centímetros de altura que representaba a un joven King empuñando un MI6 y con el pie derecho adelantado. Un recordatorio de la época en que comandaba el Escuadrón G del SAS y era él quien apretaba el gatillo. De un modo u otro había luchado mucho para conseguir aquel rango, aquel vino, aquella estatua y el presente que traicionaba su pasado. A pesar de su lenguaje trasnochado y tradicional, y a pesar de estar en el centro mismo del *establishment*, seguía siendo un forastero. O eso me parecía si le miraba hacia dentro, o mejor dicho hacia arriba, estando como estaba yo fuera del terreno de juego.

En la penumbra de la estantería, por encima de la estatua, había un retrato en blanco y negro de una mujer atractiva de treinta y tantos años, con los pómulos marcados y una gran seguridad en sí misma, que sostenía entre los brazos un subfusil ruso. En la culata exhibía un pedazo de cinta de un par de centímetros con los colores rojo, blanco y verde, deshilachada y con un agujero en el centro. Ya hacía más de sesenta años que su madre había huido de Budapest porque el ejército soviético aplastó la Revolución Húngara, pero su hijo seguía en el exilio.

Sir Kristóf se le parecía físicamente: cabello y ojos negros y el cráneo demasiado cerca de la piel. A pesar de las muchas décadas que habían transcurrido, resultaba inquietante ver aquella diminuta bandera revolucionaria con la estrella roja recortada precisamente allí, en el bastión del contraterrorismo.

Me gustaría saber qué opinaría King del linaje de mi madre. Si él o Frank hubieran sabido quiénes eran mis padres, puede que me consideraran el enemigo. Reprimí un bostezo, cansado del vuelo y de las varias horas de reuniones informativas después de que todo se fuera al traste en Caracas. King se fijó en la copa casi vacía que sostenía en la mano derecha e indicó con una seña el decantador.

—No seas tímido. La Oficina tiene un par de cajas reservadas para mí con el beneplácito de Su Majestad en las entrañas de Vauxhall Cross. El material más importante que jamás ha caído en sus manos, ¿no es así?

Coincidí en que sí, y rellené mi copa. No cabía duda de que al MI6 le encantaba que su cuartel general se utilizara como bodega particular de King.

—En la universidad bebía vino de este por un tubo. En la actualidad resulta verdaderamente difícil encontrarlo. —Hizo una pausa e inclinó la cabeza hacia un lado. En la chimenea crepitó un tronco y escupió una rociada de hollín que brilló como una bengala en medio de la tenue iluminación de la estancia. Costaba trabajo distinguir los ojos de King bajo las cejas; el iris y la pupila se confundían en un único disco negro. Era como estar tomando una copa con el diablo.

—Imagino que el comandante Knight te habrá puesto al corriente de mi propuesta. —Incliné la cabeza sin llegar a asentir del todo—. Sí, claro que sí. Un buen tipo, Frank. Fiablemente indiscreto y discretamente fiable. Bueno, pues ahí lo tienes. —Calló unos instantes y bebió un sorbo de vino—. Raven Hill es tuyo. Si lo quieres, claro está.

—Gracias. Es una... oferta muy generosa. —Los dos sonreímos—. ¿Vas a darme un tiempo para que lo piense?

—Naturalmente. Precipitarse es de necios, ¿no es cierto?

—Frank, el comandante Knight, es posible que también haya mencionado, con la discreción que lo caracteriza, que tienes en mente una misión para mí.

—En efecto. En efecto. Enseguida pasaremos a ese punto. Pero, Max, dime una cosa antes de que lleguen los demás —repuso en tono práctico al tiempo que alargaba una mano para rellenar su copa—: ¿Por qué no mataste a esa mujer?

Era una pregunta que me habían formulado muchas veces desde que salí del pasillo del Garden Suites y me subí al monovolumen de la embajada que aguardaba al otro lado de la verja eléctrica de color verde. Ahora King estaba allí, expectante, sin parpadear, sentado en el borde de su asiento. El cerebro me funcionaba a toda velocidad. Inventa algo, haz un chiste, o cuenta la verdad. En un negocio en el que todas las transacciones se llevan a cabo con monedas de plata, hasta la mínima pizca de verdad es de un valor incalculable. Y peligrosa. De modo que conté la verdad... o al menos en parte.

O el principio.

—Kristóf —dije con cautela—, he matado a mucha gente. Por ti, por el comandante Knight, por mis hombres. Por mi país. —De improviso percibí el deje de mi acento irlandés, tan contundente como si una avalancha de piedras acabara de caer entre nosotros—. Este país. —Miré la estantería de libros, el retrato de su madre, el trozo de cinta, y me encogí de hombros a la vez que abría las manos—. Sin embargo, nunca he matado por mí. He matado porque me lo había ordenado alguien. Y sí, en algunos casos he tenido el deseo de matar, pero nunca lo he hecho, nunca he matado por mí.

Los negros ojos de King me observaban fijamente, semiocultos, impenetrables. Me contuve y me mordí la lengua. La verdad es algo muy preciado, pero peligroso.

—Sí, Max, continúa.

—Esa chica me vio la cara. Le dije cómo me llamaba, pero no importaba porque iba a matarla. Sin embargo, no era la mujer que buscábamos. La única razón para matarla era que sabía mi nombre. Y matarla por eso... sí habría sido por mí.

Exhalé con fuerza por la nariz y bajé la vista al círculo oscuro que formaba el vino. Ambos sabíamos de sobra que lo que él quería que respondiera era por qué le había dicho a la chica cómo me llamaba.

—A la porra las órdenes, ¿no? —King emitió una media carcajada.

—Más o menos. —Me rehíce y seguí hablando, intentando evadir su ataque—. Hay un momento, un instante, en el que o bien aprietas el gatillo o bien no lo haces.

—El momento decisivo.

—Sí.

—A partir del cual, se elija un camino o el otro, fluye todo lo demás.

Levanté la vista y lo miré, interrumpiéndome de nuevo.

—Exacto. Y en aquel momento pensé qué podría fluir del hecho de obedecer la orden y matar a una persona que yo sabía que era inocente.

—Que creías que era inocente —me corrigió King.

—Está bien. Cuando lo pensé, tuve la sensación de que iba a ahogarme.

—Entiendo. —King apuró su copa con gesto impasible y la colocó con sumo cuidado en la mesa auxiliar con incrustaciones de mármol que tenía justo debajo del reposabrazos de cuero del sofá—. Y ahora estás intentando mantenerte a flote en el torrente de críticas que ha desatado el hecho de desobedecer esa orden.

Los dos sonreímos.

—Sí, se podría describir de esa manera.

Ya había anochecido, los cristales de las ventanas se habían convertido en espejos negros que no reflejaban más que el débil fuego que iba asentándose en la chimenea. Las sombras que esta proyectaba se extendían por el semblante de King como llamas negras, y de repente dejó de sonreír. Yo había ido directamente de Heathrow a Whitehall en la parte de atrás de una furgoneta de lunas opacas. Estaba agotado.

—Me has contado lo que pensaste en ese momento, Max. ¿Qué piensas ahora?

De pronto, sin previo aviso, la puerta de los aposentos de King se abrió soltándose del pestillo e irrumpió en la penumbra de mi interrogatorio. Las voces que llenaban el pasillo se filtraron al interior de la sala. Los dos nos pusimos en pie. King fue hacia la puerta, mientras yo me quedé donde estaba, incómodo, sosteniendo la copa vacía en la mano. Una mano enfundada en un guante blanco se alzó para saludar, el brazo oculto por la hoja de roble. Acababan de llegar los invitados a la cena.

King se volvió hacia mí, envuelto casi del todo por la oscuridad. Tragué saliva y le miré de frente.

—Creo, señor, que la próxima vez mataré a esa zorra.

4

Enderecé la espalda y observé las caras repartidas por la sala. Frank estaba en lo cierto: no me habían invitado a cenar solo para que King pudiera arrancarme la piel a tiras, amarrarme a Raven Hill o impresionarme con su colección de vinos. Al igual que los demás invitados, me iban a comunicar mi siguiente misión, me gustase o no.

Y menudo grupo formábamos: David Mason, el director general de operaciones del MI6 en África, a quien pertenecía la misión; el sargento mayor del regimiento, Jack Nazzar, un tipo duro de Glasgow y uno de los soldados con más experiencia que se habían visto en Hereford: había dirigido el Ala de Guerra Revolucionaria; el mayor general King, por supuesto, que tenía supervisión operativa para operaciones discretas, y negables, de las Fuerzas Especiales; y un asesino muerto de cansancio.

—Buenas noches, comandante McLean. —Mason me saludó con frialdad, sin duda midiéndome a la luz de la debacle ocurrida en Caracas.

Yo ni siquiera era un comandante de verdad, me lo otorgaron a nivel honorífico. Tan solo lo utilizaba el MI6, nunca lo empleaba alguien que fuera de uniforme. Al igual que ocurría con todos los que salían de Raven Hill, nunca me habían puesto una insignia, de modo que tampoco podían quitármela por operaciones que deseaban mantener en secreto. Yo era un civil, y lo venía siendo desde el día en que dejé el Regimiento de Paracaidistas y le estreché la mano al coronel Ellard. No se podía ser un soldado enrolado, del SAS o de otra cosa, y ser de verdad negable.

Nos llamaban simplemente los «Desconocidos», éramos cerca de una veintena de exmiembros del SAS, agentes de inteligencia y otros especialistas a las órdenes de Frank que nos encargábamos de las misiones que, sin ser visto, nadie más podía llevar a cabo, porque nosotros éramos invisibles y no existíamos. En el Ejército, naturalmente, es imposible que exista algo que no se denomine con un acrónimo de tres letras, así que pasaron a llamarnos los DSC.

La mayoría de nosotros habíamos pasado por Raven Hill; el resto provenía de Dios sabe dónde. Ni yo mismo conocía en realidad a los agentes Desconocidos que creía conocer. Todo el mundo empleaba un pseudónimo. Ese era el propósito de Raven Hill: los reclutas que provenían del invernadero de operaciones especiales del coronel Ellard eran todos (y todas) huérfanos, inadaptados sociales y embusteros profesionales. Raven Hill fomentaba el engaño y la lealtad, por aterrador que suene, en igual medida.

De la sesión informativa iba a encargarse una tal capitana Rhodes, que se presentó como miembro del Regimiento de Reconocimiento Especial, «en nombre de la Oficina». La única persona que faltaba en la escena era el comandante Frank Knight, que supervisaba todas las conexiones entre los militares, el MI6 y los DSC. Lo más probable era que Frank todavía estuviera en Caracas jugando al escondite con Ana

María. Apagué un Marlboro y miré a Nazzar. Si la mierda llegase a alcanzar el ventilador, él sería el que la limpiaría, y a mí también, de las paredes.

Tan solo había una pregunta que merecía la pena formular.

—Bueno, ¿y a quién tengo que matar?

Nazzar sonrió, pero quien contestó fue la capitana Rhodes.

—McLean, debe de estar cansado del vuelo, pero, si nos disculpa, vamos a continuar. —Con toda seguridad, no tenía ni la menor idea de en qué consistía aquella misión; lo cual, por lo menos, nos convertía en iguales.

La mayoría de la misiones que me encargaban provenían directamente de Frank, así que era muy usual que me preparara yo mismo los viajes. Si el SAS tenía algo que ver, me aleccionaban en Hereford, junto con los alborotadores de Jack Nazzar. Conocida dentro del SAS como el «Ala» y en el MI6 como el «Incremento», el Ala de Guerra Revolucionaria era una unidad independiente formada por los doce agentes más expertos del regimiento.

La misiones del MI6 se dirigían desde Londres y tenían su base en Fort Monckton, cerca de Portsmouth. Las sesiones informativas en Whitehall se reservaban para misiones que podían acabar en un cataclismo político. Se invitaba a todo el mundo, así se le podía echar la culpa a todo el mundo. Nunca auguraban nada bueno. Y, a la vista de las pruebas, esta no era una excepción. En vez del Ejército, era el Foreign Office quien se encargaba de supervisar el MI6, y como los trajeados temían las represalias, si la cosa se pusiera seria, negarían que yo hubiera nacido siquiera.

Al igual que yo, la capitana Rhodes y Mason llevaban ropas de civil. A diferencia de mí, no llevaban una botella entera del vino de King circulando por su torrente sanguíneo. King y Nazzar iban de uniforme. Sabe Dios qué tendrían ellos circulando por su torrente sanguíneo.

El subcabo despejó la vieja mesa de roble y se llevó los restos de la cena. Una vez que se hubo marchado, Rhodes destapó un portaplanos de color negro que, al volcarlo, escupió un mapa de aviación. Estaba centrado en Sierra Leona, un pequeño país del África Occidental que, según podía verse en el mapa, era montañoso y estaba dotado de densos bosques. No hacía mucho tiempo que se había recuperado del peor brote de ébola que el mundo había conocido. En la más cruel de las ironías, el virus había devastado un país que quince años antes Gran Bretaña había salvado de un ejército de rebeldes psicópatas que habían masacrado a decenas de miles de personas a la vez que saqueaban sus inmensas riquezas minerales. El SAS había visto bastante acción allí; y los paracaidistas también.

Con el dedo índice, Rhodes se subió las gafas sobre el puente de la nariz, carraspeó y, como si solo se dirigiera a mí, empezó a extender aquel amplio papel azul y verde sobre la mesa, ahora vacía, que acababan de ocupar los comensales. Las manchas amarillentas que tenía en las falanges de los dedos sugerían que fumaba dos paquetes diarios. Aparentaba la misma edad que yo, pero dudé que pasara de los treinta. Así funcionaba el tratamiento de belleza de las tabacaleras. Acababa de conocerla. Encendí otro cigarrillo y exhalé hacia arriba enviando una voluta de humo gris a la lámpara de araña. Alguien chasqueó la lengua con gesto teatral. Di otra calada.

—Resumen de la operación —empezó Rhodes—. La misión consiste en poner fin a la capacidad de mando y control de un grupo no estatal hasta ahora desconocido, considerado una amenaza inminente para los intereses y los representantes del Gobierno de Su Majestad en África Occidental.

—Tenía una voz grave pero cálida; inspiraba confianza sin necesidad de esforzarse—. Ahora, los detalles —prosiguió—: Dicho grupo tiene su cuartel principal aquí, en Karabunda, diez kilómetros al sur del paralelo 10, en la zona más septentrional del país, en la frontera con Guinea. La pista de aterrizaje más próxima se encuentra aquí, en Soron, cinco kilómetros al este. —Al tiempo que hablaba, iba señalando las ubicaciones en el mapa—. Karabunda es un antiguo emplazamiento minero. Los chinos lo abandonaron en 2009. Que nosotros sepamos, no había, no hay, población civil. Un dato importante es que la fecha de esta operación se ha adelantado debido a ciertos sucesos imprevistos que han tenido lugar aquí, en Musala, junto al río Mong, diecinueve kilómetros al sur de Soron.

—Perdone que la interrumpa, capitana —dijo una voz agresiva a mi izquierda—, pero ¿nuestra misión no consiste en supervisar?

—Sargento mayor, haga el favor. La capitana Rhodes acaba de empezar... —David Mason se había puesto de pie, pero le interrumpieron de inmediato. El sargento Nazzar estaba en racha.

—Sí, vale, la capitana Rhodes aquí presente nos dijo la semana pasada, el miércoles para ser precisos, que esta operación tardaría por lo menos treinta días en recibir luz verde. Treinta días. Entretanto, llevamos semanas diciéndoles a ustedes, los hombres de Vauxhall, que creíamos que esos tipos avanzarían hacia el sur. Los ataques relámpago que han acometido a lo largo de la frontera con Guinea no tenían como fin ocupar territorio sino más bien capturar efectivos.

La capitana Rhodes, aparentemente impertérrita, prosiguió por encima de Nazzar y de Mason.

—El plan actual consiste en depositarlo a usted en Freetown en un plazo de cuarenta y ocho horas. —Levantó la vista hacia King. Como todos en el Ejército, al parecer se había trabajado una buena relación con sus superiores—. Va a costar un poco llegar hasta allí, pero será visto y no visto. Neutralizar al comandante y a...

Nazzar no se daba por vencido, y volvió a interrumpir a Rhodes lanzando un exabrupto escocés subido de tono contra Mason:

—La carretera de Kabala lleva en línea recta, hacia el sur, a Makeni, la ciudad más grande del norte del país, y están reclutando hombres a toda máquina. Bien, lo que tenemos aquí es una cagada —dijo Nazzar empujándome a un lado para inclinarse hacia delante, y apuntó con su cucharilla de café al círculo de color rojo que destacaba Musala en el mapa—. Puedo decirles ya mismo que enviar a un solo hombre, por mucho que sea McLean, aquí presente, será tan inútil como las ubres de un buey. Que conste que yo no solo no lo autorizo sino que no lo recomiendo en absoluto. Es necesario tener soldados sobre el terreno antes de enviarle a él y antes de que esos tipos se acerquen a la capital.

—Ah, ya —consiguió terciar Mason aprovechando que Nazzar tomaba aire—. Soldados sobre el terreno. ¿Quiere decir igual que en Bengasi, sargento mayor?

Nazzar expulsó el aire con un fuerte resoplido. Bengasi había sido un desastre. Desplegado como Escuadrón E del SAS junto con agentes del SBS, en el instante en que aterrizó en Libia acompañando a un equipo negociador del MI6 arrestaron a una brigada entera de sus mejores hombres. El Ministerio de Exteriores suplicó públicamente que los liberasen. Mason echó la culpa a Nazzar. Nazzar echó la culpa al Regimiento Especial de Reconocimiento. Y King se reservó su opinión.

—Ya, vale, pues que les vaya bien enviándole allá en solitario —replicó Nazzar—. Mason, ¿usted tiene idea de cómo es ese terreno? ¿O de lo que son capaces de hacer esos tipos? Yo sí, porque... —De pronto se dominó—. McLean es muy valioso —dijo, ya más calmado—, demasiado valioso.

Nazzar estaba justo de pie a mi lado y apoyaba, sin fuerza, la mano cerrada en un puño en mi hombro. King estaba sentado a la cabecera de la mesa con una sonrisilla de satisfacción, insertando con sumo cuidado su servilleta en un aro plateado grabado con un monograma.

Después de lo de Bengasi, Nazzar ya no quería comprometer tropas en operaciones del Regimiento Especial de Reconocimiento a no ser que las dirigiera él personalmente, pero su compromiso con los DSC era incombustible: el Ala y el Escuadrón E eran nuestros ángeles de la guarda. Si la misión se iba al carajo, no sería Mason, ni, para qué negarlo, tampoco Frank, el que acudiría al rescate.

—Y no mencionemos lo de *Barras* —masculló.

Miré a King. En torno a la mesa se había hecho el silencio. Nazzar se sentó; Mason, con gesto incómodo, hizo lo mismo. Era un personaje afilado, anguloso: con un acento cortante como el cristal y una personalidad hecha a medida para asumir la nueva dirección del MI6. Pero, a diferencia de King, no era un hombre que escogiera sus propios muebles. No era caballeroso, ni tampoco tenía la autoridad que caracteriza a los altos cargos; se jactaba de haber heredado una inmensa fortuna y una finca del tamaño de un país pequeño. A estas alturas solo la capitana Rhodes y yo permanecíamos de pie. Ella miraba con envidia mi cigarrillo.

—Lo de *Barras* me lo perdí —dije en voz alta, pero sin dirigirme a nadie en particular.

En el año 2000, el Regimiento Real Irlandés se metió en

un buen lío. Diez de sus miembros, junto con el oficial local de enlace, se las arreglaron para que los secuestrara una facción rebelde denominada Negratas del West Side, rebautizada como los West Side Boys por los corresponsales políticamente correctos de la BBC. La operación de rescate recibió el nombre en clave de *Barras*. Al final, Nazzar, que por aquel entonces luchaba con su antiguo uniforme del Escuadrón D del SAS, salvó a los irlandeses. La mayoría de los rebeldes acabaron muertos o capturados, pero, aunque ninguno de los rehenes murió, la determinación de los rebeldes en defenderse le costó la vida a un agente del SAS. Nazzar nunca se perdonó a sí mismo, y yo lamenté habérmelo perdido.

King cogió el decantador que tenía más cerca, titubeó un momento y luego vertió una pequeña cantidad de vino de Madeira, denso y de color bronce, en su copa vacía al tiempo que meneaba la cabeza en un gesto negativo, ya fuera por lo que estaba ocurriendo en su comedor o por la decepción de que no hubiera copas de licor en la mesa.

—Capitana Rhodes, prosiga, por favor.

Al parecer, ni King ni Mason tenían ganas de rememorar *Barras* y otros hechos pasados. Nazzar lanzó un fuerte resoplido y alargó la mano para coger el whisky.

—Señor, sí, señor. Como iba diciendo, señor —Rhodes calló unos instantes y miró primero a Nazzar y luego a mí—, será usted enviado a Freetown con identidad natural en un vuelo civil operado por Boliviana que saldrá de Gatwick el martes a las cinco y media de la madrugada. Hora estimada de llegada al aeropuerto de Lungi, la una del mediodía. —Se recolocó las gafas y abrió una carpeta repleta de papeles y fotografías que llevaba estampado el sello de «Secreto» en color rojo—. Cuando llegue, deberá tomar el helicóptero que traslada pasajeros de Lungi a Aberdeen. Su conductor, Roberts, le estará esperando con este taxi. —Manoteó buscando una foto—. Es un ciudadano local, no un militar. Un buen conductor. Fiable. —Le sostuve la mirada durante unos instantes—. Muy fiable.

—Ya, más vale que lo sea —terció Nazzar.

—Le llevará hasta el hotel Mammy Yoko. Es un establecimiento grande e internacional, actualmente propiedad de la cadena Radisson. Famoso durante la guerra. Vamos a esconderle a la vista de todo el mundo. —Levantó la cara y me sonrió. Le devolví la sonrisa.

—Muy bien. ¿Dónde obtengo comunicaciones y equipamiento?

—Roberts le entregará esta bolsa —sacó la fotografía de un bolso de viaje Billingham—, que contiene un *smartphone* local e internacional y un teléfono por satélite BGAN con vídeo bidireccional. Las especificaciones son para uso civil, pero Inmarsat nos proporciona comunicaciones entre una unidad y otra a través de la estación de tierra de Holanda. Allí no existe señal GSM, pero la BGAN se conectará directamente con el *smartphone*.

—¿Así que enviaré vídeo y voz desde el terreno hasta Hereford?

—Hasta Whitehall —corrigió Mason—. Todo enrutado a través de un cortafuegos de la OTAN. Es imposible de hackear. Excepto para nosotros, como es lógico.

—¿Whitehall? —repetí mirando a Mason. Mason miraba a King. A su vez, King, aparte del momento de distracción con el Madeira, no había dejado de mirarme desde que empezó la reunión.

—McLean, esta operación la va a supervisar David Mason —explicó King—. No ha de haber ninguna participación visible de los militares del Reino Unido. Es más, tenemos un interés especial en no... cómo decirlo... molestar a nuestros aliados americanos. En circunstancias normales, en este tipo de misiones preferimos, como sabe, proporcionarle apoyo total sobre el terreno, pero en esta ocasión, por motivos que estoy seguro de que la capitana Rhodes aclarará enseguida, trabajará en solitario. —Seguía mirándome a mí, pero ahora se dirigía a Nazzar—: Discúlpeme, sargento mayor, que no lo haya explicado antes. Por supuesto tiene usted toda la razón en lo de querer contar con soldados sobre el terreno, pero, como verá, las exigencias de esta misión no lo permiten, y además consideramos que Freetown no es el principal objetivo de los rebeldes. No vamos a involucrar al ejército de Sierra Leona ni a informarlo de nuestros planes. Sin embargo, estoy bastante seguro de que estarán encantados de adjudicarse el mérito del resultado.

—Su equipamiento se dividirá en dos partes —continuó Rhodes—. La SIG y la munición estarán en su cuarto de baño, escondidos en las baldosas del suelo que queda debajo del... en fin... del rollo de papel higiénico. —De nuevo cruzamos una sonrisa—. Vamos a proporcionarle una 229 y balas de precisión de nueve milímetros, si está de acuerdo.

Afirmé con la cabeza y encendí otro cigarrillo mientras Rhodes volvía a centrar la atención en el mapa extendido sobre la mesa.

—El fusil lo recogerá aquí, en Makeni. —A continuación me entregó una única llave de coche—. Mercedes blanco, aparcado en el hotel.

—¿El fusil es el mío?

—Sí.

—Estupendo. ¿Y qué hay del ébola? ¿Ese dónde lo pillo?

—Sierra Leona está libre del contagio del ébola desde enero de 2016, McLean.

Cuando por fin llegamos a ese punto, el objetivo resultó ser un varón de raza blanca de sesenta y muchos años.

Lo que Mason y King afirmaban saber era lo siguiente: cerca de Karabunda, un aislado puesto de avanzadilla en la selva, en las montañas del norte de Sierra Leona, junto a la frontera de Guinea, un grupo de rebeldes (no estatales, como Mason y Rhodes insistían en calificarlos) había montado algún tipo de campamento que consiguió proteger de la vigilancia de los satélites gracias a la vegetación desigual de la sabana.

Los motivos de los rebeldes no estaban claros: ni rastro de manifiesto, ultimátum u objetivo claro. Hasta el momento, no era más que una reyerta que había estallado en la selva, pero tenía el potencial de desestabilizar la región entera.

King mantenía que la principal fuerza rebelde estaba formada por residuos de las anteriores facciones que habían luchado contra el gobierno de Sierra Leona y contra los británicos a finales de los años noventa.

—Todavía ansían un trozo de la tarta. —Así lo describió él.

La huida de la cárcel, un mes antes, de un general rebelde que había dirigido una gigantesca mina ilegal de diamantes en la antigua guerra civil le otorgó cierto peso a dicha idea, aun cuando la semana siguiente dicho general rebelde fue hallado muerto en una cuneta.

En opinión de King, Sierra Leona era un eje de importancia internacional: si Sierra Leona se hundiera en el caos, les sucedería lo mismo a sus vecinos. Si la guerra se extendiera hasta Nigeria, uno de los mayores productores de petróleo del mundo, las consecuencias podrían ser catastróficas. Teniendo a los americanos haciendo de segundo violín de Moscú en el Consejo de Seguridad de las Naciones Unidas, iba a costar mucho trabajo llegar a cualquier acuerdo acerca de intervenir para mantener la paz.

Como de costumbre, los minerales equivalían a movilización.

Era desde aquel campamento aislado, concluyeron King, Mason y Rhodes, desde el que los rebeldes habían lanzado con éxito una serie de ataques inesperados inicialmente hacia el norte, al otro lado de la frontera de Guinea, y seguidamente hacia el sur, para adueñarse de la ciudad de Musala, una isla de tejados de hojalata y calles polvorientas perdida en medio de un mar de sabana y selva, en la ribera sur del río Mong. Vista por el encuadre de la lente del satélite, resultaba difícil entender por qué alguien iba a tener el menor interés por esa ciudad. Pero desde allí la carretera de Kabala se dirigía serpenteando hacia el sur, primero hasta el pueblo de Kabala y después en línea recta hasta Makeni, una ciudad importante, y finalmente hasta la capital, Freetown. Aunque Freetown no fuese el objetivo de los rebeldes, Makeni conectaba por carretera prácticamente todas las demás poblaciones que merecía la pena tomar del país. Los tres estuvieron de acuerdo en que aquel hombre blanco constituía una pieza fundamental para la actividad del campamento, así como para las rápidas capturas de territorios por parte de los rebeldes. Nazzar no dijo nada.

—¿Y no tiene ni idea de quién puede ser ese semidiós? —le pregunté a la capitana Rhodes.

Ella inclinó la cabeza hacia un lado, volvió a centrarse las gafas y abrió la boca para hablar, pero fue Mason el que respondió:

—Pensamos que es un exsoviético. Probablemente ruso: de la 45.ª Brigada de Spetsnaz. O que por lo menos trabaja para ellos, con ellos.

—La 45.ª de Spetsnaz. Esa es la brigada de reconocimiento especial aerotransportada de los rusos.

—Exacto, comandante McLean. Exacto. —Mason llenó su copa con el tinto libanés, y después llenó la mía—. Formidable, francamente. Es crucial. Hace un año, los americanos nos habrían acompañado en esta misión desde el principio, con las armas a punto. Sin embargo, como ha insinuado el general King, todos sabemos que el régimen de Washington es, por decirlo suavemente, un aliado frente a Moscú un poco menos entusiasta que antes. Así pues, no desvelaremos los detalles de su misión en la próxima reunión del Comité Conjunto de Inteligencia que se celebre aquí, ni en ninguna. Y, como ya he dejado claro, el Gobierno de Su Majestad podrá negar su presencia en Sierra Leona, no solo ante el público sino también ante todos nuestros aliados de la OTAN. Eso quiere decir que, por supuesto, no habrá acceso a fuentes de inteligencia americana ni a imágenes de AirScan. Lo bueno del asunto, comandante McLean —dijo Mason para concluir—, es que tendrá el camino despejado para moverse por el país sin interferencias, ni de Langley ni del Pentágono. Como contrapartida, el hecho de excluir a Estados Unidos de esta misión no representa un obstáculo para que liquide al mando de su objetivo.

De nuevo se hizo el silencio en la sala mientras sopesábamos la misión que teníamos por delante. Teniendo en cuenta las cobardes y malévolas conspiraciones de los rusos, daba la impresión de que Moscú estaba recuperando la buena forma. Las guerras subsidiarias en África habían tenido atado a Estados Unidos antes de que cayera el Muro de Berlín. Y a mí me habían costado la pérdida de un ser querido. Pero no quería acordarme de eso, con King y su camarilla alrededor.

—¿No es un poco mayor para ser oficial superior? No sé, teniendo ya sesenta y tantos podría hacer la competencia a Jack, aquí presente.

Nazzar emitió un gruñido. Rhodes soltó una risa y luego se contuvo de repente, toda colorada. Mason bebió un sorbo de su copa de vino, que solo era la segunda que se tomaba en toda la velada, y me pasó una fotografía. Granulada, en blanco y negro y ampliada muchas veces, mostraba un primer plano de un individuo de raza blanca, con una calvicie incipiente, que daba la espalda a la cámara. Saludaba mientras un tipo corpulento y afeitado de cuarenta y tantos años le conducía al asiento trasero de un Toyota HiLux de cabina doble.

—Es él, su objetivo, casi con toda seguridad —siguió diciendo Mason—. El que le ayuda a subirse al coche es el coronel Vladislav Proshunin, 45.ª Brigada de Spetsnaz, 91º Batallón Aerotransportado.

—Nos encontramos con él en Kosovo en el 99. —King retomó la narración—. El sargento mayor aquí presente estuvo a punto de interrumpir sus vacaciones en el aeropuerto de Pristina. Mike Jackson apaciguó por los pelos la situación antes de que interviniéramos.

—Sí, es Proshunin, sin duda. —Nazzar cambió de postura sobre la tapicería estilo Regencia del salón de King—. Menudo cabrón. Debería habérmelo cargado cuando tuvimos la oportunidad.

—Esta es la fotografía completa de donde hemos recortado la imagen. La tomó en Kabala un voluntario del Comité de Asistencia Global radicado en Makeni. Hace cuatro semanas nuestro oficial la recogió en la embajada británica —agregó la capitana Rhodes—. Es la única que tenemos.

En la fotografía se veía una escuela de primaria rodeada por una pancarta en rojo y blanco que decía: «El Comité de Asistencia Global y el Departamento de Desarrollo Internacional, trabajando juntos para un futuro mejor». El vehículo, Proshunin y el objetivo estaban en el margen izquierdo de la foto.

—¿Qué nos hace pensar que «casi» con «toda seguridad» este es el objetivo? —le pregunté a Mason.

—Sabemos que Proshunin trasladó personalmente a este individuo de Kabala a Musala y después regresó a Freetown sin él; además, tenemos un informe de confianza que asegura que en el campamento de Karabunda hay un individuo que encaja con esta descripción, y que su presencia en dicho campamento ha coincidido con el avance de los rebeldes hacia Makeni.

Eso era todo. Con aquello bastaba.

—Lo que no sabemos es si el individuo del HiLux es el que dirige el campamento —añadió la capitana Rhodes al tiempo que me pasaba la carpeta—, pero si tomamos en cuenta el peso de las pruebas...

—¿... merece figurar en la lista de personas que eliminar?

—Exacto —dijo Mason—. Cuenta usted con una autorización Clase Siete del secretario del Foreign Office, hecha efectiva de inmediato. Esperamos que, una vez que esté allí, elimine a su objetivo sin tardanza y sin el... ehm... melodrama de su última misión. ¿Ha quedado claro, comandante McLean?

5

Una nevada blanda cubría el parabrisas del Bentley que avanzaba sin hacer apenas ruido por Picadilly. Nos metimos por el paso subterráneo de Hyde Park en dirección a mi hotel, situado en South Kensington. El errático paso de los faros de los vehículos que circulaban en contra de nuestra marcha iluminaba y oscurecía el perfil del chófer en medio de la noche de Londres. Fuera hacía frío, y dentro del coche hacía un calor sofocante. Me había sentado en el asiento del copiloto y, en silencio, repasaba la información que, hasta el momento, tenía sobre la misión, que se reducía a lo siguiente: disparar un único tiro contra un hombre en concreto para impedir una guerra.

El hotel era bueno, discreto y caro, provisto de una entrada anodina por Queen's Gate y de una salida de incendios que bajaba hasta el patio de una iglesia vecina. Dentro de la caja fuerte me esperaba una P238 con munición, un pasaporte canadiense nuevo con el nombre de Maxwell McLean (un médico de Vancouver) y cinco mil dólares americanos. La pistola era para mi protección personal en Londres; me habían prometido que en Freetown recibiría más dinero en efectivo.

Operaría con una identidad natural: el pasaporte canadiense era auténtico, no falsificado, y lo había autorizado el gobierno de Canadá, pero ni preguntaron ni se les explicó para qué era. Y las redes lo verificarían sin problemas: el Max canadiense no era un simple nombre, sino toda una invención en las redes sociales.

En el armario había dos trajes Hugo Boss colgados: uno negro y otro gris oscuro, ambos de mi talla, y junto a ellos, media docena de camisas. Me gustaría saber si las había elegido la capitana Rhodes. El MI6 me vestía con más elegancia que yo mismo. En las baldas había vaqueros, pantalones de algodón, camisetas y calzoncillos; en el suelo, un par de zapatos de piel relucientes y mis gastadas botas de andar de cuero de cerdo. En la balda de las maletas encontré un petate de North Face color rojo dentro del cual había el equipamiento que iba a necesitar en Sierra Leona. El estilo era todo de paisano, como de costumbre. North Face era la marca que equipaba a las Fuerzas Especiales del Reino Unido.

En el hueco del armario, debajo de la caja fuerte, zumbaba suavemente una nevera-bar con puerta de cristal. Saqué las dos botellitas de Johnnie Walker Black y las vertí en un vaso de agua, me tomé un Valium y prendí un Marlboro. A continuación, volqué sobre la cama la carpeta que me había dado Rhodes y empecé a hojear las fotografías y los mapas. Enseguida me vinieron a la memoria con total nitidez los rostros congregados en torno a la mesa en la reunión informativa.

La única prueba, el «informe creíble» de Mason, que de hecho situaba a aquel misterioso individuo de raza blanca en el campamento, provenía de una fuente denominada en secreto como «Julieta» y clasificada como de categoría Ex4x5 en el Informe de Inteligencia:

EVALUACIÓN DE LA FUENTE
E - Fuente sin verificar.
EVALUACIÓN DE INTELIGENCIA
4 - No se puede juzgar.
CLAVE DE USO
5 - Impedir divulgación. Volver al origen. Normas de uso especiales impuestas por el agente que autorizó la recogida.

La identidad del agente que autorizó la recogida era un dato clasificado, así que resultaba imposible medir su capacidad para evaluar la credibilidad de la fuente. Con estas pajas mentales funcionaba, a ciegas, el grupo de personas que conformaban el Servicio Secreto de Inteligencia.

Había algo desconcertante en la foto en blanco y negro que había sacado Mason, la de los dos individuos. La contemplé largamente, intentando desentrañarla. La postura del hombre de más edad; la flexión del brazo en el gesto de saludo; el semblante serio de Proshunin. Aquella escena me producía una inquietante sensación que oscilaba entre un *déjà vu* y la incredulidad.

Identificar un objetivo parcialmente no era algo inusual. Lo inusual era el nerviosismo de Nazzar. Se había mostrado agitado, probablemente a consecuencia de haberse visto apartado a un lado sin entender nada mientras Mason y King se acechaban el uno al otro. Mason estaba al mando, precavido. Le parecía mucho esfuerzo y correr muchos riesgos para, total, obtener un resultado que, a primera vista, se conseguiría mucho más fácilmente lanzando un misil crucero, con o sin los americanos a bordo.

Una cosa era segura: el ejército de Sierra Leona no estaba preparado para ejecutar aquella misión. A pesar de que los británicos llevaban casi dos décadas entrenándolo, los rebeldes le dieron una buena somanta de palos en Musala: aniquilaron la compañía que había sido enviada para proteger dicha ciudad. Según los informes, no hubo supervivientes, ningún testigo de la batalla había logrado escapar, y las dos torres de telefonía móvil habían sido derribadas. Toda la población civil había desaparecido.

El único relato de lo sucedido fue el que proporcionó «John», un espectador desconocido, posiblemente un pastor, que se había visto atrapado en la masacre. Antes de que su teléfono se quedase sin cobertura llamó a una mujer de Makeni durante el ataque y le dejó un mensaje de voz, el cual el servicio de inteligencia interceptó, hackeó y borró, y Rhodes envió a mi móvil. Pulsé el botón de reproducir y subí el volumen. Tras los diez segundos del tono de referencia se oyeron con nitidez los gritos de socorro de un hombre muy angustiado.

—*Hermana, hermana..., ¿me oyes? Soy John, tu hermano. ¿Hermana? Están en la ciudad, están matando a todo el mundo. Que Dios nos valga, hermana, están por todas partes. La gente intenta huir, pero no puede. Estamos atrapados. Los demonios nos tienen atrapados, hermana. Es Satanás. Satanás ha venido aquí. Es él. Lo veo. Oh, Dios mío. Se están comiendo nuestras almas. El demonio ha venido a buscarnos. Ha venido Satanás a devorarnos. Huye, hermana. Huye. Tienes que huir...*

La grabación termina abruptamente.

Tomé de la carpeta de Rhodes un folio muy manoseado y leí la transcripción. Al final, Rhodes había añadido una nota escrita por ella misma con su letra angulosa: «Transmisión autentificada. Suponemos POB CIV de Musala ha sido eliminada. Procédase con suma precaución».

Quienquiera que fuese aquel tal John, no había conseguido salir vivo. Nadie había conseguido salir vivo.

Había una cosa que me intranquilizaba, más incluso que aquel turbador mensaje y el horror palpable de lo que John describía. No era lo que se oía en el mensaje, sino lo que no se oía: ni un disparo de arma de fuego. Los rusos eran expertos en llevar a cabo operaciones psicológicas y misiones falsas. Al parecer lo que hicieron en Musala había ocasionado estragos en la mente de sus víctimas al igual que, se supone, también en su cuerpo, y, por lo visto, sin necesidad de un solo disparo. En Sierra Leona había muchos agujeros de pánico que tapar. El terror que destilaba la voz de John sugería que habían dado en el clavo.

Borré el archivo de audio y recogí los papeles. Se los llevarían de la caja fuerte una vez que abandonara el hotel. Apagué el cigarrillo, puse el móvil en silencio y me tendí en la cama a oscuras.

Dudaba que King supiera cuál era el verdadero objetivo de los rebeldes ni hasta dónde llegaba la implicación real de los rusos, a pesar de haber disfrutado de una velada entera sacando lustre a la pomposa y falsa autoridad de niño de clase alta. A lo mejor Mason tampoco lo sabía. A lo mejor la capitana Rhodes sabía más de lo que yo pensaba, aunque Nazzar, cuando le acribillé a preguntas al cruzármelo en la puerta del cuarto de baño, la tachó de «otra puñetera panoli». De todos modos, le pedí que averiguase quién era.

Érase una vez, como diría Frank, el «a lo mejor» no venía a cuento; pero después de lo de Caracas yo quería estar seguro, era consciente de que había sido el principio del fin. Tal vez matar gente a sangre fría sin cuestionar nada porque me lo habían ordenado me convertía en un «psicópata legalmente cuerdo»; pero matar a una persona creyendo que era inocente me convertiría, como mucho, en un sociópata, un sociópata que obedecía órdenes. Y la historia no juzgaba demasiado bien a esa clase de personas.

Frank tenía razón en una cosa: los tipos «como yo» eran unos incomprendidos. Incluso por él mismo. Una cosa era que a alguien se le diera bien sembrar el caos, pero otra bien distinta era llegar a cometer un asesinato, incluso para Max McLean. Lo que me quedaba de humanidad, a lo que me agarraba como a un clavo ardiente, no tenía nada que ver con la sensación de cumplir con mi deber, sino con la certeza de que las personas a las que mataba eran mala gente; su culpa expiaba la mía.

Pero aquí estaba ahora. Solo y sin perdón.

Nada más cumplir los dieciséis años me fui de casa, y a partir de entonces estuve viviendo en lugares sin moralidad alguna: una suite de hotel tras otra, planificando una muerte tras otra. Cuanto más tiempo hacía que estaba en el Ejército, mejor me sentía con la idea de matar. No me gustaba, pero terminé acostumbrándome, hasta que al fin, inexorablemente, me enamoré de la idea y de la fuerza que dicha idea llevaba dentro. Tras mi primera ejecución, que llevé a cabo a toda prisa, a un kilómetro de distancia, por encima de los tejados mojados del oeste de Belfast, los reclutas más jóvenes de Raven Hill comenzaron a idolatrarme. Y de pronto dejé de ser un niño afligido para convertirme en un rey. El coronel Ellard tardó años en cultivar nuestro talento sin convertirnos en unos sádicos. Lo que el acto de matar nos daba, él lo anotaba en la cuenta del Ejército.

En cierta ocasión Frank me dijo que mi padre estaría orgulloso de mí. ¿Por qué? ¿Por haber apretado el gatillo? ¿Por haber obedecido una orden ciegamente? ¿Estaría orgulloso de mí por proteger, por servir, por hacer los trabajos que nadie más quería hacer, como un trastornado *Harry el Sucio* irlandés? Pero, claro, Frank no había conocido a mi padre.

Habían pasado veintiséis años desde que los cubanos derribaron el avión de mi padre en el sur de África. Gran soldado y científico, dotado de una mente brillante, desapareció en una nube de humo y de metralla en el radiante cielo azul de Angola en el día de mi cumpleaños. Mi madre, al enterarse de la noticia, se metió en el lago que había detrás de nuestra casa con los bolsillos llenos de piedras.

Y yo hui.

Cuando llegué a los Pabellones Browning de Aldershot con una carta de consentimiento falsificada, nadie me conocía; y yo no tenía ni idea de adónde me dirigía.

¿De qué se habría sentido más orgulloso aquel hombre alto, rubio y esbelto, que nunca alzaba la voz, que nunca me pegó ni me humilló como hacen los hombres débiles para destrozar a sus hijos varones: de la obediencia o de la insubordinación, del deber o de la supervivencia? Cogí las herramientas de mi oficio, el vaso de whisky y la pistola. Se suponía que nosotros éramos los Desconocidos, no los desvergonzados. El bondadoso Adán había criado a Caín. Frank Knight lo vio con total claridad, y supo que yo, dicho con sus propias palabras, «servía» para ser un verdugo bien dispuesto.

Ellard nos inculcó, sin dejar lugar a dudas, que llegaría un momento en nuestra vida en el que la presión del trabajo acabaría por hundirnos. «La cuestión —decía—, es en qué lado de la línea de fuego queréis estar.» Me vino a la memoria Ana María, el gesto de decepción que Frank tenía pintado en el rostro cuando me echó aquel rapapolvo en Caracas y la cara de alivio que puso King cuando vio que seguía en el tajo. Tal vez al dejar a Ana María con vida, yo mismo presagié mi hundimiento.

«Pero tú lo supiste —me dije en el intento de reafirmarme—, lo supiste.» Fuera quien fuese aquella mujer, no era la persona que Frank me había hecho creer en la reunión informativa. Permanecí tumbado en la cama, dando vueltas a todo aquello, semidormido, hasta que de repente sonó el teléfono.

Frank.

El mensaje decía lo siguiente: «El veloz Zorro Rojo ha saltado por encima de los perezosos perros marrones».

Por lo visto, Ana María había logrado escapar. Muy probablemente había huido a La Habana. Más vale malo conocido.

«¿Estás en la perrera?», pregunté yo.

«Iré para allá lo antes posible», respondió.

En la reunión informativa nadie había mencionado a Frank. King y él eran muy amigos.

«¿Recomendación de los rusos?», escribí.

Esta vez, la respuesta tardó cinco minutos de reloj en llegar. Al tiempo que el Valium empezaba a arrastrarme a una espiral descendente de sueños vacíos, la vibración del teléfono sobre la mesilla de noche me despertó lo justo para que pudiera leer lo que contestó:

«Ve a ver a Sonny Boy».

6

—Muy bien, señor. Y su cinturón, señor. Y los zapatos. ¿Lleva en los bolsillos algún papel, pañuelo, billete...?

Saludé al guardia de seguridad privada con un breve gesto de cabeza y me metí en el escáner: manos arriba, piernas separadas, mirada al frente. El sensor pasó a mi alrededor con un doble siseo. Al salir de nuevo alcancé de reojo la pantalla LCD: verde. Me vestí, me pegué en la pechera de la camisa una etiqueta con mi nombre y, dejando atrás la tenue luz de Norfolk que se filtraba por el ventanal, acompañé a un enfermero al área de admisiones de visitas. Cruzamos las puertas del vestíbulo y penetramos en una madriguera de pasillos grises que parecían no tener fin y que se perdían en el infinito más desolado, iluminados por lámparas fluorescentes.

Visto desde fuera, el edificio pasaba desapercibido. En el interior, los celadores empujaban camillas sin hacer ruido por los suelos de linóleo brillante que reflejaba la luz verdosa de las luminarias que colgaban del techo. Aquí y allá se veían empleados de seguridad vestidos de negro; todos de empresas privadas; sin uniforme militar; sin armas a la vista; nada de que preocuparse. Mientras avanzábamos oía mi respiración, pero no las pisadas. Mis zapatos habían quedado guardados con llave en una consigna, junto con mi documento de identidad y mi pistola. Tanto el enfermero como yo nos habíamos calzado unos zuecos de goma de suela blanda. Era como bucear dentro de una cueva sin llevar oxígeno.

—Hay pacientes que, si oyen pisadas, se alteran. Piensan que venimos a llevárnoslos.

El enfermero hablaba sin mirarme, sin girar la cabeza ni un ápice. Su tono de voz era monocorde y frío.

—O a rescatarlos —repuse yo.

Torcimos a derecha y a izquierda, en silencio, adentrándonos mil metros en el corazón del edificio, y de pronto el enfermero se detuvo. Tecleó un código de cinco dígitos en un panel situado junto a una puerta maciza de color gris y después empujó con fuerza. La corriente de aire que la puerta provocó al abrirse trajo consigo una débil música de jazz Dixie y un fuerte olor a menta. Al fondo de la sala había una mujer de cuarenta y tantos años vestida con un traje de chaqueta que le quedaba bastante mal encorvada ante un ordenador portátil colocado encima de la mesa. Recorrí los diez pasos que me separaban de ella, se levantó y me tendió la mano. La acepté, se la estreché y me giré. El enfermero ya no estaba.

—¿Señor McLean?

—Llámeme Max, por favor, doctora...

—Crossman. Tina Crossman. Y no soy doctora. No tengo ni de lejos la inteligencia y la paciencia para serlo. —Indicó una de las sillas de plástico junto a su mesa—. Siéntese, por favor.

Al lado del portátil languidecían, en un plato de papel, una pechuga de pollo a medio comer y un trozo de brécol. En la salsa de carne coagulada flotaban un cuchillo y un tenedor de plástico. Me senté e hice un gesto de disculpa con las manos.

—Perdone, no era mi intención molestarla durante su almuerzo...

Ella me interrumpió extendiendo de nuevo el brazo, esta vez para ofrecerme el extremo abierto de un paquete de caramelos de menta. Levanté las manos otro poco más y lo rechacé con una sonrisa.

—Me temo que por aquí es lo más parecido a un postre.

Sacó un caramelo del paquete con la uña del dedo pulgar y se lo puso en la lengua como si fuera a comulgar la Sagrada Forma.

—He venido a ver a Sonny. Me refiero al sargento Mayne.

Crossman mordió con fuerza el caramelo y, haciéndolo crujir entre los dientes, se aplicó a su ordenador portátil. La música de jazz fue desapareciendo.

—Disculpe, así está mejor. Este maldito trasto va por libre. Sí, Mayne. El sargento Martin Mayne. —Me observó con expresión inquisitiva y se remetió un mechón de pelo, negro con algunas canas, por detrás de la oreja—. ¿En qué puedo ayudarle?

—Soy amigo suyo.

Crossman me miró con gesto inexpresivo.

—¿Amigo suyo? Entiendo. Por cierto, yo soy su terapeuta. —Siguió una larga pausa—. ¿Y...?

—Y he venido a verle. A hacerle una visita. —Crossman abrió la boca ligeramente, como si fuera a decir algo que finalmente decidió guardarse para sí—. ¿No la han avisado de que iba a venir?

Crossman daba vueltas al paquete de caramelos entre el dedo índice y el pulgar. Volvió a abrir y cerrar la boca, y finalmente habló:

—Sí, señor McLean, me han avisado. —Sus ojos alternaban entre los míos y la pantalla del ordenador—. Pleno derecho de visita. Es poco habitual. —Se recostó en su silla, se hundió un poco más en ella, se ajustó la chaqueta y me miró a los ojos—. De hecho —siguió diciendo—, usted va a ser la primera visita que reciba el sargento Mayne desde que llegó el mes pasado.

Para ver a Sonny Boy tuve que caminar cinco minutos por los pasillos. Desde que entré en el laberinto del edificio de una sola planta de Brinton Facility, había recorrido un kilómetro y medio y había visto menos de una docena de personas. Apenas se oía nada. Pero de camino a la habitación de Sonny Boy me enteré de muchas cosas gracias a Crossman. Lo habían internado después de veintiún días de ingreso en el Royal Free Hospital de Londres. Por lo visto, sufría psicosis alucinatoria severa, causada por un estrés postraumático agudo. Crossman no mencionó ninguna dolencia física. Desconocía, o no quiso decirme, qué era exactamente lo que había originado dicha reacción.

—El miedo, señor McLean —fue todo lo que contestó cuando se lo pregunté—. Un miedo absoluto, mortal.

Lo cual resultaba extraño, porque Sonny Boy no era de los que se asustaban con facilidad: era un irlandés gigantesco, todo bondad, que había pasado dieciocho años en el Ejército, quince de ellos en el SAS: primero en el Escuadrón D con Jack Nazzar, y luego con él otra vez en el Ala y en el Escuadrón G. Yo lo conocí durante la mitad de ese tiempo. Él llevaba un año apoyando las misiones de los Desconocidos cuando me enteré de que le habían concedido una Orden del Servicio Distinguido tras haberlo enviado a Afganistán por cuarta vez. Dicha distinción militar permaneció clasificada, pero se decía que el Grupo del Aire del Escuadrón D, incluido Jack Nazzar, le debía la vida. Era un tirador excepcional, y se le daban tan bien los explosivos que nos aliviaba el hecho que se hubiera enrolado en nuestro ejército y no en el de los republicanos irlandeses.

De los casos psiquiátricos militares se encargaban los hospitales privados del Priory Group. El Brinton ni siquiera era un hospital. Según Crossman, era un «centro de investigación». Sonny Boy no era ni un paciente ni un prisionero. Era un sujeto. Crossman y yo aguardábamos en la antecámara de su celda, flanqueados por dos guardias de uniforme negro que llevaban al cinto, a un costado, sendas pistolas Taser de empuñadura amarilla. Ellos y una puerta de seguridad accionada eléctricamente eran lo que me separaba de Sonny Boy. Crossman relajó los hombros y habló mirando hacia las cámaras de circuito cerrado de televisión colocadas encima de la puerta.

—Martin es propenso a sufrir arrebatos emocionales, señor McLean; arrebatos que pueden provocar reacciones imprevisibles.

—¿Como cuáles?

—Fuertes reacciones de índole física. Le rogaría que fuera usted breve, señor McLean, y que no hable de ninguno de los detalles del último... destino de Martin. Eso le pone muy nervioso. Le agita mucho.

Crossman se volvió hacia el guardia de su izquierda y le hizo un gesto afirmativo con la cabeza. El guardia tecleó una serie de dígitos en un panel de la pared.

—¿Se refiere a cuando estuvo en Rusia?

—No, señor McLean. —Crossman se giró y tecleó en el panel la segunda parte de la clave. La puerta se abrió y dejó ver un vestíbulo, una segunda puerta con un panel transparente y, detrás, una cama individual sobre la que descansaba el corpachón de Sonny Boy vestido con un chándal. Di un paso al frente, y la puerta principal comenzó a cerrarse a mi espalda—. No me refiero a Rusia. Su amigo fue evacuado de Sierra Leona.

Los soldados no me impresionan. Les pagan por realizar un trabajo: o lo hacen bien, o lo hacen mal. Y los miembros de las Fuerzas Especiales no son superhéroes. Mean, cagan, sangran y se quejan como todo el mundo, incluida la reina a la que sirven. Pero es que Sonny Boy no era un soldado, era una puta leyenda. Y allí estaba, sentado como un buda en su infierno acolchado, liando un cigarrillo. Contempló la puerta que se cerraba a mi espalda.

—Cuánto tiempo, Max.

—Cuánto tiempo, Sonny. ¿Cómo te va?

—Ah, pues... —Miró rápidamente a derecha e izquierda, tiró en el cenicero el cigarrillo a medio liar y se llevó un dedo torcido a los labios—. Chist.

A continuación se levantó de la cama y se plantó de pie frente a mí, a un brazo de distancia: un metro noventa y ocho de altura y ciento veinte kilos de asesino de modales suaves y frío como una piedra. Luego, se agachó y fue hasta el lado izquierdo de la celda. Me señaló, volvió a llevarse el dedo a los labios y se quedó allí de pie, inmóvil como una estatua, con una oreja pegada a la pintura beis de la pared. Transcurrió un minuto de reloj. Yo cambié el peso de una pierna a la otra, pero Sonny levantó las manos como si estuviera deteniendo el tráfico en un punto de control. Otro minuto. Y otro más. Sonny Boy continuaba inmóvil, escuchando.

—Todo correcto —soltó finalmente de golpe—. Genial. Ya se han ido. ¡Ja! ¿Que cómo me va? Joder, Max, si te lo contara no te lo creerías. ¡No te lo creerías ni por un instante! —Suspiró, lanzó una carcajada y volvió a sentarse en la cama con gesto brusco—. Sí, no te creerías ni una sola palabra. Pero en fin.

Se quedó con la mirada fija en el suelo. Los dos nos habíamos criado en el condado de Wicklow, separados por dos kilómetros de campiña y todo un mundo. Su acento me recordaba el mío de la infancia, que suavicé en el Ejército.

Me acerqué un poco más a la cama.

—¿Qué es lo que no me creería, Sonny? ¿Qué ocurre?

Sin previo aviso, brotó de él un sollozo profundo, tembloroso, seguido de un horrible quejido, tan agudo que me hizo retroceder. Levantó la vista. Tenía los ojos llenos de lágrimas, los dientes apretados, los músculos de la mandíbula en tensión. Alargué el brazo hacia él, como si estuviera seduciendo a un perro desconfiado. Sonny no hizo ni dijo nada. Le apoyé la mano en el hombro. Se estremeció.

—Eh, Sonny —susurré—. No pasa nada. Estoy aquí. Todo va bien.

Me senté en la cama a su lado, muy despacio. Ahora tenía las manos en el regazo, y las lágrimas iban cayendo encima de ellas. Tomé su mano derecha con la mía y la apreté con delicadeza.

—Ya ha terminado, Sonny. Ya ha terminado.

Sonny Boy se volvió a medias hacia mí. Le temblaban los labios, y la mandíbula se le relajó.

—Max, no te lo creerías —sollozaba, pero hacía esfuerzos para dominarse.

—¿Qué no creería, Sonny? ¿Quieres contármelo? —Nada—. No es necesario que hablemos. Oye, ¿te acuerdas de aquella vez en Kabul que...

—Vas a ir, ¿verdad?

—¿Adónde, Sonny?

—Allí.

—¿A Sierra Leona?

Nada más decirlo me di cuenta de mi error. Sonny me

apretó la mano con fuerza y me miró a los ojos como si de repente acabara de ver algo por primera vez.

—Por eso te han dicho que vinieras a verme, ¿verdad? Porque van a enviarte allá. Por eso te han dicho que vinieras a verme. —Su tono de voz era firme y calmado—. Ah, tú no, Max. Por favor, tú no.

Quise tranquilizarle, pero era demasiado tarde. Arremetió contra mí y me empujó de tal manera que me hizo caer al suelo. Mi mano en la suya; su cara contra la mía; sus dientes junto a mi oído, ensordeciéndome con un chillido que me taladraba las entrañas.

No opuse resistencia y rodé con él. Aún tenía la mano derecha libre. Le empujé la cabeza hacia atrás con fuerza y le clavé el dedo pulgar en la cara. Se oyó un chasquido húmedo cuando le vacié el ojo. Entonces giré su muñeca izquierda y lo tiré hacia mí. Ahora tenía las dos manos libres. Sonny levantó su gigantesca mano cerrada en un puño, pero le ataqué antes propinándole un puñetazo en un costado del cuello. Lanzó un rugido de dolor, medio cegado, con el brazo paralizado, y se derrumbó sobre mí con el antebrazo presionándome el cuello.

La sala se volvió toda negra. Me rehíce y le propiné un golpe en la arteria carótida. No surtió efecto. Me estaba aplastando la tráquea. Todo negro. Lancé otro puñetazo. Sonny rodó hacia un lado, se incorporó y me miró como un cíclope de gesto obsceno. Yo le lancé un golpe corto hacia el plexo braquial, pero se desplazó hacia un lado y lo esquivó. Entonces ataqué por debajo de los brazos y le golpeé con la base de la mano derecha en la punta de la nariz. Al instante empezó a llenársele la cara de sangre. Luego le propiné un puñetazo con la mano izquierda en el oído derecho y con la derecha de nuevo en el puente de la nariz, un golpe que le aplastó totalmente el cartílago. Seguí golpeándole. Con el codo izquierdo en el oído izquierdo, con saña. Sonny se desmoronó. Pero yo estaba demasiado cerca, caí arrastrado por él y quedé otra vez aprisionado bajo su inmenso corpachón.

Detrás de mí aparecieron dos hombres de negro, con sus pistolas eléctricas desenfundadas. Ninguno de los dos disparó. Mis manos encontraron las sienes de Sonny. El ojo le colgaba de la cuenca y me rozaba la mejilla. Sangraba profusamente por la boca, la nariz y los oídos; la hemorragia le bajaba por el cuello y me manchaba la cara. La sala se llenó de repente con una voz de mujer y un olor a menta mezclada con sangre. Haciendo un gran esfuerzo levanté la cabeza de Sonny, y él me miró por el ojo que le quedaba útil. Cuando mis manos ya empezaban a retorcerle el cuello, sonrió y se relajó.

—Van a venir, Max. Van a venir.

7

Me desperté sobrevolando el Sahara. Al principio me pareció ver unas recuas de camellos avanzando entre las dunas, pero resultó ser una mera ilusión. Volábamos a demasiada altura, lo único que se veía eran los delgados contornos de los afloramientos rocosos que serpenteaban por la tierra calcinada. La estela de los motores del avión creaba el imposible espejismo de una neblina de calor que se elevaba en el horizonte, y solo en ese momento me percaté de que tenía frío.

Miré el teléfono y leí los últimos mensajes que había recibido de Frank antes del despegue:

«Siento no haber llegado a tiempo. Procede según lo planeado. No mates a ningún ruso.»

Y a continuación, en gaélico:

«*Ádh mórt ort.*»

¿Buena suerte? Extraje la batería del teléfono, y la pantalla se quedó negra.

Así que Sonny Boy había muerto.

En Brinton, tardé una hora en limpiarme su sangre del pelo y de debajo de las uñas. Me olfateé las yemas de los dedos. Lejía y tabaco. No olía a Sonny Boy. Ni tampoco a Ana María. Ya ni siquiera olía a mí mismo.

No era la primera vez que mataba a un tipo como yo: a uno que se desmadró, a otro que se volvió corrupto y a otro al que se le fue la olla en una gasolinera: dos semanas después de regresar de Afganistán, se encerró en una estación de servicio de las afueras de Hereford y se roció con gasolina a sí mismo y a todas las personas que había allí dentro. Era demasiado arriesgado disparar. Al final, me descolgué desde el techo armado con un cuchillo de cocina de cerámica. Nadie más estaba dispuesto a hacerlo.

Pero ¿Sonny Boy? Aquello era distinto. Tendría consecuencias. Sonny Boy era clarísimamente un héroe, y matar a un héroe, aunque sea en defensa propia, no deja a nadie impune, de un modo o de otro. Había estado a punto de partirle el cuello, y tenía suerte de que él no me lo hubiera partido a mí. Cuando salí de aquella habitación había un equipo de emergencias intubándole. Sus constantes vitales eran sumamente erráticas, pero todavía respiraba. Policías militares de paisano habían reemplazado a los guardias de seguridad privada en cuestión de segundos. Crossman, la terapeuta, apenas pronunció palabra; contemplaba la escena mientras me extraían muestras de sangre de los brazos y me ponían en los músculos deltoides decenas de inyecciones de ves a saber qué. Cuando se lo pregunté, Crossman contestó: «Por su propio bien».

Frank me había dicho que fuera a ver a Sonny Boy. Pero lo único que conseguí sacarle a Sonny Boy en medio de su arrebato emocional fue que estaba convencido de que su misión de reconocimiento estaba relacionada con mi viaje, y cuando lo dijo fue como si se le encendiera una lucecita. Pero Sonny Boy también estaba convencido de que oía cosas a través de la pared insonorizada de una celda, y había puesto todo su empeño en matarme. No tenía ni idea de quién pensaba Sonny que le estaba persiguiendo. A lo mejor se le había frito el cerebro en la selva. Sin embargo ambos habíamos pasado mucho tiempo en selvas, y nunca ninguno de los dos había regresado tan trastornado. Una cosa era que el pastor de la iglesia creyera que el mundo se acababa cuando el enemigo estrechaba el cerco; pero Sonny Boy estaba hecho de otra pasta.

Mason y King querían dar la misión por concluida en el plazo de una semana. Si los rebeldes avanzaban como habíamos previsto, a estas alturas, Makeni y la capital, Freetown, ya corrían peligro. Mason y King pretendían que besara el santo nada más llegar, pero yo quería averiguar qué le había ocurrido a Sonny Boy. Y también quería hablar con «Julieta», la única fuente que situaba dentro del campamento al misterioso hombre blanco. Una cosa era segura: efectuar el disparo sería solo el principio. Después, tenía que salir de allí, y salir limpio. El plazo de una semana me parecía demasiado optimista.

Conforme nos dirigíamos hacia la selva para llegar a la costa, los tonos amarillos dieron paso a los marrones y después a los verdes, hasta que por fin, cuando el 737 sobrevoló la bahía de Tagrin y describió un amplio arco sobre el Atlántico, surgió una franja de color azul.

Desembarqué en la pista del Aeropuerto Internacional de Lungi y ya no volví a sentir frío. Fue como meterse debajo de un secador de pelo: la brisa marina se llevaba la mayor parte de la humedad, pero resultaba imposible escapar del abrasador calor ecuatorial. Aunque todavía faltaba por lo menos un mes para la temporada de lluvias, el tiempo, al igual que el terreno al cruzar el país, iba a ser brutal.

Mi padre había pasado varios años de su vida en África, tanto en el Ejército como en las largas vacaciones escolares conmigo a cuestas, pero yo nunca había llevado a cabo ninguna misión en el África Occidental. Una vez que atravesamos las enormes puertas de hoja de vidrio que contribuían a que los que trabajaban en la sala de llegadas cayeran, por efecto del calor, en un estado de agotamiento y de inercia, hubo un momentáneo repunte de entusiasmo por parte de los demás pasajeros para asegurarse la primera posición en la fila de inmigración. Pero, con el cerebro embotado a causa del calor, tampoco ellos tardaron mucho en verse dominados por un nerviosismo colectivo. Sin embargo, nadie me metió prisa. Un individuo de uniforme lacio de color azul tomó mi pasaporte canadiense y examinó mi visado.

—Señor Maxwell. ¿Tiene algo que declarar? —Tenía un acento suave, lleno de haches a medio pronunciar. Le respondí que no—. Ah, como dice la canción de Los Beatles, no ha traído su martillo, señor Maxwell. En ese caso, espero que no mate a nadie.

Sonrió de oreja a oreja y emitió una risita. Yo me quedé paralizado. El mostrador de inmigración es un punto de máxima vulnerabilidad. No se puede huir y tampoco se puede pelear. Si uno no tiene los papeles en orden o el hombre (que a menudo es una mujer) no quiere que estén en orden, uno no tiene nada que hacer. Aquella era una operación secreta totalmente negable. Si me detenían, no tendría modo de pedir ayuda a la embajada.

El empleado de inmigración me sostuvo la mirada, y su sonrisa se ensanchó. Yo también sonreí. Que yo estuviera paranoico no quería decir que Londres no la hubiera cagado. Otra vez. Entonces se me iluminó el cerebro.

—¡*Abbey Road*! —exclamé gritando casi—. Usted es un fan de los Beatles, señor... —leí lo que ponía en su placa identificativa—... Johnson.

—¡Bang! ¡Bang! —exclamó él triunfante al tiempo que estampaba los sellos de entrada en mi pasaporte—. ¡Sí! Bienvenido a Salona, señor Maxwell. ¡Es usted muy bienvenido!

Volví a guardar el pasaporte canadiense, un librito de cantos dorados, en su bolsa estanca con cremallera y luego en el bolsillo de la pernera de mi pantalón, y le di las gracias a Johnson. Mentalmente vi la fotografía del misterioso hombre blanco río arriba, cruzando a pie un paso cebra de la selva, al estilo del álbum *Abbey Road*. Sí, «bang, bang». Este Max se aseguraría bien de que acabara muerto.

Del techo pendían unos obsoletos conductos de aire acondicionado dirigidos hacia los pasajeros. De ellos emergía tan solo un susurro de aire templado. La terminal era nueva, pero ya estaba hundiéndose en la decrepitud. Tenía la espalda de la camisa empapada de sudor, un sudor que también me humedecía los labios y se me metía en la boca. Aquel sabor a sal me daba sed. La ansiedad me secaba la garganta. Recogí mi petate North Face de la cinta de equipajes que ya no rodaba y me preparé, muy consciente de los cinco mil dólares americanos que llevaba en el otro bolsillo del pantalón.

Pero en la aduana no se movió nadie, y atravesé los mostradores vacíos sin que nadie me molestara. Ya eran casi las dos, y el calor resultaba opresivo. Me eché el petate al hombro y salí a la luz. El cielo estaba despejado. La brisa que soplaba desde el Atlántico se había intensificado y agitaba las frondas de una docena de palmeras que montaban guardia en el exterior de la terminal. El sudor de la espalda se me enfrió. Me protegí los ojos con una gorra de visera de los Vancouver Canucks, escruté y esquivé la multitud de mozos de equipajes que se peleaban por una propina y eché a andar para buscar la terminal de conexión del helicóptero.

El río Sierra Leona separa el aeropuerto de Lungi de Freetown. Llegar a la ciudad después de aterrizar fue todo un reto. La ruta estaba abarrotada de taxis acuáticos, lanchas chárter y un viejo transbordador: todos ofrecían diversos grados de navegabilidad, pero todos, de eso no cabía duda, me causarían mareo. Lo más rápido, aunque no apto para los que sufren del corazón, era trasladarse en helicóptero. Varios helicópteros militares rusos, envejecidos y pilotados por ucranianos igual de envejecidos, llevaban y traían a los pasajeros hasta el distrito de Aberdeen, de vez en cuando con consecuencias fatales: unos años atrás, uno de aquellos vetustos transportadores de tropas estalló en llamas en el momento de aterrizar y acabó con la vida de todos los pasajeros que iban a bordo.

Tras recorrer un breve trecho a pie desde la puerta de Llegadas encontré el gastado Mi-8 ruso con el motor en marcha detrás de una valla metálica. Acababa de reanudarse el servicio. Dado que mi padre se había ido demasiado pronto a la tumba mientras sobrevolaba África a bordo de una aeronave, no me hizo mucha gracia comprar un billete para subirme a aquel oxidado souvenir de la Guerra Fría. Habría preferido pilotarlo yo mismo. Esperé en la fila junto con una docena de pasajeros igual de preocupados que yo, todos con los setenta pavos que costaba el trayecto de ida, siete minutos de montaña rusa a bordo de aquel trasto del Telón de Acero, en la mano. Hombres de negocios, turistas, contratistas de las minas, trabajadores humanitarios, personal de embajadas y unos cuantos ciudadanos ricos del país; estoy seguro de que todos abrigábamos la esperanza de que aquel día no tocase efectuar una autorrotación de emergencia sobre el Atlántico.

Poco después, el rugido de las turbinas y el mal olor del Jet A-1 evaporándose en el sol de primera hora de la tarde dispararon el familiar torrente de adrenalina. Mientras me abrochaba el cinturón de seguridad pasaron por mi memoria recuerdos fragmentados de innumerables vuelos en helicóptero. El suelo comenzó a alejarse de nosotros para dejar ver primero el mar y luego, al enfilar hacia delante, un mosaico de azules y grises y el color oxidado de los tejados corrugados de Freetown.

En la terminal de Aberdeen me esperaba Roberts. Algo menos de un metro ochenta de estatura, flaco como un palo de escoba y con el pelo peinado en trenzas deshilachadas en las puntas. Aparentaba veintitantos años, pero yo sabía que tenía treinta y seis. Estaba fumando apoyado en un viejo Nissan que llevaba garabateada en el capó la frase «Regalo de Dios».

—Qué hay, colega. ¿Has tenido buen vuelo?

No tenía el menor rastro de acento krio. Roberts era cien por cien oriundo del sur de Londres. Dejé mi petate rojo en el asiento de atrás y me subí al coche.

—Sí, no ha estado mal. —Encendí un cigarrillo.

—¿Al hotel?

Al Mammy Yoko casi se podía ir andando desde la terminal. Durante el descenso en helicóptero lo habíamos sobrevolado durante unos instantes: una carísima isla blanca en medio de una turbia extensión de marrones y verdes. Tenía canchas de tenis y, al fondo del complejo, el rectángulo azul turquesa de una piscina rodeada de media docena de mujeres en bikini.

—No, vamos a tomar una cerveza. Ya me registraré luego.

—Genial. Conozco un sitio perfecto.

El Regalo de Dios cobró un poco de vida con una especie de hipo.

—¿De dónde has sacado ese acento?

—De Peckham. —Sonrió—. Sur de Londres. ¿Y el tuyo?

—De Canadá —contesté con otra sonrisa.

—Ya.

—En Canadá hay muchos irlandeses. Créeme.

—Pues claro. ¿Cómo quieres que te llame? ¿Max? —Asentí, y él se metió el cigarrillo entre los dientes y dio una palmada en el salpicadero del Nissan para animarlo—. Vamos, pequeño, llévanos.

—Roberts... —Miré a mi alrededor. Por fuera, el coche era un collage de paneles de repuesto, cada uno pintado con un tono de gris distinto. Por dentro, la integridad del chasis parecía depender en gran medida de la eficacia de los trozos de cinta adhesiva y bridas de plástico que tenían por lo menos cien años—. ¿Este ejemplar de... en fin... de ingeniería japonesa de primera clase nos va a solucionar problemas o nos va a causar más? Tengo dinero, podemos conseguir otro coche.

—¡Eh! ¡Que mi cacharro es muy sensible! Pero funciona. Además, ¿sabes qué es lo mejor? Que nadie se meterá con él, con lo cual nadie se meterá contigo. Eres simplemente un blanco más al que están timando dando vueltas por la ciudad.

—En eso llevas razón.

Cinco minutos más tarde habíamos atravesado la desembocadura de un estuario largo y estrecho que prácticamente separaba Aberdeen del resto de Freetown, y nos dirigíamos hacia el centro, primero hacia el sur y después hacia el este. Roberts se llevó una mano atrás, debajo de mi asiento, y sacó la correa de la bolsa Billingham que la capitana Rhodes dijo que tendría preparada para mí.

—Es toda tuya. No tengo ni idea de lo que hay dentro, y no quiero saberlo.

Iba charlando al tiempo que conducía. Ambas cosas se le daban muy bien.

Resultó que Roberts había tenido una vida a ratos afortunada y a ratos desesperada. Me fue contando su historia de manera errática, siguiendo los vaivenes de la conducción a lo largo de la costa. Tenía apenas dieciocho años cuando los rebeldes del Frente Revolucionario Unido entraron en Freetown. Huyó de casa y se fue directamente a las oficinas de la Southern Star, una empresa militar privada dirigida por un amigo de su padre: un mercenario israelí que se llamaba a sí mismo Ezra Black. Roberts quería matar rebeldes. A Ezra le apetecía llevar a un muchacho sin entrenar pegado a los talones casi tanto como recibir un balazo en la cabeza.

—¿Y qué hizo? —Roberts, el mercenario flacucho y fumador empedernido. Resultaba casi gracioso.

—Me pegó un tiro.

—¿Qué?

—Me disparó. Justo aquí. —Al decirlo se levantó la camiseta con la mano derecha para dejar ver un bulto de tejido cicatricial que tenía por encima del hueso de la cadera—. Me dolió una barbaridad, pero me salvó la vida. Él me salvó la vida.

Ezra le vendó la herida, le llevó en coche a casa de sus padres y luego les trasladó a todos al helipuerto de las Naciones Unidas que había en las oficinas centrales: el hotel Mammy Yoko. Naciones Unidas estaba evacuando a su personal; Ezra conocía a los pilotos y a sus escoltas militares. Roberts, que ahora era oficialmente un muchacho herido en «estado crítico», recibió un pase de identidad de las Naciones Unidas y viajó a Senegal. Desde allí, Ezra se las arregló para enviarlo con una tía ya mayor que vivía en Inglaterra. Jamás volvió a ver a sus padres. Cuando por fin, tres años más tarde, terminó la guerra era un huérfano con un título en administración de empresas, una esposa inglesa y un descubierto en el banco del tamaño de una hipoteca pequeña.

—¿Sabes lo que sucedió entonces?

Ni idea.

—Tío, aquello fue de locos. No te miento. Mi tía, el mismo día en que se firmaron los acuerdos de paz, se murió de repente. Le falló el corazón.

Puse una cara de adecuada sorpresa.

—Pero eso no fue lo más raro. Al día siguiente de morirse mi tía, mi mujer compró una tarjeta de «rasca y gana». —Calló unos instantes para causar mayor efecto y me miró otra vez con los ojos muy abiertos, recordando lo que estaba a punto de contarme—. Cien de los grandes. ¡Cien!

La esposa pagó un entierro decente para la anciana tía y saldó las deudas; él volvió a casa y ella lo acompañó. Ahora Roberts conducía un taxi y su mujer, camarera veterana, había montado un bar propio, que era al que nos dirigíamos en aquel momento.

—¿Quién te queda? Aquí, me refiero.

—Solo mi abuelo. Te caería bien. Un viejo soldado, muy aficionado a las mujeres. Y también está siempre pregonando que los irlandeses son unos tíos cojonudos.

—Un hombre inteligente, tu abuelo. ¿Tienes hijos?

—Ninguno, que yo sepa. —Soltó una carcajada, pero enseguida se recompuso—. Qué va, no tengo hijos —continuó con más calma—. No podemos. Mi mujer no... en fin, no puede tenerlos, ¿sabes? —De repente dio un volantazo para esquivar a un vendedor de cacahuetes que se había salido de la acera y había invadido la calzada. Luego cambió de tema y señaló el mar. En su huesuda muñeca llevaba una pulsera de cuentas negras, rojas y verdes, con el León de Judá de los rastafaris colgando de ella. Al león le faltaba una pata—. Eso de ahí es la bahía del Hombre Blanco. —Me miró y sonrió—. Y allá delante, si uno sigue andando, está Congo Town, de donde era mi familia. Ahora ha vuelto a la vida, pero durante la crisis del ébola... era otra cosa. Si uno no tenía miedo de morir era porque estaba loco o porque ya estaba muerto.

Doblamos a la derecha para tomar Wilkinson Road, y el Nissan enfiló hacia el sur con un rugido. Había numerosas mujeres con vestimentas estampadas de vivos colores y niños atados a la espalda que recorrían los mercados a ambos lados de la carretera. El aire caliente y húmedo que se colaba por las ventanillas del coche olía a sal, humo y excrementos.

—No te voy a mentir —siguió diciendo Roberts—. Ha sido duro, ¿sabes? Pero ahora la cosa no está mal. Por lo menos está mejor.

El estallido del ébola había arrasado sus vidas como una segunda guerra civil. Roberts me recordó que se habían infectado catorce mil personas, y que de esas habían muerto casi cuatro mil. Aquella fiebre hemorrágica, sumamente contagiosa, licuaba los órganos vitales y hacía que sus víctimas sangrasen de manera incontrolable por los ojos, los oídos, la boca, los genitales...

Roberts, según él mismo reconoció, estuvo de nuevo al borde de la bancarrota. Sentarse en un bar no figura en la lista de prioridades de la gente cuando está atravesando una de las epidemias más letales que se han conocido nunca. Pero su mujer y él, trabajando codo con codo, ya estaban volviendo a recuperarse.

—¿Por qué te mezclaste con los británicos, en la embajada?

Roberts me dirigió una mirada de soslayo.

—¿Por qué iba a ser? Por dinero. ¿Por qué, si no? Cómo lo hice lo dejaremos para la cerveza. —Dicho eso, se inclinó hacia mí y señaló mi ventanilla—. Eso de ahí es Cockerill, la base aérea. Los sudafricanos siguen ahí. Es donde aterrizan todos los militares que vienen del extranjero. Yanquis, británicos, rusos, etíopes.

—¿Etíopes?

—Sí, mandan técnicos para reparar los helicópteros. Salen más baratos que los rusos. Y los sudafricanos insisten en ello. Nadie más puede tocar sus aparatos. —Soltó una carcajada áspera—. Claro que nadie quiere tocar un helicóptero que haya estado cerca de ellos.

En la pista descansaban dos grandes helicópteros Hind de combate rusos, con las aspas amarradas. Eran del mismo modelo de mediados de los años setenta que el helicóptero con el que aprendí en Polonia con el Escuadrón A. Sabe Dios a qué coste estaba el gobierno británico financiando las fuerzas aéreas de Sierra Leona para que comprasen helicópteros de combate al antiguo bloque soviético, atendidos por técnicos etíopes y pilotados por mercenarios sudafricanos. Ya con la potencia de fuego de aquellas aeronaves seguramente tenían suficiente equipo para poner fin a la insurgencia del norte. Sin embargo, se suponía que era yo quien acabaría con la insurgencia con un único disparo. Frank llevaba razón: «Una misión. Un objetivo que liquidar. Sin hacer preguntas. Sin pensar». Hacer algo que fuera plausiblemente negable exigía un alto precio y un montón de molestias. A cada minuto que pasaba más me apetecía una buena cerveza fría.

Habíamos trazado un bucle cerrado en el mapa, bajando hasta rodear el extremo del estuario y volviendo a subir en dirección al hotel, por Lumley Beach Road. Dicha carretera discurría a lo largo de una estrecha franja de tierra situada doscientos metros más allá, encajada entre la bahía Cockerill al oeste y el estuario de Aberdeen al este. Roberts detuvo el coche frente a un bar de la playa y apagó el motor.

—Hogar, dulce hogar.

Aquella franja de arena no era mucho más ancha que la carretera en sí. Nos apeamos y fuimos andando hasta la sombra de los cocoteros que bordeaban el bar, yo con la bolsa

Billingham echada al hombro. No había clientes. Presidía la barra una mujer alta de raza blanca, con una cabellera pelirroja y despeinada recogida en lo alto de la cabeza y una camiseta que llevaba escrito «Vota Koroma Presidente». Roberts le dio un beso en los labios y luego se volvió otra vez hacia mí.

La mujer extendió la mano por encima de la barra, y yo le tendí la mía. Me la estrechó con fuerza y mirándome a los ojos.

—Soy Max —dije—. ¿Qué tal está?

—Encantada de conocerte, Max —contestó con un áspero acento del sur de Londres—. Yo soy Julieta.

8

—¿Una Star?

Afirmé con la cabeza.

Julieta le quitó el tapón a una botella grande de color verde de la cerveza local y sirvió la mitad de su contenido en un vaso helado. Los fibrosos músculos de su antebrazo se tensaron por efecto del peso. Conforme se iba llenando con el líquido ambarino, alrededor del vaso se formaban gotitas de condensación. Estábamos sentados a la barra. Hacía cada vez más calor. Aunque los cocoteros nos proporcionaban sombra, las paredes del bar impedían que la brisa procedente del océano nos aliviara. La marea que entraba en el estuario olía a peces muertos y a vegetación putrefacta.

De la cocina situada en la trastienda, una anciana sacó un plato de plátanos fritos y jargo a la plancha, sudaba a mares, y Julieta le dio las gracias en krio, aunque ella no contestó. Cuando se volvió para regresar a la cocina reparé en que le faltaba el ojo derecho: aquel lado de la cara era una masa de tejido cicatricial. Miré el plato y me acordé de que tenía hambre. No comía desde que paré de camino a Brinton para ver a Sonny Boy. Los plátanos tenían un color rojizo porque estaban fritos en aceite de palmera. Había cristales de sal espolvoreados por el pescado, que tenía la piel chamuscada y ennegrecida en algunos sitios, por el carbón con que lo habían cocinado.

—Me parece que estoy a punto de comerme tu almuerzo, Julieta —le dije. Desgarré un poco del pescado con los dedos y lo comí. Estaba delicioso.

—Ah, no hay problema, adelante, cielo. Debes de estar muerto de hambre. Lucy ya traerá más —respondió mirándome directamente. Era muy guapa, y lo sabía—. Y llámame Jules, es como me llama todo el mundo.

Julieta. Deglutí el nombre con un trago de cerveza.

Las casualidades no existen. Eso me decía mi padre cuando, a mis siete añitos, me preocupaba cómo era posible que mi madre me llamase para que entrara a cenar en el preciso momento en que yo esperaba que se hubiera olvidado de que estaba fuera jugando. «Todo está conectado, Maximilian —me decía riendo cuando yo volvía a entrar en casa de mala gana—, aunque no entendamos cómo. Todo. Las coincidencias son la forma que tienen Dios y la ciencia de estrecharse la mano.»

De pequeño no lo comprendía, y tampoco lo entendía ahora. A la porra lo de estrecharse la mano, tenía la sensación de que me abofeteaba una fuerza cósmica.

Era inconcebible que Julieta fuera la tal «Julieta», la fuente, la única fuente que había situado a mi objetivo en el campamento de Karabunda. Ni siquiera el MI6 habría dado un nombre en clave tan transparente a una fuente, una fuente tan profundamente secreta que por lo visto ni siquiera el general King sabía su verdadera identidad. Entonces me vino a la memoria lo que dijo la capitana Rhodes: «Vamos a esconderle a la vista de todo el mundo». Ella era tan solo una capitana, pero a lo mejor conocía a Julieta y también la había escondido a la vista de todo el mundo. Alguien más que Mason tenía que saberlo, si es que él lo sabía.

Lo que más me preocupaba era que no encontraba razón alguna que justificara que se me ocultase la identidad de la fuente. La mínima pizca de información, por pequeña que fuera, podía representar la diferencia entre llegar hasta el objetivo o no hacerlo. También me recordé que era perfectamente factible que «Julieta» ni siquiera supiera que era la fuente; es posible identificar con seguridad un objetivo sin ser consciente de ello.

Bebí otro poco más de cerveza, abrí un paquete de tabaco que había comprado en la tienda libre de impuestos, y me recordé a mí mismo que el hecho de que el MI6 hubiera nombrado o renombrado a la fuente «Julieta» era una mera conjetura. Al igual que muchos de los problemas que agobiaban al Ministerio de Exteriores, tanto podía ser algo creado como algo heredado.

—Ibas a contarme cómo te metiste en la embajada —le recordé a Roberts. Julieta me alargó el encendedor mientras Roberts se pasaba las manos por las trenzas. Las puntas deshilachadas, que se le rizaban en la nuca, estaban salpicadas de hebras grises.

—Fue en el 99, durante la evacuación, como te estaba contando. Cuando llegamos a Senegal había un tipo, un tal Mike, de la embajada británica, que había venido con nosotros en el avión. Él conocía a Ezra y necesitaba a alguien que hablase la lengua limba. Yo la hablo. Tenían un desertor procedente del norte al que querían llevar a un lugar seguro. Como no hablaba o no quería hablar krio, quisieron que fuera yo quien hablase con él. Y eso hice. Por ello no me convertí en ningún héroe, era un crío y tenía una herida en la barriga y todo aquello. No sé si me entiendes. Mike y yo permanecimos en contacto, y cuando volvimos —miró a Julieta—, debía de haberle dado mi nombre a la persona que le sustituyó en la embajada, porque empezaron a pedirme que les hiciera traducciones. Es buen dinero. Sobre todo cuando nadie se toma una Star ni necesita un taxi.

—No lo dudo, pero me ha parecido entender que tu familia era de Congo Town, y Freetown está en el sur. El limba se habla más al norte, ¿no? —Durante el vuelo había echado un vistazo, como solía hacer, a la última guía Lonely Planet de África Occidental. Los mochileros deberían consolarse al saber que cuentan con la misma información que la mayoría de los espías.

—Esa era la familia de mi madre. La de mi padre es de Musala, más al norte. En Freetown hay mucha gente de la etnia limba, pero no lo hablan como mi padre y yo. Nosotros somos la única tribu indígena de Sierra Leona. Mi padre es un verdadero norteño. —Calló unos instantes y bajó la mirada—. Era un verdadero norteño.

—¿Te refieres a Musala, la población que está junto al río Mong?

—Sí. Está muy iluminada, es un pueblo muy grande. Pero, fuera de la provincia del Norte, a nadie le suena de nada. Creo que ni siquiera al presidente.

—Sobre todo al presidente —terció Julieta.

—Te tenía por una admiradora suya —comenté señalando la camiseta que llevaba puesta.

—¿De quién, de este tipo? —Meneó los pechos, y la fotografía impresa en blanco y negro del presidente Koroma se sacudió—. Qué va, me la pongo para que los clientes no me miren las tetas. Es un tipejo de lo más feo, la verdad. ¿Es en Musala donde vas a construir la clínica? —Di una calada al cigarrillo y no contesté—. Robbie me ha dicho que eres médico y que te diriges al norte a construir una clínica. ¿Vas a construirla allí?

Exhalé, y antes de hablar miré a Roberts. Estaba picoteando los plátanos fritos y masticaba haciendo ruiditos de placer.

—Sí, cerca de Musala —la corregí—. Y ahora ya sé por qué a Robbie el norteño le han encargado la nada envidiable tarea de llevarme de acá para allá. —Incliné mi vaso hacia él a modo de saludo—. No sabía que tu familia era de allí, pero me temo que no soy lo bastante listo para construir una clínica. Eso le corresponde al contratista, si es que el proyecto sale adelante. Yo solo voy a evaluar las necesidades para la embajada: antes de poner el dinero quieren asegurarse de que la gente de allí la va a usar.

Desconocía que la familia de Roberts fuera de Musala. Aquel detalle, una de dos: o le convertía en un importantísimo activo o le convertía en una extraordinaria responsabilidad. Roberts, irritado, levantó la vista del plato y miró a su mujer con el ceño fruncido. Imagino que no le gustaba demasiado que le llamaran Robbie.

—Se trata de la clínica de los americanos, ¿verdad? —siguió diciendo Julieta.

—Max es canadiense —le dijo Roberts. Luego se dirigió a mí—: No eres americano, ¿verdad?

—Verdad —coincidí, a la vez que me calaba un poco más la visera de la gorra azul—. Canadiense irlandés. Es una clínica inglesa.

—Eso lo explica —continuó Julieta—, bueno, más o menos. Tú no hablas ni remotamente como aquel otro irlandés de la embajada que estuvo por aquí. —Se volvió hacia Roberts—: Ya sabes, aquel tipo tan grandote. Sí, hombre, ¿cómo se llamaba?

Roberts negó con la cabeza. A mí se me encogió el estómago. Apagué el cigarrillo.

—Tenía unas manos que parecían palas —siguió Julieta—. Sin embargo era de modales muy suaves. Parecía incapaz de matar una mosca. Y era muy gracioso. Cada vez que le preguntaba qué pensaba hacer en el norte, se limitaba a contestarme «Si te lo contase, no te lo creerías». Dios, ¿cómo se llamaba? También había venido por lo de esa clínica, tiene que ser la misma. Hizo unos cuantos viajes a Musala.

—Si era un tipo grande, probablemente era el ingeniero —apunté.

—Pero estoy segura de que trabajaba para los americanos. —Julieta, con cara de desconcierto, inclinó la cabeza hacia un lado—. Iba con ese tal Micky de USAID. Al principio iban a todas partes juntos, pero me parece que al final se hartó de él y se quedó aquí para estar tranquilo antes de volver al norte.

—¿Qué le ocurrió? —pregunté.

—Pues... fue gracioso, en el sentido de raro. —Seguía sosteniéndome la mirada, y yo se la devolvía, haciendo un gran esfuerzo para no desviarla furtivamente hacia el presidente—. Se suponía que regresaría aquí para alojarse otra vez con nosotros antes de volver a Londres, pero alguien de la oficina de Micky llamó a Robbie al móvil y le dijo que se había puesto enfermo y que tenían que mandarle en avión a casa. Pensaban que era malaria. —Sacudió la cabeza en un gesto negativo al recordar—. Allá en el norte, los mosquitos son una verdadera lata.

Roberts se terminó el último plátano frito y miró con gesto esperanzado hacia la puerta por la que había emergido antes Lucy, la cocinera-camarera.

—Una lástima —dijo—. Era un buen tipo. Tenía que haber venido alguien a recoger su equipaje, pero al final no vino nadie. Simplemente me dijeron que su bolsa te la entregara a ti.

Observé la bolsa Billingham que descansaba en el suelo, debajo de mi taburete, y reprimí el deseo de agacharme a cogerla.

—Qué interesante. Qué habrá dentro —comenté sin dirigirme a nadie en particular.

Roberts miró a Julieta y luego volvió a mirarme a mí.

—Ni idea, tío. Pero pesa bastante. Como si llevase una cámara. A lo mejor es un teodolito. —De pronto le cruzó una expresión maliciosa por la cara, como si se le acabase de ocurrir una idea mejor—: Eh, si es oro o diamantes, conozco un pequeño restaurante de la playa idóneo para una ampliación. —Seguidamente rompió a reír a carcajadas. Julieta hizo lo mismo, y yo sonreí.

—Max, ¿qué crees que habrá en esa bolsa? —me preguntó Julieta—. ¿Oro o diamantes?

—Pues... probablemente nada más que un teléfono por satélite —dije—. Ya le echaré un vistazo luego. —Y, exagerando mi acento, agregué—: Pero si digo que es oro, no te lo vas a creer en absoluto, seguro.

Saqué del petate la navaja negra Benchmade, le quité el seguro y apreté el pequeño botón niquelado que llevaba en la empuñadura. La hoja salió de costado y se quedó fija en su sitio con un chasquido tranquilizador. La punta rayó la lechada recién aplicada, y levanté la baldosa del suelo, oblonga y de color marrón. Dentro del hueco que quedó al descubierto había un pequeño saco de arpillera, aproximadamente el doble de grande que un rollo de papel higiénico, atado con una cuerda de nailon de las que se utilizan en náutica. Deshice el nudo y con mucho cuidado fui sacando el contenido, que a su vez estaba envuelto en bolsitas de plástico cerradas herméticamente.

Me llevé todo al dormitorio, puse los paquetes encima de la mesa y cerré las cortinas. La habitación quedó por un momento sumida en la oscuridad, en lo que tardó en encenderse la lamparilla auxiliar después de que el sol quedase oculto tras la cortina opaca del hotel. Extraje de una de las bolsas el metal engrasado de una pistola SIG P229 semiautomática; de otra, dos cargadores de repuesto de quince balas cada uno y un silenciador corto; y de una tercera, dos cajas de municiones. Cada caja contenía cincuenta cartuchos de precisión de nueve milímetros, totalmente metálicos. No era lo que se dice un admirador de la munición que utilizaba el ejército británico, porque siempre se la encargaba al fabricante más barato. La capitana Rhodes había cumplido su palabra. Habían modificado la pistola para uso militar, con un gatillo plano y sin bordes afilados que pudieran trabarse en la ropa donde fuera escondida.

Cogí un poco de papel higiénico del cuarto de baño, limpié el exceso de aceite de la pistola y saqué el cargador. La corredera y la acción eran muy suaves. El cañón hecho a medida iba roscado para acoplarle el silenciador, y la rosca estaba protegida con una tapa metálica. Retiré la tapa y enrosqué el silenciador. Estaba fabricado en titanio y acero, se notaba bien equilibrado. Introduje quince balas en el cargador, lo inserté, metí una bala en la recámara, saqué el cargador y volví a llenarlo, para que cuando estuviera otra vez dentro de la pistola esta llevara dieciséis balas, que eran dieciséis más de las que tenía intención de gastar en Sierra Leona. Lo que necesitaba era efectuar un disparo con un fusil para poner fin a una guerra, no empezar una con un tiroteo propio de pistoleros.

El día que llegamos a Raven Hill, el coronel Ellard nos advirtió que si alguna vez en una misión necesitábamos disparar más de cinco balas con una pistola, sería que algo se había torcido, y que para enderezar las cosas necesitaríamos más munición de la que podíamos llevar encima. Sin embargo en esta misión las balas extra eran por si acaso. Tal como también dijo Ellard en otra ocasión, «Si uno siempre se prepara para lo peor, solo puede llevarse sorpresas agradables». Ellard me inculcó el sentimiento crónico de intranquilidad. Su regalo, el regalo de Raven Hill para todos nosotros, consistió en eliminar la esperanza y sustituirla por la diligencia.

Llené los dos cargadores adicionales y los metí en el saco de arpillera junto con el resto de la munición, acto seguido desenrosqué el pequeño silenciador y metí la SIG en un grueso calcetín de senderismo, y por último lo introduje todo en una mochila negra de North Face. Me lavé las manos y examiné la caja fuerte. El código, siempre el mismo, era 1-2-2-3. La puerta se abrió con un pitido y apareció un sobre de papel manila de gran tamaño, dentro del cual había cien mil dólares americanos en billetes usados, de series modernas y no consecutivas. Cerré y bloqueé la caja fuerte, y seguidamente centré la atención en la bolsa Billingham.

Fabricada en lona y cerrada con correas de cuero provistas de hebillas de bronce, la Billingham era un ejemplo de elegancia inglesa *retro*. Parecía encontrarse fuera de lugar entre las líneas modernas de una habitación Clase Business del hotel Mammy Yoko. Le di la vuelta sin soltarla. No había señales de que hubiera sufrido daños ni interferencias. Se suponía que dentro había un teléfono por satélite BGAN dotado de vídeo bidireccional, y un teléfono inteligente local e internacional, que necesitaba de inmediato; en cuanto Roberts me recogió, apagué mi propio teléfono. Si todo iba según lo previsto, no volvería a encenderlo hasta que me encontrase fuera del país.

A juzgar por lo que habían dicho Julieta y Roberts, la última persona que había estado en posesión de aquella bolsa antes que ellos había sido Sonny Boy. Y lo último que había hecho Sonny Boy había sido intentar matarme. No tenía ni idea de lo que encontraría dentro de aquella bolsa, pero lo que sí sabía era que Sonny Boy manejaba los explosivos plásticos igual que Miguel Ángel manejaba el mármol.

No estaba de humor para sorpresitas.

Por un instante estudié la posibilidad de llevar aquella bolsa a un lugar remoto de la playa y dispararle un par de tiros a ver si explotaba. Pero, en vez de eso, desabroché las correas de cuero, y descubrí una cremallera doble protegida con un candado de combinación que Sonny Boy debía de haber añadido y que la capitana Rhodes no había mencionado. Bueno, eso era una buena señal. Uno no protege una trampa con un candado cuya combinación no conoce la víctima: una combinación de cinco dígitos, cada uno de los cuales puede estar comprendido entre el cero y el nueve, todos puestos en cero. Había exactamente cien mil permutaciones posibles y una sola solución. Introduje la punta del cuchillo en la lona, junto al cierre, y fui cortando la costura con cuidado de no empujar demasiado, no fuera a causar algún desperfecto en el contenido.

Nada que temer.

Introduje las tarjetas SIM en los teléfonos, los encendí y los preparé. Ambos parecían estar completamente en blanco. No había ni rastro de los últimos movimientos de Sonny Boy. Los dos emitieron pitidos repetidamente conforme iban entrando mensajes que me daban la bienvenida a Sierra Leona; que me confirmaban la recepción de un crédito de mil dólares y acceso ilimitado a datos; y que me indicaban los mejores números a los que llamar en caso de emergencia. El teléfono por satélite BGAN también estaba en blanco, y la bolsa del todo limpia. Como de costumbre, Sonny Boy había demostrado ser un tío competente. El contenido de la bolsa era exactamente el comunicado. Lo que no se me había comunicado era que Sonny Boy había estado paseándose por ahí con un trabajador humanitario americano, o alguien que afirmaba serlo. Presioné a Julieta hasta donde me atreví para sonsacarle algo más del tal «Micky», pero no había conseguido nada. En los teléfonos tampoco encontré ninguna pista.

Encender los teléfonos implicaba que Rhodes, Mason, King, Nazzar y, naturalmente, Frank Knight sabrían con toda exactitud dónde me encontraba. ¿Y dónde me encontraba? Una vez más en una habitación de hotel, poco después de haberme manchado las manos con la sangre de alguien que consideraba amigo mío. Prendí un cigarrillo y abrí la cortina unos centímetros. Estaba oscureciendo. Las palmeras del hotel se mecían en la brisa.

Ni Roberts ni Julieta habían mencionado que estuviera ocurriendo nada inusual en Musala ni en los alrededores. Habíamos hablado con detalle del ébola y de la guerra civil, pero ninguno de los dos había expresado ninguna preocupación por un reciente rebrote de alguna de esas dos cosas. Miraban hacia el futuro y parecían estar bastante contentos. Regresé al hotel solo, caminando por Lumley Beach Road, tras haber dejado a Roberts enfrascado en otro plato de plátanos y jargo.

La noticia de la caída de Musala no iba a tardar en extenderse por el ejército de Sierra Leona. Tal vez los rebeldes no hubieran dejado supervivientes y la ciudad se encontrara cerrada, pero la fábrica de rumores del Ejército funciona notablemente bien incluso cuando carece de los hechos más básicos. Como mínimo, se habrían enviado refuerzos gubernamentales para bloquear la carretera que iba hacia el sur, de Musala a Kabala. Cuando la noticia alcanzase a la población general, lo cual podría suceder en cuestión de horas, era posible que estallase un pandemónium, por lo menos en el norte. Aquello no era ni bueno ni malo, pero en cualquier caso modificaría mi *modus operandi*. Que yo supiera, podía ser que ya se hubiera atacado Kabala. Cuando súbitamente comprendí la magnitud de la tarea que tenía por delante me di cuenta de lo cansado que estaba, en realidad estaba agotado. En menos de una semana había dejado con vida a un objetivo, había matado a un compañero y me había puesto yo mismo en entredicho a los ojos de mis superiores.

Si era cierto que uno solo era tan bueno como buena fuera su última misión, estaba jodido.

Se me pasó por la cabeza bajar al bar a tomar un copa, pero cerré de nuevo la cortina. En lugar de eso, entré en el cuarto de baño y volví a poner en su sitio, con un poco de pegamento, la baldosa que había quitado antes. A continuación guardé el pegamento en mi petate y saqué una caja de Valium, extraje un comprimido de diez miligramos y me lo tragué con ayuda del Johnnie Walker Black de la tienda libre de impuestos, directamente de la botella. Tenía ganas de bajar al bar, de ver otra gente. Tal vez hablar con alguien interesante. A lo mejor encontraba alguna mujer. ¿Pero quién habría en realidad? Trabajadores humanitarios, gilipollas y prostitutas, nada más. ¿Y Ana María? Ella seguro que no, eso estaba claro. De modo que me convencí a mí mismo de que después de todo no me apetecía hablar con nadie, y me tumbé en la enorme cama, que en realidad eran dos camas individuales juntas, y me dormí pensando en el rompecabezas de las dos Julietas.

9

—De aquí a Makeni hay ciento setenta kilómetros, tenemos el depósito lleno de gasolina, medio paquete de tabaco, es de noche y llevamos gafas de sol. —Roberts se volvió hacia mí y sonrió de oreja a oreja.

—¡Písale! —le dije para seguirle la corriente. Un conductor feliz es un conductor seguro.

Tras una breve parada para repostar en una estación de servicio atendida por un único operario, uno de los muchos primos que tenía Roberts —«el único gasolinero de esta ciudad que no mezcla la gasolina con agua»— habíamos salido otra vez a la carretera a bordo del viejo Nissan, atravesando Freetown en la penumbra que precede al amanecer. Habíamos recorrido quince kilómetros a buen ritmo, Roberts vestido con una camiseta vieja del Barça y unas Ray-Ban muy gastadas, y yo luciendo de arriba abajo el aspecto de un respetable médico canadiense, con documento de identidad y maletín de médico auténticos. También llevaba dólares auténticos, que nueve de cada diez veces lo sacan a uno de un apuro mejor que una pistola auténtica, que también llevaba encima.

Dormí profundamente pero tuve muchas pesadillas, a cada poco me había despertado por culpa de imágenes fragmentadas que narraban una historia que no conseguía hilar del todo: mi padre saliendo de casa por última vez; el rostro de Julieta de perfil; Sonny Boy haciéndome el gesto de pulgares arriba mientras nos posábamos en territorio del Magreb con nuestros paracaídas enormes y ondulantes por encima de nuestra cabeza. Cuanto más intentaba descifrar el significado de aquellos fragmentos de sueños, más rápido se disolvían. Freetown también se disolvía a lo lejos, a medida que el sol iba desgajándose de las colinas. A lo largo de la carretera se extendían largas madejas de chozas, semejantes a telas de araña arrugadas. De improviso la ciudad desapareció y quedaron únicamente viviendas individuales y alguna que otra aldea, siempre enhebradas unas con otras por las interminables bandadas de chiquillos que poblaban la cinta transportadora de asfalto que iba desplegándose para conducirnos hacia el este.

No tenía ningún plan. Las meditaciones nocturnas me habían dejado sin saber si Roberts y Julieta tenían algo que ver con «Julieta» y, en caso de que lo tuvieran, de qué se trataba. Y tampoco tenía forma de trazar un plan, aparte de observar en qué situación me encontraba. Alguien había identificado al objetivo en el campamento rebelde; y era por esa persona por quien podría enterarme de cómo penetrar en dicho campamento. Lo mínimo que necesitaba descubrir era dónde tenía que posicionarme para efectuar el disparo que había venido a efectuar. Iba a tener que ubicarme lo bastante cerca para que no hubiera margen de error, y lo bastante lejos para escapar después.

Imaginé mentalmente un punto ideal en la selva desde donde tuviera una visual del campamento sin obstáculos. El aeropuerto designado más cercano era el de Kabala, pero lo que me interesaba era la pista de aterrizaje situada ocho kilómetros al noroeste de Soron por carretera. La habían construido los chinos a mediados de la década del 2000, y era lo bastante larga para que aterrizase un AN-12. Aunque las imágenes básicas por satélite que me había facilitado la capitana Rhodes no hacían referencia a ninguna actividad, los rusos debían de haber usado aquella pista para ellos. Se encontraba en el epicentro de su zona de operaciones, y en el norte del país no había ningún otro lugar en el que se permitiera aterrizar aviones de mercancías o de transporte de tropas. Aunque solo trajeran suministros, necesitarían un sitio en el que por lo menos aterrizasen los helicópteros y las avionetas de alas fijas como una Cessna, y Kabala se encontraba demasiado a la vista. De ninguna manera iban a permitir que un oficial como el coronel Proshunin, que además era un oficial de aviación, tuviera que llegar en coche hasta el campamento de Karabunda cada vez que quisiera organizar una sesión informativa. Tal vez hubiera llevado hasta allí a mi objetivo en alguna ocasión, pero seguro que hacía visitas más frecuentes, y se desplazaba en aeronave.

Por lo menos, el camino hasta Makeni era en línea recta.

Roberts me iba contando historias de la guerra, algunas de las cuales las había vivido él personalmente, mientras que otras formaban parte del folclore colectivo de la guerra civil. Los espacios entre una aldea y otra eran cada vez más largos, pero más adelante, a la entrada y a la salida del pueblo de Waterloo, volvieron a hacerse más cortos. A finales de los años noventa, los rebeldes del Frente Revolucionario Unido lo arrasaron durante su primera incursión contra Freetown. La familia de Roberts, a salvo en la ciudad, sobrevivió a aquella primera arremetida. Nadie pensaba que iban a volver.

—Pero volvieron —narró Roberts—. El seis de enero del 99.

Se subió las gafas a la frente sin apartar la vista de la carretera. Por aquellos tiempos yo estaba realizando misiones en Centroamérica, y, aunque eludí la guerra, Nazzar no podía decir lo mismo. Todavía me acordaba de su informe: «La guerra no empeora más allá del seis de enero de 1999», dijo. Y eso, viniendo de un hombre que sabía todo lo que había que saber de la guerra, y más.

Los rebeldes salieron de la selva y entraron en la ciudad quemando y saqueando, en una orgía de violencia que no tuvo parangón, ni siquiera en aquel conflicto. Vestidos con camisetas de Tupac, pelucas de mujer y hasta trajes de novia, los niños soldado, muchos de ellos drogados, rodearon sistemáticamente barrios enteros y los masacraron en masa con fuego de ametralladora. Nadie se salvó, ni médicos, ni extranjeros, ni periodistas: mataban casi a cualquiera que se cruzara en su camino. El mero hecho de mirar mal a un soldado rebelde bastaba para llevarse un balazo en la cabeza, o algo peor. Las mujeres eran violadas en grupo a centenares, las monjas eran ejecutadas. Los nombres de las unidades describían cuál era la especialidad de los rebeldes: al igual que la Unidad Quemacasas, el Comando Cortamanos y la Brigada Derramasangre, la unidad Matar sin Derramar Sangre también se desmadró: su método consistía en matar a la gente a golpes sin derramar sangre. Igual de macabra era la Brigada Nacidos Desnudos, que desnudaba a sus víctimas antes de asesinarlas. Las manos y las extremidades amputadas a niños y a recién nacidos se colgaban de los árboles o se devoraban. Murieron más de siete mil personas.

—Mataron a todo el mundo, acabaron con todo lo que encontraban en su camino. Hasta a los perros, tío. Mataron hasta a los putos perros.

«Al igual que a tus padres», pensé. Me quité las gafas y las plegué en la mano. En cuanto Roberts estuvo a bordo del helicóptero de evacuación, sus padres volvieron a Freetown para ir a buscar a la abuela.

—¿Sabes cómo ocurrió? —le pregunté—. Me refiero a lo de tus padres.

Roberts me miró un momento de reojo y después volvió a mirar la carretera, sin decir nada. Por espacio de un minuto se oyó únicamente el ruido de los neumáticos contra el asfalto y la vibración del aire que penetraba por las ventanillas del coche.

—Yo también perdí a mis padres —le dije—. Cuando era un par de años más joven que tú.

Otra pausa.

Hacía mucho que no hablaba de aquel tema.

—Mi padre se estrelló con un avión. Y después falleció mi madre, no sé, supongo que no pudo soportar que... —Dejé la frase sin terminar.

—Lo siento, tío. Lo siento.

—Ya, yo también. Pero ocurrió hace mucho tiempo. Ya ni siquiera me acuerdo mucho de mi padre.

Y era verdad. Los sueños y los recuerdos de mi padre que estaban aflorando últimamente no eran normales, eran molestos como un chubasco inesperado que lo deja a uno empapado y tiritando cuando menos se lo espera. Contra mi mente no tenía otra defensa que adormecerla con alcohol y con benzodiazepinas. Sin embargo siempre había algún fragmento, algún trozo de mi padre que se abría paso. En cambio mi madre estaba presente todo el tiempo, observando desde el perímetro de mi memoria.

Roberts pisó el freno cuando un viejísimo camión articulado se plantó delante de nosotros.

—¿Fue en... esto... en Canadá, donde perdiste a tu madre?

—No, fue en Irlanda —admití. Para un embustero profesional, hasta las pequeñas verdades exigen un esfuerzo. Jamás le había contado a nadie lo que había ocurrido exactamente.

—Entiendo. La mía... Joder, esto empieza a parecer uno de esos puñeteros ejercicios de sacar un tema en clase y hablar sobre él. Igualo el suicidio de tu madre con que mis padres fueran «masacrados por niños». —De repente se le llenaron los ojos de lágrimas—. Eran putos críos, tío.

«Sí, críos armados con fusiles AK y con machetes», pensé yo. Imaginé la escena. Me causó tristeza, aunque con el desapego que causan las desgracias ajenas.

—A mi padre le pegaron un tiro —siguió narrando Roberts—, y después, como mi madre y mi abuela no querían salir de la casa para que no las violasen ni las cortasen en pedazos ni les hiciesen lo que fuese que estuvieran haciendo aquellos salvajes hijos de puta, intentaron obligarlas a salir prendiendo fuego a la casa. Pero ellas no salieron. La única persona de nuestra calle que sobrevivió fue una vecina nuestra. Contó que las oyó rezar juntas en krio, por encima del rugido de las llamas. «Padre nuestro, que estás en los Cielos.» —Se limpió la cara con el dorso de la mano. Estaba furioso y confuso. Imaginé que ya iba a sentirse siempre así. Bien sabía Dios que yo me sentía igual—. Pero el de arriba nunca está cuando uno le necesita, ¿no crees? —continuó—. Así y todo, aquí estamos los dos, el negro huérfano y el superviviente blanco, de viaje por la carretera. Hay que joderse. Supongo que no deberíamos quejarnos.

No había nada adecuado que decir. Sonrió, se limpió las lágrimas de nuevo, y continuamos el viaje en silencio.

Después de descender por las altas colinas verdes que rodeaban Freetown, giramos hacia el noroeste y penetramos en la provincia Norte. En las marismas florecían los arrozales encajonados entre el mar y las tierras altas que se adentraban en el país. Los pueblos, las aldeas, las horas; todo transcurría sobre un telón de fondo de terrenos ricos para la agricultura. Robat, Masiaka, Mafila... Los nombres eran indescifrables y a la vez familiares, aunque carentes de significado. Las vocales sonaban europeas; las consonantes siempre parecían estar donde no debían y confundían la pronunciación.

No soplaba ninguna brisa, salvo la que generaba la corriente de aire que entraba al bajar las ventanillas del viejo Nissan. En el horizonte estaban formándose gruesos cúmulos de nubarrones grises. Hicimos un alto para mear, para estirar las piernas, para fumar. El aire se notaba más denso. Más caliente. Empezamos a sudar y caímos en largos silencios, cada uno digiriendo las tragedias del otro. Luego cruzamos tronando el poderoso Rokel, que aguas abajo se transforma en el río Sierra Leona y desemboca en el Atlántico separando Freetown del aeropuerto Lungi. Compramos pescado de río ahumado cuyas espinas escupimos por las ventanillas del coche, y unas latitas de leche condensada en miniatura en una tienda que había junto a la carretera, a la altura de Lunsar. El camino continuó hacia el noreste y después hacia el este. El firme era bueno, y antes de que nos diéramos cuenta estábamos ya entrando en Makeni. Pero la emoción de la llegada se disolvió en los recuerdos de Roberts.

—Esta ciudad es sucia y vieja. —Sujetó el volante con los codos mientras encendía un cigarrillo—. No hay más que oscuridad y socavones, como decía mi padre.

—A mí me parece que no está mal. Muy animada y un poco polvorienta, pero las calles están bien.

Era verdad. Asfaltado nuevo, alumbrado nuevo y mototaxis por todas partes.

—Malditos *okadas*. Son como moscas. Dejan sin trabajo a los taxistas que nos deslomamos.

Avanzábamos a paso de tortuga por la avenida principal, habíamos dejado atrás la universidad y estábamos buscando nuestro hotel.

—¿Se puede saber qué mosca te ha picado? No está tan mal. A mí me parece una ciudad bastante decente.

—Es un foco de rebeldes —replicó Roberts—. Makeni era su cuartel general. —Por delante y por detrás de nosotros la gente cruzaba la calzada constantemente: hombres llevando en la cabeza cajas llenas de Dios sabe qué; mujeres tirando de niños, mimándolos, levantándolos en brazos; colegiales cargados con libros—. Y no sabemos si ese chaparrón volverá a caer en cuanto tenga oportunidad. Dios nos libre de ese presidente malvado —dijo poniendo una voz patética y quejica, y después agregó—: Rebeldes hijos de puta.

Nos detuvimos enfrente del motel DJ.

—Ya está, *míster*. Sin prisa pero sin pausa.

Permanecimos unos instantes dentro del Nissan, los dos contemplando el raído toldo del motel, que lucía el dibujo de la bandera británica. En la entrada había un par de adolescentes fumando. La mitad de aquellos «hijos de puta» ni siquiera había nacido cuando los rebeldes se sublevaron.

—La guerra ya terminó —le recordé—. Hace mucho. ¿Y sabes qué significa eso? —Roberts no dijo nada—. Pues que ahora en el norte existe un suministro ininterrumpido de cerveza. Así que muévete. Voy a invitarte a una Star.

El motel DJ era en realidad un hotel normal provisto de un amplio aparcamiento en la parte de atrás. Parecía decente y limpio. Había un comedor, un bar y un centro de negocios, el cual comprendía un arcaico PC, una mesa, una impresora y un sillón de oficina giratorio. Dentro había un individuo ataviado con unos zapatos de cuero de puntera alargadísima y un traje a rayas, gritándole de tanto en tanto, en francés, a su teléfono móvil.

Nos registramos en recepción.

La capitana Rhodes nos había reservado habitaciones en plantas distintas. Roberts sirvió las cervezas y se calmó. Los dos sabíamos que para él la guerra no iba a terminarse nunca, ser huérfano es algo permanente. Igual de permanente era la guerra o la promesa de una guerra, o al menos daba esa impresión, que se cernía ahora sobre aquella violenta costa. Ciento cuarenta kilómetros al norte había otro ejército que amenazaba con invadir la paz que a Roberts le había costado tanto esfuerzo. Resistí la tentación de tranquilizarle respecto de una realidad que todavía no sabía que le ponía en peligro.

—Tu abuelo —dije cuando ya se había relajado un poco con la bebida—. Me dijiste que aún vivía. Ya imagino que no lo contarás entre los malévolos colaboradores del norte que todavía merodean por las calles de Makeni. ¿Dónde está actualmente?

Roberts bebió un buen trago de cerveza y dejó escapar un suspiro de alivio.

—En Musala. Nunca se ha ido de ahí.

10

Detrás de la recepción el motel se elevaba en tres pisos, unidos por una escalera externa zigzagueante situada por encima de unas columnas de alabastro salpicadas de melladuras. También había un ascensor. Me dirigí a la escalera para refugiarme en la oscura y fresca guarida de mi habitación. Un aparato de aire acondicionado zumbaba en la pared, encima de la cama. Suelo de baldosas blancas. Mosquitera. Ventilador en el techo. Lavabo, ducha e inodoro. Un tres estrellas del tercer mundo. Ya me bastaba.

A todos los miembros del escuadrón les encantaba repetir aquel antiguo eslogan adulterado que se empleaba para captar reclutas: «¡Enrólate! ¡Recorre el mundo! ¡Conocerás personas interesantes... y las matarás!» En la Marina del Reino Unido, por lo menos, habría sido igual de acertado añadir: «... y te alojarás en hoteles cutres».

Le había dicho a Roberts que descansara un rato y que nos veríamos abajo a las ocho, para cenar. Le expliqué que tendría que salir un momento para ir a la universidad a recoger un botiquín de material médico. No pestañeé cuando Roberts me dijo que su abuelo todavía vivía en Musala. Hacía un año que no le veía. Deseé que aún siguiera vivo.

Recoger el fusil fue cosa sencilla. El escondite secreto era el maletero de un Mercedes Clase C de mediados de los ochenta, de color blanco, que estaba aparcado en un rincón del estacionamiento del motel. Saqué la llave niquelada que me había dado la capitana Rhodes en la reunión de Londres. La tapa se abrió con un pequeño brinco, típico de la gruesa chapa de metal de un coche alemán al deslizarse sobre los muelles bien engrasados. En el interior, oculta bajo una lona alquitranada, había una bolsa de loneta plana y oblonga, provista de dos correas para los hombros. En un costado llevaba cosido un parche de velcro con una cruz roja en el interior de un círculo blanco, y en el otro llevaba la bandera de Canadá. El maletero volvió a cerrarse con un suave chasquido. Los neumáticos no tenían polvo. El limpiaparabrisas estaba limpio. Calculé que debían de haberlo aparcado aquella mañana.

Subí a mi habitación con la bolsa, la puse en la cama y abrí la cremallera. La loneta se apartó a un lado y dejó ver una funda para fusiles blanda y confeccionada a medida, la cual contenía un fusil de francotirador de Accuracy International con mira telescópica y culata plegable. En los bolsillos del forro acolchado de la funda había tres cargadores, un bípode desmontable, un moderador de ruido y un telémetro por láser de la marca Leica. Saqué uno de los cargadores. Ya estaba lleno. Extraje unas cuantas balas y les eché un vistazo. Diez cartuchos metálicos Federal Gold Medal con cola de bote, de 168 granos y 7,62 milímetros fabricados comercialmente, de alta precisión, consistentes. Volví a introducirlos en el cargador. El ruido que produjeran, amortiguado por el moderador y por la vegetación, apenas sería más fuerte que el de una nueve milímetros provista de silenciador, lo que contribuiría a ocultar mi posición, pero el enemigo todavía oiría el estampido supersónico del disparo.

Tendría que acercarme bastante antes de apretar el gatillo. La densidad de los árboles, incluso en la sabana del norte del país, no permitía efectuar un disparo a gran distancia. Lo más lejos que podría mantenerme del objetivo sería a unos trescientos o cuatrocientos metros, y eso forzando un poco la cosa. Por fuera de la culata plegable habían pegado con cinta adhesiva mi tabla de elevaciones para las Federal Gold y para aquel fusil, hasta una distancia de mil metros, calibrada de acuerdo con las condiciones atmosféricas de Sierra Leona a principios de la primavera. La capitana Rhodes había hecho los deberes.

Ya tenía todas las herramientas que necesitaría para llevar a cabo la misión, solo faltaba encontrar al objetivo, y deprisa. En cuanto las noticias de Musala llegasen al público, la carretera que iba al norte pasaría, en un abrir y cerrar de ojos, a ser una ruta controlada, traicionera y, finalmente, infranqueable. Cerré la cremallera de la funda del fusil, guardé todo en el armario y di un paso atrás. De pronto me detuve un instante.

—Esto es ridículo —dije en voz alta—. Es como pretender esconder un maldito elefante.

Saqué de nuevo la funda y la metí debajo de la cama. Lo sopesé un momento, y luego volví a guardarla en el armario. Por supuesto, la idea era que, una vez recogida, el arma ya no saliera del hotel, pero resultaba que tenía otra visita que hacer en Makeni, no programada, antes de que partiéramos al día siguiente. Dejé encendida la luz de la habitación, colgué el cartel de «No Molestar» en la manilla de la puerta y crucé los dedos.

El día ya estaba llegando a su fin. En los trópicos, el sol se pone muy rápido, no hay crepúsculos largos, solo hay primero luz y después oscuridad, con una breve llamarada roja por encima del mar o de los árboles, si no hay nubes que la tapen. En los largos crepúsculos de Irlanda, los cielos del condado de Wicklow se llenaban de gansos silvestres que volaban hacia el oeste, persiguiendo afanosamente al sol. Yo prefería esta transición rápida. Ahora todo empezaba a llenarse del zumbido de los insectos, pero aún quedaba algo de luz.

La oficina del Comité Mundial de Ayuda se encontraba en una calle estrecha que había detrás del hotel, encajonada entre la iglesia católica de San Francisco Javier y el Salón del Reino de los Testigos de Jehová. Supuse que así minimizaban los riesgos... y salvaban más almas que sus dos vecinos juntos.

—*Aw di bodi?* —saludé a la recepcionista empleando las primeras palabras de krio que me había enseñado Roberts. Ella me miró con una mezcla de diversión y lástima.

—*Di bodi fain* —respondió. Y acto seguido, en un inglés cristalino, añadió—: ¿Y cómo está el cuerpo de usted, señor...?

—Doctor McLean —dije con una sonrisa—. Pero llámeme Max.

—Entiendo —repuso la recepcionista sonriendo como sonríen algunas mujeres cuando llegan a la conclusión de que no merece la pena coquetear contigo pero les apetece ver hasta qué punto puedes ponerte tú solo en ridículo antes de percatarte de ello—. ¿Y en qué puedo ayudarle, doctor McLean?

Mentí y contesté que me dirigía a Musala para llevar a cabo un estudio de factibilidad de una clínica. Ella se presentó como Florence, «de la oficina de Nairobi».

—Aunque resulte difícil creerlo es la primera vez que vengo a Sierra Leona —le dije—. Resulta que mañana tengo previsto viajar a Kabala, y mi colega de Vancouver me dijo que uno de ustedes había estado allí hará alrededor de un mes, para acudir a un evento... no recuerdo cómo se llama. Me preguntaba si podría hablar un momento con esa persona, ya sabe, para... —Me interrumpí. Florence había dejado de sonreír.

—Marie Margai —dijo sencillamente. Se hizo el silencio. Después continuó—: Marie Margai es la voluntaria a la que se refería su colega.

—Entiendo —respondí, aunque no era verdad—. ¿Tiene usted su número de teléfono? Sería genial poder hablar con ella.

—Verá, doctor... McLean, ¿verdad? —Le confirmé mi apellido—. No creo que por teléfono vaya a tener mucha suerte.

—Vaya, ¿es que aquí hay mala cobertura para los móviles?

—No, doctor McLean, lo digo porque Marie ha muerto. —Erguí la espalda y también dejé de sonreír—. Falleció en febrero. La asesinaron —se corrigió— cuando regresaba de inaugurar una escuela nuestra en Kabala.

—Lo lamento mucho. Yo no... —Cambié mi gesto de compasión por otro de preocupación—. ¿Pero cómo?, quiero decir, ¿por qué? Pensaba que allá ya no había peligro.

—Eso es lo más triste de todo, doctor. De verdad. Fue algo insólito. La asaltaron. Tal vez al agresor le entró el pánico, quién sabe. Pero la apuñalaron de forma brutal. ¿Y por qué? Por una cámara pequeña que llevaba, por la que no sacarían ni veinte dólares en el mercado. Era una joven feliz, encantadora. Es muy triste.

Ya se había hecho totalmente de noche. Dejé a Florence bañada en la luz verdosa de los fluorescentes de la recepción. El fugaz sentimiento de pena que la había invadido durante unos instantes había hecho que se olvidara de que no se había creído del todo quién era yo. Me quedé un momento de pie en la calle. Me entraron ganas de dar media vuelta y decirle que a su amiga no la habían asaltado para robarle, sino que la habían liquidado. Pero en vez de eso carraspeé, escupí en la cuneta y encendí un cigarrillo. En el aire ya flotaban olores a fritanga con aceite de palma y a gasolina quemada. Empezaba a notar los efectos del bajón de la benzodiazepina y emprendí el regreso al hotel.

Roberts estaba sentado en el bar, incómodo, al lado de un cliente de pelo afro sin peinar y vestido con un traje mugriento. Había dos prostitutas coqueteando con ellos, así que cené a solas en mi habitación. Pollo frito, *fufu* y dos botellas de Guinness Export.

Comí despacio. La vaga sensación de nerviosismo que me había causado Roberts desde el principio cristalizó en un pánico duro, que echaba chispas. Aquello era una operación secreta: escondites secretos, activos desconocidos, fuentes secretas, identidades falsas y yo, un asesino sin insignias, todos aquellos elementos funcionando independientes unos de otros, cada uno de ellos plausiblemente capaz de repudiar a los demás. Daba la impresión de que los cabos sueltos iban eliminándose de un modo u otro: primero Sonny Boy, luego Marie Margai. ¿Quiénes serían los siguientes, Roberts y Julieta? Eran los que conectaban a todos con todo. Si aquella misión iba cerrándose sobre la marcha, ya podían darse por muertos.

Zump. Zump. Zump. ¿Dónde estaba? ¿Dónde estaba Ana María? *Zump. Zump. Zump.*

Mi mano derecha encontró la SIG; estaba de pie, dirigiéndome hacia el baño a tientas. No se oía correr el agua. Tiré del cordel para encender la luz del lavabo. Miré el espejo, pero no se veía nada. Allí no había nadie. Ana María no se encontraba allí. Y tampoco estaba yo. En el lugar en que debía estar mi rostro vi únicamente el reflejo de los azulejos de la pared que tenía a mi espalda. Entonces apoyé el cañón de la SIG en el cristal y apreté el gatillo.

El espejo se desintegró en una lluvia de fragmentos blancos que salieron volando por encima de mi cabeza. Entonces me vi a mí mismo, de pie en el vacío que había detrás del espejo. El ruido cesó y oí... ¿Qué? ¿Los latidos de mi corazón?

Zump. Zump. Zump.

¿Pero dónde estaba? ¿Dónde estaba Ana María?

De repente, un fogonazo de luz blanca.

Mi mano en el interruptor de la mesilla de noche.

Makeni. Aún me encontraba en Makeni.

Zump. Zump. Zump.

—Eh, señor.

Cama vacía, sábanas revueltas y empapadas de sudor. Solo. Otra vez.

La una de la madrugada. Me levanté y metí el cañón de la SIG pequeña y negra en la mirilla de la puerta.

—Eh, señor —siseó la voz—. ¿Quiere compañía?

Antes de abrir la puerta, me limpié el sudor de los ojos y escondí la pistola debajo del colchón. Era una de las chicas que trabajaban abajo. Metro sesenta y cinco, extensiones de efecto mojado hasta los hombros, blusa transparente de color verde, sujetador negro con relleno.

—¿Dónde está tu amiga? —le pregunté.

—Con el amigo de usted —me contestó. Echó una mirada rápida a ambos lados del pasillo, se levantó el borde de la falda e inclinó la pelvis. Debajo iba desnuda, y se exhibió durante uno o dos segundos—. Buena compañía. Buen masaje. No enfermedades.

La chica pasó al interior de la habitación, y yo cerré la puerta.

11

A las once nos encontramos con el primer control de carretera.

Tras un inicio lento, el viaje había transcurrido sin tropiezos durante aproximadamente una hora. La carretera de Kabala estaba asfaltada y recibía un buen mantenimiento. Había un flujo constante de *poda-podas* que se dirigían hacia el norte: unos minibuses privados que transportaban pasajeros y mercancías al interior del país. Los camiones y otros coches como el nuestro se veían obligados a sortearlos a ellos y a los bultos de personas y mercancías que descargaban en la carretera cada pocos kilómetros.

Los dos fumábamos. Roberts apenas hablaba. Sus labios fruncidos y su gesto ceñudo indicaban una mezcla de miedo y arrepentimiento. Ansiedad, supuse, por no saber a qué se debía mi discreción; vergüenza, muy probablemente, al rememorar, ahora ya sereno, lo mucho que amaba, y necesitaba, a Julieta.

Yo no sentía ninguna de aquellas cosas, tan solo me sentía vacío por dentro.

Para cuando Roberts bajó la ventanilla para entregar su carné de identidad a un soldado del ejército de Sierra Leona, yo ya tenía la sensación de ir sentado en una olla a presión llena de humo. Me alegré del cambio de ambiente. Roberts y el soldado hablaron en krio. Yo sonreí, hice un gesto afirmativo con la cabeza y sintonicé la radio en Bintumani 93.7.

El soldado sonrió de oreja a oreja y nos dejó pasar.

—¿Qué le has dicho?

—La verdad.

—Roberts, recuérdamelo otra vez: ¿cuál es la verdad para hoy? —Eso le arrancó una sonrisa.

—Que tú solo llevas aquí dos días y ya hablas como un limba.

—Ya sabes lo que se dice, tío: que dentro de todo irlandés hay un limba intentando salir.

Roberts estuvo a punto de atragantarse y escupió por la ventanilla, todavía abierta.

—Joder, tío. Has dado en el clavo. Le he dicho que eres un médico que iba a Kabala a ver a mi hermana, y que yo esperaba que te casaras con ella y me hicieras rico.

Hacía un calor desacostumbrado para el mes de marzo. Treinta grados y subiendo, y todavía no eran ni las doce del mediodía. Cuando llevábamos cinco minutos rodando, adelantamos a dos transportes blindados de tropas del ejército de Sierra Leona que llevaban montadas sendas ametralladoras del calibre 50. Los conductores iban asomados por la ventanilla y hablaban a voces entre sí, en un idioma que parecía ser krio. Alrededor pululaba una docena de soldados con uniformes sobrantes del ejército británico, jugueteando con sus viejos fusiles británicos de carga automática.

—¿Esto es normal? —pregunté.

—Max, recuérdamelo otra vez —contestó Roberts, hablando medio en serio—, ¿qué se considera normal hoy en día? —Eso me arrancó una sonrisa a mí.

—Solo llevamos un día en la carretera, y tú ya hablas igual que un irlandés.

—Pues ya sabes lo que dicen, tío.

Cuanto más hacia el norte nos dirigíamos, menos vehículos nos cruzábamos que se dirigieran al sur. El calor neblinoso emborronaba la carretera. La radio crepitó y enmudeció. Por más que Roberts intentó resintonizarla, Radio Bintumani no volvió a la vida.

—Cosas que pasan —dijo al tiempo que la apagaba—. Es por las montañas, que bloquean la señal FM.

Seguimos adelante resignados, en medio de un calor húmedo. La camisa empapada de Roberts desprendía un palpable efluvio de perfume de rosas. Volvió a adoptar la expresión ceñuda. De pronto, cuando estábamos a unos cuarenta kilómetros de Kabala, nos vimos obligados a hacer un alto. Todo el tráfico en sentido norte se había detenido. Hacia el sur no se movía nada. El conductor del *poda-poda* Mazda que iba inmediatamente delante de nosotros apagó el motor. De su desvencijada carrocería se apeó un grupo de pasajeros acalorados y enfadados. Uno por uno fueron comprendiendo, como por revelación divina, lo fútil que era frustrarse, y se acomodaron en cuclillas a la sombra de un gigantesco mango que colgaba sobre el asfalto.

Yo me volví hacia Roberts. Y los dos nos bajamos del coche.

—Aquí es donde termina la carretera, tío —me explicó mientras nos estirábamos en medio de la cortina de calor que ascendía del asfalto pegajoso. Se volvió hacia mí y señaló sin precisar la carretera, que ahora hacía también las veces de aparcamiento—. A partir de aquí, hasta Kabala solo hay un camino sin asfaltar. Y suele haber atasco.

—¿Siempre es así? —Tenía un mal presentimiento. Y Roberts también. Olfateó el aire y aplastó su cigarrillo a un lado de la carretera—. Qué va, siempre no. Seguro que habrá un camión al que se le ha partido un eje, o algo parecido. Es el único camino que hay, no hay modo de ir por otro lado. Voy a echar un vistazo.

Nos habíamos detenido a la sombra del árbol. Los mangos verdes aplastados por los vehículos lo llenaban todo del olor dulzón de la fermentación y la putrefacción. Me senté en el maletero del coche, sin levantar los pies del suelo. Detrás de mí llegó otro *poda-poda*. El conductor sonrió y me saludó con la mano. Lucía una gorra estampada con la frase: «En la oración está la clave».

Mis labios empezaron a recitar el Avemaría, de manera entrecortada a causa de los muchos años que llevaba sin tener fe. En cierta ocasión le pregunté a Sonny Boy por qué rezaba a la Virgen justo antes de que echáramos a correr hacia un lugar de aterrizaje a la vista del enemigo. «Porque el sacerdote asegura que funciona aunque uno no tenga fe», me respondió sonriente. Y acto seguido, mientras hundíamos las botas en el fino polvo afgano bajo el helicóptero, el cielo se iluminó con innumerables estelas de balas trazadoras. Aquella noche, su chaleco antibalas detuvo tres disparos de AK. Nunca supe si aquello sirvió para confirmar o para desmentir lo que había asegurado el sacerdote.

—Pues esto no tiene buena pinta —suspiró Roberts. Traía las rastas llenas de la tierra roja de la carretera sin asfaltar, y la frente perlada de sudor—. Es el Ejército. Hay un montón de soldados. En mi vida había visto tantos. Han cortado la carretera y están desperdigados por el campo. Se les puede ver a lo largo de muchos kilómetros, entre los árboles. Aquí está pasando algo. Algo gordo. —No dije nada. Roberts rebuscó dentro del coche y sacó una botella de agua tibia. Bebió un buen trago—. En nuestro ejército, a nadie se le ocurre andar por ahí con este calor a no ser que pase algo grave. —Se limpió el sudor de los ojos—. Estamos en marzo, joder. Se supone que en las montañas tendría que hacer fresco. Debemos de estar a treinta y cinco grados.

—Vale, vamos a hablar con ellos. Da vuelta al coche y pide a alguien de esos minibuses que cuide de él.

Le pasé un fajo de billetes de dinero del país. Él sacó el Nissan de entre los dos minibuses aparcados en el otro lado de la carretera, otra vez de cara a Makeni. Acto seguido, reclutó a un muchacho que tenía unos brazos tan gruesos como mis muslos para que vigilase nuestro coche. Me eché al hombro mi mochila, en la que llevaba el pequeño botiquín de primeros auxilios y la SIG. Roberts se encargó de la funda del fusil.

La cola de tráfico iba alargándose rápidamente a nuestra espalda. Allá delante, había un kilómetro y medio hasta la cabecera. Roberts había cubierto aquella distancia muy deprisa, no era de extrañar que volviera sudando. Había un comandante del ejército de Sierra Leona atendiendo a la gente, apaciguando a los camioneros furiosos mientras supervisaba lo que parecía ser la instalación de un cordón de soldados repartidos a ambos lados de la carretera. Roberts estaba en lo cierto. Los soldados estaban dispersados por lo menos varios cientos de metros en cada sentido. En los espacios que quedaban entre los árboles vi grupos de hombres con traje de camuflaje que hacían contraste con el color ocre del terreno. El comandante me vio y me hizo una seña para que me acercase. Allí yo era el único blanco que había, y por lo tanto, supuse, una excusa perfecta para aliviar el rato que llevaba enfrentándose a decenas de conductores enfadados.

—Hola, señor —saludé—. Soy el doctor McLean y me dirijo a Musala. ¿Cómo está?

Le ofrecí la mano, y él me la estrechó brevemente y con firmeza.

—Pues, como puede ver, doctor, estamos solo «así, así». —Luego se fijó en Roberts y en nuestras bolsas—. ¿Van a Musala? —Asentí—. Hoy va a ser muy difícil. Quizá mañana.

—Ya veo. ¿Y qué me dice de Kabala?

—Eso también va a ser difícil. —Me miró entornando los ojos bajo sus párpados caídos—. ¿Me permite ver su documentación, doctor?

Le entregué mi pasaporte y me situé a su lado; mediría como quince centímetros menos que yo, y no quería que tuviera que mirarme con el sol dándole en los ojos. Hojeó el pasaporte canadiense, observó el sello de entrada y me lo devolvió casi con ademán distraído. Tenía un rostro agradable, iba calzado con unas botas limpias y llevaba una Browning HiPower en el cinto.

—¿Ustedes dos forman un equipo? —preguntó señalando a Roberts con la cabeza. Le respondí que sí.

—Solo un perro rabioso o un inglés se atrevería a circular en solitario por Salona, señor.

Su frente fruncida se relajó, y me agarró del brazo.

—Venga.

Su puesto a la cabecera de la fila de quejas lo ocupó un teniente de expresión atribulada, y nosotros tres, Roberts, él y yo, caminamos veinte pasos hasta un Land Rover Defender, sobrante del ejército británico. Al llegar a él nos refugiamos en la magra sombra que proyectaba sobre el suelo.

—Lamento comunicarles que en Musala ha habido un... ¿cómo decirlo?... un estallido. Ya se ha extendido a Kabala. Estamos intentando contenerlo aquí, doctor McLean.

—¿Para que no llegue a Makeni?

—Exacto, doctor McLean, exacto. Para que no llegue a Makeni. Ha descubierto usted la clave.

Noté que Roberts, que estaba detrás de mí, se encogía, y oí cómo hurgaba con las deportivas en la tierra. Sabía qué era lo que quería preguntar, de modo que formulé la pregunta por él:

—¿Ébola?

Los ojos caídos del comandante volvieron a clavarse en los míos. En la mejilla derecha, resaltando vivamente en el negro azabache de su piel, tenía una fina cicatriz que iba desde la oreja hasta la comisura de los labios. Limpia y profunda, con la inconfundible firma de una hoja afilada.

—No, no se trata de ese horror. —Dejó de sonreír—. Pero el gobierno teme que la gente crea que sí, y cunda el pánico.

—¿Y qué es lo que ha «estallado», entonces? —pregunté.

El comandante se tiró del lóbulo de la oreja y bajó la mirada.

—Esto... un brote de cólera. El gobierno dice que es cólera. Una cepa peligrosa.

Hablaba en voz baja, aunque no había nadie alrededor que pudiera oírle. Por un instante me pareció oír a Roberts escupir la palabra «mentira», pero simplemente carraspeaba.

—Pues esto es verdaderamente extraordinario —contesté, bajando también la voz—. Porque el cólera es mi especialidad, señor. —Palmeé el costado de mi mochila—. Y aquí mismo traigo justo lo que se necesita para tratar... er... unas dos docenas de casos.

El comandante me miró de nuevo, atentamente, sopesando no supe muy bien el qué. Saqué un estetoscopio del botiquín con un floreo innecesario, solo por si acaso le quedaba alguna duda respecto de nuestras credenciales.

—Estupendo —dijo por fin—. Estupendo. Hay una cosa que me gustaría mostrarle, doctor. Me interesaría contar con su... er... opinión médica.

Seguidamente nos invitó a subir al Land Rover. Roberts y

yo nos acomodamos en el asiento de atrás, y él se sentó delante. De conducir se ocupó un cabo de gesto inexpresivo, y momentos después estábamos rodando de nuevo.

Durante diez kilómetros más o menos seguimos la carretera principal, sin asfaltar, que iba a Kabala. Ya empezábamos a ver los primeros indicios de la ciudad: una tienda grande de abastos, varias casas bajas y hasta un parque infantil ruinoso metido entre los árboles: un «Regalo de la nación de Alemania», según rezaba el oxidado letrero que colgaba encima de los columpios y del tiovivo que nadie usaba. No esperaba ver a nadie, pero en cambio todavía quedaba algo de gente por la carretera. Un vendedor de mazorcas de maíz abanicaba los carbones sobre los que se tostaban una docena o más de mazorcas, a la espera de que llegase la hora punta del almuerzo. También había soldados, desperdigados, pero muy numerosos, desplegados a los lados, aferrándose a todos los lugares de sombra que podían. Si veían a tiempo el Land Rover del comandante, saludaban; pero la mayoría no nos hacía caso hasta que habíamos pasado. Mi rostro blanco en la ventanilla hizo que más de uno exclamase *Sah!* con una sonrisa.

El terreno fue haciéndose cada vez más montañoso, hasta que finalmente nos salimos del camino y torcimos primero hacia el oeste y luego hacia el noroeste para rodear la ciudad y dirigirnos, según dijo el comandante, a la localidad, algo más pequeña, de Yakala. Examinó su pistola y volvió a guardarla en la funda. Su expresión era profesional, seria.

—Este es un país de bandidos —comentó girándose a medias hacia mí. Roberts me miró y meneó la cabeza muy ligeramente en un gesto que negaba aquella afirmación.

Una pista iba dando paso a otra. El contingente de soldados fue haciéndose más disperso, hasta que, cuando llegamos a las inmediaciones de un pueblo grande enclavado entre dos empinadas colinas, vimos un grupo de ellos destacando con su uniforme verde oscuro contra los marrones apagados de los muros de adobe y las techumbres de rafia del pueblo.

Noté que Roberts se removía en su asiento cuando el Land Rover se detuvo. El comandante se apeó y abrió mi portezuela. El conductor hizo lo mismo con Roberts.

Lo primero en que reparé fue en el olor a cadáver. Roberts lanzó un fuerte juramento para sus adentros.

—Esperen aquí, hagan el favor —ordenó el comandante, y seguidamente echó a andar en dirección a un edificio de hormigón gris, no muy alto. Contrastaba con las demás casas del pueblo, y estaba rodeado de sacos de arena. Encima de él se elevaba un asta al final de la cual ondeaba la descolorida bandera verde, azul y blanca de la República de Sierra Leona. Habló unos instantes con un sargento que estaba de pie junto a la puerta y a continuación entró tapándose la cara con un pañuelo de un blanco inmaculado.

—¿Es la comisaría de policía? —pregunté a Roberts en voz baja, al tiempo que hacía un esfuerzo para sonreír a los soldados sin parecer idiota.

—No. Es un puesto del Ejército —contestó Roberts mirándose las botas—. Desde que acabó la guerra, el norte del país está lleno de puestos como este.

Volví a mirar, esta vez con mayor detenimiento. El tejado estaba acribillado de agujeros de bala: pequeños orificios negros que se abrían hacia fuera en los bordes para formar manchas de metal de contornos irregulares que miraban hacia el cielo. Los proyectiles que habían causado aquellos agujeros se habían disparado desde el interior del edificio. Miré a mi alrededor. No había casquillos de bala en el suelo. Por todas partes se percibía un olor cada vez más fuerte a carne putrefacta.

En lo alto de una de las colinas que nos flanqueaban pude

distinguir un puesto de observación construido con madera y chapa corrugada. En él también había media docena de soldados, oteando el terreno, hacia los bosques del norte. Todos ellos llevaban la nariz y la boca protegidos con un pañuelo. No se veía ni un solo civil. De las cabañas no salía humo. No se oía a niños gritando o llorando. No había ningún sonido, excepto el interminable zumbido de las moscas y el rozar de las botas de los soldados contra el suelo polvoriento.

Roberts apartó un moscón azul con la mano, se sacó un paquete de tabaco del bolsillo de los vaqueros, encendió un cigarrillo y me ofreció la cajetilla. La acepté y empecé a sacudirla hasta que el último pitillo que quedaba, arrugado, asomó por el borde y cayó al suelo. Me agaché para recogerlo y vi que alguien había tirado una colilla allí mismo. Las letras impresas en el papel que envolvía el filtro me llamaron la atención: eran los caracteres cirílicos del alfabeto ruso. La recogí junto con mi cigarrillo y me la guardé en el bolsillo.

Regresó el comandante, a quien, al parecer, lo que fuera que había ido a ver en aquel barracón de hormigón lo había dejado indiferente. Metí el cigarrillo sin encender en el bolsillo de la pernera de mi pantalón.

—Doctor, si tiene una mascarilla, le recomiendo que se la ponga. Ahí dentro hace mucho calor. —Luego se volvió hacia Roberts—. Usted quédese aquí. —Roberts asintió al tiempo que intensificaba el húmedo calor tropical con una nube de humo de tabaco.

Me agaché, abrí la cremallera de la mochila y extraje una mascarilla sencilla del botiquín de primeros auxilios. Se la ofrecí al comandante, pero él la rechazó y señaló el pañuelo que llevaba. Así que me la coloqué y acto seguido saqué un par de guantes de látex. Me eché la mochila al hombro y volví a colgarme el estetoscopio del cuello.

—Eso no va a necesitarlo, doctor —dijo el comandante, y de nuevo echó a andar hacia el edificio. Fui tras él y penetré en la negrura de aquella sala carente de iluminación.

El hedor de la carne en descomposición resultaba abrumador. Hacía mucho calor y abundaban las moscas. Cegado durante unos instantes por remolinos de colores y formas cambiantes que surgieron de repente, me quedé quieto y esperé a que mis ojos se acostumbrasen a la oscuridad tras el fuerte brillo del sol de fuera. Poco a poco fueron apareciendo tres cuerpos que a duras penas parecían seres humanos. Uno estaba a mis pies, nada más cruzar la puerta. Tenía el tórax abierto de par en par y los bordes del mismo empujados totalmente hacia los lados, como una mariposa. Los pulmones, el corazón y varios metros de intestinos estaban en el suelo. Le faltaban los dos brazos, uno de los cuales descubrí apoyado contra la pared del fondo. El cuello y la mandíbula inferior se encontraban intactos, en cambio el cráneo y la mandíbula superior habían desaparecido. Me volví hacia el comandante.

—No hemos encontrado el cráneo.

No dijo nada más. Pasé por encima del cadáver, saqué de mi mochila una pequeña linterna de LED y me agaché para examinarlo. Me di cuenta de que había pisado un charco de sangre coagulada. Los dos muslos estaban rajados a la altura de las ingles, las arterias femorales se veían abiertas. Faltaban los genitales. Pasé la linterna lentamente por todo el cadáver, de arriba abajo. Estaba muy deteriorado y ya había empezado a pudrirse, de modo que era difícil saberlo con seguridad, pero a simple vista no había señales de heridas de bala ni desgarros por fragmentación de proyectiles. Sí que había señales inconfundibles de que le habían seccionado los músculos con una hoja afilada, quizá una bayoneta o un machete. Las heridas estaban demasiado ensangrentadas para confirmarlo. Lo que quedaba del uniforme estaba adherido a los restos del cadáver en forma de jirones oscuros y apelmazados.

Paseé la linterna por el suelo, hasta el brazo amputado y apoyado en la pared. Un solitario globo ocular devolvió un destello blanco contra el rojo oscuro del suelo cuando el LED lo iluminó. Me vinieron a la memoria Sonny Boy y las dolorosas heridas que le había infligido. Las lesiones que presentaba aquel brazo eran inconfundibles: mordiscos. Profundos mordiscos humanos en la carne del bíceps. El dedo pulgar estaba seccionado, y solo seguía unido a la muñeca gracias a un único tendón. El músculo deltoides y la parte superior del brazo estaban desgarrados alrededor del hueso húmero, que permanecía intacto y daba la impresión de haber sido arrancado de la articulación de hombro.

Me incorporé. El comandante alumbraba con su linterna los otros dos cadáveres. Uno estaba sentado y apoyado contra la misma pared que el brazo, y aparecía decapitado limpiamente. El uniforme y el resto del cuerpo estaban más o menos intactos, excepto por el tremendo socavón que lucía en el abdomen, a través del uniforme, por el cual habían extraído el contenido del vientre y lo habían desparramado sobre las rodillas. El muerto aún tenía el fusil en la mano, un antiguo SLR del ejército británico. Por el suelo se veían varios casquillos usados.

El tercer cadáver estaba seccionado por la mitad. El suelo estaba lleno de sangre, excrementos y entrañas humanas en estado de descomposición, en un macabro baile de fluidos corporales putrefactos. La tráquea daba la impresión de haber sido arrancada de cuajo. En cambio la cabeza estaba intacta. Alumbré el rostro con la linterna. En aquel momento el comandante apartó la mirada, y enseguida comprendí el motivo. Más horrible que el hedor de aquel osario humano era la expresión congelada de profundo pavor que se dibujaba en las facciones del muerto. Los ojos abiertos como platos, la boca todavía abierta en un grito de terror o de dolor, o de ambas cosas. Las moscas estaban dándose un festín en la lengua y entraban y salían de las fosas nasales.

—Este se llama Musa Sesay —dijo de pronto la voz del comandante a mi espalda—. Le conocía. Era un buen muchacho. Buen soldado. —Se interrumpió tan bruscamente como había empezado a hablar. No respondí nada.

He visto muchos muertos. Y he matado a muchas personas a quemarropa. Pero jamás había visto nada como aquello, ni en las cámaras de tortura de Siria ni tampoco en las celdas de la muerte de los cárteles colombianos. Era como si un científico depravado hubiera inventado la esencia del miedo y lo hubiera dotado de rostro humano.

Volví a alumbrar el brazo. Decididamente, aquellos mordiscos eran de dientes humanos. Recordé el frenético testimonio de John, el pastor que había presenciado la masacre de Musala. «Se están comiendo nuestras almas —dijo—. El demonio ha venido a buscarnos. Ha venido Satanás a devorarnos.» Puede que no hubiera sido el demonio, pero los que habían hecho semejante carnicería con aquellos soldados eran claramente seres inhumanos. Más que matarlos sin más, los habían devorado.

Apagué la interna. Por la constelación de orificios de bala del techo se colaban haces de luz que acribillaban los cadáveres pero no iluminaban nada. Me volví hacia el comandante, que se había retirado el pañuelo de la cara y me miraba fijamente. Me quité la mascarilla. Sentí cómo me corría el sudor por la espalda y por las axilas y se me metía en los ojos.

—Bien, doctor, dígame —pidió, con la expresión de la cara oculta por las sombras de aquella estancia hedionda—, ¿opina usted que es cólera?

12

Unos pocos retazos de sol surgían y se disipaban por la superficie de la piscina. Un anciano libanés nadaba lentamente en lo que quedaba del frescor de la mañana. Dos mujeres de raza blanca descansaban en unas tumbonas de tela amarilla. Varios camareros ataviados con un reluciente uniforme hacían guardia observando la clientela internacional esparcida como si fueran los restos de un naufragio por aquel trocito de tierra y arena que se introducía en el Atlántico.

Cuando cambiaba el viento, el olor a sal del mar y a cloro de la piscina cedía el paso a un fuerte tufo a calor y putrefacción que bajaba desde las montañas y los bosques que se extendían hacia el interior. Estar allí, contemplando el vacío azul del océano, era como estar sentado en el borde mismo del mundo notando todo el tiempo la mano de un gigante invisible que me empujara con fuerza en la espalda; la enorme presión del continente pesaba sobre mí como si nos arrastrase a todos hacia el mar por la mera fuerza de su gravedad, o de su historia, o de su voluntad.

Cuando regresamos de Kabala a Freetown, no llamé a Londres. Después de que Roberts me dejara en el hotel, me fui al bar a tomar una copa y estuve un rato allí, solo, pensando en la carnicería que había visto y en lo que significaba.

Cuando el comandante y yo volvimos a salir a la luz del sol, él, sin decir nada, me condujo hasta una choza hecha con cañas y barro que quedaba un poco apartada de la carretera sin asfaltar que atravesaba el pueblo. Me indicó con una seña que entrase.

—Desde aquí hasta Musala, es todo igual —dijo, y esperó fuera, bajo el sol del mediodía, mientras yo penetraba en la choza.

Abrí la puerta de cañas, me agaché para pasar bajo el dintel y penetré en un espacio oscuro y sudoroso, repleto de moscas igual que el barracón. Junto al hueco de la chimenea yacía el cuerpo sin cabeza de un niño pequeño, tendido boca arriba como una tortuga. A su lado había una mujer joven, la madre, a la que le faltaba el rostro, con los brazos dislocados. Tenía la falda remangada hasta la cintura, y el lugar donde se juntaban los muslos era una masa informe de huesos y cartílagos. Le habían desgarrado los genitales de manera tan violenta que le asomaba parte del útero, junto con el intestino delgado. Dentro del saco amniótico, blando y grisáceo, el haz de mi linterna iluminó el cadáver diminuto y pálido de un feto nonato, acurrucado en un charco de sangre densa y negra.

Ya no quise ver más.

Los cuatro soldados acantonados en aquella aldea habían sido asesinados, tres en el barracón y el otro en la colina desde la que trabajaba el operador de radio, además de todas las mujeres, los ancianos y los niños. No se veía ningún superviviente, todos los varones en edad de combatir habían sido secuestrados. No había señales de tiroteo. Los soldados habían abierto fuego, sin duda. Pero, tal como indicaba el mensaje de John, no había pruebas de que alguien los hubiera disparado a ellos ni de que ellos hubieran disparado a nada. Aquella «infección», dijo el comandante, había pasado de largo Kabala, sin embargo estaba asolando las aldeas vecinas. Era como intentar detener un río. ¿Quién sabía adónde iría después? La pista terminaba allí: la unidad que había arrasado todo excepto Kabala se había esfumado, y el ejército de Sierra Leona no estaba preparado para afrontar el problema en su origen, Musala, donde sabía que habían eliminado a toda la guarnición local.

—Pero ¿cuál es el problema? —le pregunté—. El problema verdadero. Quiero decir, entiendo lo que está sucediendo, pero...

—¿En serio, doctor? —me interrumpió el comandante—. Tal como decimos en Salona, «el pájaro que sabe es distinto del pájaro que entiende». Las cosas que acaba de ver usted aquí no son naturales. Estamos caminando por las sombras del valle de la muerte. —Le observé fijamente y los dos nos sostuvimos la mirada unos instantes, sin decir nada. Después, él miró atrás un momento y continuó—: En ocasiones como esta, es mejor que los soldados piensen lo que dicen y no digan lo que piensan.

Al fin y al cabo, me dijo el comandante, el Ejército tenía órdenes estrictas de no hablar con la prensa, pero, como yo era médico, hablar conmigo no era desobedecer. Lo que yo decidiera hacer con lo que había visto, con lo que creía saber, era, sugirió, asunto mío. Supuse que quería que filtrase la noticia de lo que había sucedido, que el culpable había sido un ataque y no una epidemia de cólera. Nos acompañó a Roberts y a mí hasta el punto en que sus hombres habían cortado la carretera de Kabala. Nadie dijo nada.

Más políticamente sensible que un nuevo brote de ébola,

el mero rumor de una resurgencia de los rebeldes podía ser suficiente para derrocar al gobierno. De modo que las autoridades se habían aferrado al «cólera» para explicar por qué ya no era posible viajar al norte del país. No le presioné para que me explicara qué había querido decir con lo de «no natural». Se necesita fe para aferrarse a la fe. Lo que para unos es un demonio para otros es un rebelde. Fuera cual fuese el problema real que había en Kabala, la mentira del cólera sobreviviría como mucho durante el fin de semana. Los dos queríamos saber a qué nos enfrentábamos.

—Si algo no existe, no puedo luchar contra ello —me dijo cuando ya nos íbamos.

Roberts vio la sangre negra en mis botas y me preguntó en voz baja qué era lo que había visto. Le contesté que había sido afortunado de haberse quedado fuera y que los responsables de aquella matanza no habían sido ni el cólera ni el ébola, sino seres humanos. Regresamos a Freetown, él con la vista fija en la carretera, sin duda acordándose del pasado; yo contemplando el paisaje y pensando en el futuro y en la inminente amenaza de una emboscada. Pero no sufrimos ningún ataque, y la conversación entre ambos fue agotándose. Yo no podía decirle que lo que acababa de ver seguramente demostraba lo que me habían recalcado Mason, King y Rhodes en Londres: que había una nueva fuerza rebelde respaldada por los rusos... que se dirigía hacia el sur. Lo que, por lo visto, ninguno de ellos comprendía, o por lo menos no me habían informado, era que sus tácticas hacían que las actividades que llevaron a cabo los rebeldes en la última guerra pareciesen claramente comedidas. Resultaba comprensible que el comandante recurriera al libro de los Salmos y a una explicación sobrenatural. No se puede poner nombre a lo que no se conoce, y ver el rostro de aquel soldado suyo congelado en una mueca de terror era algo que ninguno de nosotros había experimentado nunca.

Si los métodos que habían utilizado los rebeldes para exterminar a los habitantes de aquella aldea los estaban aplicando en la ya ocupada Musala, y también en otras localidades, las consecuencias serían terroríficas. El abuelo de Roberts seguramente no había sobrevivido.

Sonny Boy estaba profundamente alterado, de hecho fue algo que vio en el interior del país lo que le había vuelto loco. Hacía días que me preguntaba qué pudo ser ese algo. Después de enfocar con mi linterna la cara de aquel soldado muerto, me sentí un paso más cerca de averiguarlo. Necesitaba descubrir qué era lo que había petrificado su rostro en una mueca de terror mortal antes de que fuera demasiado tarde. No tenía ninguna gana de quedarme así de petrificado, ni tampoco de verme confinado en un «centro de investigación» como le había ocurrido a Sonny Boy.

No podía preguntárselo a Sonny Boy, claro. Pero si pudiera dar con Micky, el americano que estuvo con él en Freetown, quizá me diera algunas pistas de lo que estaba sucediendo en el norte. Una cosa era segura: o Londres no lo sabía, o no quería que yo lo supiera; aquello no solo no tenía pinta de ser un episodio corriente de insurgencia de unos rebeldes, es que no tenía pinta de ser una insurgencia rebelde en absoluto. El hecho de que hubieran atacado aldeas rurales pero hubieran dejado a un lado Kabala y Yakala sugería que probablemente viajaban ligeros, con el fin de ir reclutando gente en los límites de su radio de acción. Tomar Musala tenía más sentido: era la localidad que estaba más cerca de su base y les facilitaba el acceso al río Mong, si eso era importante para ellos. Pero los rebeldes, todos los rebeldes, incluso los psicópatas como los del antiguo Frente Revolucionario Unido, el FRU, necesitaban por lo menos que les apoyase una parte de la población. En la guerra civil, Makeni estaba llena de civiles que vivían como podían bajo el control del FRU. Que no hubiera población civil significaba que no había ni alimentos ni cobijo ni mano de obra para un ejército de rebeldes. Ir exterminando a todos en tu camino podría ser deseable en una guerra totalmente mecanizada, pero en una insurgencia era una locura.

Las mujeres cambiaron de postura en las tumbonas todas a la vez: baños de sol sincronizados. El caballero libanés continuaba haciendo largos en la piscina. Encendí un Marlboro, y me vino a la memoria la colilla que había encontrado en la aldea. La saqué del bolsillo y la examiné entre los dedos. En todo el mundo se vende el vodka Stolichnaya. En cambio los cigarrillos Prima Stolichnaya eran casi imposibles de encontrar fuera de Rusia.

Por lo menos Londres había acertado respecto de los rusos. Me dieron instrucciones estrictas de no matar a ninguno, pero después de ver lo que había visto, ya no estaba tan seguro de querer obedecer. Lo que me preocupaba era que el terror que dejaban a su paso, no solo era demasiado macabro sino increíblemente exigente desde el punto de vista físico para que se tratara de Spetsnaz o los rebeldes como el FRU. Amputar un brazo o abrir por la mitad la vagina de una mujer; arrancar trozos de carne o miembros enteros de sus articulaciones con las manos, todo aquello parecía imposible. El comandante del ejército de Sierra Leona estaba en lo cierto en una cosa: una violencia así no es natural.

Había llegado el momento de empezar a buscar al amigo americano de Sonny Boy. Arrojé la colilla del cigarrillo al cenicero, cogí mi teléfono local y me conecté con el buscador Tor. Hasta aquel momento, la misión me había exigido ser más un sabueso que un francotirador. Aquello no era normal, pero cuantos más detalles pudiera recabar acerca del lío en el que me estaba metiendo, más posibilidades tendría de salir de él.

—Quisiera hablar con Michael, por favor.

Una chica californiana joven y de voz alegre me aseguró que enseguida me pondría con él.

—¿De parte de quién le digo?

—De parte del coronel Smith, de la OMS.

—Un momento, señor... este... ¿coronel Smith? —Elevó la voz en un irritante tono de interrogación, típico de la Costa Oeste. Estaba claro que era californiana. Contemplé la piscina, desenfocada, todavía me duraban los efectos del Valium que me había tomado para dormir. En la línea se oyó un chasquido, después un suave zumbido que duró unos segundos y por último una versión sintetizada de *Purple Haze*. Siguió otro chasquido—. Disculpe, coronel Smith, ¿ha dicho usted «Michael»? —Le confirmé que sí—. Lo siento —continuó ella—, pero en estos momentos aquí no trabaja ningún «Michael».

—Desde luego que sí. Le llamamos Micky. Esto es USAID, ¿no?

—Sí, señor, esto es USAID. Pero... er... lo siento mucho, señor, aquí no tenemos ningún Michael.

—No, señorita, soy yo el que siente haberla molestado a usted. Michael estuvo aquí... no sé, hará tres o cuatro semanas. Ha debido de regresar a Skateside. Probaré con su teléfono móvil. —Siguió una larga pausa—. ¿Oiga?

—Es que... estoy convencida de que aquí nunca ha trabajado nadie con ese nombre, señor.

Colgué.

De modo que no existía ningún Michael en la oficina de ayuda humanitaria del gobierno de Estados Unidos en Sierra Leona. En cambio Julieta había dicho claramente que trabajaba en USAID. Volví a llamar. No había ningún Micky, Michael, Misha ni Mícheál, y tampoco en las oficinas de Guinea y de Liberia. Después probé en diferentes organismos americanos. Nada. Por lo visto, en aquellos círculos nadie conocía a ningún Michael. En la embajada americana no existían listados públicos, ni en Sierra Leona ni a lo largo de la costa.

Llegó un café caliente en una bandeja plateada. Repusieron el cenicero. Me sirvieron agua fría en un alto vaso cubierto de gotitas de condensación. Era casi como estar de vacaciones.

El detalle en el que Mason más insistió, y, en un insólito momento de unidad entre ambos, King corroboró, fue que en aquella operación no debían intervenir los americanos. Sin embargo, al parecer Sonny Boy se había estado codeando con los yanquis, o por lo menos con uno.

No contar con los americanos tenía su coste. El hecho de no poder servirme de su inteligencia me ralentizaba y no disponer de su potencia de fuego limitaba mis opciones. No había ningún beneficio obvio en no permitir que la CIA metiera la nariz, tenía activos y personal disponible. Ahora mismo me encontraba en Sierra Leona solo y carente de apoyos.

O casi solo.

En la mesa en la que me había instalado también estaba Roberts, a la sombra de un enorme parasol de forma cuadrada. Se sirvió un café antes de que el camarero ataviado de blanco pudiera impedírselo, y paseó la mirada en derredor.

—Este sitio es demencial —comentó, evidentemente impresionado.

—No, es una piscina.

—Me refiero a estar sentado aquí. No había estado aquí dentro desde la evacuación del 99. —Observó a las dos mujeres que tomaban el sol, las cuales se volvieron de nuevo, en perfecta coordinación, para ponerse boca arriba—. Buenos presidentes.

—Te veo muy animado. Imagino que habrán arreglado este hotel un poco desde que los rebeldes intentaron tomarlo. —Le acerqué el paquete de tabaco—. Resulta increíble que llegasen hasta aquí.

—Se extendieron por todas partes, tío. Por el norte de la ciudad, por el sur, por todo el país. Igual que el ébola. Tú no lo entiendes, eran como un puto virus, una epidemia. Solo se pudo controlar cuando se tomó Makeni. Ese era su cerebro, su centro de operaciones.

Me incorporé de repente, todavía con el teléfono en la mano, pulsando las teclas.

—Roberts, eres un genio.

—Por supuesto —dijo él afirmando con la cabeza pero frunciendo el ceño sin comprender.

Yo me alejé unos pasos y salí al sol, hasta donde no pudiera oírme.

—Aquí el Centro de Control y Prevención de Enfermedades, oficina de Freetown. ¿Con quién desea hablar?

—¿Puede pasarme con Micky, por favor? Soy el coronel Smith, de la OMS.

Una pausa. Una exhalación.

—Me temo que...

—Señorita —la interrumpí—, tenemos un riesgo biológico entrante de Clase Seis de categoría Acción Necesaria. La hora estimada de llegada es doce, cero, cero. Trabajo para la Red Mundial de Alerta y Respuesta ante Brotes Epidémicos.

Una pausa. Una inhalación.

—Micky... el profesor —se corrigió— regresaba a Freetown esta mañana, procedente de Makeni, coronel Smith. Puede probar a llamarle a su móvil personal. A estas horas debe de estar a punto de aterrizar en el helipuerto de Aberdeen.

La chica era toda vocales musicales y consonantes semipronunciadas. Seguro que era del sur, probablemente de Atlanta, toda amabilidad. Agradecido, acepté el número de móvil que me facilitó y rechacé más ayuda por su parte.

Fueron emergiendo del casco blanco y amarillo uno por uno. Con la cabeza gacha, la actitud urgente, sujetándose las gorras, bajaron los peldaños de la escalerilla y se esparcieron por la pista en dirección al aparcamiento. A algunos se les notaba desorientados, otros caminaban con decisión, y sabiendo adónde se dirigían. Todos encendieron de nuevo sus móviles. Observé, esperé y marqué un número.

Micky atendió la llamada. Un metro ochenta y cinco, cien kilos de peso, perilla negra, chaqueta azul clara, maletín marrón. Antes de que contestase, corté la llamada. No puso ninguna cara de alarma; en Sierra Leona era muy corriente que se cortasen las llamadas. Iba solo. Al llegar al aparcamiento, se subió a un HiLux de cabina doble; yo me subí a un mototaxi que había robado del hotel. Ambos nos dirigimos al centro.

Al principio pensé que se dirigía a la oficina del Centro de Control y Prevención de Enfermedades o a la embajada americana, ubicada en Hill Station. Sin embargo siguió adelante y se encaminó hacia Regent, una localidad pequeña y montañosa situada a cinco minutos de allí. El paisaje era espectacular. Y también la villa en la que penetró el enorme Toyota.

Detuve la moto detrás de un recodo de la carretera, justo delante de otra mansión igual de impresionante, y me acerqué a pie hasta la verja tras la que había desaparecido Micky. El guarda de seguridad dio un respingo al ver aparecer a un desconocido de raza blanca que se presentaba andando y sin anunciarse.

—Descanse —le dije haciendo un saludo militar al tiempo que entraba por la verja de seguridad lateral, más pequeña, y pasaba justo por delante de él contando los pasos en dirección a la puerta principal. El HiLux estaba en el jardín, tostándose al sol, reflejando el calor en sus cristales—. Dígale al profesor que le espero abajo.

El guarda movió la boca, pero no emitió sonido alguno. Primero, levantó la mano para devolverme el saludo, después volvió a bajarla para accionar la radio, luego la posó un momento en la Beretta que llevaba al cinto, y por último volvió a llevarla a la radio. Para cuando se hubo decidido, yo ya estaba dentro.

Me encontré con Micky bajando por la escalera. Frenó en seco nada más ver el cañón con silenciador de la SIG semiautomática.

—De rodillas y con las manos en alto. —Obedeció—. Muy bien, ahora acérquese el *walkie-talkie* a la boca, muy despacio. Dígale al guarda de la entrada que no hay problema y que no desea que le molesten...

Habló con calma. Sin palabras clave, por lo menos obvias.

—Recibido, profesor —contestó el guarda.

—Ahora, tire el aparato sobre la cama. Bien. Ahora, túmbese en el suelo despacio, boca abajo y con los brazos y las piernas abiertos, como si fuera una estrella de mar. Bien, estupendo. No se mueva. Si mueve los brazos o las piernas, le dispararé. ¿Entendido?

Respondió que sí.

Estábamos en el dormitorio principal de la villa, la pieza central de un palacio provisto de aire acondicionado, suelos de mármol y cableado aún sin terminar, todo espejos y carpintería mal construida. No había fotografías ni efectos personales, y, con la excepción del guarda de la entrada, no había más personal.

—¿Quién es usted? —Hablaba con un acento neutro de algún estado de la costa este, amortiguado por el frío suelo de mármol apretado contra la boca—. Supongo que el tal coronel Smith, ¿no?

No iba a acercarme a él lo suficiente para averiguar si iba armado. En la casa reinaba el silencio. Me situé a las cuatro de su cabeza y le apunté con la SIG a la espalda.

—El mismo —contesté—. Pero puede llamarme Max. Max McLean. —Fue girando la cabeza lentamente para mirarme, apoyando las manos y los pies en el suelo. No mostró ninguna expresión, ni siquiera un mínimo gesto que indicara que me conocía—. Recuerdos de Sonny Boy. —Dejó caer la cabeza de forma casi imperceptible y bajó la mirada al suelo. Le resultaba incómodo mantener aquella postura, con la cabeza girada para mirarme: esa era precisamente mi intención—. Para usted, el sargento Martin Mayne —añadí poniendo un acento de Wicklow más marcado de lo normal—. Era compañero mío.

Micky no abrió la boca. Seguramente estaba haciendo los mismos cálculos que haría yo si estuviera en su lugar: negarlo todo o decir algo para aplacar a aquel individuo armado. Al final, casi siempre se reduce a una pregunta: ¿me matará de todas formas? ¿Tengo alguna posibilidad de matarle yo antes?

—Me dijeron que no se encontraba muy bien —dijo Micky por fin—. ¿Qué tal sigue?

—Ha muerto —respondí.

—¿Cómo? —Volvió a mirarme. Su tono de voz había perdido la chulería. Se le notaba sinceramente preocupado.

—Le he matado yo.

—Que usted... ¿qué? —En aquel momento pareció relajarse. Desvió la mirada y de nuevo volvió la cara hacia el suelo—. No lo entiendo.

—Yo tampoco. A lo mejor podemos ayudarnos el uno al otro. Los dos acabamos de regresar de Makeni. Qué coincidencia. Tengo entendido que en el norte ha estallado una grave infección y que se está extendiendo. Usted trabaja para el Centro de Control y Prevención de Enfermedades, ¿no es así? De modo que lo sabe todo de las infecciones, ¿verdad?

Lo único que se oía por encima del zumbido del generador que había fuera era la respiración rasposa de Micky contra el suelo. Lanzó un fuerte resoplido.

—¿Se refiere al brote de cólera?

—Sí, a eso. Al brote de «cólera» que destripa a los soldados y les raja el vientre a las mujeres embarazadas.

—Yo no...

—El mismo brote de cólera que volvió loco a Sonny Boy. Debe de dar mucho miedo, ¿eh? Porque Sonny Boy Mayne no era de los que se asustan con facilidad.

—Yo no... no lo sé.

—Pues yo creo que sí lo sabes, Micky. No voy a perder el tiempo contigo. O me dices ahora mismo lo que sabes o te mato. —Amartillé la SIG, lo cual no era necesario para disparar, pero se prestaba bien al teatro de las amenazas.

Intimidar a una persona con un arma es mala idea. O la utilizas o la dejas en paz, porque en cuanto apuntas a alguien le estás dando derecho a matarte. O al menos a que lo intente. Encima, si apuntas desde demasiado cerca a quien sabe lo que hace, es muy probable que el mismo cañón te acabe apuntando a ti en menos que canta un gallo. La cosa solo funciona si estás preparado para llegar hasta la conclusión lógica. Si la otra persona contraataca con una frase como: «¿Qué vas a hacer, dispararme?», solo te queda una opción, y en qué lugar del cuerpo le dispares y cuántas veces dependerá únicamente del grado de lucidez que necesites dejarle para sonsacarle información.

—Vale, vale. —Volvió a girar la cabeza. Tenía las facciones tensas. O estaba bien entrenado y estaba fingiendo, o estaba asustado de verdad—. Me enviaron con Mayne. Fuimos al norte los dos juntos. Dispongo de autorización, ¿vale? El Ejército no permitía que nadie fuera más allá de Kabala, pero el CDC siempre tiene permiso. —Me miró con un gesto lastimero. Aquello era cierto: los agentes del Centro para el Control y Prevención de Enfermedades del gobierno de Estados Unidos disfrutan de un nivel de autorización excepcional. Les había conocido el año anterior, operando en el interior de Siria junto a equipos SEAL de la Marina, mientras investigábamos un sospechoso ataque con armas biológicas—. Y ya está —concluyó.

—¿Cómo que ya está? ¿A qué lugar del norte os enviaron?

—No lo sé, a una puñetera aldea. —De nuevo se volvió hacia mí. Tenía la mirada centrada. Estaba fingiendo.

—Haz memoria. Dame un nombre.

—Empezaba por K...

—Un nombre, ya, Micky —le dije. Y en aquel momento le sonó el teléfono. Un timbre estridente, urgente, que resonó contra el suelo de mármol. Tenía el móvil aprisionado debajo del cuerpo.

—Tengo que contestar. Es un control de seguridad de la embajada.

—¿Dónde tienes el móvil?

—En el bolsillo izquierdo del pantalón.

—Está bien, despacio. Date la vuelta. Muy despacio.

Que recibiera una llamada tenía sentido, porque estar prácticamente solo en una mansión remota del África Occidental no lo tenía. Quienquiera que fuese el tal Micky, alguien tenía que estar controlándole. El guarda de la entrada era seguramente un préstamo del Marine Corps Embassy Security Group, que pasaba por guarda local. Pero cuando a uno le persiguen, un solo hombre no es suficiente para protegerle.

Si hubiera tenido más tiempo, le habría hecho desnudarse cuando entramos en el dormitorio, cosa mucho más segura que registrar en busca de una arma, lo cual tampoco había hecho. El timbre del teléfono era cada vez más impaciente, iba aumentando de intensidad. Micky levantó la rodilla e introdujo la mano en el bolsillo del pantalón. Yo apreté con más fuerza la SIG. Él me miró y vio que hablaba en serio. El hecho de que supiera que iba en serio significaba que, decididamente, Micky no estaba asustado. Era un profesional.

De repente el timbre del teléfono quedó ensordecido por el estampido amortiguado de una pistola. Se abrió un agujero en la tela de su pantalón y a continuación, con un fuerte crujido, el espejo que yo tenía a mi espalda se hizo pedazos. La bala había rozado mi sien izquierda. Yo disparé una fracción de segundo después de él, apuntando ligeramente más arriba y a la derecha del agujero abierto en sus pantalones. El ruido del silenciador fue seguido del agudo topetazo de mi bala incrustándose en la pistola que él tenía escondida en el bolsillo. La fuerza y el choque del impacto empujaron a Micky hacia un lado y le hicieron sacar la mano. Se le había seccionado el dedo índice a la altura del nudillo; la palma y la muñeca quedaron desgarradas. El teléfono dejó de sonar, pero en mi cabeza seguí oyendo un fino pitido residual. El disparo de Micky debió de oírse a un centenar de metros de allí, o más.

Permaneció tendido en el suelo, mirándose la herida y aferrándose la muñeca con la otra mano. Debajo de él se extendía un grueso charco de sangre de un tono rojo vivo. Su chaqueta presentaba un orificio en el hombro. La bala le había ascendido por el brazo y le había salido por el deltoides izquierdo haciendo trizas las arterias radial y braquial, camino del techo. Desde el lugar donde había quedado alojado el proyectil comenzó a caer sobre él un fino polvo de escayola. Le quedaban aproximadamente tres minutos de vida. Cinco, a lo sumo. Así son los disparos accidentales: nunca suceden cuando uno los desea, y siempre suceden cuando uno no quiere.

En la planta de abajo se oyó un portazo. Empecé a contar despacio en voz baja. Al llegar a ocho, di un paso atrás, me volví hacia la puerta del dormitorio y disparé dos veces al guarda de seguridad, en el pecho, cuando le vi entrar en la habitación. La Beretta cayó con estrépito al suelo. Acto seguido, sin apartar los ojos de Micky, fui hasta el guarda, que había caído de espaldas, y le apoyé la boquilla del silenciador en el ojo izquierdo. El ojo tembló. Entonces desvié el cañón del arma y disparé. Micky no se había movido.

Fui hacia él y me detuve a dos metros, apuntándole con la SIG al pecho. Las heridas en las manos son muy dolorosas, y Micky lo estaba experimentando en su momento álgido. Tenía el rostro tenso a causa del dolor, pero no gritó. Había tanta sangre en el suelo que sabía perfectamente que estaba desangrándose.

—Una llamada inoportuna, Micky, o quien coño seas. ¿Del CDC, la CIA, la DIA?

Sabía que no iba a decírmelo, y de todas formas daba igual.

—Karabunda —jadeó—. La aldea se llamaba Karabunda.

Seguía diciéndome lo que creía que yo ya sabía. Apretó los dientes y su cara adquirió un color grisáceo, no tardaría en entrar en shock hipovolémico. Y ya no saldría de ahí.

—¿Por qué tú? ¿Por qué el CDC? No hay ningún puñetero brote de cólera, Micky. Karabunda es un campamento rebelde, no una zona caliente.

No respondió. Se agarraba con fuerza la muñeca ensangrentada, pero los daños le ascendían hasta el hombro.

Solo existen dos maneras de extraer información a un profesional sospechoso de algo: o se la compras de algún modo, o él te la da a cambio de que le salves la vida. Me agaché en cuclillas, me quité la mochila que llevaba a la espalda y saqué un torniquete y un paquete de gasas hemostáticas.

Micky volvió a ponerse de costado y empezó a retorcerse. La sangre manchaba el mármol del suelo en todas direcciones.

—¿Por qué? ¿Por qué fuiste a Karabunda? —Su rostro perdía color a toda prisa, pasaba rápidamente del gris al blanco. Tenía la frente empapada de sudor. Le lancé el torniquete y el coagulante y me situé detrás de él—. No te queda nada, un par de minutos como mucho. —Micky rodó sobre sí mismo. Dejó de aferrarse la muñeca y empezó a manotear con el torniquete—. ¿Quieres que te eche una mano con eso? ¿O con eso?

Intentaba seguirme con los ojos, pero el dolor le impedía hacer nada.

—Fui a negociar. A hablar.

—¿Con quién, Micky? —Me agaché e incliné la cabeza hacia un lado. Le perdía.

—Con los rusos. A hablar con los rusos.
—¿De qué, Micky? ¿De qué tenías que hablar con ellos?
—De un trato.
No lo entendía, y a los dos se nos estaba agotando el tiempo.
—¿Conseguiste llegar al campamento? ¿Llegaste a Karabunda?
—Por Dios, ayúdeme. Por favor. Se lo contaré todo.
—Empezaba a hablar de forma incoherente a causa del dolor y la pérdida de sangre.
—Sonny te dejó tirado, ¿a que sí? Volvió al norte sin ti. ¿Por qué? —La respiración de Micky era rápida y superficial. El charco de sangre había dejado de extenderse y había empezado a oscurecerse y fijarse sobre el frío suelo—. ¿Por qué se marchó él solo?
—Para romper el pacto —siseó Micky con los dientes apretados—. Ese maldito cabrón no entendió nada.
—¿Cómo, Micky? ¿De qué forma iba a romperlo? Tienes que hablar con lógica. Vamos.
—Una fotografía. Hizo una fotografía.
—¿De qué?
—Del científico. Del puto científico.
—¿Te refieres al anciano de pelo blanco? ¿Tú le viste?
—Le vio Mayne. Le hizo una foto.
—¿La del coche? ¿Te refieres a la foto en la que está junto al coche, en la escuela de Kabala?
—No, en el campamento. Llegó al campamento.
Le pregunté dónde estaba aquella fotografía. Él se encogió sobre sí mismo y negó con la cabeza.
—No la encontré.
Le observé el brazo. El orificio de salida estaba demasiado alto para hacerle un torniquete por encima. Salvarle no era una opción. No lo había sido en ningún momento.

Se le relajó la mandíbula y los ojos se le desenfocaron. Se formó un poco de espuma en las comisuras de los labios. En el suelo, bajo la mejilla, se acumuló un charco de sudor y de saliva. Sonrió y cerró los ojos.

—Son perfectos, simplemente... perfectos. —Un jadeo profundo, prolongado, hizo que le tabletearan los pulmones como si estuviera repitiendo una y otra vez aquellas últimas palabras: perfectos, perfectos, perfectos...

Me incliné y le pegué un tiro en la sien. No era necesario recoger los casquillos usados: Londres y Langley, Moscú... sabrían de quién era obra todo aquello. Volví a guardar los utensilios médicos en la mochila y pasé a registrar los bolsillos de Micky: una Glock subcompacta de nueve milímetros, en buen estado; un iPhone bloqueado; un viejo Nokia con una tarjeta SIM local, desbloqueado; y un pase de seguridad a nombre del profesor Michael Montague. Lo metí todo en la mochila, junto con la Beretta del guarda.

De repente, cuando ya me disponía a marcharme, lo comprendí. Mi padre tenía razón. Los fallos no existen, y las coincidencias tampoco. Únicamente hay consecuencias. A la mierda la fuerza cósmica. Sonny Boy, aquel cabrón loco, acababa de darme una palmada en la espalda.

«Julieta», la única persona que había emplazado al individuo de raza blanca en el campamento de Karabunda, estaba clasificada como una «fuente sin verificar» en el Informe de Inteligencia del MI6 por el mismo motivo por el que la información no podía evaluarse ni divulgarse: porque el agente que debía recabarla se había vuelto loco, y nadie aparte de él sabía en qué consistía la prueba original ni dónde se encontraba.

Jamás habría adivinado que Sonny Boy era un fotógrafo ni un admirador de Shakespeare. Está claro que nunca puedes estar seguro de nada.

De pronto oí a mi espalda el rechinar de una puerta. Del baño contiguo salía una mujer africana, joven, envuelta en una toalla. Se sobresaltó y se echó a llorar cuando la apunté con la SIG, y resbaló por el marco de la puerta hasta el suelo.

«Así que por esto vino Micky aquí solo, en lugar de dirigirse a la oficina.»

La chica me miró con los ojos llenos de lágrimas y dijo simplemente:

—Por favor.

13

Roberts se frotó los ojos y me miró en medio de las sombras matinales que refrescaban la playa. Aún no se había elevado el sol por encima de las montañas, pero el mar ya tenía un tono azul intenso. Había pasado la noche en una pensión de la otra punta de la ciudad al tiempo que empezaban a llegar las noticias procedentes del norte. Las emisoras de radio locales bullían debatiendo acerca del rumor de que había estallado un brote de cólera. ¿Las autoridades intentaban silenciar un brote de ébola? ¿Por qué habían cortado el tráfico hasta Musala? Los locutores insolentes de Sierra Leona tenían preguntas, y en el gobierno nadie daba respuestas.

—¿Dónde durmió?

—¿Quién?

Roberts iba vestido con un kikoi de color anaranjado, el cual se palpaba en vano, buscando un paquete de tabaco. Yo le ofrecí un Marlboro, y lo aceptó.

—El ingeniero, el irlandés grandote del que me hablaste el día que llegué. ¿Dónde durmió?

—Pues... —Roberts dio una profunda calada al cigarrillo mientras yo se lo encendía—... en el Barmoi, en la península.

—Exhaló una densa nube de humo y señaló hacia atrás, hacia la playa. Los abalorios que llevaba en la muñeca emitieron un tintineo—. ¿Qué hora es?

—No, quiero decir aquí. Cuando se alojó aquí, ¿dónde durmió?

—¿Qué? Oye, Max, tío, yo no...

—Julieta dijo que tenía pensado volver a alojarse aquí, con vosotros, pero que tú recibiste una llamada en la que te informaron de que había sido evacuado por razones médicas.

—¿Un qué?

—Ven.

Lo dejé a un lado y me metí en la casa de la playa. Aunque ya estaba amaneciendo, en el interior reinaba una oscuridad que desorientaba. Al abrir la puerta penetré en una estancia llena de alfombras y muebles. Había una alargada mosquitera que acordonaba una zona del dormitorio que ocupaba una tercera parte del espacio. En una mesilla situada junto a una cama baja y ancha ardía una lamparilla de aceite de palma. Iluminaba la forma de Julieta, acurrucada igual que una niña pequeña debajo de otra mosquitera redonda que colgaba del techo. Frente a mí había dos puertas.

Me volví hacia Roberts.

—¿Qué cojones pasa, tío? —susurró, pero al ver mi expresión agregó—: A la derecha. La puerta de la derecha.

Entré y encontré un interruptor de la luz redondo y anticuado, de los que había en Inglaterra en los años cincuenta. Cuando lo accioné se encendió una bombilla de sesenta vatios que pendía sobre un reluciente suelo de hormigón. Contra la pared del fondo había una cama individual de bastidor metálico y sábanas blancas. La mosquitera que colgaba de una argolla metálica del techo estaba recogida y apartada a un costado. A los pies de la cama había un escritorio y una silla fabricados con madera reciclada, y al lado, en la pared de la izquierda, un armario pintado de vivos colores. El centro de la habitación lo ocupaba una alfombrilla de algodón de un rojo vivo. Roberts y Julieta no eran ricos, pero vivían con ciertas comodidades, o por lo menos supuse que era lo que procuraba Julieta.

Me quedé inmóvil.

En la habitación se filtraba el rumor del océano acariciando la playa de Lumley. De la habitación contigua, donde estaba Julieta, no procedía ningún ruido. Roberts estaba a mi lado, jadeando. Sospeché que había caído en la cuenta de que en realidad no tenía ni idea de quién era yo, ni tampoco de lo que podía o iba a hacer. Quisiera o no, estaba metido hasta las cejas en lo que fuera que ocurría, tanto a consecuencia de nuestro inquietante viaje al norte como por el dinero que le pagaba Londres para hacerme de guía turístico.

En aquel preciso momento, Roberts tenía ante sí dos caminos posibles: la sumisión o la rebelión.

Me giré hacia él.

—No pasa nada, todo está bien —le tranquilicé—. Aquí hay algo. Algo que dejó el ingeniero, o que puede que dejara el ingeniero. —Roberts relajó los hombros y se pasó la mano izquierda por las trenzas deshilachadas y cuello abajo—. Lo necesito, necesito encontrarlo.

—¿Cómo, ahora mismo? Son las seis de la mañana.

—Sí, ahora. Y ya son las seis y cuarenta y dos. Te va a encantar trabajar conmigo. Ve a preparar café. No despiertes a Julieta.

Me volví de nuevo hacia la cama y me quité la mochila de los hombros. Detrás de mí oí el suave chasquido de la puerta al cerrarse. Era un misterio cómo se las había arreglado Sonny Boy para meter su metro noventa y ocho de estatura en aquella cama de tamaño individual. Dejé la mochila en el suelo y me puse a trabajar. Quité las sábanas y fui pasando los dedos por las puntadas de las costuras del colchón. Nada. Acto seguido, abrí mi navaja negra y practiqué un corte lateral a lo largo del colchón. Espuma y muelles. Ninguna pista.

Luego pasé a registrar la habitación en el sentido de las agujas del reloj, empezando por el cabecero de la cama. Después, la papelera, el armario, la mesa, la silla, la alfombrilla. Nada. Al cabo de unos minutos, parecía que por allí hubiera pasado un tornado. Una cucaracha dio un brinco hacia la puerta. El cajón se partió por la mitad con un fuerte crujido cuando la hoja de metal endurecido empujó hacia arriba la base de madera. Si aquello no despertaba a Julieta, nada lo haría.

Sin embargo, el que entró fue Roberts, café en mano.

—¿Se puede saber qué coño estás haciendo? ¡Esto es mi puta casa, tío! ¡Hablo en serio!

Estaba horrorizado; y asustado.

—Ya te he dicho lo que estoy haciendo. —Estaba arrodillado, pasando las manos por debajo del cuerpo del armario. Y entonces lo vi—. Échame una mano.

Roberts giró a un lado y otro con las tazas de café en las manos, y al no encontrar otra superficie mejor que el suelo, se agachó y las depositó encima del hormigón. Juntos levantamos el bastidor de hierro de la cama y le dimos la vuelta. Sumisión, no rebelión. Ahora Roberts era un cómplice, formaba parte de aquella empresa.

—Ponlo boca arriba.

El bastidor de la cama languidecía en el centro de la habitación, tirado como si fuera un escarabajo metálico vuelto patas arriba. La malla de muelles aparecía hundida de forma patética. Me pregunté si el causante de aquella derrota habría sido Sonny Boy. Las cuatro patas apuntaban hacia el techo. Tres de ellas estaban rematadas por un disco de metal soldado. La otra se había abierto y mostraba un orificio oscuro que miraba inexpresivo hacia la bombilla. Me saqué la linterna del bolsillo y alumbré el interior del tubo.

Nada.

Escupí sobre mi dedo índice, lo introduje con cuidado en el tubo hasta el nudillo, con un movimiento de rotación, y volví a sacarlo lentamente. En la yema del dedo se me había quedado adherido un papel de fumar, humedecido de saliva. Bajo la luz azul de los LED de la linterna apareció una única palabra escrita a mano con un bolígrafo: «Julieta».

Me volví. Estaba allí de pie, desnuda salvo por unas bragas blancas de algodón y un colgante de plata que llevaba al cuello. Se cubrió los pechos lentamente, con los brazos, y me miró fijamente, boquiabierta, comprendiendo de pronto. Era, simplemente, preciosa. Lo cual, aunque no debería, hizo que todo lo que ocurrió después resultara más difícil.

—¿Por qué estás aquí? —Recorrió la habitación con la mirada y luego me miró a mí—. ¿Qué es lo que estás... qué es lo que has hecho?

Dio medio paso atrás para regresar a la oscuridad de la sala de estar.

—No huyas —la advertí. Luego me giré hacia Roberts—. Ni tú tampoco. Sentaos los dos.

—¿O qué, tipo duro? ¡Eh? ¡Me cago en la puta! ¡Estás en mi casa! ¡En mi casa! Que te jodan. —Roberts estaba fuera de sí, pero no se movió del sitio. Le entregué el papel de fumar, lo miró y después miró a su mujer—. ¿Qué cojones...?

—He dicho que os sentéis.

Cogí la sábana que había quitado de la cama y se la lancé a Julieta. Ella continuó cubriéndose los senos con una mano mientras con la otra atrapaba la sábana al vuelo y se tapaba con ella. A continuación se sentó. Roberts hizo lo mismo. Yo me agaché en cuclillas frente a ella.

—Sonny Boy, el tipo que estuvo aquí, el ingeniero irlandés grandullón, te entregó algo. —Julieta desvió los ojos y miró hacia el suelo—. Mírame. Te dio algo. Tienes que entregármelo. ¿Lo entiendes?

Julieta levantó la vista y le rodaron las lágrimas por la cara. Se oía la respiración de Roberts y el rumor del tráfico matinal a lo lejos, que llegaba hasta el interior de la habitación.

—Vamos.

Julieta no se movió. Roberts tampoco. Yo notaba el tacto de la SIG en la cinturilla del pantalón. Contemplé la posibilidad de apoyar la punta del silenciador en el hueco que tenía Julieta entre las clavículas y la tráquea, pero, a diferencia de lo que había sucedido con Micky, a ella no podía dispararle, ni siquiera amenazarla con ello. Necesitaba a Roberts. Además, Julieta no era culpable de nada, excepto tal vez de haber sido infiel.

Julieta levantó las manos muy despacio y se las llevó a la nuca. La sábana resbaló. Roberts mostró su desaprobación con un gruñido. Julieta, sin mirarnos a Roberts ni a mí, se desabrochó el colgante y lo depositó en mi mano. Yo me incorporé, me aparté de ellos y observé el colgante dándole vueltas entre los dedos. Era un sencillo medallón plateado y de unos tres centímetros de largo, provisto de unas pequeñas bisagras, que llevaba grabada la letra J.

—¿Te lo dio él? —Roberts y yo hablamos al mismo tiempo.

—Me dijiste que era de tu madre —siguió Roberts—. ¿Pero qué cojones? Lleva grabada tu inicial... —Se pasó las manos por la cara y a continuación las levantó en alto, en un gesto de rendición—. Jules, cielo... —Pero se interrumpió, me miró a mí y luego bajó la vista al suelo.

—Cálmate —le dije yo sin dejar de pelear con el cierre del medallón—. La inicial no es de ella, sino probablemente de la madre del irlandés, ¿a que sí?

—Ah, pues entonces no pasa nada, ¿no? No pasa absolutamente nada. ¿Que un ligón irlandés más grande que un armario le regala a mi mujer el medallón de su propia madre? Pues genial, me cago en todo, genial.

Me miró a mí. Yo toqué la SIG, la cual llevaba en la espalda, y me dirigí a Julieta.

—No huyas. ¿Lo prometes?

Julieta afirmó con la cabeza. Tenía las manos frente a sí, con las palmas vueltas hacia arriba y los dedos separados. Las lágrimas le rodaban hasta los pechos. Le dije que se cubriera, y ella se envolvió en la sábana como si fuera una toga, con gesto distraído, secándose los ojos al mismo tiempo. Su expresión era de soledad y de tristeza.

El medallón se abrió por fin cuando lo presioné con la uña del pulgar, y dentro de él apareció una foto reciente de Julieta tomada en la playa, junto al bar. Estaba mirando a la cámara, feliz, con la melena formando una cascada de fuego a la luz del sol poniente. Abrí otra vez la navaja e introduje la punta por debajo de la foto. Esta se desprendió y dejó ver un trozo de papel plastificado y plegado, metido en el hueco del medallón. Le devolví el medallón a Julieta. Ella lo aferró con fuerza. La cadena de plata le cayó sobre la muñeca. No se levantó del suelo, pero Roberts sí. Dudaba, calculaba posibilidades.

Volví a plegar la navaja, me la guardé en el bolsillo y procedí a desdoblar el papel que habían escondido en el medallón. Era una fotografía de 5 x 7,5 y en ella aparecía un individuo calvo y de raza blanca, un científico, había dicho Micky, caminando entre dos chozas redondas, tradicionales de África. Tenía el rostro muy bronceado. Rondaría los sesenta y cinco años. Al fondo había otras figuras desenfocadas, unas con el rostro blanco y otras con el rostro negro. En el ángulo inferior derecho de la imagen había una fecha estampada en rojo: aquella foto la habían hecho cinco días antes de que Sonny Boy fuese evacuado a Inglaterra. En ella se veía al individuo dando un paso, situado exactamente entre dos chozas con techumbre de paja, yendo de la izquierda hacia la derecha. Iba con la vista en el suelo, como mirando por dónde pisaba, y con el rostro desviado de la cámara, hacia su izquierda. Tenía un brazo flexionado, como si estuviera a punto de saludar a alguien. Indiscutiblemente, era el mismo tipo que aparecía en la foto del coronel Proshunin tomada junto a la escuela de Kabala; sin duda era mi objetivo.

Di la vuelta a la foto. A aquellas alturas ya tenía a Roberts de pie a mi lado, observando el papel. En la parte de atrás había unas palabras escritas con una letra fina y angulosa: «Karabunda. *Cód Súlúch.*»

—Karabunda —dijo—. Eso está muy al norte. Mi abuelo iba por allí a cazar de pequeño.

—¿Cómo es? —pregunté—. Me refiero a cómo es el terreno.

—Hace mucho calor. Y hay muchas cuevas. Está a un millón de kilómetros de cualquier parte. —Estiró un dedo y señaló el texto escrito a mano—. ¿Qué dice ahí? —me preguntó—. ¿*Cod* qué? Eso no es limba.

—No —repuse—. Es gaélico.

En aquella habitación hacía cada vez más calor. Julieta había dejado de llorar. A Roberts le corrían gotas de sudor por las sienes. Estábamos muy cerca el uno del otro. Me miró y volvió a preguntarme qué significaba aquello.

—Código Zulú —respondí.

—Vale. Genial. Mi mujer se lo ha estado montando con ese Gigante Verde, y ahora tú te pones a hablar en galimatías. ¿Qué es lo que quiere decir eso, Max? ¿Qué cojones significa?

—*Maraigh gach éinne* —contesté—. Que significa: «mátalos a todos».

14

Me acuclillé de nuevo en el suelo de hormigón, y recogí una de las dos tazas de café que había traído Roberts mientras yo desmantelaba el dormitorio. Su sabor fuerte y amargo me ayudó a centrarme en lo que me rodeaba. Solo había dos tazas. Le ofrecí a Julieta lo que quedaba en la mía, pero ella la rechazó con un gesto de cabeza. Roberts volvió a sentarse y bebió de su taza; todos prendimos un cigarrillo.

—¿Eso es una pistola? —me preguntó Roberts observando el bulto que formaba la SIG en mi espalda, debajo de la camiseta.

—Sí —contesté.

—Entonces, si Julieta hubiera huido, ¿le habrías disparado?

—Sí.

Julieta me clavó la mirada.

—Ojalá lo hubieras hecho —dijo.

—Todo esto es una mierda. —Roberts fue a dar un calada a su cigarrillo, pero bajó la mano—. Una puta mierda. Primero me engañas a mí metiéndome no sé qué trola sobre rebeldes, cólera y matanzas en masa, luego me destrozas la casa, y ahora destrozas mi matrimonio. —Asentí lentamente, con estoicismo—. Max —me dijo, exasperado—, ¿quién te crees que soy? —Aún no era el momento de hablar, así que no dije nada y seguí escuchando—. Muy bien, pues te lo voy a decir. Soy un puñetero taxista acojonado que hace de traductor; un ligón de playa mujeriego y bebedor empedernido que tuvo suerte con la chica de sus sueños y que va apañándose, justo para que no se le caigan los palos del sombrajo, con un poco del dinero mágico que le pagan los blancos trajeados. —Iba elevando el tono de voz. La nuez empezó a temblarle en el cuello—. He pasado toda mi vida asustado, Max. De pequeño estaba asustado por la guerra y de mayor me he cagado de miedo con el ébola. Lo he ido perdiendo todo, tío, todo, una y otra vez. A mi madre, a mi padre, a mi tía, mi hogar. Hasta mi puto país. Todo. Todo excepto Julieta. Y ahora, ahora... ahora, ¿qué, tío? Ahora, ¿qué? —Ya lloraba sin tapujos. Julieta también sollozaba—. No quiero seguir viviendo asustado. —Se limpió los mocos y las lágrimas de la nariz y de los ojos con el dorso de la mano—. Así que dime, tío, ¿quién cojones eres? ¿Y por qué tu amigo irlandés quiere cargarse a todo el mundo en Karabunda?

Ahora era el momento de hablar.

—Ya te he dicho quién soy —repliqué—. Me llamo McLean. Max McLean. Esa es la verdad. Y soy médico.

Roberts me miró con gesto inexpresivo.

—¿Médico? ¿Estás de coña? —Luego se volvió hacia Julieta—. Está de coña.

—No, Roberts. No estoy de coña. Me llamo Max y soy médico. Aprendí medicina en el ejército británico, junto con ese gigante irlandés. Éramos soldados, o más o menos; en todo caso, Sonny Boy sí lo era. Falleció en Inglaterra después de que le repatriaran. He venido a desempeñar una misión:

desconocía que Sonny Boy se había alojado aquí y que yo iba a terminar algo que él empezó. Hay muchas cosas que no entiendo, pero esto —levanté la foto— me ayudará a encontrarle la lógica a todo.

—¿A qué tienes que encontrarle la lógica? —gimió Roberts—. ¡Por Dios! No sabes nada. No tenías ni idea de que tu amigo había estado aquí. Y tampoco tienes idea de lo que significa esa foto, ¿a que no? ¿Qué coño es, un mapa del tesoro? Enséñamelo, tío, enséñame la X que señala el punto en el que tú desapareces y yo recupero mi puta vida.

Hizo ademán de coger la foto, pero yo la aparté rápidamente.

—Vale, vale. Vamos a ir paso a paso, ¿te parece?

Roberts soltó un bufido.

—Déjale hablar, Robbie —le reprendió Julieta. Roberts empezó a lanzarle tacos, pero yo le interrumpí.

—Y vamos a empezar ahora mismo. Roberts, tienes que fiarte un poco más de tu mujer. Sonny Boy era muchas cosas, pero desde luego no era un ligón, y desde luego no con tu Julieta. A ella la necesitaba para...

—¿Te lo tiraste? —me cortó Roberts.

—Cálmate, tío. Deja que te lo explique.

—¿Qué coño vas a saber tú, Max? —Luego se volvió hacia Julieta—: ¿Te lo tiraste? ¿Aquí, en mi casa? ¿En mi cama?

Se le quebró la voz. De nuevo asomaron las lágrimas, y empezaron a brotar en abundancia. Roberts amaba a su mujer, de eso no había duda, pero no era capaz de expresarlo, como tampoco era capaz de liberarse de la inseguridad de que ella sintiera el mismo amor hacia él. Seguramente por eso iba de putas: no porque no estuviera enamorado, sino en preparación del rechazo que temía que acabara llegando.

En el dormitorio se hizo el silencio. Yo no sabía si aquel

medallón había pertenecido a la madre de Sonny Boy, ni si Sonny Boy se había acostado con Julieta. Cosas más raras han pasado. Aunque no muy a menudo.

—No, no me lo tiré. No follé con él. —Las lágrimas se le habían secado. Estaba tranquila, en actitud práctica. Eso me gustó—. En cambio, sí que le besé. Una sola vez, aquí. —Se llevó un dedo a la mejilla y se tocó levemente. Roberts la miraba con la mandíbula desencajada. Ninguno de los dos sabía qué sucedería a continuación—. Me dijo que se marchaba al norte y que no volvería a verle, lo dijo como si no fuera a regresar nunca, como si pensara que iba a morir. Me dijo que no me fiara de Micky, y luego me regaló el medallón. Tienes razón, Max, me dijo que había pertenecido a su madre. Puse dentro esa foto mía para disimular, tal como me aconsejó él. Comentó que era curioso que su madre y yo tuviéramos la misma inicial.

Calló unos instantes y me sostuvo la mirada, igual que el día en que llegué.

—Continúa —la animé.

—Me dijo que, cuando llegase el momento, sabría a quién debía entregárselo. Y así ha sido, ¿no? Él me lo dio a mí para que te lo diera a ti, ¿no es verdad?

Hice un gesto afirmativo. Roberts exhaló un profundo suspiro de alivio.

—Nena, lo siento, yo...

—No pasa nada, Robbie, en serio. Perdóname. Debería habértelo contado. Pero es que se le notaba muy... triste. Cuando me entregó el medallón fue como si, no sé, como si estuviera dejando una nota de suicidio o algo parecido. Dijo que era soldado, y yo me despedí de él dándole un beso, nada más. ¿No es lo que se hace cuando un soldado se va a la guerra? Era muy divertido y muy amable, todos los niños de la playa le adoraban, y se me ocurrió que si se llevaba mi beso consigo a lo mejor ya no estaba tan triste allí donde fuera.

Tendió una mano hacia Roberts, y él la aceptó. Permanecieron así unos instantes, sin decir nada ninguno de los dos, acariciando el uno los nudillos del otro. En aquel momento comprendí que el llanto de Julieta no se debía al hecho de haberse visto sorprendida, sino a que había descubierto la falta de fe que tenía Roberts en ella. Al final, Roberts se sonó la nariz con la sábana que Julieta se había puesto encima y ambos rompieron a reír con timidez.

En aquella habitación hacía calor y faltaba el aire. Por la puerta del cuarto de estar se filtraban rayos de sol. Estábamos perdiendo tiempo. Ningún lugar era seguro para ellos, y aquel el que menos. Intenté pensar qué hacer a continuación, pero Roberts habló primero:

—Entonces, ¿qué le ocurrió a Sonny Boy? ¿Cómo murió?

—Sé cómo murió, pero no sé qué fue lo que le mató —respondí—. Aquí debió de ocurrirle algo terrible, cerca de Karabunda, algo que le volvió loco. Sus efectos tardaron mucho tiempo en manifestarse, pero para cuando regresó a Inglaterra ya estaba muy... alterado. No duró más de un mes.

De entrada pensé que la tontería que dijo mientras intentaba matarme era su último mensaje y que se refería a mí. Pero no lo era. Su último mensaje se refería a la fotografía.

—*Maraigh gach éinne* —repetí en voz alta.

—¿A quiénes tienes que matar? —me preguntó Roberts—. ¿Y por qué? ¿Tiene que ver con lo que vimos en esa aldea de las afueras de Kabala? ¿Lo que tú viste? —Después tranquilizó a Julieta—: Yo no entré en la cabaña. Max, sí.

Julieta bostezó y se sacó un mechón de cabello pelirrojo que tenía atrapado en la comisura de los labios.

—¿Va a haber otra guerra? —preguntó casi en un susurro, como si al decirlo en voz alta fuera a suceder.

—No, no va a haber guerra. No debe haberla. Para eso he venido yo aquí, y para eso vino también Sonny Boy. Hay rebeldes, o lo que sean: soldados, puede que de este país, puede que de otro. Mi misión consiste en matar a su líder. Ya sabéis, «cortar la cabeza al monstruo». En cambio Sonny Boy debió de descubrir algo que cambió su forma de ver las cosas. Actuaba en solitario, y no sé por qué.

—Pues menudo médico estás tú hecho si vas por ahí cortando cabezas. —Roberts me hablaba a mí, pero solo tenía ojos para su mujer.

—En ocasiones, el único modo de detener una infección consiste en matar al anfitrión —repliqué—. Me considero más un limpiador que un médico.

¿Qué habría visto Sonny Boy que quería que yo limpiara? Observé la fotografía, y permití que Roberts y Julieta la mirasen también; ya estaban comprometidos hasta la médula, y su vista no entrenada estaba más fresca que la mía. Había dos chozas tradicionales, formadas por un muro redondo de adobe y una techumbre. Estaban situadas cada una en un costado de la foto, una a la izquierda y la otra a la derecha. Entre ellas, ligeramente adelantado y caminando de izquierda a derecha, se encontraba el individuo de raza blanca. Era posible que estuviera pasando por delante de ellas, o que hubiera salido de la choza de la izquierda y se dirigiese a la de la derecha. Iba vestido con un pantalón de algodón gris y una camisa de manga corta también gris, con cuello pero sin hombreras ni insignias. Tenía el pelo revuelto y la barba descuidada; su cutis europeo estaba muy bronceado y se le notaba tirante en los brazos y en el cuello. Tendría... ¿cuántos años? ¿Sesenta y cinco? ¿Setenta? Observé fijamente el perfil de su rostro, como si por la mera fuerza de voluntad pudiera hacer que aquella imagen bidimensional rotase y se mostrase. Simplemente, no se le podía ver la cara del todo.

Al fondo había un grupo de soldados desenfocados en posición de firmes. ¿Estaría saludando a las tropas en formación? Había rostros blancos y negros, ninguno de ellos reconocible. Los uniformes resultaban indistintos de tan borrosos, y en cualquier caso no tenía importancia. Es posible comprar un uniforme ruso de imitación por unas pocas libras, o mandar hacer un uniforme del ejército de Sierra Leona a cambio de unas monedas en cualquier taller clandestino de Freetown.

—¿Mercenarios? —preguntó Roberts.

—Imposible saberlo. Puede ser. Seguramente son soldados de aquí, pero bajo un mando extranjero. ¿Últimamente habéis atendido a algún ruso en vuestro bar?

—A muchos —gruñó Julieta—, pilotos y cerdos, la mayoría de ellos. Robbie los llama «muñecos cara de mono».

Alcé una ceja en dirección a Roberts, y él esbozó una media sonrisa.

—¿Qué es eso de ahí? —preguntó señalando el primer plano de la foto. Reparé en que le temblaba el dedo. La fotografía en sí estaba desenfocada en los bordes, más en los laterales que arriba y abajo. Me fijé un poco más e incliné la superficie del papel fotográfico mate hacia la pobre luz de la bombilla. Vi en el borde unos números escritos con el mismo trazo minúsculo: «300».

Sonny Boy me había proporcionado la ubicación, la hora y hasta la distancia.

—Dios bendiga a la señora Mayne —dije en voz baja—. El Señor tenga piedad de su malvado hijo.

Levanté la vista hacia Julieta. De pronto la luz diurna que

inundaba la habitación contigua se expandió y se contrajo súbitamente creando un breve halo rojo en torno a su cabeza. Se oyó un suave crujido de madera cuando la puerta de fuera se abrió y se cerró con la brisa. Ella me sonrió, yo le devolví la sonrisa y, muy despacio, me llevé la mano a la espalda. Lo lento es suave. Lo suave es rápido. El pequeño silenciador de la SIG salió de la cinturilla de mis pantalones. Situé la pistola frente a mí, pero con la mira centrada entre los ojos de Julieta. Ella permaneció inmóvil, mirándome fijamente y sin pestañear, todavía con la sonrisa dibujada en los labios. Así es como mejor la recuerdo, atrapada entre el amor y el miedo.

Siempre sé cuándo he dado en el blanco, cuándo voy a dar en el blanco. Estoy vinculado a la bala ya incluso antes de que explote la cordita o se apriete el gatillo. El proyectil salió del cañón con un ruido amortiguado y penetró en el ojo izquierdo. La bala con revestimiento metálico alcanzó el cerebro, produjo una amplia onda expansiva dentro de ese esponjoso órgano y lo vació por la parte posterior del cráneo. Se produjo una fina rociada de sangre y masa encefálica, y se oyó el leve tintineo del casquillo al chocar contra el suelo de hormigón.

Me puse de pie. Roberts no se movió. La expresión de Julieta no había cambiado. Detrás de ella, en el suelo, yacía el cadáver de un individuo de raza blanca vestido con ropas de civil, aún empuñando una pistola.

—Tenemos que marcharnos ya. Ahora mismo. No deberíamos estar aquí. Vestíos los dos. Julieta, haz una maleta, no vais a volver. —Ambos se levantaron y contemplaron la escena. Julieta quería decir algo, pero no logró articular palabra—. Venga, moveos. No hay tiempo. —Se acercaron hasta la puerta despacio, mirándose entre ellos y al cadáver—. Pasad por encima. Tenemos que irnos ya. Ya mismo.

Julieta, casi desnuda, desapareció en el cuarto de estar.

Me agaché y pasé las manos por el cadáver: no presentaba signos vitales, no llevaba más armas, ni tampoco billetera, ni documentación, nada. Quienquiera que fuese, era un profesional: guantes de látex en las dos manos, una de ellas todavía aferrando la culata de una Tokarev con silenciador. Fuera quien fuese el objetivo, o los objetivos, se esperaba que llevase chaleco antibalas. Si aquello hubiera sido obra de Micky, se habría asegurado el edificio entero y ya habría un equipo Delta en el tejado. Si no habían sido los americanos, tenía que averiguar quién intentaba matarnos.

Oí a Julieta abriendo y cerrando cajones frenéticamente en la habitación principal. Roberts se quedó petrificado en el sitio, imagino que intentando asimilar lo que estaba sucediendo. Abrí la navaja y empecé a rajar la ropa del cadáver. Primero el cinturón, luego las perneras del pantalón, el torso y las mangas de la camisa: en cuestión de segundos el cadáver quedó desnudo. Bien ejercitado, sin marcas de nacimiento, sin cicatrices... pero debajo del brazo derecho, justo por encima de la axila, había un tatuaje: un diminuto escorpión negro. Por lo que parecía, acababa de desobedecer las órdenes, pero para mí los fallos no existen. Solo existen las consecuencias.

—¿Qué cojones es eso? —Roberts acababa de recuperar la voz.

—Un miembro de la 45.ª Brigada de Spetsnaz.

—¿Y qué cojones es eso?

—Las Fuerzas Especiales rusas. Esta es la insignia de su regimiento. Son idiotas. Es que no pueden resistirse.

—Genial, así que ahora los putos rusos quieren matarte.

—Odio darte esta primicia, tío, pero quieren matarnos a todos. Por eso tenemos que largarnos ahora mismo. Así que, por el amor de Dios, haz el favor de ponerte los putos vaqueros.

—¿Adónde vamos?

Roberts estaba otra vez aturdido. Se balanceaba con los pies clavados en el suelo. Le llevé hasta el cuarto de estar. Sumisión, no rebelión. Tenía las sienes empapadas en sudor y sus ojos rezumaban confusión. No tenía ni idea de adónde ir, pero cuando antes Roberts preguntó si los tipos de la foto eran mercenarios, me proporcionó la respuesta.

—Vamos a ver a Ezra.

15

Fui el primero que salió a la luz. Arena, mar, palmeras y mucho calor. En la playa no había nadie. El aire se notaba caliente y pesado. Yo llevaba mi mochila, Julieta cargaba con un petate lleno a reventar y Roberts agarraba con la mano un paquete de tabaco y la funda del fusil protegida con un candado que había dejado a su cuidado tras el viaje a Kabala. Teníamos una pinta total de sospechosos. Roberts se sentó al volante y arrancó aquel viejo Nissan que parecía un mosaico de retales. Me senté delante, a su lado. Julieta se tumbó con su petate en el asiento de atrás. Y abandonamos el hotel.

Por la estrecha carretera circulaban coches, camiones y *poda-podas:* repartidores yendo a restaurantes, gente que se dirigía a trabajar en los hoteles. A nuestro lado caminaba alegremente una bandada de colegiales ataviados con camisas de un blanco reluciente y zapatos negros que brillaban tanto que podrían avergonzar a un miembro de la Guardia Real.

—Vuestra cocinera, la que tiene un solo ojo, ¿cuándo entra a trabajar?

—A las once —respondió Julieta desde el asiento trasero.

—¿Tienes forma de avisarla? Dile que se tome el resto de la semana libre.

Julieta marcó el número, y al poco empezó a explicar en krio aquellas vacaciones no programadas a la cocinera. Roberts, sorteando el escaso tráfico de vehículos y niños, puso rumbo al norte, hacia la punta de la península. Solo había una carretera para entrar y salir en cada extremo. En su extremo sur, el trozo de tierra en el que se encontraban el bar de Roberts y mi hotel se unía con Freetown. En la punta norte, solo se podía llegar a la ciudad atravesando el puente de Aberdeen, que cerraba el cuello del estuario como un lazo de hormigón de trescientos metros de longitud.

—¿Dónde está la casa de Ezra?

—Cerca. En Wilkinson Road. En el otro lado de la ría, pero tenemos que dar toda la vuelta. El otro día pasamos por delante de ella. Se encuentra nada más pasar la base aérea de Cockerill.

—¿Es la casa o la oficina?

—Las dos cosas. Voy a llamarle.

—No, los teléfonos están pinchados. Déjalo.

Al llegar a una rotonda gigantesca y polvorienta torcimos hacia el este para enfilar Cape Road. Detrás de nosotros se situó una motocicleta que venía del hotel Barmoi. La manejaba un negro de pelo desaliñado estilo afro, vaqueros azules y camiseta blanca sucia. Sin casco, con mochila, noventa kilos de peso. Era el mismo individuo con el que Roberts había ido de putas en Makeni.

—¡Joder! Moto a veinte metros por detrás de ti.

—La veo.

—Vigílale las manos. ¿Julieta?

—Qué.

—Agáchate. Túmbate y procura que no te vea.

—¿Quieres que acelere y le pierda, tío? Voy a acelerar.
—Roberts estaba volviendo a la vida.

—De acuerdo, pero no demasiado. —Julieta se hizo un ovillo en el suelo del coche, detrás de nosotros. Roberts aceleró el Nissan hasta sesenta por hora, setenta—. ¿Distancia?

—Unos diez metros.

Miré por el espejo retrovisor de mi lado.

—Calculo ocho. Siete. Y acercándose. De acuerdo, acelera hasta ochenta.

—No puedo. Se acerca un cruce. Aquí tengo que girar hacia Aberdeen.

—¿Es una rotonda?

—Sí.

—Está bien, ve todo lo deprisa que puedas. Ábrete.

Circular por Cape Road a setenta kilómetros por hora en un Nissan viejo es como ir a doscientos en un Jaguar por la calle O'Connell de Dublín. Bicicletas, niños, vendedores de fruta, hasta un predicador, la exhortación a la oración del cual quedó engullida por el rugido de nuestro motor, pasaban junto a nosotros en una mancha borrosa de calor reverberante. Roberts metió tercera y entró en la rotonda a sesenta por hora. La moto no se despegó de nosotros. Roberts metió segunda. Doblamos a la derecha para tomar Aberdeen Road. Roberts volvió a meter tercera. El coche apestaba a líquido de embrague chamuscado.

—¿Distancia?

—Le tenemos encima. No consigo dejarle atrás.

—Sigue así.

Setenta. Ochenta. La moto continuaba pegada a nuestro parachoques.

—Muy bien. Cuando yo te diga, pisas a fondo el freno.

—Miré el espejo exterior. El conductor de la moto se acercaba por el lado de dentro, el mío, con una mano en el manillar y llevándose la otra a la espalda—. ¡Ya!

Roberts pisó el pedal del freno y tiró del freno de mano. Me sujeté para resistir el impacto. El Nissan derivó hacia la izquierda, contra el bordillo. Choque de metal contra metal. De los neumáticos salió una nube de humo. Los cristales saltaron en pedazos. Nuestros músculos y huesos se estrellaron contra el techo, el parabrisas, el asfalto. Salí despedido por la puerta y rodé por el suelo del arcén de la carretera. Rápidamente me incorporé y disparé dos veces hacia la camiseta blanca del motorista, que ahora estaba de rodillas en el asfalto. Cayó hacia la derecha, todavía empuñando la pistola y disparando a ciegas al tiempo que intentaba ponerse de pie. A causa del impacto, se le había abierto el brazo izquierdo a la altura del codo. Tenía los vaqueros desgarrados. Le disparé una vez más en el pecho. Se desplomó de bruces. Corrí hasta él, le apoyé el cañón de la SIG en la nuca y disparé de nuevo. El tráfico se detuvo. Los niños echaron a correr. Los hombres retrocedían con las manos en alto. Por debajo del motorista muerto comenzó a extenderse un charco de sangre.

En la ventanilla del Nissan, que se había calado, apareció el rostro de Julieta. Roberts intentó varias veces, sin éxito, arrancar el motor.

—El motor está ahogado.

Giré sobre mis talones con la pistola en la mano, oteando el campo visual, buscando posibles problemas. Caras asustadas. El sol. Casas. Tiendas. Árboles. Polvo.

—Está bien, fuera. Bajaos del coche. Roberts, coge mi mochila. —Julieta peleaba con su propio petate—. Déjalo. Sal del coche. ¡Vamos!

Eché a correr hacia el vehículo que tenía más cerca. Un Toyota rojo con las lunas opacas que tenía la portezuela abierta y el motor aún en marcha. Sosteniendo la SIG a la altura de la cadera, metí una mano y saqué al conductor de un tirón. Un tipo joven y trajeado que huyó enseguida con la cabeza gacha y las manos en alto. Cuando los que se habían parado a mirar se dieron cuenta de lo que estaba sucediendo en realidad también echaron a correr para ponerse a cubierto. Puede que la guerra hubiera terminado en 2001, pero en Freetown la gente todavía sabía cuándo quedarse mirando y cuándo salir por pies.

—Conduces tú.

Nos subimos al Toyota y adoptamos las mismas posiciones que antes en el Nissan. Roberts pasó por encima del manillar de la moto destrozada, esquivó una furgoneta de reparto abandonada y continuó hacia el este para atravesar el puente. Los Spetsnaz y sus socios del servicio de inteligencia militar soviético eran tremendamente eficaces la mayoría de las veces, y habían tenido meses para preparar su área de operaciones. Nuestra cobertura acababa de saltar por los aires. Les teníamos encima y estaban empeñados en darnos caza. Podían fallar todas las veces que quisieran, pero yo solo tenía que fallar una vez.

—Esto no pinta nada bien, Max. No hay tráfico. Aquí pasa algo.

—Está bien, ve más despacio. Julieta, no levantes la cabeza. Túmbate.

No había tráfico en contra. Conforme íbamos acercándonos al puente, nos vimos aprisionados por el mar a ambos lados de la carretera. En el centro de nuestro carril había dos policías que dirigían el reguero de coches que llevábamos delante. Más allá había un minibús taxi, un *poda-poda*, atravesado en la calzada y bloqueando la entrada al puente y todo el tráfico proveniente del otro sentido. Se había congregado un pequeño grupo de personas que protestaban, bien entre ellas, bien con los policías.

—De acuerdo, avanza muy despacio. —Había un individuo afanándose con los neumáticos del minibús, que al parecer estaban todos pinchados. A nuestra izquierda, un club nocturno, y detrás, un edificio alargado y de azotea plana. A nuestra derecha teníamos un edificio alto y sin distintivos que proyectaba una larga sombra sobre el asfalto. Más allá empezaba el puente y el estuario—. Este lugar no es seguro. Tenemos que volver atrás, pero aquí no podemos dar media vuelta.

Roberts había aminorado la velocidad casi del todo. Los policías nos indicaron que nos detuviésemos.

—¿Por qué no es seguro? ¿Hay algún otro motorista? —Roberts retorció el cuello—. Max, eres el cliente más jodido que he tenido nunca.

—No. Escúchame con atención. Párate delante de los policías, pero bien separado, en el centro de la calzada. Te aseguras de que no haya nada a tu espalda, y luego metes la marcha atrás y sales disparado a toda hostia. Cuando llegues a cincuenta, pisas el embrague y clavas el freno girando el volante un cuarto hacia la izquierda, todo al mismo tiempo. Haces un giro de ciento ochenta grados. Y luego aceleras a toda mecha en dirección sur. Tenemos que salir de la península.

—Joder, vale. Una vez hice una cosa parecida, en la carretera de Old Kent. Esperemos que esta vez aguanten los neumáticos.

—No te detengas más de tres segundos.

Un poco más adelante tuvimos que parar. Roberts me miró primero a mí y luego al retrovisor. Empecé a contar en voz baja.

Un segundo.

La palanca de cambios del Toyota pasó de segunda a punto muerto y enseguida a la marcha atrás.

Dos segundos.

Movimiento a mi espalda. Me giré levísimamente.

—¡Agáchate!

Tres... los policías se apartaron cuando el coche saltó hacia atrás... segundos.

Tic. Tic. Tic.

—¿Qué es eso? —La voz de Julieta, acurrucada en el suelo detrás del asiento del pasajero, se oyó urgente y amortiguada. Igual que las balas que habían empezado a perforar la blanda chapa de acero del Toyota, que sonaban extrañamente distantes, irreales.

—Nos están disparando. —Luego me giré hacia Roberts—: Mantén firme el volante.

Alcanzamos los cincuenta por hora. Era la guerra marcha atrás. Pasamos de nuevo junto a la moto derribada, pero al motorista no se le veía por ninguna parte; un crío de la calle estaba vertiendo gasolina en la mancha oscura que había dejado la sangre; los transeúntes ya no tenían miedo: ahora miraban, hacían muecas y señalaban. Parecía que estuviéramos atados a una larguísima goma elástica que nos había lanzado hacia el puente y ahora estuviera tirando de nosotros otra vez en dirección contraria, viajando en el tiempo.

Tic. Tic. Tic.

Habíamos recibido una docena de balazos en cuestión de segundos. En el capó se abrieron otros tantos orificios, como marcas de puntuación aleatorias. El que disparaba estaba apuntando al bloque del motor. De repente perdimos el cristal de la ventanilla del lado de fuera. Los disparos procedían de la azotea. Las ventanillas tintadas del Toyota nos habían salvado, si hubiéramos seguido en el Nissan, ya estaríamos muertos.

Un momento de silencio.

De repente el parabrisas se vino abajo con un fuerte estruendo. Por la cavidad empezó a entrar aire caliente y el rugido del motor. Roberts se encogió un poco, pero aguantó.

—Muy bien, gira en redondo.

Roberts ejecutó un perfecto giro en redondo sobre el eje del coche. En Leconfield yo había tardado dos días en aprender cómo se hacía, en cambio él lo hizo como si tal cosa. Nos detuvimos unos segundos. En el parabrisas trasero aparecieron varios agujeros.

—Vamos, vamos, vamos.

Roberts hizo una serie de movimientos rapidísimos en la palanca de cambios, pisó el acelerador a tope y la aguja de las revoluciones se disparó hasta la franja roja mientras el Toyota pasaba de segunda a tercera. Su semblante reflejaba una intensa concentración: la frente fruncida y una ligerísima sonrisa en la comisura de los labios. Después de toda la emoción vivida en casa, había recuperado la serenidad y la determinación de una persona que lo ha perdido casi todo, pero no todo.

—¿Alguien está herido?

—No, estoy bien.

—¿Julieta?

No hubo respuesta.

—¿Julieta? —grité yo por encima del ruido del motor, y me volví.

—Julieta, cielo... —Roberts también se giró hacia atrás. Ya íbamos a ciento diez por hora. Roberts llevaba puestas sus Ray-Ban; sin ellas le habría resultado imposible ver nada a aquella velocidad. La península era una mancha borrosa. Por el agujero del parabrisas entraban mosquitos, arena y suciedad que me acribillaban la cara.

—Tú conduce. Ya me encargo yo.

Con la SIG en la mano, me pasé al asiento de atrás. Roberts frenó de golpe al llegar al cruce de Cape Road, con lo cual caí hacia delante, encima de Julieta. Me recuperé y le levanté la cabeza. Le salía sangre de la boca. Intenté colocarla encima del asiento, pero volví a perder el equilibrio porque Roberts dobló bruscamente a la izquierda para tomar Lumley Beach Road. Ahora íbamos hacia el sur, el mar y el bar de Roberts quedaban a nuestra derecha. Era un espacio muy estrecho en el que maniobrar. Subí a Julieta al asiento y la tendí de costado. A continuación me di la vuelta para ponerme mirando hacia atrás.

Tenía la camiseta empapada, la cara del presidente Koroma aparecía teñida de color escarlata. ¿Pero de dónde procedía la sangre? Tenía la boca abierta. Había sangre, pero no estaba obstruida. Le presioné el lóbulo de la oreja con mi pulgar, y abrió los ojos. Su expresión era desenfocada, aturdida. En el torbellino que reinaba en la parte trasera del coche era casi imposible evaluar sus constantes vitales. Le puse dos dedos en la arteria carótida y acerqué el oído a sus labios. Pulso acelerado; respiración rápida y superficial. Inicié una exploración primaria. En primer lugar, la cabeza y el cuello. Después introduje las manos por debajo de la camiseta. Le palpé los pechos. Estaban mojados. Me miré las manos. Rojo oscuro. Entonces rasgué la cara del presidente por la mitad, tirando desde el cuello de la foto para abajo, y encontré el sitio por el que había penetrado la bala: en el seno derecho, atravesando el músculo pectoral. Seguidamente pasé a explorarle la espalda y recorrí con las manos la columna vertebral, los costados y las axilas. Nada. No había orificio de salida.

—No pasa nada —le dije—, te pondrás bien.

Pero Julieta no podía sostenerme la mirada, e intentaba apartar mis manos entre gestos de dolor.

Roberts volvió a mirar hacia atrás.

—¿Es muy grave? —chilló.

No contesté.

—Necesito mi mochila —dije, pero me costaba trabajo hacerme oír con tanto ruido en la carretera—. ¡Mi mochila! —grité—. ¡Necesito mi mochila!

Roberts se inclinó hacia delante y cogió la mochila del suelo del coche con la mano derecha. Pesaba mucho a causa de la munición y el dinero, tanto que dio un volantazo en el esfuerzo de pasarla por encima del reposacabezas del pasajero. La mochila cayó a mi lado mientras palpaba las piernas y el estómago de Julieta. No había más heridas evidentes. Saqué el botiquín de emergencia del bolsillo delantero de la mochila. Julieta jadeaba. Cada vez que inhalaba, le entraba aire por la cavidad que la bala le había abierto en el pecho. Cuanto más se llenase de aire, más presión ejercería el pulmón que tenía colapsado contra el corazón. Resultado probable si no hacía algo: paro cardíaco inminente.

Extraje del botiquín el paquete redondo y plano que contenía el parche oclusivo para heridas en el pecho, lo abrí y despegué la lengüeta. La herida rezumaba sangre; la limpié con el brazo izquierdo y pegué el redondel de plástico provisto de una válvula en el pecho de Julieta. La herida quedó sellada. Cada vez que inhalara y exhalara, iría saliendo el aire por la válvula del parche. Ya no penetraría más aire por la herida.

Julieta me miró y parpadeó. En las comisuras de la boca, que casi parecía sonreírme, se le había acumulado saliva mezclada con sangre. Le acaricié la mejilla. No había forma de saber en qué lugar de su cuerpo se había alojado la bala. Quizá sobreviviera. Quizá estuviera agonizando.

—¡Un atasco!

Roberts volvió a pisar el freno. Me agarré al asiento de atrás. Habíamos llegado el extremo sur de la península, al punto en el que la carretera torcía hacia el interior. Justo enfrente de nosotros había una maraña de coches y *podapodas* parados en todas direcciones que bloqueaban la carretera. Roberts se había detenido a cincuenta metros. A nuestra derecha resplandecía el Atlántico con un azul eléctrico justo después de la capa de suciedad que bordeaba la costa. A nuestra izquierda había árboles, canchas de tenis y praderas verdes.

—¿Qué es eso? —pregunté tocando la ventanilla con el cañón de la SIG.

—El campo de golf.

—¿Si lo cruzamos llegaremos a la ciudad?

—Quizá. Depende de lo alto que sea el terraplén.

Roberts estaba temblando. Hablaba deprisa, atropelladamente. Justo detrás de nosotros, entre los árboles, se divisaba el tejado rojo de la casa club. Estábamos completamente desprotegidos, y solo había una salida.

—Adelante. —Delante de nosotros emergieron dos individuos de raza negra, uno por cada lado de la maraña de vehículos que bloqueaban la carretera. Avanzaban semiagachados y con prudencia pero con decisión, apuntándonos con los cañones de sus fusiles AK—. Vamos, vamos, vamos.

Cuando vi por el boquete abierto en el parabrisas destrozado que el montón de vehículos parados empezaba a alejarse, los dos individuos se agacharon en cuclillas y empezaron a disparar en tándem. Primero se oyó el crepitar de los disparos, y después el ruido metálico de los proyectiles que iban acribillando el Toyota. Uno de los neumáticos traseros estalló. Una ventanilla se hizo añicos y nos roció con una lluvia de cristales. Se desprendió un trozo de caucho del volante. Roberts se llevó las manos a la cara durante un segundo y luego volvió a aferrar el volante. Se agachó e inclinó la cabeza hacia delante como si estuviera luchando contra una tempestad.

—¡Más deprisa! —grité—. ¡Más rápido!

Roberts apretó la mandíbula. No se le puede ordenar a nadie que no tenga miedo. Ni siquiera tras una vida entera de entrenamiento se puede predecir cómo va a reaccionar una persona bajo una lluvia de disparos. Roberts estaba aguantando el tipo, aterrorizado pero una dosis de adrenalina casi letal le daba fuerzas.

Julieta iba derrumbada en el asiento de atrás, tumbada sobre el costado bueno. Entre los asientos logré disparar una vez al tirador que tenía a mi derecha. Cayó, y su AK siguió disparando en automático apuntando hacia arriba. Acto seguido giré mi SIG provista de silenciador cuarenta grados hacia la izquierda, a un lado del hombro de Roberts. Entre nosotros pasó un proyectil de AK que le hizo un profundo rasguño en la piel y me rozó un nudillo de la mano derecha.

—¡Mierda! Mi brazo.

Forzado por el dolor, torció el volante a la izquierda, con lo que la trasera del Toyota se fue hacia los árboles que había junto a la entrada de la casa club del campo de golf, y perdí de vista el blanco.

—Endereza. Métete en la entrada. No pasa nada. Estás perfectamente bien.

—¡Y una mierda!

Roberts enderezó el coche y, pisando el acelerador, se metió de cabeza en la entrada, con el morro por delante. Al girar vi claramente al segundo tirador, que venía hacia nosotros a la carrera. Le disparé dos veces en el pecho, se desplomó de bruces y quedó despatarrado en el suelo. Roberts redirigió el Toyota, con el morro apuntando hacia el campo de golf, y dio un acelerón al motor. Por los agujeros que habían hecho las balas en el capó escapó una rociada de aceite; el chasis dio una sacudida, rengueando a causa del neumático trasero pinchado.

—Esto va a ser breve y desagradable —gruñó Roberts al tiempo que pisaba el embrague. Salimos lanzados hacia delante. Tenía razón. Con el Toyota dando sacudidas y jadeando, pasamos raudos frente a la casa club y nos metimos por un sendero de tierra que dividía el campo por la mitad. Los jugadores, en grupos de dos o tres y con las bolsas de palos al hombro, se nos quedaron mirando, sobresaltados por el estruendo del tiroteo. Algunos señalaban con ademán de incredulidad; uno de ellos gritó enfadado en krio; otro se había interrumpido en mitad del *swing*, todavía inclinado hacia delante y sosteniendo el palo en el aire.

—¿Para cuánto tenemos? Me refiero a la gasolina. —Habíamos llegado a un cruce en el camino por el que Roberts avanzaba penosamente.

—Para no mucho. La casa de Ezra está justo ahí delante, pasada la ría. Podemos ir en línea recta, pero es posible que no podamos cruzar. También podemos dar toda la vuelta, pero es posible que Julieta no aguante. —Roberts acarició el maltrecho salpicadero del Toyota como si estuviera consolando a un caballo cansado.

—Ve en línea recta. No hay tiempo.

Roberts se volvió para mirar a Julieta.

—¿Va a ponerse bien?

—Ya está bien —contesté sin saber si le estaba mintiendo. Se encontraba consciente, pero no hablaba—. Pero necesita urgentemente un hospital. —Trescientos metros más allá, el sendero terminaba entre dos trampas de arena—. Pasa por encima de la hierba. No te pares.

Cuando llegamos a la mitad de la ancha franja de césped, el Toyota claudicó escupiendo una tos estentórea y ahogada. Primero me apeé yo, pistola en mano. Los tres jugadores que estaban echando un partido matinal aprovechando la hora más fresca del día primero se indignaron al verse interrumpidos y luego se mostraron cautos al ver mi pistola. A continuación se apeó Roberts. La camiseta de fútbol desgarrada que llevaba estaba manchada de sangre en el hombro, pero la herida era superficial. Los golfistas, todos a una, se replegaron hacia los árboles.

—Tenemos que salir de aquí y ponernos a cubierto. Ya llevo yo a Julieta. Tú coge mi mochila y vigila la retaguardia, ¿de acuerdo?

Roberts hizo un gesto afirmativo con la cabeza. Le pasé mi mochila y procedí a sacar a Julieta. Tenía la mirada más enfocada y había conseguido incorporarse un poco. Estaba empapada de sangre.

—Esto te va a doler, ¿de acuerdo? —Julieta aceptó con un gemido. Me pasé la SIG a la mano izquierda, me agaché, la tomé en brazos y me la eché sobre el hombro derecho, como hacen los bomberos. Ella dejó escapar un fuerte gemido pero no protestó—. Vamos allá.

Me situé a la cabecera de la comitiva. Roberts venía detrás de mí, vigilando el sendero a nuestra espalda. Los golfistas nos observaban en silencio. Cien metros después, nos habíamos internado en los árboles. Otros cincuenta, y ya estábamos en la ribera de la ría. Se notaba un fuerte olor a excrementos humanos.

Me volví hacia Roberts.

—En la otra orilla hay un asentamiento de chabolas.

—¿Qué profundidad tiene la ría?

—Ni idea.

Me volví y miré entre los árboles. No había nadie. Si estuviera persiguiendo a alguien, esperaría a que ese alguien se pusiera al descubierto. La ría tenía cien metros de anchura. Primero había que cruzar un arenal lleno de fango; después un islote salpicado de vegetación; y por fin, según parecía, un último tramo de cincuenta metros de agua y lodo hasta llegar a las chabolas de la otra orilla. Por detrás de los tejados de hojalata de la barriada se elevaban los edificios de Wilkinson Road, algo más altos. Julieta, desplomada sobre mi hombro, no se movía.

—Ve tú primero. Si alguien empieza a disparar, echa a correr y busca a Ezra. No mires atrás. —Roberts no parecía convencido. Ninguno de los dos sabía si Ezra se encontraba siquiera en Sierra Leona, y mucho menos en casa. Roberts se sujetaba el hombro herido y temblaba conmocionado por lo que le estaba sucediendo—. Yo cuidaré de Julieta, te lo prometo. Vamos.

Salimos a la franja parduzca de barro. Roberts delante, yo detrás pisándole los talones. Nos encontrábamos casi al final de la ría Aberdeen. Estábamos de suerte. La marea estaba baja, por lo que se podía vadear. Pero cuando llegamos al centro del cauce oímos a nuestra espalda la inconfundible ráfaga de disparos procedente de un fusil AK. A nuestro alrededor se elevaron pequeñas erupciones de arena y agua.

—¡Corre! ¡Vamos!

Roberts dudó un momento y levantó las manos, a medias entre un gesto de rendición y para protegerse la cabeza. Luego echó a correr como alma que lleva el diablo por entre el barro, los excrementos y la suciedad que había arrastrado la marea baja, en dirección a las chabolas y a la ciudad. Yo quedé totalmente a la vista. Me agaché y me volví. Sentí el peso de Julieta rebotar en mi hombro.

En el islote que acabábamos de dejar atrás encontré un repecho que me ofreció un poco de protección. Apunté al destello del arma que había visto entre los árboles, cincuenta metros a la derecha. Los disparos cesaron un instante, y después se reanudaron en forma de descargas aisladas y apuntadas hacia el objetivo. El que estaba al otro lado de aquel Kalashnikov estaba bien entrenado. Devolví el fuego con la mano izquierda. Los disparos cesaron de nuevo, y aproveché para incorporarme. Eché a correr por aquella agua sucia, en zigzag hacia la casa que tenía más cerca.

Más disparos, de múltiples tiradores. Un bala me hirió el muslo; otra rozó la espalda de Julieta, al lado de mi oído. En la orilla del canal volví a desplomarme. Cuatro hombres vestidos con uniforme de combate y separados veinte metros entre sí estaban cubriendo a un quinto individuo que se me acercaba por la izquierda, en una simple pero eficaz táctica de fuego y maniobra. Me metí de nuevo en el barro, con las piernas en el agua. Julieta estaba hecha un ovillo debajo de mí, su piel clara y su melena pelirroja apagadas por el limo de la ría. Tenía los ojos cerrados, pero su cuello palpitaba. Estaba aguantando. Nos ametrallaban con precisión e intensidad: una docena de disparos que cayeron a escasos centímetros de mi cabeza levantaron rociadas de arena y agua.

Por una fracción de segundo sentí en las manos el agua fría de un lago de Irlanda y vi el sol europeo iluminando una piel clara sumergida en el agua, el último destello de luz en sus ojos, los ojos de mi madre, que suplicaban.

«Se acabó, hijo mío.»

Levanté la SIG con la mano derecha y disparé dos veces al tirador situado más a la derecha. Se desplomó. Acto seguido, explotó en el lodo el ruido sordo de una granada. Los ojos y la boca se me llenaron de barro. La cabeza me retumbó, los oídos se me taponaron, empecé a sangrar por la nariz. Me giré hacia el fuego proveniente del segundo tirador y disparé a ciegas. Su AK enmudeció. Seguí girando, parpadeando con fuerza, sacudiéndome el barro de la ría y los recuerdos. Un disparo en la cabeza. Tercer tirador abatido. Última bala en la recámara. Arrojé el cargador vacío. El cuarto tirador estaba tumbado boca abajo, hundido en el lodo, disparando hacia lo alto, manteniéndome a raya. Pero ya tenía encima el individuo que se nos había acercado sigilosamente. No me daba tiempo a introducir otro cargador, de modo que me giré y disparé al tiempo que él se agachaba. La última bala le destrozó el hombro izquierdo. Solté la SIG, me retorcí en un supremo esfuerzo y me incorporé por encima de Julieta. Él se tambaleó y disparó, pero no pudo controlarlo y el AK continuó disparando solo. Varias balas impactaron en el barro entre Julieta y yo.

Tan rápido como pude me incorporé, el cuerpo bajo el arma, las manos aferrando el cañón y empujándolo hacia arriba. Patada directa a la rodilla izquierda. Mano derecha arriba. Puñetazo al lado izquierdo de la mandíbula. Su boca abierta, aliento acre en mi cara, ojos de loco. Seguí golpeando, abrí la mano buscando la parte superior de la culata del AK. Empujé hacia abajo con fuerza con mi mano izquierda. El AK giró de las diez a las dos, rotando sobre su eje. Tiré con fuerza hacia atrás. La mira frontal se le trabó en la oreja y le produjo un desgarrón. Tirador desarmado. Se quedó de pie, paralizado, jadeando, con el sudor entrándole en los ojos. Golpe en la cara con el cañón del arma. Recuperar pistola. Cargar arma. Disparar. Dos balazos en el pecho. Tirador abatido. Cuerpo a tierra.

Permanecí allí tendido protegiendo a Julieta, boca abajo, hundiéndome poco a poco en el lodo. Examiné el entorno. El quinto tirador se movía y disparaba de nuevo. Yo estaba en pie. Seis metros y acercándose. Pero allí fallaba algo. El fusil pesaba demasiado poco. Disparé. La bala le alcanzó, le atravesó. Puso cara de sorpresa, pero no se desplomó. Apreté otra vez el gatillo. No se oyó nada. No hubo retroceso. El fusil no tenía munición. Estaba vacío.

Me agaché justo antes de que él disparase, y de pronto, con un único crujido que sonó claro y nítido, su cara explotó hacia dentro tras una neblina de intenso color rojo. Me quedé tendido al lado de Julieta, mirando primero al sol y después a las siluetas que venían hacia nosotros. Era Roberts. Junto a él, un individuo que lucía una sonrisa ladeada en la cara y portaba un AK en la mano.

—Max —dijo Roberts jadeando—, este es Ezra.

16

Ezra puso encima de la mesa un par de Coca-Colas y un racimo de plátanos pequeños y rojos. Un ventilador eléctrico removía el calor. Fuera se oía el ir y venir de las pisadas de un vigilante que montaba guardia. Dentro, el agudo pitido de mis tímpanos maltratados por el estruendo de una explosión lo dominaba todo. Estaba sucio, sangrando y muerto de hambre.

Habíamos salido de la ciudad inmediatamente, en la cabina de una ambulancia privada que hizo venir el israelí desde una callejuela de la barriada de chabolas. Habíamos ido hasta las colinas que bordeaban Regent, no muy lejos, calculé, de la villa de Micky. Yo me ocupaba de estabilizar a Julieta con el material médico mientras ascendíamos en dirección este, Ezra respondía las preguntas con cortantes monosílabos en los puntos de control que nos encontrábamos en el camino. Transcurridos cuarenta minutos, emergimos no en un hospital ni en una casa particular sino en un cuartel policial.

—Es la escuela de formación de la División Especial de Seguridad —me explicó Ezra cuando nos apeamos. Con evidente orgullo, me contó que todo aquel proyecto lo financiaba Israel, no el Reino Unido, y que lo dirigía él. A Roberts le vendaron el brazo y a toda prisa unos tipos ataviados con uniforme de combate negro y elegante boina roja se llevaron a Julieta hasta la clínica.

—Es muy bueno —aseguró Ezra—. Toufiq, el cirujano. Es de Beirut. Hace mucho tiempo que trabajamos juntos. —Miraba a Roberts, que miraba la puerta. En alguna parte de aquel complejo le estaban abriendo el pecho a su mujer—. Sin embargo, no prometo nada. Si Dios quiere, vivirá, pero necesita tiempo. —Su acento era gutural, casi francés, y metía alguna que otra palabra hebrea, como hacen algunos israelíes al hablar en inglés—. Y usted —me preguntó a mí—, ¿qué es lo que necesita?

—Una avioneta —respondí—. Una Cessna. Una 172. —Busqué dentro de mi mochila y saqué los fajos de billetes—. Aquí hay ochenta de los grandes.

—¿Para cuándo?

—Para hoy.

—De acuerdo. —Ezra se encogió de hombros—. ¿Voy a recuperarla? —Otro encogimiento de hombros—. ¿Qué más? —preguntó.

Miré a Roberts.

—Él no viene conmigo.

—En ese punto ha acertado al cien por cien. —Dibujó su sonrisa ladeada—. No existe la menor posibilidad de que les permita ir a ninguna parte con usted, ni a él ni a la chica. Aquí, conmigo, están a salvo. Nadie los tocará. —No había el menor rastro de ironía—. Esto... —Abrió las manos y recorrió la estancia con la mirada para dejar bien claro que estaba hablando de todo el tinglado y no únicamente de la sala en la que nos encontrábamos— es un proyecto personal del presidente, financiado por el Knesset. Aquí estamos tan seguros como en Tel Aviv. —Enarqué una ceja—. Está bien —concedió—, más seguros.

—A ver si es posible que, esta vez, no le proteja pegándole un tiro —sugerí.

—Respecto de eso —Ezra sonrió—, no le prometo nada. Se hará lo que se pueda, ¿eh?

—Roberts me ha dicho que al finalizar la guerra usted estuvo trabajando con los americanos. Los americanos no están... —escogí las palabras con cuidado— de nuestra parte. —Ezra me miró fijamente entornando los ojos. Por un momento dio la impresión de que estaba a punto de explotar, luego pareció estar medio dormido. Ya era demasiado tarde para hablar con rodeos—. Está bien, para serle claro, ayer un americano intentó matarme —confesé—. Micky Montague. Trabajaba con el CDC.

—¿Ese gilipollas? *Ta'aseh li tova!* No, Micky no es del CDC. Ni de esa otra *shtuyot* agencia de ayuda humanitaria, como se llame.

—¿El USAID?

—*Ken*, esa misma. Micky es de la CIA. Sin duda *barur*. Puede creerme.

—¿Has matado a Micky?

Roberts apartó los ojos de la puerta un momento. Respondí afirmativamente con un leve gesto de cabeza.

—Él intentó matarme primero, pero la cosa es que yo he matado a un espía yanqui, sin embargo los que nos persiguen son el Spetsnaz y un puñado de chavales del país.

Roberts tosió.

—Esos «chavales» casi nos entierran, tío.

Había que reconocer que llevaba razón. Había estado repasando mentalmente la persecución durante el trayecto en ambulancia desde la barriada hasta el cuartel. Julieta y Roberts me habían ralentizado, me habían obligado a tomar decisiones erróneas, pero necesitaba a Roberts. Me tranquilicé a mí mismo diciéndome que si hubiera estado solo, ninguno de aquellos tiradores habría salido vivo de los árboles, pero no podía permitirme perder a Julieta porque eso significaría perder a Roberts. Me dije que los necesitaba a los dos. Luego me corregí: a Julieta no la necesitaba viva, simplemente quería que sobreviviera. Igual que quise que Ana María sobreviviera. Aunque uno no siempre consigue lo que quiere.

—¿Spetsnaz? *Ulai*. ¿Está seguro de eso?

—Los de raza negra, no. Todos visten de uniforme, el antiguo del ejército de Sierra Leona.

—¿Rebeldes? —preguntó Roberts—. ¿De Kabala?

—Puede ser. Estaban bien entrenados, eso seguro. En cambio, el tirador que vino a la casa llevaba un tatuaje, el escorpión de los Spetsnaz. —Ahora que lo expresé en voz alta parecía menos verosímil. No mencioné que sabía que el coronel Proshunin se encontraba allí.

—Max, ¿cuántos tatuajes tiene usted? —me preguntó Ezra.

—Ninguno.

—Yo igual que usted, tampoco tengo ninguno. Menuda imagen daría, ¿eh?, si llevara aquí mismo el emblema de las Fuerzas de Defensa de Israel. —Se pasó el índice de la mano derecha por el antebrazo izquierdo—. O tal vez aquí. —Esta vez se pasó el dedo por el cuello.

—Vale, pues he matado a un yanqui y alguien quiere que crea que nos persiguen los Spetsnaz.

—En eso sí que estoy de acuerdo. —Ezra volvió a encogerse de hombros—. ¿Y qué? Ahora ya están con Dios. No importa quiénes sean ni lo eficaces que sean. Lo sabe usted y lo sé yo. Lo único que importa es lo eficaz que sea usted, ¿eh?

—Se sacó un periódico plegado del bolsillo de la sahariana—. Este tipo no creo que fuera lo bastante eficaz —dijo al tiempo que me pasaba el periódico. Era la edición de aquella misma mañana del diario *Awoko*. El titular decía: «Cólera en Kabala, Musala: Se aconseja a los ciudadanos que conserven la calma y no salgan de sus casas. Intervendrá Naciones Unidas».

—Dele la vuelta —me indicó Ezra—, pasado el doblez.

Debajo del editorial, el diario publicaba una noticia con el titular «Asesinato en Makeni». Un diplomático británico que estaba de visita en el área de Makeni había sido hallado muerto junto a su coche en la carretera de Freetown. El aficionado que lo firmaba terminaba diciendo que dicho miembro de la embajada había sido «masacrado por maleantes» que le habían «saqueado» para robarle todos los objetos de valor. El ángulo inferior derecho de la página estaba adornado por una fotografía de estilo peliculero del cadáver tumbado boca arriba. Hombre blanco, de cincuenta y tantos, complexión ligera, mentón débil. Del montón. Claramente era del MI6. Llevaba una camisa blanca cubierta de sangre y acribillada de agujeros de bala. El rostro estaba sereno e intacto, salvo por el nítido orificio de entrada que lucía en mitad de la frente.

Me preguntaba quién iba a ser el siguiente. Aunque no podía saberlo con seguridad, aquel tipo era muy probablemente el Oficial, un funcionario del MI6 declarado abiertamente por nuestro gobierno al gobierno de Sierra Leona, que había «recogido» la foto del general Proshunin y del objetivo tomada frente a la escuela de Makeni. Muy probablemente, se la había quitado a Marie Margai, la voluntaria del Comité de Asistencia Global, tras matarla y robarle la cámara. Tal vez el hecho de matarla ya formaba parte del plan o tal vez le entró el pánico. Quizá Micky le había echado una mano, quizá Londres le había ordenado que lo hiciera. Ahora él también había sido eliminado, y además en Makeni, de donde acababa de volver Micky.

Tal vez, tal vez. Pero desde mi punto de vista, había un hecho: aparte de mí, Roberts y Julieta eran los últimos cabos sueltos que quedaban en Sierra Leona.

Podía ocurrir cualquier cosa.

—Esa *shtuyot* del cólera, ¿tiene algo que ver con usted?

—No. Y no es cólera, ni ébola. En el norte hay alguien jodiendo las cosas, y nos gustaría que parase de una vez para siempre.

—Ah, de modo que ahora es «nos», ¿eh? *Mazal tov*. Parece ser que esas personas a las que usted alude le están ayudando mucho. A lo mejor ellos le proporcionaban esa Cessna. —Volvió la sonrisa ladeada. No había nada que decir que no resultase falso y desagradable para la gente de Londres que me había enviado allí. Sobre todo a mí—. ¿Tiene algún plan?

—No. —Observé las estrellas que lucía en el hombro—. No sé una mierda de estrategia, coronel. Pero sí sé que ningún plan sobrevive al contacto con el enemigo. Sobre todo cuando uno no sabe quién es el enemigo.

—*Bediyuk* —dijo Ezra afirmando con una sonrisa de oreja a oreja—. En Israel decimos que «ningún plan sobrevive al contacto con un oficial», así que menos mal que yo no lo tengo tampoco, ¿eh?

Recogió los fajos de billetes de cien de encima de la mesa e hizo ademán de marcharse.

—Voy a ver cómo está su mujer. —Le hablaba a Roberts, pero me miraba a mí—. ¿Necesitan alguna otra cosa más? —continuó. Roberts fue a responder, pero yo me adelanté:

—Sí. Un teléfono que esté limpio, un Thuraya.

—De acuerdo.

—Y una baliza de emergencia, si la tiene, que funcione con satélites Iridium.

—*Ken*. Pero vaya con cuidado, ¿eh? Con eso va a iluminar la selva igual que si fuera el Menorah. Le van a ver desde Marte, amigo mío.

—Sí, esa es la idea. Y también necesito un poco de cable detonador, por si tengo que despejar un punto de aterrizaje para una evacuación médica. Ah, y hay otra cosa más.

—*Betach*. Lo que sea.

—Ropa limpia. Huelo que apesto.

—*Ken*, en eso también estoy de acuerdo con usted al cien por cien.

Ezra se marchó con el dinero. Roberts y yo nos quedamos solos. En aquella habitación hacía calor, el ambiente resultaba incluso sofocante. Fuera, Ezra ladró varias órdenes primero en hebreo y después en krio.

Examiné el contenido del teléfono local de Micky. Había renunciado a examinar su iPhone porque, si la Agencia de Seguridad Nacional tenía capacidad para entrar en él, yo no tendría la más mínima oportunidad. Los nombres y los números eran todos comunes y corrientes: una mezcla de nombres propios y siglas, todos neutros; móviles internacionales y de Sierra Leona. Todos excepto uno: el contacto denominado VX tenía un número fijo de Londres y una extensión: 309.

VX: un agente nervioso particularmente nocivo. Resultaba apenas llamativo que una persona del Centro para el Control y Prevención de Enfermedades lo tuviera en su teléfono móvil. También era posible que la V y la X significaran Vauxhall Cross. No sería el primer operativo de la CIA que tuviera un número de contacto del cuartel general del MI6.

A la mierda. Había que jugársela. Pulsé la tecla de color verde y esperé.

—Embankment —respondió una voz clara, limpia, segura de sí misma. Yo fingí no haber oído bien.
—¿Oiga? ¿Es Embankment? —dije con mi mejor acento americano.
—Sí, Embankment. ¿Qué extensión desea? —Tono práctico. Casi impaciente.
—La tres, cero, nueve.
Pausa.
—Enseguida le paso. No cuelgue.
Levanté la vista y me di cuenta de que estaba aguantando la respiración. Roberts se encogió de hombros como si me estuviera diciendo: «¿Pero qué coño haces?» Yo me llevé un dedo a los labios y fruncí el ceño.
—Tres, cero, nueve. —Una segunda voz confirmó la conexión. Esta vez era una secretaria, no un carcelero. Exhalé el aire lentamente.
—Soy Montague —dije manteniendo el acento.
—Enseguida le paso.
Pausa.
—Mason.
Colgué y extraje la batería del teléfono.
—Joder.
—¿Estás bien? —me preguntó Roberts.
—Sí. No. No lo sé.
—¿Es seguro llamar al exterior?
—¡No, joder! Pero así se mantendrán ocupados los chicos y las chicas de Cheltenham.
—Vale, lo que tú digas. Tío, no logro entender si de verdad sabes lo que haces o te lo vas inventando sobre la marcha.
—Mitad y mitad. ¿Qué tal llevas lo tuyo?
Roberts se echó hacia delante en el raído sillón que había acercado a la mesa y se limpió el sudor de la cara.

—Bien, sin problemas. Si Julieta está bien, yo también. Gracias por lo que has hecho ahí atrás. O sea, que te jodan por lo que has hecho ahí atrás, pero también te doy las gracias, ya me entiendes.

—Sí, ya te entiendo —contesté. Luego señalé el teléfono y añadí—: Esto es una mala noticia. La verdad es que... en fin... —«Da igual que lo diga», pensé—. No sé si voy a volver.

Roberts puso cara de espanto y luego sonrió rápidamente.

—Bueno, pues no voy a darte un besito de despedida, cabrón.

Ambos rompimos a reír, y por un instante vi una chispa del Roberts que había acudido a recogerme al helipuerto hacía tan solo cuatro días.

—Tira tu teléfono. Ezra te dará unas cuantas tarjetas SIM con números consecutivos. Si te llamo, después quema la SIM. La próxima vez te llamaré al número siguiente. ¿Entendido?

Me respondió que sí, de modo que saqué un bolígrafo del bolsillo de mi pantalón y anoté el número del móvil de Jack Nazzar en el periódico que había dejado Ezra en la mesa.

—Este número pertenece a un viejo amigo mío, un escocés muy cascarrabias. Es la única persona de la que me fío. —Reflexioné un momento sobre lo último que acababa de decir y visualicé mentalmente al comandante Frank Knight echándome la bronca en Caracas—. La única persona. Él te ayudará. No menciones ningún nombre. Ninguno. Olvida los nombres que me hayas oído a mí. Dile simplemente que mucho trabajar y poco jugar lo vuelven a uno aburrido de verdad. A partir de ahí, ya te dirá él.

Roberts arrancó el trozo de papel y se lo guardó en el bolsillo pequeño de los vaqueros. Acto seguido, se quitó la pulsera. Los abalorios negros, rojos, dorados y verdes tintinearon contra el pequeño león al que le faltaba una pata. Me la entregó.

—Para que te dé suerte —dijo.

Su semblante reflejaba preocupación y cansancio. Me puse la pulsera. Él sonrió débilmente, y los dos nos sumimos en un embarazoso silencio. De pronto me acordé de la Glock de Micky. Le puse un cargador nuevo y se la entregué a Roberts agarrándola por el cañón.

—Para que te dé suerte —le dije—. Es de acción doble. Seis balas, más otra en el morro.

—¿De doble qué? —Roberts le dio la vuelta para inspeccionarla y guiñó un ojo para mirar por el interior del cañón.

—Tú simplemente aprieta el gatillo. Guárdatela en el bolsillo. Ya sabrás cuándo utilizarla.

Roberts se la guardó, y seguidamente se aclaró la garganta.

—¿Qué vas a hacer cuando llegues a Karabunda?

Caí en la cuenta de que llevaba varios días sin pensar apenas en otra cosa, aunque todavía no había llegado a ninguna conclusión. A Ezra le había dicho la verdad: que no tenía ningún plan: en ningún momento lo había tenido. Pero de repente veía la solución con total nitidez. Respondí de manera espontánea, sabiendo exactamente lo que había que hacer, como si la idea hubiera estado allí todo el tiempo, esperando a que la expresara en voz alta.

—Paso a paso lo que Sonny Boy me dijo que hiciera —contesté.

17

Estaba vieja y cansada, pero tenía todo cuanto necesitaba. Mi mochila iba en el asiento del copiloto, mi fusil iba detrás, en la cabina de pasajeros.

No había tripulación de tierra como tal, únicamente un par de técnicos cabreados que me ayudaron a salir del recinto del aeródromo y a repostar combustible. Era el momento más caluroso del día, una hora antes de que se pusiera el sol. A nadie le apetecía pasarlo trabajando.

No existía ninguna torre de control con la que comunicarse por radio ni a la que solicitar autorización. No había equipos de seguimiento de aeronaves comerciales que funcionasen en cualquier parte del país, ni siquiera en el Aeropuerto Internacional de Lungi. Aquello me favorecía tanto a mí como a los rusos, que, según la capitana Rhodes, llevaban meses enviando equipos y personal a Karabunda, al parecer sin que se enterase nadie, salvo nosotros.

El parte meteorológico de la web decía lo siguiente: «Viento del oeste de ocho nudos; visibilidad: veintitrés kilómetros; nubes altas; temperatura: veintiocho grados; punto de rocío: veintitrés». Había un cero por ciento de probabilidad de lluvia: el mes de marzo era seco y muy caluroso. La ruta ya me la había proporcionado Roberts: volaría durante todo el trayecto según las reglas de vuelo visual, repitiendo por el aire el viaje que habíamos hecho en coche, siguiendo la carretera hasta Kabala, y después viraría totalmente hacia el norte para llegar a Musala y a la base de operaciones de los rebeldes. Además del mapa en papel, había guardado los mapas digitales sin conexión en mi teléfono y había tecleado en el GPS las coordenadas de la única zona de aterrizaje que pude identificar en las imágenes por satélite. Mi teléfono tenía batería para dos días, aunque lo cierto era que no había cobertura. Mi salvavidas iba a ser el teléfono por satélite.

Abrí el gas un cuarto de pulgada, volví a comprobar que la zona de la hélice estaba despejada, accioné el contacto y ajusté el motor a mil revoluciones por minuto. Era posible que aquella avioneta estuviera vieja y cansada, pero ronroneaba maravillosamente. Conecté el piloto automático, empujé los mandos contra él para probarlo y después lo desconecté. Se oyó el familiar pitido. Todo perfecto. Repasé de memoria las comprobaciones previas al vuelo, verifiqué cada una dos veces, configuré los alerones y solté el freno.

La Cessna rodó hasta situarse en posición, y le hice a Ezra la señal de pulgares arriba. Él saludó y dio un paso atrás. Aparte de los ochenta mil dólares, algún día querría cobrarse este favor, y con intereses. Potencia al máximo. La pista de despegue me atraía como si fuera un largo sedal de color negro que tirara de un pez metálico, y luego me escupió hacia lo alto, en un ascenso suave que me elevó por encima de los cursos de agua verde oscura que se metían tierra adentro desde la bahía de Tagrin. Las sombras alargadas de última hora de la tarde se disolvieron en el azul despejado del cielo. Viré y puse rumbo a la estrella que formaba la localidad de Waterloo, situada al suroeste; los tejados oxidados y los parabrisas de sus coches me sirvieron de balizas montadas en el repecho que abrazaba la carretera antes de virar de nuevo hacia el noreste, para ir a Makeni. Ascendí a seis mil pies y me mantuve en esa altitud, fuera del alcance de la mayoría del fuego procedente de tierra, y conecté el piloto automático. Confiaba en Ezra porque no me quedaba más remedio. Si él hubiera querido que me derribaran, no había ninguna altitud segura en la que situarse.

Me encontraba exactamente a trescientos veinte kilómetros de Karabunda. Había despegado exactamente a las dieciocho horas y diez minutos. Eso quería decir que pisaría tierra alrededor de las diecinueve horas. Era demasiado arriesgado llegar mientras hubiera luz diurna, y llegar de noche sin infrarrojos sería un verdadero suicidio. La única opción era el crepúsculo, y aun así no era muy buena. Estando tan cerca del ecuador, dispondría de una ventana de entre diez y quince minutos de luz una vez que llegara al objetivo.

No había sido seguro regresar al hotel Mammy Yoko. La mayor parte de mi equipo, incluido el teléfono por satélite BGAN, quedó fuera de alcance en el momento en que murió Micky. Repasé mentalmente el material con el que sí contaba, que era el siguiente:

Fusil completo y munición.

SIG, silenciador, munición y sobaquera táctica prestada por Ezra.

Cable detonador.

Teléfono móvil y teléfono por satélite, con la batería llena pero sin cargadores.

Mapa en papel, cuchillo, brújula, cinta adhesiva.

Casi veinticinco mil dólares americanos en metálico.

Baliza de emergencia, también proporcionada por Ezra, reloj de pulsera, botiquín de primeros auxilios.

Cantimplora para potabilizar agua, llena.

Pasaporte canadiense, GPS, dos bolsas de comida preparada y un paquete de tabaco.

Cerré los ojos y conjuré la presencia de Sonny Boy desde las profundidades de mi memoria.

Código Zulú: Lo empleábamos como un término de argot para situaciones en las que la única actuación posible era aniquilarlo todo y a todos. Era la opción nuclear que no dejaba supervivientes, como la derrota que habían infligido los zulúes a los británicos en la batalla de Isandlwana. Tal como le gustaba decir a Sonny Boy delante de los reclutas en el comedor de Raven Hill, a voz en grito y con frecuencia, «Max, ¿acaso aquellos africanitos con sus lanzas y sus escudos no dieron bien por el culo a los ingleses, que iban armados con sus fusiles y sus pistolones?».

Dado que Sonny Boy medía un metro noventa y ocho y que en cierta ocasión dejó fuera de combate al campeón de boxeo de pesos pesados del ejército británico cuando todavía no había dejado de sonar la campana que señalaba el inicio del primer asalto, me gustaba darle la razón. Cuando Sonny Boy empezaba con sus peroratas sobre los zulúes, yo era decididamente más irlandés que inglés. Si no hubiera perdido la chaveta en Brinton, me habría sentido muy tentado de traérmelo aquí conmigo.

Conocía una sola persona que hubiera llevado a la práctica aquella consigna: el propio Sonny Boy. Antes de ser ascendido a sargento, a Sonny le vendieron quienes le servían de guías sobre el terreno durante una operación antinarcos que estaba realizando en Colombia. De los cuatro hombres que formaban su brigada, dos resultaron muertos y otro, un joven soldado que hacía poco tiempo que había aprobado el examen de selección, quedó gravemente herido. En cuanto al propio Sonny Boy, el pueblo entero había sido cómplice. Lo que estaba previsto que hubiera sido una misión contra el cártel Norte del Valle se convirtió en una operación paramilitar contra él, personalmente.

Al verse sin opciones y careciendo de una vía de escape, hizo lo que ningún soldado quiere hacer, pero que todo el que quiera que sus compañeros sobrevivan haría si pudiera.

El coronel Ellard supervisó la comisión investigadora. Cuando me preguntaron qué había visto cuando por fin me acerqué lo suficiente para rescatarlos a los dos, dudé. Me costó trabajo expresarlo con palabras.

Sonny Boy, cargando con el soldado herido sobre aquellos anchos hombros de Wicklow que tenía, primero se abrió paso a tiros hasta la salida del pueblo y después hasta la salida del valle. Mató a todo lo que se le cruzó por delante a lo largo de treinta kilómetros. Al principio con un fusil y varias granadas, luego con su pistola, después con un cuchillo, y por último con las manos. Hombres, mujeres, niños... acabó con todo y con todos los que se interpusieron en su camino. Como si fuera la reencarnación del héroe de mi adolescencia, el legendario guerrero irlandés Cú Chulainn, Sonny Boy sufrió un acceso de violencia incontenible. Consumido por la sed de sangre, fue segando la vida de todo el que se ponía a su alcance. Hasta que lo hube subido al helicóptero no se percató siquiera de que había recibido varios impactos de bala: trece en total, incluidos los que le atravesaron las dos piernas.

Así que expliqué a Ellard la huida de Sonny Boy del único modo que pude, el único modo de que él lo comprendiera. Le dije, sencillamente: «Código Zulú, señor».

Ellard le ascendió y le envió a combatir a los piratas en

Somalia. El general King ponderó las cosas «que se podrían haber conseguido con un centenar de hombres como aquel, ¿no es cierto?» y a continuación ordenó que se destruyeran las actas de la sesión. Al mes siguiente, los americanos afirmaron haber obtenido la victoria sobre el cártel Norte del Valle. En cuanto a Sonny Boy, no creo que llegara a recuperarse de verdad. Jamás volvió a hablar del soldado al que había salvado la vida. Y jamás me dio las gracias por haberles rescatado a los dos.

Me vino a la memoria lo que dijo Julieta sobre la última despedida de Sonny Boy. Yo he contemplado muchas veces la posibilidad de suicidarme, pero nunca lo he pensado en serio. Y aquí estaba ahora, sobrevolando aquella vasta zona de selva, cada vez más oscura, que se extendía en sentido noreste hacia las montañas Loma, a punto de intentar... ¿qué, exactamente? Por enésima vez, vi el rostro pálido y frágil de mi madre rodeado de una cabellera rubia y flotante; sus ojos azules fijos y mirando hacia el cielo, perforando el agua clara y fría del lago. A veces, quitarse la vida uno mismo, o entregarla, parece ser el único acto racional para cualquier persona que carezca de raciocinio, o de amor.

Lo cierto era que Sonny Boy ya había llegado a su límite mucho antes de venir a África Occidental. No fue solo lo de Colombia. Fue la suma del lugar del que procedíamos, lo que hacíamos todos los días y el comprender, finalmente, todos nosotros, que no quedaba ningún otro lugar al que ir. Cuando uno tiene que matar su alma para sobrevivir, ya no le queda ningún sitio al que huir y no le queda nada por lo que huir. El miedo; eso era la justificación última de todo lo que hacíamos. Pero lo que había vuelto loco a Sonny Boy no solo era el miedo, le había aterrorizado hasta el punto de hacerle perder la razón.

Tuviéramos o no los pies en el suelo, todos los Desconocidos de Raven Hill éramos como esos que se lanzan desde lo alto de un rascacielos y cada uno va tranquilizando a los demás al rebasar primero el piso cien, después el cincuenta, después el veinte: «por ahora, todo bien; por ahora, todo bien; por ahora, todo bien». Por supuesto, lo que mata no es la caída, sino el choque contra el suelo. Sonny Boy se precipitó al vacío en Karabunda y aterrizó a mis pies en aquella sala de observación de Brinton. Había ido al norte de Sierra Leona a hacer algo, a luchar por algo, y lo había hecho en solitario. Yo solo tenía que averiguar qué había sido, y además darme prisa. El mayor general King y Frank Knight no iban a ayudarme; y David Mason por lo visto tenía una relación más estrecha con Langley que con Raven Hill.

Las dieciocho cincuenta. Sobrevolé la aldea masacrada de las afueras de Kabala. Ningún movimiento. Había llegado el momento de acercarme yo también al límite. Para escapar de quien pudiera estar mirándome, ascendí a catorce mil pies y ajusté la trayectoria de vuelo con rumbo noreste. Fijé la velocidad del aire en dieciocho nudos. La temperatura de la cabina descendió. El aire se volvió menos denso, pero a aquella altitud no necesitaba oxígeno. Me pasé al asiento del copiloto y lo eché hacia atrás para disponer de más espacio. Llevaba la SIG enfundada y metida en el bolsillo del pantalón. Cogí la mochila y me la até al pecho con cinta. La funda del fusil estaba debajo de ella, bien sujeta, en sentido horizontal. Acto seguido me puse el paracaídas, uno utilizado para hacer parapente que me había proporcionado Ezra, por encima del viejo mono de paracaidista que también había añadido al lote. Me amarré el GPS a la cara interior del antebrazo izquierdo y lo encendí. En aquel momento pasó Musala por debajo de la intermitente luz roja del ala de babor, enclavada en la orilla sur del río Mong.

Examiné de nuevo el piloto automático. Calculando según la cantidad de combustible que quedaba, la avioneta caería en la tupida vegetación que había al otro lado de la frontera, ya en Guinea, al oeste de Marela. Abrí la portezuela del pasajero y tiré de la argolla. La portezuela se abrió hacia fuera con un potente chorro de aire helado. El desequilibrio de la presión hizo que la pequeña Cessna se balancease momentáneamente, pero el piloto automático la sostuvo recta, y se niveló.

Las diecinueve quince. Puse un pie encima del montante de la rueda y sujeté el borde de popa de la portezuela. Allá abajo, al oeste, vi pasar Karabunda iluminada por los últimos retazos de luz diurna. Salté y tiré de la anilla. El paracaídas me llevó sin hacer ruido por encima de la sabana. Diez mil pies. La Cessna continuó volando, vi sus luces de navegación parpadear a lo lejos, perdiéndose de vista en lo que quedaba del día. Cinco mil pies. Permanecí alerta a cualquier movimiento, medio esperando que de aquellas colinas brotaran estelas de balas trazadoras, pero no brotó ninguna, y el GPS me llevó en línea recta hasta el punto de aterrizaje. Mil pies. Lo que había perdido en visibilidad tras el largo descenso lo había ganado en silencio y en precisión. Sin embargo, si el punto de aterrizaje era una zona caliente, estaría muerto ya antes de tomar tierra.

Quinientos metros. De repente el horizonte comenzó a elevarse muy deprisa, y rápidamente acudió a mi encuentro el calor con olor a rancio de la selva. Entorné los ojos intentando ver algo en la oscuridad, pero no vi nada.

Un instante después, mis botas chocaron contra el suelo.

18

Silencio y negrura total. Miré el reloj. Las tres de la madrugada. Los insectos, las polillas, los pájaros y los monos por fin habían enmudecido. Fue un cese simultáneo, un milagro que ocurre en los lugares salvajes de todo el mundo. De repente el catecismo que entonan las criaturas nocturnas se interrumpe y sobreviene un silencio sepulcral. Dentro de dos horas se despertarían los monos y se reanudaría la cacofonía. Una hora después, se filtrarían las primeras luces entre las copas de los árboles. El sol saldría a las siete. Me puse de costado, un metro por encima del suelo, colgado en un trozo de tela del paracaídas tendido entre dos árboles. Era un pequeño lujo, pero es de idiotas conformarse con la incomodidad. Cuando se está sobre el terreno, dormir es algo que no tiene precio; y es absolutamente necesario buscar un sitio separado del suelo.

Había aterrizado dieciséis kilómetros al noreste del campamento, y solo quinientos metros al sur del paralelo 10, esa línea absurdamente recta que formaba la frontera entre Sierra Leona y Guinea. No sabía dónde se habría estrellado la Cessna, pero desde luego no la había oído caer. Aunque en febrero los rebeldes habían estado haciendo incursiones en el norte antes de centrar la atención en el sur, los guineanos no contaban con personal suficiente para patrullar su frontera. Podían pasar días, incluso meses, antes de que hallasen la avioneta siniestrada, si es que llegaban a encontrarla. La línea del mapa que separaba Sierra Leona de Guinea era simplemente eso: una expresión cartográfica que no guardaba relación ninguna con la realidad física. La sabana y las colinas se extendían con independencia de todo, sin verse restringidas por las limitaciones de la lengua y la nacionalidad.

No había visto ni oído a ningún ser humano. Aquella zona era inhóspita y estaba muy poco habitada. Casi nadie se acercaba por allí, y a nadie le preocupaba quién se acercase. La única línea del mapa que me interesaba era la que trazaba el río Mong. Dicho río cruzaba la frontera unos cientos de metros al oeste y luego serpenteaba en dirección sur prácticamente durante todo el trecho que llevaba hasta el campamento. Iba a ser dificultoso, pero seguir el Mong sería como esprintar por una pista de carreras en comparación con la opción de ir avanzando penosamente a través del terreno montañoso.

Aproveché aquella paz y tranquilidad y volví a dormirme. No soñé. Sabía exactamente dónde estaba.

Iba a tardar el día entero en recorrer la distancia que me separaba del campamento. Nada de moverme de noche. Nada de andar a campo abierto. Nada de comunicarme oficialmente con Londres. Por lo menos, todavía. Nadie sabía dónde me encontraba, y quería que por el momento la cosa continuara así. Lo mejor que se podía decir de la información que me habían facilitado el MI6 y la capitana Rhodes era que resultaba tremendamente deficiente. Nada nuevo, pues.

Claro que, en el peor de los casos, había algo que no cuadraba, y no solo sobre el terreno sino también en el mismo Londres. Nadie había mencionado que estaban involucrados Micky o la CIA, ni que Sonny Boy había llevado una misión de reconocimiento para mi posterior viaje; nadie había mencionado que todas las personas relacionadas con aquella misión ya habían sido eliminadas, como Marie Margai, o estaban a punto de serlo, como el hombre que tenía el MI6 en Freetown. Este no había durado un día más que mi primer viaje al norte: había muerto, a juzgar por los limpísimos neumáticos del Mercedes de Makeni, nada más dejar mi fusil en el aparcamiento del motel DJ, y todo apuntaba a que quien fuera el que había eliminado los eslabones de la cadena estaba igual de empeñado en enterrarme a mí.

Londres se había tomado muchas molestias para inculcarme que, como los americanos no estaban involucrados, no habría seguimiento ni imágenes por satélite de alta definición. Tal vez fuera cierto, pero no iba a correr ningún riesgo hasta que averiguara quién quería cortarme el cuello y por qué. Había llegado el momento de salirse de pistas, no establecer comunicación, mantenerse a cubierto y recordarme a mí mismo que cuando le dije a Roberts que la única persona de la que me fiaba era Jack Nazzar, lo decía en serio.

Había ido allí a desempeñar una misión a la que Nazzar había dado el visto bueno. Aunque lo hubiera dado a regañadientes, ya me bastaba. Además, todavía no había terminado la misión. ¿Un científico ruso que jugaba a las guerras con un ejército por poderes? Bien sabe Dios que he matado por mucho menos. Sin embargo, si lo que quería Frank era un asesinato, se lo iba a dar, pero en el lugar y a la hora que yo escogiera.

Eran las siete de la mañana y bajo los árboles hacía fresco, y para probar el fusil, necesitaba que la temperatura ambiente fuera lo más parecida posible a la que tendría cuando efectuara el disparo. Así que, mientras esperaba a que se templara el ambiente, corté un cuadrado de la tela del paracaídas, me aparté un poco del punto en el que había aterrizado y me agaché para defecar. Enterré la cagada junto con el paracaídas y el mono. A continuación me tomé la mefloquina y engullí el contenido de una de las bolsas de comida preparada del ejército que me había dado Ezra, una carne guisada que tenía un aspecto notablemente parecido a mi reciente deposición, y guardé la comida que me quedaba para más adelante. Tal como nos decía el coronel Ellard: «En la guerra, aprovechen todas las oportunidades que se les presenten para vaciar los intestinos y llenar el estómago».

Examiné la SIG y volví a guardarla, después abrí la cremallera de la funda del fusil. Repasé todas las piezas del sistema de francotirador: fusil, visor, pasador, cargadores, cartuchos, bípode, moderador y telémetro. Nada había sufrido daños, habían sobrevivido al salto. Monté el fusil e inserté un cargador de diez balas. Era mi fusil, mi visor. Si había entendido bien el mensaje de Sonny Boy, tendría que efectuar el disparo desde una distancia de trescientos metros. Las chozas estaban separadas unas de otras por unos seis metros. A juzgar por la estatura y la forma de caminar del objetivo, probablemente tardaría seis segundos en recorrer dicha distancia, eso si no se desviaba. Para un francotirador, seis segundos son como seis años, y trescientos metros, son una distancia cortísima. Pero no podía permitirme el más mínimo margen de error.

Doblado cuidadosamente en el interior del bolsillo del que había sacado el cargador llevaba un trozo de papel cuadrado, de cincuenta centímetros de lado. Lo desplegué. En el centro tenía un parche de forma trapezoidal de veinticinco milímetros al que apuntar. Medí cien metros con el telémetro y coloqué el blanco en posición con la ayuda de dos ramitas. Regresé a mi posición, me quedé quieto, cerré los ojos y escuché.

Nada humano se movía.

Abrí los ojos. Poco a poco fui girando trescientos sesenta grados, intentando ver, no solo mirar.

Nada otra vez.

A continuación me tendí boca abajo, estabilicé el fusil con el bípode e introduje una bala. Ajusté la ampliación de la imagen a siete aumentos, que es la óptima para el ojo humano, y enfoqué con sumo cuidado hasta que la retícula del visor se dibujó con nitidez en el fondo blanco del objetivo.

Hice dos inspiraciones profundas para oxigenar la sangre y después exhalé despacio al tiempo que apuntaba con precisión.

Pausa. Aguanta. Dispara.

El moderador amortiguó el estruendo del fusil hasta convertirlo en un crujido sordo. Amortiguado todavía más por la espesura de la selva, con suerte el disparo había pasado inadvertido para todo aquel que no se encontrase lo bastante cerca como para entrar en mi campo de visión. La bala perforó el papel veinte milímetros a la izquierda de la marca que señalaba el centro y se incrustó en la tierra. Hice una pausa, escuché, miré y volví a disparar. La bala perforó el mismo agujero, esta vez ligeramente por encima. La tercera bala atravesó limpiamente el agujero de la segunda.

Acto seguido ajusté la rueda del deflector dos muescas a la derecha y repetí la prueba. Las tres balas dejaron un único agujero en el centro del blanco.

Arma calibrada.

Mientras esperaba a que el cañón se enfriase, medí trescientos metros de terreno despejado, lo cual, debido al errátíco patrón con que crecían los árboles, resultó difícil, y de nuevo me tumbé boca abajo y ajusté la elevación del visor según la tabla que me había proporcionado Rhodes.

Disparé otra vez.

Las tres balas se agruparon en torno a la marca que señalaba el centro: la primera un par de milímetros más arriba que las otras dos, que pasaron una detrás de otra por el mismo orificio.

Conocía bien mi fusil. A aquella distancia, la diferencia que provocaría el cañón frío en el primer disparo resultaba despreciable. La diferencia que podía representar un cañón limpio era más importante. Los nueve disparos que ya había efectuado garantizaban que los siguientes fueran por lo menos todos iguales.

Estaba haciendo demasiado ruido probando distancias distintas de la que pensaba que necesitaría. Disminuí el número de aumentos a tres y ajusté el visor a cuatrocientos metros, para poder hacer frente, con precisión y rapidez, a cualquier sorpresa desagradable; de aquella forma, un disparo dirigido al centro del pecho alcanzaría al objetivo entre la base del cuello y la entrepierna desde una distancia de entre cien y seiscientos metros. Introduje la última bala en la recámara y cambié el cargador. Me quedaban veintiún disparos.

Ya podía marcharme, solo me faltaba hacer una última comprobación.

El timbre se interrumpió bruscamente con un breve «¿Sí?» con acento de Glasgow.

—Buenos días, sargento mayor.

Al otro lado de la línea se hizo el silencio.

—Los tienes bien puestos, hijo.

—Yo también me alegro de oírte.
—Este no es tu teléfono de la Oficina. ¿Es seguro?
—Ya no. Pero de momento podemos hablar.
—Bueno, cuéntame...

Nazzar y yo intentamos hablar a la vez, y a la vez guardamos silencio de nuevo, cada uno esperando a que hablase el otro. Yo tenía que sacar a la luz el tema de Sonny Boy. Sabía que a Jack Nazzar, por muy duro que fuera su estoicismo escocés, le había afectado mucho la muerte de Sonny. De modo que continué.

—Ya sé lo que vas a decir —empecé—. Lo sé, y lo siento. Pero me atacó con todas sus ganas, Jack, se puso hecho una furia. No me quedó más remedio. No tuve otra alternativa. Tienes que creerme. Tú habrías hecho lo mismo.

Una larga pausa. Luego, por fin, Nazzar habló. El deje afilado de su voz había desaparecido.

—No, no habría hecho lo mismo. Sonny Boy me podía, Max. Yo habría acabado muerto, esa es la verdad.

—Ya, bueno, quizá. Sonny estaba ya muy tocado. Se había vuelto loco.

—Sí, eso me han dicho.

—Lo siento. Hice lo que tenía que hacer para frenarle. Pero pensé que posiblemente se recuperaría.

Otra larga pausa.

—¿Estaba vivo? —preguntó Nazzar.

—Sí, acudió un equipo de reanimación para atenderle. Parecía una situación delicada.

—¿Estás seguro?

—Pues claro que sí. ¿Cuándo crees que murió?

Nazzar emitió una tos.

—En la celda. Mason dijo que murió en la celda. Max, ¿estás seguro?

—Al cien por cien.

—Pues eso es una novedad. Porque Mason dijo que tú le rompiste el cuello en la pelea.

Dejé de pasear de un lado al otro y me quedé inmóvil. De pronto tuve la sensación de que el teléfono me pesaba mucho, como si la carga que me acababa de poner encima Nazzar se hubiera transmitido al aparato en sí.

—No, nada de eso. Paré antes. ¿Jack?

—¿Sí?

—Está todo grabado. Se filmó todo en un circuito cerrado de televisión. Y seguramente en varias cámaras.

—En ese caso, no tengo más que pedirle a Mason que me lo enseñe, ¿no? Esto me suena a la típica cagada del MI6. Nadie sabe nada; todo el mundo lo ha entendido todo al revés.

—No, Jack. Escúchame. —Callé unos instantes. Necesitaba proceder con cautela, incluso tratándose de Nazzar, bueno, sobre todo tratándose de Nazzar. No bastaba con mi palabra contra la de Mason. Si quería seguir contando con Nazzar, tenía que proporcionarle detalles que le convenciesen. Se jugaba demasiado para aceptar sin más mi versión—. Aquí las cosas no son... en fin, tampoco son tal como nos informaron —continué—. Está ocurriendo algo extraño. No se parece a ninguna de las insurgencias que haya visto antes, y han sido eliminadas todas las personas relacionadas con esta misión. Una detrás de otra. —Nazzar dejó escapar un gruñido—. Sonny trabajaba con los yanquis, al menos con uno: un agente de la CIA que respondía al nombre de Micky Montague. Su tapadera era el CDC.

—¿El CDC? ¿Esa agencia para el control de enfermedades? Eso sí que es interesante. Esa capitana tan panoli que impartió la sesión informativa, Rhodes.

—¿Qué pasa con ella?

—La he investigado. No es del Regimiento de Reconocimiento, o por lo menos ya no. Hasta diciembre pasado era tripulante de tanque en el Escuadrón Falcon, que pertenece al regimiento de detección de armas químicas. Pero no estaba destinada en Westminster, sino en Porton Down. ¿Y adivinas dónde estuvo destinada justo antes de que Mason la reclutase para este pequeño guateque? —Le respondí que no tenía ni idea. Las guerras químicas y biológicas no eran lo que se dice mi especialidad—. En Brinton —exclamó con un tonillo de triunfo.

—¿Haciendo qué?

—No hay forma de averiguarlo sin meterse en un buen atolladero, hijo. Y, seré un anticuado, pero ni a ti ni a mí nos conviene ir por ahí armando jaleo.

Porton Down era la sede del centro de investigación más secreto del gobierno británico. Dirigido por un organismo ejecutivo del ministerio de Defensa, era tan impenetrable que incluso el secretario de Estado admitía que no sabía, que no podía saber con exactitud qué era lo que se investigaba allí. Por lo que parecía, después de todo, Rhodes no era la panoli que Nazzar pensaba que era.

Abrí la boca para hablar. Quería decirle a Nazzar que Micky tenía el número de Mason en su teléfono móvil. Pero lo que no se sabe no se puede contar, ya sea a propósito o accidentalmente.

Había solo una cosa más que necesitaba saber en realidad.

—Jack.

—¿Sí?

—¿Tú sabías que Sonny Boy había reconocido el terreno para mí?

Se oyó un eco, un chasquido, un roce de barba y de algún objeto contra el teléfono en el extremo desde el que hablaba

Jack. Silencio, y después el ruido del tráfico y de la puerta de un coche al cerrarse. Jack estaba trasladándose a un lugar en el que no le oyeran.

—Sí, lo sabía. Y si en aquel entonces hubiera sabido lo que sé ahora, de ningún modo habría accedido a que fueras a Sierra Leona. Se suponía que Sonny iba a hacerte de observador. Se suponía que ibais a hacer esto los dos juntos, en equipo, pero se apartó mucho del objetivo. Los yanquis le llevaron a Conakry, y a partir de ahí ya nos encargamos nosotros de él. Nos contó un galimatías monumental, una sarta de incoherencias sobre monstruos y seres humanos. Y luego ya se encargó del asunto la Oficina, y asignaron la misión a los Desconocidos.

—¿Qué incoherencias contó? ¿Algo útil?

—Qué va. No eran más que desvaríos de loco. Tengo que irme. Tú conserva la calma y dales caña. Cuando termines, de lo demás nos encargaremos los dos juntos en Blighty. Y otra cosa...

—¿Qué?

—No falles, cabrón irlandés.

Me despedí con un irónico *Éire go brach!* y colgué.

Sobre la frontera de Guinea se extendían unas colinas que parecían los nudillos de un gigante verde. Me encaminé hacia el oeste, protegido por la densa vegetación, y encontré las aguas pardo-verdosas del río Mong, que discurrían suavemente en dirección a Musala. En lo alto del cielo matutino la silueta de una águila dibujaba lánguidamente un amplio arco. Una hilera ininterrumpida de árboles flanqueaba las orillas del Mong. El dosel que formaban era más bien bajo y parcheado. Me arrimé a su sombra y a la cobertura que me ofrecían y eché a andar primero hacia el suroeste y después hacia el sur. En algunos lugares el cauce se estrechaba, estrangulado por cataratas de rocas o de árboles caídos. Los troncos servían de puentes improvisados. Nadie lo había recorrido tan al norte en muchos meses.

Los mapas no registraban el nombre de ningún asentamiento cercano, en cambio las imágenes por satélite revelaban nítidamente la presencia de una aldea a diez kilómetros del punto en el que había aterrizado, en la otra orilla del río: un grupo disperso de unas treinta casas, algunas de ellas provistas de tejados de chapa, congregadas en torno a un sendero que se dirigía hacia el sureste y cruzaba el río por un puente de hormigón. Me aproximé con cautela. Lo primero que vi fue un terreno abandonado en la otra orilla. No había nada sembrado, ni tampoco había nadie trabajando la tierra. A continuación, el río describía una curva en semicírculo de cincuenta metros hacia el norte, como si fuera una verruga gigante. Un centenar de metros a mi izquierda, el sendero atravesaba la selva. Y doscientos metros al noroeste, en el extremo de la curva, se esparcían, bajo el sol que se elevaba sin tregua en el cielo, las casas y chozas de la aldea.

Me agaché y me eché el fusil al hombro. Al mirar por el visor enfoqué la parte sur de la aldea: ya no era habitable, las puertas habían sido arrancadas de sus goznes, las ventanas estaban destrozadas, los tejados, hundidos. Los agujeros de bala habían acribillado la pared del edificio principal, el cual, a juzgar por la desnuda asta de bandera que tenía delante, había sido una comisaría de policía o un puesto del Ejército. Enfrente había una mezquita calcinada que se sostenía en pie como un cráneo chamuscado en el que las ventanas renegridas semejaban las cuencas vacías de los ojos.

Las calles estaban cubiertas de telas de colores vivos tiradas por el suelo, así como botellas de agua vacías, latas arrugadas y una bicicleta de niño, el cuadro de la cual centelleaba por los rayos de sol. No se veía ni un solo ser humano: ni guardias ni cadáveres. Examiné las lindes de la aldea: tampoco había tumbas. Aquella guerra era como una plaga de langostas: lo devoraba todo. Hasta a los muertos.

Había un grupo de árboles que me bloqueaba la vista, de modo que me acerqué un poco más.

A unos setenta y cinco metros de donde el sendero atravesaba el río, apareció en mi campo visual el puente entre los árboles. En él había una figura solitaria que me pareció un soldado rebelde. Un metro setenta de estatura y setenta kilos de peso. Uniforme de camuflaje desgarrado, AK sin cargador a la espalda. Estaba mirando hacia el norte, río arriba, meciéndose adelante y atrás. Lo enfoqué con el visor e incrementé la ampliación a siete aumentos. Su pelo afro apareció todo enmarañado, surcado de tiras de un material de color rojo. Tenía el pecho descubierto y lleno de profundos cortes en todas direcciones. El sudor le corría por la cara y le mojaba la barba. No llevaba radio. Ni bolsillos para municiones. Ni insignias. Del costado derecho le colgaba un machete sujeto al cinturón con un trozo de nailon azul.

Escruté su rostro y ajusté la elevación a cero. Estaba mirando en sentido perpendicular a mi posición, de modo que solo le veía un ojo y dos tercios de la cara, pero lo que vi fue suficiente: estaba perturbado o herido. Tenía la mirada fija, sin pestañear; y la boca a mitad de camino entre una sonrisa y una mueca. Y no dejaba de balancearse, adelante y atrás, adelante y atrás, posiblemente por efecto de las drogas o de un shock postraumático.

Examiné de nuevo la aldea. Nada. No se veía humo flotando en el aire, ni tampoco polvo. Los pájaros revoloteaban por los tejados destruidos sin que nada los sobresalte. Un par de monos merodeaba por entre las basuras. Volví a observar al rebelde. Si me quedara bajo los árboles y continuara andando, me situaría a unos pocos metros de él, pero allí ya me vería. Si diera un rodeo por detrás, por terreno descubierto, podrían verme hasta desde la luna, y no digamos desde un satélite militar. Si él disparase, le oiría cualquiera que no estuviera muy adentrado en la selva. Enfoqué el visor sesenta milímetros por encima de su sien derecha. Él seguía con la mirada fija en el río, pero resultaba imposible distinguir qué estaba mirando. Tenía los brazos caídos a los costados.

Adelante y atrás, adelante y atrás.

Seguí su movimiento con el visor del fusil.

Adelante y atrás, adelante y atrás.

Soplaba una ligera brisa procedente del río que me refrescaba el sudor de la nuca.

Adelante y atrás.

Primer contacto.

El soldado se inclinó hacia delante todo lo que pudo sin perder el equilibrio.

De pronto se intensificó la brisa. El soldado levantó la cara y giró la cabeza hacia mí. Se quedó inmóvil, mirándome directamente, de puntillas, perforándome con la mirada. Levantó la cabeza otro poco, como si estuviera olfateando el aire. Le tenía enfocado a través del estrecho hueco que dejaba la vegetación, no había forma de que me viera.

Le disparé entre los ojos. Él se sacudió, giró sobre sí mismo y cayó al río, desde poca altura. El disparo fue lo bastante silencioso para no asustar a los monos, y su parloteo incesante amortiguó el chapoteo del cuerpo al caer contra el agua. La lenta corriente del río arrastró al soldado por debajo del puente. No emergió más adelante. Volví a fijar el visor en cuatrocientos metros: en la aldea seguía sin moverse nada.

Avancé un poco más.

El terreno estaba sembrado de rocas. Aquí y allá había trechos de tierra desnuda, islas engullidas por un océano de árboles pequeños que crecían muy juntos. Fui con cautela hasta la orilla del río refugiándome bajo los árboles que lo bordeaban, más altos conforme se acercaban al agua, mirando, escuchando, deteniéndome de vez en cuando a esperar. No había el menor rastro de que nadie hubiera caminado por allí antes. Los fulanis y los mandingos que habitaban aquella zona no eran como los limbas indígenas, que pastoreaban el ganado de las otras tribus y se hacían cargo de sus plantaciones. Roberts me había asegurado con orgullo que su tribu se movía por la selva como pez en el agua. Durante el largo viaje en coche hacia el norte, me había contado que incluso en las áreas más remotas de Sierra Leona las demás tribus temían la selva, la evitaban y trataban con suma precaución. Era el dominio de los espíritus, la magia y la oscuridad. «En la antigüedad —me dijo—, salían de ella demonios blancos como tú y raptaban a nuestros hijos.»

Cuando la vegetación de la orilla del río se volvió demasiado intrincada para caminar entre ella, me metí en el agua, atento por si hubiera cocodrilos. El sol estaba cada vez más alto. Empecé a sudar, y a oler mal. ¿Me habría olido el soldado rebelde? Sin embargo, la verdad es que la selva que bordeaba el río olía todavía peor que yo. Con cada pisada se liberaba un fuerte hedor a putrefacción. Si alguien fuera capaz de percibir algún olor en medio de aquello, es que era sobrehumano. Además, me había movido sin hacer ruido y no me perseguía ningún ruido, de eso no cabía duda. Y todavía más: el metal del fusil estaba pintado de un color verde mate para que no emitiera ningún reflejo, y la mira estaba protegida por una visera y un filtro.

Sin embargo, el soldado sabía que yo estaba allí, que allí había alguien o algo. Seguro. Si hubiera tardado solo un segundo más en disparar, habría echado a andar hacia mí. Me resultaba difícil mantener la calma. Continué avanzando, despacio y en silencio, pasando de una sombra a otra.

Cada hora hacía un alto para beber y llenar la cantimplora con agua del río. Sabía a barro, pero gracias al filtro que llevaba el tapón no corría peligro en beberla. Allá arriba, en los árboles, parloteaban y brincaban de una rama a otra los monos verdes. Allí donde veía que el río describía una curva para retroceder sobre sí mismo, y el dosel de árboles se abría completamente, cruzaba campo a través saltando por encima de raíces y plantas trepadoras, por el medio de la densa vegetación secundaria que formaba un polvoriento manto de color verde entre los árboles.

La marcha era dura.

A las doce del mediodía había recorrido diez kilómetros en línea recta y había andado cerca de quince. Después del rebelde del puente ya no había visto a nadie más. La base de Karabunda estaba solo tres kilómetros al oeste, sin embargo no había ni rastro de patrullas, ningún perímetro de seguridad ni indicios de actividad de los rebeldes. Cuando el sol rebasara el meridiano, sería el momento de abandonar el río y continuar a campotraviesa. Necesitaba encontrar mi posición, la posición que me había indicado Sonny Boy, a la luz del día. Ralenticé la respiración, miré y escuché: seguía sin percibir nada más que los ruidos y los olores de la selva. Pero la selva puede resultar engañosa. Entre los troncos de los árboles el sonido se modifica, se atenúa, se transforma; un hombre quieto puede resultar tan invisible a un metro y medio de distancia en la selva como un francotirador a mil metros en una ciudad; un pelotón entero podría pasar al lado de un centinela sin que este se diera cuenta de nada. La selva es un arma. Si uno lucha contra ella, por más que se esfuerce, perderá; hay que usarla como ventaja, entonces será una compañera invencible. Pero nunca hay que olvidar que la selva no tiene dueño: la selva es un aliado imprevisible.

Hice un alto para comer algo y descansar recostado contra una ceiba, y apuré lo que quedaba del paquete de comida preparada que había abierto en el desayuno. Oculto entre la densa vegetación, mi visibilidad no alcanzaba más allá del metro y medio. Tan densa y repetitiva era la flora de la sabana, que a veces incluso me costaba distinguirla con claridad. Masticaba despacio, sorprendido de lo rica que estaba aquella comida de campaña. Incliné la cabeza, me metí en la boca el último trozo de queso procesado y lo tragué con dificultad. Volví a mirar, y parpadeé.

Lo que tenía enfrente ya no era la masa enmarañada de la selva, sino los ojos de un niño pequeño.

19

Era una niña. De unos ocho o nueve años. Muy delgada, sucia, con el cabello desgreñado y salvaje. La ropa hecha jirones. Los pies descalzos. Estaba inmóvil, fuera de mi alcance, mirándome fijamente. Tenía los ojos brillantes, la mirada fija, y una expresión de tensión y de miedo. Al ver que yo me sobresaltaba se encogió, pero no huyó.

Sin interrumpir el contacto visual, bajé la mano y saqué la pequeña bolsa de caramelos del paquete de comida, ya casi vacío, y se lo ofrecí. No se movió. Abrí la bolsa, le mostré un cacahuete bañado en azúcar, me lo metí en la boca y lo mastiqué y tragué con grandes gestos teatrales. Luego sonreí y se los volví a ofrecer en la palma de la mano, como el que da un terrón de azúcar a un caballo. Ella alargó el brazo con inseguridad. Yo me incliné hacia delante y me quedé en cuclillas. La niña cogió la bolsa, la aferró con fuerza en la mano y dio un paso atrás.

—Hola —le dije—. Yo soy Max. ¿Cómo te llamas?

No contestó.

—Max —repetí al tiempo que me palmeaba el pecho con la mano derecha, ya vacía. Señalé hacia ella y probé de nuevo con las pocas palabras de krio que me había enseñado Roberts—: *Wetin na yu nem?* —Tampoco contestó—. *Ah gladi fo mit yu* —seguí diciendo, no muy seguro de estar pronunciando bien ni de que la pequeña entendiera el krio—. *U sabi tok inglish?*

La niña movió la cabeza a un lado y al otro de forma imperceptible.

—¿Donde están tus padres? ¿Mamá, papá? —Miré en derredor abriendo las manos, como preguntando: «¿Allí? ¿O allí?» Ella despegó los ojos de mí un instante y miró río arriba. Le seguí la mirada y señalé el norte—. ¿Mamá, papá? —Ella afirmó con la cabeza. Entonces dibujé una ancha sonrisa y le hice la seña de pulgares arriba—. ¿Mamá, papá, OK?

La niña me miró otra vez y luego bajó la vista al suelo. Permaneció así unos instantes y después negó con la cabeza.

Me quedé petrificado, sumamente consciente de la presencia de mi pistola y de mi fusil. Ya era demasiado tarde para esconderlos, y la pequeña debía de haberlos visto.

—¿Cómo? —le pregunté. Hablé sin pensar, pero ella no me entendió. Me gustaría saber si era de la aldea que había dejado atrás, si el soldado al que había hecho caer al río era uno de los que habían matado a sus padres.

—*Watin apin?* —probé otra vez. No contestó.

Era una falta de sensibilidad por mi parte, y dudé un momento, pero necesitaba averiguar cuanto más mejor. Reproduje la forma de una pistola con los dedos y pregunté:

—¿Bang-bang?

La pequeña volvió a negar con la cabeza, y a continuación, sin previo aviso, dio un salto hacia delante con la boca muy abierta y enseñando los dientes, como si estuviera imitando el ataque de un león. Yo me encogí sobre mí mismo, y ella volvió a quedarse quieta.

Cuando tuve la seguridad de que la pequeña no iba a huir, repetí su gesto sin interrumpir el contacto visual.

—Mamá, papá... —Fingí que me mordía el brazo.

La pequeña afirmó con la cabeza.

—¿Un león? —le pregunté, aunque gracias a la guía que había devorado en el avión sabía que en Sierra Leona llevaban diez años o más sin ver leones. Respondió con un gesto inexpresivo. Entonces probé en limba, con una de las pocas palabras que me había enseñado Roberts del idioma de su abuelo—: *Yandi?* —La niña puso cara de sorpresa y afirmó enérgicamente—. ¿Soldados? —pregunté acto seguido. No contestó. De nuevo en krio—: *Sojaman?*

La pequeña volvió a negar con la cabeza al tiempo que me miraba con una intensidad que me aterrorizaba, y dibujó con el dedo índice un círculo en el aire alrededor de mi cara.

—*Dyinyinga* —dijo. Me sostuvo la mirada un segundo, y dio media vuelta.

Al momento salté con la intención de detenerla, pero me contuve. Me miró una vez más desde la linde de la selva que la había ocultado al llegar y se perdió de vista. Miré y escuché con atención, aguzando los sentidos, apartando la vegetación, escrutando las sombras que había entre un árbol y otro, pero no volví a verla ni a oírla, y no la encontré por ninguna parte.

La mayoría de los operativos que se precien no le habría permitido salir viva de aquel claro del bosque, incluido yo mismo en otra época. Si aquella cría daba la voz de alarma, podía dar mi misión por fracasada.

Me arrodillé junto al río y me unté primero las manos y las muñecas y después la cara y el cuello con el barro verde oscuro de la orilla. La pulsera del león que me había regalado Roberts como amuleto se me quedó pegada en el brazo. El uniforme negro, uno de repuesto que me había proporcionado Ezra, ya estaba muy sucio. Tenía el mismo olor y color que la selva, es decir, que resultaba a la vez terrible e imperceptible.

Dyinyinga. No tenía ni idea de lo que significaba. En cambio sí sabía otra cosa: que los cadáveres de la aldea de las afueras de Kabala mostraban unas señales inconfundibles de mordiscos humanos. Puede que aquella niña estuviera traumatizada, pero eso no significaba que estuviera loca. Si sus padres habían muerto tal como pensaba, no era de extrañar que se hubiera quedado petrificada.

Saqué el teléfono por satélite Thuraya, me fui hasta la linde de la selva y marqué el número de Roberts. Respondió inmediatamente.

—¿Eres tú, tío?

—Sí.

—¿Qué ocurre? ¿Va todo bien?

—Sí. Escúchame. Necesito que me traduzcas una palabra. —Hablaba en un tono de voz tan bajo que era poco más que un susurro—. No menciones ningún nombre por teléfono.

—¿Me llamas para que te dé una clase de krio? Clásico, tío. Un puto clásico. Dispara.

—Es algo así como yin-yin-gá. ¿Te suena?

Siguió una larga pausa.

—¿Yin-yin-gá? ¿Estás de coña? —Roberts estaba riendo.

—No. Para variar, no estoy de coña.

—Se dice *dyinyinga*. —Roberts se puso serio y dejó la risita—. Joder, tío. En serio. ¿Desapareces de la faz de la tierra y ahora me llamas para preguntarme lo que significa *dyinyinga*? ¿Pero qué estás haciendo?

—Lo que estoy haciendo no es asunto tuyo. ¿Qué significa?

—Pues significa que estás en un lugar situado río arriba. Los *dyinyinga* son espíritus. Como los *djinns*.

—¿Los *djinns*? ¿Los *djinns* de los musulmanes?

—Sí, más o menos. Son genios, tío, algo parecido. Joder, tío, ¿se puede saber a quién le has oído esa palabra?

—Ya te lo contaré. Segunda pregunta: esos... genios, ¿de qué color son?

—¿De qué color? —Otra vez se echó a reír—. M... —Se reprimió antes de decir mi nombre—. Me cago en la puta, ¿te ha dado el sol o qué?

—Concéntrate. Estoy hablando en serio. Tienen forma de persona, ¿no? ¿De qué color son? —Siguió otra pausa—. La foto. Piensa en la foto. Los tipos que iban de uniforme. ¿De qué color eran?

—¡Ah! ¡Joder! Vale, sí, ya lo pillo. Son blancos. Parecen hombres blancos.

—¿Siempre?

—Sí, bueno, es que últimamente no he visto muchos, ¿sabes? ¿Pero te acuerdas de la historia que te conté, de que las tribus de la selva tienen miedo del hombre blanco a causa del tráfico de esclavos? De ahí viene la cosa. De modo que sí, los *dyinyinga* adoptan la forma de hombres blancos.

—¿Y son malvados esos genios *dyinyinga*?

—Sí, no, bueno, no siempre. Depende. Mi abuelo decía que si te ayudaban y tú no pagabas el precio, se volvían vengativos. Muy vengativos.

—¿Qué precio?

—Tu primogénito. Los *dyinyinga* siempre exigen que se les entregue al hijo primogénito. Si no pagas, te joden. Por eso son tan difíciles de controlar. Solo puede dominarlos el hombre que mira hacia el suelo.

—¿El qué?

—El hombre que mira hacia el suelo. Un hechicero. Un mago.

—Está bien. —Era demasiada información que asimilar—. No te lo tomes a mal, pero... ¿tu abuelo creía... cree... en ellos?

—Sí, naturalmente que sí. Joder, tío, hasta yo creo en ellos. Todos los limbas lo hacemos. Hay que estar loco para no creer.

Se notaba que lo decía totalmente en serio, de modo que decidí no presionar más.

—Oye, tío.

—Qué.

—¿Te he dicho alguna vez que me recuerdas a mi abuela?

—¿Por qué, porque es guapísima?

—No. Porque, hasta que se murió, todos los días dejaba un cuenco de leche en la puerta para los duendes. Seguiremos en contacto. Acuérdate de quemar la tarjeta SIM. Y no llames a este número. Si tienes algún problema, llama al escocés cascarrabias.

—De acuerdo, ve con cuidado. Buena suerte.

—Eh, una última cosa. ¿Tu mujer se encuentra bien?

—Va tirando. Nuestro amigo en común dice que se recuperará. Tío... —Dudó un momento.

»¿De verdad le habrías disparado si hubiera intentado huir?

—Por supuesto —respondí—. Pero habría sido amable.

Nos despedimos, y apagué el teléfono por satélite.

La sabana estaba en silencio, y me sentía solo y acorralado, frustrado por no saber lo que estaba pasando. Y además echaba de menos a Roberts. Esa era la verdad. Era un cabrón tonto y loco, pero habíamos conectado, y no era muy habitual que alguien me hiciera sentir así. Mejor dicho, no sucedía nunca. Divagué un rato: me vino a la memoria una imagen de Roberts levantando un vaso de cerveza y Julieta riendo. Después rememoré el ojo de Sonny Boy rodándole por la cara. Luego parpadeé, y lo único que vi ante mí fue el interminable eco verdoso de los arbustos que crecían entre los árboles.

Era casi la una de la tarde, todavía demasiado temprano para situarme en posición. Esperé. El sudor me corría por la espalda y las axilas. Entre los dedos me correteaban gotas de sudor teñido de negro. Mosquitos sedientos de sangre zumbaban en la sombra de los árboles. Al cabo de media hora, limpié aquel lugar de todo rastro que pudiera revelar mi presencia y eché a andar con rumbo oeste, hacia Karabunda.

En la selva se necesita fuerza de voluntad para mantenerse centrado. La mente divaga. Falla la concentración. Resulta imposible permanecer continuamente en estado de alerta máxima. Los fallos de concentración son peligrosos, pero también le mantienen a uno fresco. La brusca sacudida que te trae de nuevo al presente cuando termina la ensoñación hace que los nervios crepiten de adrenalina y que el estómago se encoja en previsión de lo que vendrá.

Me agaché y agucé el oído. Me vino a la mente el rostro de aquella niña y pensé en su familia y en la aldea desierta. Intenté, sin éxito, reconstruir mentalmente cómo había sido su vida.

No hubo nada como tener un encuentro con una niña asustada para recordar lo inadecuado que me sentía para ser padre, o, peor todavía, para ser un asesino. Como muestra de mis habilidades conversacionales, no se me había ocurrido otra cosa que preguntarle cómo habían muerto sus padres, y al dejarla marchar había puesto en peligro mi propia vida. De todas maneras, ¿qué podía enseñar yo a una niña? Me acordé de mi padre silbando la canción contra la guerra *Jimmy Clay*, nítido como la campana de la capilla que había en nuestra finca: «Cuando tú ya no estés, la humanidad seguirá adelante sin ti».

Solo que a mí no me seguía nadie. Por lo menos, eso esperaba.

Allí estaba yo, arrastrándome por la selva tomando todas las precauciones posibles para asegurarme la mejor posición y el momento idóneo para matar a una persona a la que no conocía, por motivos que probablemente nunca entendería.

Yo no era especial, eso sí lo sabía. Jack Nazzar llamaba «hijo» a todos los operativos que eran más jóvenes que él, sin embargo era digno de mi confianza. Fueran cuales fuesen los motivos por los que no me había proporcionado más información acerca de la misión, seguro que eran buenos. Le creí cuando me dijo que aquel trabajo tampoco había resultado ser lo que él esperaba. Nazzar no me preocupaba, más bien me daba consuelo. El que me preocupaba era Frank. Había estado conmigo desde el principio, todo el tiempo. Había sido el principio en sí mismo. Y ahora, al final, «tu último trabajo», me había dicho, era como si no estuviera. Llevaba toda la vida agarrándome a sus estímulos y sus elogios, como un hijo se agarra a cada palabra que le dice su padre, o por lo menos como yo hice con el mío. Sin embargo, al igual que mi padre, Frank no estaba cuando yo más lo necesitaba.

«Lo has hecho muy bien.»

No, Frank, lo has hecho bien tú.

Yo no tenía a nadie por quien hacer las cosas bien.

Las quince horas.

Me deslicé detrás de la raíz de un árbol y me agaché para escuchar. Nada, excepto el levísimo zumbido de tal vez un circuito eléctrico, muy a lo lejos. Se hacía difícil saberlo con seguridad. Había disparado tantos tiros a lo largo de veinticinco años, que tenía los tímpanos afectados y un pitido permanente en los oídos. Comprobé las armas, me eché el fusil al hombro, desenfundé la SIG y le puse el silenciador, y proseguí con mi lenta danza entre los árboles. El río había doblado hacia el sur atravesando una hondonada que discurría entre una serie de colinas que daban la impresión de no acabar nunca.

Hasta el momento me había resultado fácil mantenerme a cubierto. Ahora que avanzaba campo a través, el terreno era más empinado y más arduo, pero la base se encontraba en una especie de meseta circundada por cerros de hasta seiscientos metros de altura. Cuando me desvié para seguir la línea de los árboles, me fui encontrando grandes parches de terreno abierto y de piedras que me entorpecían la marcha. Por lo menos, desde que me alejé del río hacía más fresco y no había tantos mosquitos. Escruté el horizonte buscando puestos de observación, pero no vi señal alguna de que allí hubiera nadie.

Las dieciséis horas.

Era martes. Según la fecha y la hora que aparecían estampadas en la fotografía que me había dejado Sonny Boy, la había tomado a las nueve horas de un miércoles. El sol incidía sobre la cara y el pecho del hombre de la foto, pero le rozaba ligeramente el hombro, hacia la cámara, de manera que estaba mirando hacia el sureste. Así que Sonny debía de encontrarse situado en el suroeste, de cara al noreste. Al sureste del campamento había un tramo de terreno abierto en forma de lágrima invertida, con cincuenta metros de profundidad y cien metros de anchura. Lo rodeé y me dirigí al suroeste. Sonny disponía de una línea visual clara del objetivo, cosa casi imposible habiendo por medio trescientos metros de árboles y vegetación. Quedaba descartado buscar una posición de disparo secundaria. La línea visual de Sonny debía de atravesar uno de aquellos parches de terreno abierto.

No sé por qué hablaban de «campamento». Las fotos del satélite mostraban un sendero de tierra que se internaba en los árboles y emergía por el otro lado; no había indicios de edificios, actividad o presencia humana. Lo único que tenía para guiarme era una coordenada GPS de la capitana Rhodes y una fotografía de Sonny Boy. Rhodes no era lo que parecía; y Sonny Boy ya no era el hombre que había sido. No tenía traje de camuflaje para francotiradores, necesitaba romper las líneas negras de mi uniforme. En la naturaleza hay muy pocas cosas que sean de color negro, salvo el carbón y, quizá, el corazón de un francotirador. El lodo del río y el follaje que llevaba adherido ayudaban algo, pero de todos modos arranqué varios puñados de hierba, así como ramas delgadas pobladas de hojas y frondas de palmeras secas. Con las frondas de palmera me confeccioné un turbante, que rellené con hierba. Las ramas y demás las metí en las anillas y correas de la mochila. Era un camuflaje imperfecto, pero lo más importante era tapar la cabeza y los hombros: el contorno de ambas partes de mi cuerpo quedaría difuminado por los hierbajos. Con eso sería suficiente, o tendría que serlo. Continué andando en dirección suroeste, protegido de la vista por los árboles, paralelo a un tramo más grande de terreno abierto que había al suroeste del campamento.

Las dieciséis treinta.
El campamento se hallaba situado cuatrocientos metros al norte. Giré hacia el noroeste y regresé hacia el punto más al suroeste del terreno despejado a través del cual Sonny Boy debió de establecer su línea visual. Fui saltando de árbol en árbol. Despacio. Con cuidado. El viento cambió de dirección y empezó a soplar hacia el sur. Fue un alivio, porque aquella hora era la más calurosa del día. Incluso allí, entre aquellos cerros, el ambiente seguía siendo opresivo. El viento trajo el canto de los pájaros y el zumbido amortiguado, débil, pero inconfundible de un generador. Sonaba muy a lo lejos, demasiado lejos de donde yo calculaba que estaba situado el campamento, como el pulso mecánico que emerge del pozo de una mina.

Las diecisiete horas.
Tumbado boca abajo, un centímetro cada vez. Codos hacia delante, codos hacia atrás; reptando muy lentamente hacia el borde del claro. Conforme el sol iba descendiendo por detrás de las colinas de mi izquierda, la temperatura descendía con él. Allí donde había calentado el sol había ahora nubes de mosquitos que revoloteaban y picaban. Permanecí tendido bajo la copa de un árbol enorme, con la boca del cañón del fusil a medio metro del borde del claro. Apoyé la mejilla en la culata, acerqué el ojo al visor y aumenté la imagen cien veces.

Había un tramo de terreno de unos doscientos cincuenta metros completamente libre. Una ligera elevación y una leve cuesta abajo. Más allá la vegetación de la sabana se dispersaba a lo largo de unos cincuenta metros, hasta los árboles del fondo. Y allí, allí mismo, debajo de los árboles, se elevaban dos chozas de techumbre de paja provista cada una de ellas de un cuadrado de tierra apisonada. Alineé la retícula MilDot contra el muro de la choza de la izquierda, cuya altura, desde el suelo hasta el inicio de la techumbre, calculé que sería de dos metros. El resultado de la medición fue 6,5 lo cual correspondía a una distancia de 307 metros. Hice un ligerísimo reajuste tomando en cuenta la altura aproximada de la choza y acabé situándome en el lugar en el que debió de tumbarse de Sonny Boy, el único en el que podía tumbarse a fin de tener una línea visual despejada. Comprobé de nuevo la distancia con el telémetro Leica; trescientos metros exactos. Puse a cero la rueda de elevación del visor y la giré ocho muescas en el sentido de las agujas del reloj para fijar la distancia en trescientos metros.

En aquel momento caí en la cuenta. Sonny Boy se había acercado lo bastante como para disparar con su arma, y sin embargo no disparó. Estaba más que cualificado para ello, así que ¿por qué no lo hizo? ¿No tenía fusil? ¿No tenía órdenes? Pero tanto Nazzar como Micky dijeron que había desobedecido. Desde aquella posición era imposible que hubiera tomado la foto con una cámara sin una lente potentísima. Y no podría haber utilizado el visor de un fusil ni un telémetro, porque las marcas de calibración se habrían superpuesto a la imagen. Debió de usar un simple monocular con una cámara digital, haciendo una estimación de la distancia, lo cual explicaría la fecha estampada en el borde de la foto. Para haber llegado a aquel punto, para haber hecho la foto, debía de tener la cabeza perfectamente clara. No sabía qué le había ocurrido a Sonny Boy al final de su viaje; pero lo que le ocurrió después estaba claro como el agua: regresó a Freetown y le dejó la foto a Julieta para que yo la recogiera.

Escruté de nuevo las chozas. A la altura del suelo la luz estaba menguando. Y entonces lo comprendí. Sonny Boy no había dejado la foto para que yo la recogiera, sino que la había hecho para mí. Sabía que este era mi trabajo y que yo terminaría lo que él había empezado pero no había podido terminar. Un mes más tarde, Sonny Boy yacía en la tumba y yo yacía en el punto en que había estado él. No se dispararían tres salvas de saludo por encima de su ataúd, ya estaba cubierto con las mentiras de Mason. En su lugar, yo dispararía un único tiro, un mudo gesto en su recuerdo, al amanecer. Abrigué la esperanza de estar en lo cierto.

Las dieciocho horas.
Quedaban quince horas hasta la hora H, que llegaría a las nueve horas. Las colinas se cubrieron con un velo de alas negras que se agitaban frenéticas: varios centenares de murciélagos a contraluz, cortando el aire con sus chillidos metálicos, se dirigían a las copas de los árboles más altos, al lugar escogido para pasar la noche. Con cuidado, extendí frente a mí un trozo de tela que había cortado del paracaídas, para que el disparo no levantase polvo que pudiera delatar mi ubicación. Instalé el fusil en posición. Serenado por el zumbido lejano del generador y por el canto de los grillos, me permití relajar los músculos en contacto con el suelo. Vacié la mente y esperé a que llegase el momento de ajustar cuentas.

20

Por encima de los árboles pendía la luna, gibosa y brillante. Derramando una luminosidad blanca que impedía ver las estrellas, se encontraba en la cresta de la colina e iba elevándose por detrás de las chozas de las que se suponía que saldría el objetivo cuando se hiciera de día. La tierra emanaba calor. Los insectos correteaban por todas partes. Mis manos, párpados, labios, cuello y orejas eran pasto de las hormigas y de los mosquitos, así como de todas las demás criaturas que pican, muerden y reptan por el suelo de la selva.

No me moví. No dormí. No tenía gafas de visión nocturna, ni tampoco visión de infrarrojos. No lo necesitaba. Centré la atención en las chozas, o más bien en el grupo de árboles que las rodeaban, y aguardé. Existían trucos y técnicas para mantenerse alerta, pero mi problema siempre había sido el de poder dormir una vez que había terminado el trabajo, no el de permanecer despierto mientras lo estaba ejecutando. Algunos francotiradores masticaban café molido, otros tabaco. Yo, antes de instalarme, me metí debajo de la lengua una piedrecilla que recogí del suelo. Así mantendría la garganta húmeda y la mente activa.

Lo máximo que consiguen aguantar los francotiradores que trabajan solos son setenta y dos horas seguidas al pie del fusil. En condiciones extremas a la intemperie o en plena naturaleza, esa cifra puede reducirse a veinticuatro horas o incluso menos. Lo más difícil no es mantenerse quieto, despierto y sin hacer ruido, sino mantenerse concentrado: mirar continuamente por un visor desorienta muchísimo, te va royendo la mente y te nubla el pensamiento. Uno empieza a tener la sensación de que se va erosionando por dentro y al final, las alucinaciones acaban dominándolo. En los primeros días del conflicto de Irlanda del Norte, en cierta ocasión el coronel Ellard pasó siete días seguidos al pie del cañón, atrapado en una casa de Derry: un recordatorio sangriento, quizá, del tiempo que pasó confinado en las vetas de carbón de Arigna. Después de aquello no podía ni andar ni hablar. Tardó un mes en recuperarse.

Quince horas eran un lujo.

La luna iba elevándose, ceñida por unas cuantas nubes que se habían formado en las cumbres de las colinas. La tierra se enfriaba. Soplaba en mi dirección una brisa suave que arrancaba música de los árboles y agitaba las hierbas que llevaba prendidas a la ropa.

En el suelo, entre los árboles, era totalmente de noche: la negrura era profunda e impenetrable. A modo de compensación, mi cerebro encendía estrellas y chispas en mis ojos que brillaban un momento y después se apagaban en el visor del fusil. Intentaba darles alcance mentalmente, imaginaba el objetivo, la distancia, la escala. Recordé la fotografía que me había dejado Sonny Boy, pero la expulsé de mi memoria. Cuando amaneciera necesitaría ver lo que había, no lo que pensaba que debía haber. Con los dos ojos abiertos, tendido boca abajo con mi fusil, fui rememorando y estudiando cada pieza del rompecabezas de aquella misión que había reunido hasta el momento.

Nazzar: decente, leal, engañado por los mandos; Rhodes: desconocida, profesional y con una preocupante relación con la guerra química y biológica, lo cual potencialmente la relacionaba con Micky Montague, un agente de la CIA que se hacía pasar por científico del Centro para el Control y la Prevención de Enfermedades.

«Ten cuidado», me advertí a mí mismo. No era necesariamente cierto que Micky fingiera. Pertenecer al CDC y a la CIA no eran cosas que se excluyeran la una a la otra, y tampoco significaba que Micky careciera de sentido del humor. El nombre completo del agente nervioso VX era *Virulent Agent X*: la descripción de Mason más perfecta que se podría haber acuñado.

Y en lo referente a David Mason: si Nazzar decía la verdad, y la decía incluso cuando no debía, Mason habría mentido sobre cómo había muerto Sonny Boy para colgarme el muerto. Que Nazzar me creyera o no ya era harina de otro costal. De manera que Mason, posiblemente ayudado por Rhodes, dirigía con Micky una operación que querían que Sonny Boy ejecutara. Engañaron a Nazzar y lo incorporaron a la misma. Sonny Boy enloqueció, empezó a actuar por su cuenta y mientras tanto me preparó el terreno a mí. Pero ¿qué fue lo que le hizo enloquecer? ¿Sabía King que Micky y él, presumiblemente por orden de Mason, estaban intentando hacer un trato con los rusos? Si eso era cierto, ¿por qué enviarme a mí a Sierra Leona? Tal vez porque el trato salió mal. Tal vez Mason estaba actuando fuera de pistas y cubriendo sus huellas.

Allí había un cúmulo de respuestas desconocidas, como dicen los americanos cuando buscan cómo tapar una metedura de pata. No se me pasó por alto lo irónico que era que las respuestas desconocidas de aquella misión estuvieran siendo examinadas por un operativo «Desconocido».

Había otro interrogante más: el comandante Frank Knight. Se había ausentado de la sesión informativa y de aquella operación. Sin embargo, Frank no estaba ausente nunca, era omnipresente. ¿Me había dicho que fuera a ver a Sonny Boy para advertirme... o para tenderme una trampa? Solo había un juego al que jugaba Frank: el suyo. Demonios, rusos, un misterioso hombre blanco, soldados irregulares que se salían de lo normal... hasta el asesinato fallido de la esposa de un diplomático ruso en Caracas; todo aquello eran factores desconocidos, pero solo para mí. No sabía qué significaban, pero seguro que había alguien que sí lo sabía. Y ese alguien, con toda seguridad, era Frank.

Fueron pasando las horas, hasta que por fin, en el centro de mi campo visual, en silencio, sin previo aviso, se derramó un poco de claridad en el suelo, entre las chozas. Parpadeé con fuerza y me concentré de nuevo. Fue extendiéndose un resplandor de un color anaranjado sucio, procedente primero de una, después de dos, luego de tres, y por último de cuatro antorchas, cada una prendida a continuación de la otra, hasta que formaron un cuadrado iluminado entre las dos chozas y por detrás de ellas.

Había varios hombres, ocultos por máscaras metálicas que representaban extrañas caricaturas de elefantes, sostenían las antorchas en alto. En medio de ellos apareció otra figura, un individuo de gran estatura que entraba y salía de la luz de las antorchas danzando y que en una mano empuñaba un sable de pirata y en la otra algo que parecía un matamoscas confeccionado con pelo de animal. Con su máscara de tela roja y su penacho de plumas negras, los grotescos rasgos faciales de aquel danzarín estaban marcados con conchas blancas que relucían como trozos de hueso emergiendo de una herida sangrienta. En medio de la frente tenía un único ojo de un blanco sucio que miraba sin pestañear. Era monstruoso. De repente, los delirios de Sonny Boy me parecieron más acertados que salidos de la mente de un loco.

Empecé a sentir el rítmico retumbar de mi corazón en los oídos, y me resonaba en la cabeza. Iba y venía con la brisa y me recorría todo el cuerpo. Solo entonces caí en la cuenta de que mi corazón latía en perfecta sincronía con el ritmo de unos tambores que quedaban ocultos detrás de los árboles o de las chozas. Era un ritmo potente y audaz: hueco, resonante y grave, como si proviniera del interior del tronco de un árbol, en contrapunto con el ritmo sincopado y caótico de los choques de metal contra metal, que repiqueteaban y tintineaban sincronizados con el ir y venir de las sombras que proyectaban los hombres enmascarados.

De pronto aparecieron cuatro hombres más, sin máscaras, empapados en sudor y con un prisionero a cuestas, al que situaron dentro del cuadrado iluminado por las antorchas. El cautivo, boca abajo y atado por las muñecas y por los tobillos a una cruz de bambú, se retorcía y forcejeaba bajo un pellejo de hiena. En un momento dado giró la cara hacia la selva, y entonces pude ver que lo habían amordazado con una tela oscura. Durante un instante miró agresivamente el objetivo de mi fusil con los ojos muy abiertos, y después volvió el rostro de nuevo hacia el suelo.

A la luz de aquellas antorchas costaba distinguir los detalles, disminuidos todavía más por la estrecha abertura del visor. En cambio por la mira del fusil todo emergió con claridad cristalina: la distancia era exactamente de trescientos metros; la línea de fuego carecía de obstáculos; y el cautivo era, indiscutiblemente, un hombre de raza blanca. No solo eso, además era, indiscutiblemente, un soldado. Veintipocos años, ochenta kilos, cuerpo trabajado en el gimnasio, cabello cortado al uno; cien por cien miembro de una brigada. Si no me hubieran dicho que aquella zona estaba infestada de rusos, quizá hubiera supuesto que aquel tipo era americano. O británico. O quizá no hubiera hecho ninguna suposición. A lo mejor estaba simplemente viendo lo que quería o esperaba ver. Pero aquella cara redonda, aquel pelo rubio y aquella frente huesuda decían a gritos que era eslavo. Pegué el ojo al visor. Si llevaba o no un escorpión tatuado, desde luego resultaba imposible de ver.

Los cuatro hombres que portaban la cruz se detuvieron y pusieron la armazón de bambú en vertical, de cara a mí. El prisionero no podía sostener la cabeza, la cual se balanceaba adelante y atrás con cada sacudida, hasta que la cruz quedó inmóvil. Respirando agitadamente y sufriendo arcadas a causa de la mordaza, parecía más bestia que ser humano. El maestro de ceremonias, oculto bajo su máscara roja, dio unos pasos y se situó frente a él, dando la espalda al visor de mi fusil. Los latidos de mi corazón se ralentizaron y dejaron de estar sincronizados con el ritmo de los tambores. Mi dedo sintió el contacto con el gatillo. Mi respiración se hizo más profunda. Empecé a prepararme para disparar, aunque no había ningún disparo que hacer.

Aún no.

El ritmo de los tambores se aceleró en un crescendo salvaje, polirrítmico. El danzante del ojo en la frente dejó caer el sable al suelo y, temblando, levantó en alto el matamoscas. Los hombres de las máscaras metálicas se sacudían y se mecían constantemente, expresando con sus cuerpos una frase musical que fui incapaz de descifrar. Se oía un aullido fantasmagórico mezclado con el estruendo metálico, hasta que de improviso subió de tono y destacó por encima de todo lo demás; no sabría decir si provenía de los hombres-elefante, del maestro de ceremonias o de los tambores invisibles.

Después, se hizo el silencio.

Los que sostenían las antorchas se quedaron quietos, y la luz también. Los cuatro hombres que sujetaban la cruz inclinaron la cabeza. En cambio, el de la máscara roja continuó moviéndose, caminando lentamente, metódicamente, alrededor del sable que había dejado caer al suelo. Las plumas negras que le adornaban la cabeza subían y bajaban; el matamoscas, sostenido en alto, se agitaba de un lado para otro. Entonces, el grotesco danzante se llevó la mano izquierda a la espalda y la hundió en una bolsita que llevaba atada al cinto. Luego se inclinó ligeramente y extendió el brazo de nuevo con un floreo, y dio cuatro pasos cortos, de uno en uno, hasta que su mano quedó apoyada contra el pecho del prisionero. Varias veces, cuatro en total, golpeó la cabeza y los hombros del prisionero con el matamoscas. Este, con todos los músculos en tensión y luchando por liberarse de sus ataduras, echó la cabeza hacia atrás y lanzó un alarido que quedó amortiguado por la mordaza. A continuación se derrumbó y quedó colgando, inerte, de las ligaduras. Estaba agotado. Poco a poco, el danzante fue retirando la mano. El prisionero llevaba pegada en el pecho, justo por encima del corazón, una insignia de color blanco, tal vez una concha de cauri o un trozo de hueso. Se parecía al ojo de cíclope que lucía su atormentador en la frente. El danzante, sin avisar, le propinó una fuerte bofetada para reanimarle y hacer que levantara la vista hacia la máscara roja y su mueca sonriente. A continuación volvió a levantar la mano, le quitó la mordaza al cautivo y dijo algo en voz alta en una lengua que no supe identificar.

Luego bajó la voz y dijo algo más. La brisa trajo sus palabras hasta mí con una nitidez sobrecogedora: «*Vi svoboden*». Eres libre.

Los ojos del prisionero se enfocaron y se llenaron de lágrimas. Movió la mandíbula. La brisa cesó y no me permitió oír lo que respondía, pero a través del visor del fusil logré leerle los labios a la luz de las antorchas.

—*Blagodariu* —dijo en ruso. Daba las gracias a su captor por haberle dejado libre.

Los que sostenían las antorchas permanecieron inmóviles mientras los hombres que habían traído al prisionero levantaban la cabeza y cortaban las ligaduras. El danzante de la máscara roja recogió su sable y lo sostuvo en alto, junto con el matamoscas. Tenía las manos y los antebrazos embadurnados de barro o de pintura. El filo de su túnica roja rozaba el suelo. Había algo inquietante en su actitud, en su modo de estar, en su modo de moverse.

Tuve la sensación de que le conocía, como si en toda aquella escena hubiese algo que me resultaba familiar, el eco de algo olvidado mucho tiempo atrás. Y entonces lo comprendí: si uno le despojaba de la ceremonia y del atuendo estrafalario, lo que quedaba era el doble físico del misterioso hombre blanco que aparecía en las fotografías. Eso era. Eso tenía que ser.

Mi dedo hizo el contacto preliminar.

Tenía la corazonada de que estaba en lo cierto, pero últimamente mis corazonadas me habían ocasionado problemas. No había forma de estar seguro, y lo que necesitaba en aquel momento, lo que necesitaba la misión, eran hechos y no suposiciones. Relajé el dedo, el danzante de un solo ojo se alejó andando entre las dos chozas y salió del campo visual. Tras él fueron también el prisionero liberado, sus guardas y los portadores de antorchas, cubiertos con las máscaras de elefante, de modo que la escena no tardó en quedar desierta, y la única claridad que penetraba por la retícula de mi visor era la que irradiaba la luna.

Mi corazón recuperó su ritmo natural. Di vueltas a la piedrecilla que tenía bajo la lengua y tragué saliva. Quedaban diez horas de espera. Me relajé tendido en el suelo y fijé la mirada en la negrura lechosa de la selva. Detrás del visor surgió la imagen de Ana María riendo mientras entrechocábamos las copas por primera vez; y luego la imagen de mi madre contemplando la bahía de Dublín. Intenté conjurar el rostro de mi padre, pero parpadeé otra vez y todas las imágenes se disolvieron.

Solo quedó la oscuridad. Los monstruos de Sonny Boy ya no estaban. Y cuando se hiciera de día tenía que matar a una persona.

21

Al principio tienes la sensación de que nunca va a llegar la hora. Te angustias porque quieres que ya esté hecho, ver qué ha ocurrido. Después, se va aproximando la hora. De repente parece estar demasiado cerca, y vuelves a angustiarte porque ahora desearías que el tiempo transcurriera más despacio. No estás preparado, necesitas más tiempo. Y luego, cuando te acuerdas de que ya no queda nada para lo que prepararte, los últimos minutos se alargan tanto que parecen siglos. Te relajas y esperas. Y entonces, casi sin avisar, está sucediendo. Los relojes se aceleran y luego se detienen de golpe. Los minutos, las horas, puede que incluso los días, de vigilancia, de espera, se evaporan. En un instante eres tú y tu objetivo, y siempre ha sido así. La retícula se centra con una inevitabilidad tan intensa que no se aprecia: igual que el acto de aspirar una bocanada de aire, el disparo no es un clímax sino una certeza, una revolución anodina en el ritmo de todo lo que eres y de todo en lo que te has convertido.

Es decir, un asesino.

El sol ascendía rápidamente, como si quisiera escapar de la cháchara de los monos que saltaban entre los árboles y por las colinas. Las chozas, la selva y el claro parecían diferentes a la luz del día en comparación con el crepúsculo y el resplandor de las antorchas. Las imágenes se superponían, se fusionaban, se disipaban. Por última vez tensé y relajé los músculos con suavidad, empezando por el cuello y continuando por el cuerpo hasta llegar a los pies, y luego volver a subir. Tenía la retícula fijada entre las dos chozas. En mi visión periférica no había nada. Tampoco había ningún indicio de adónde podía haberse ido el danzante de la noche anterior ni por dónde podían aparecer el hombre blanco y su cortejo de soldados.

A través de los árboles no había línea visual ni a la izquierda ni a la derecha de las chozas, y las pocas imágenes por satélite que había visto no mostraban barracones, tiendas de campaña ni bases de ningún tipo. Si los chinos habían erigido algún edificio mientras estuvieron por allí buscando minerales, desde luego no quedaba ninguno visible. Lo único que logré distinguir fue un angosto sendero de caza situado unos diez metros por detrás del cuadrado de tierra apisonada en el que Sonny Boy había fotografiado la reunión varias semanas antes. A lo mejor las extrañas escenas de la noche anterior significaban que el pase de revista quedaba cancelado. A lo mejor Sonny Boy había fotografiado un evento único. A lo mejor mi objetivo estaba en Moscú, fumándose un cigarrillo Stolichnaya y tomándose el café. También existía otra posibilidad, devastadora si fuese cierta: si Mason estaba eliminando cabos sueltos tras un intento fallido y no autorizado de hacer un trato con los rusos, a lo mejor el objetivo era yo.

Las picaduras de los insectos que tenía en las muñecas y en los tobillos se estaban inflamando y se me habían formado ampollas. Las hormigas me estaban clavando las mandíbulas en el cuello. Ya me corría el sudor por la espalda. Y de pronto el murmullo de la sabana se modificó, al principio de manera tan tenue que pensé que era la brisa agitando las hierbas que llevaba enrolladas en la cabeza. El zumbido que había captado la noche anterior acababa de comenzar de nuevo. Era un generador, sí, no cabía duda alguna, y estaba lejos o quizá enterrado. Los monos interrumpieron su cháchara. Una bandada de pájaros de color amarillo, presa del pánico, abandonó las ramas que colgaban sobre la choza de la izquierda y remontó el vuelo. Y seguidamente fueron saliendo los soldados, de uno en uno. Una docena de africanos y europeos vestidos con una mezcla de uniformes sobrantes de ejércitos europeos y ropas de civil. Los de raza blanca llevaban consigo el ambiente de una pelea en una taberna de Moscú a punto de suceder; los negros daban la impresión de haberse disfrazado de caricaturas de un ejército rebelde: pañuelos en la cabeza, colgantes y amuletos, y la habitual exhibición de camisetas de Disney que resultaban totalmente discordantes entre las armas y las municiones: la más destacada era la de Pocahontas empuñando una metralleta PKM cruzada por dos cinturones de municiones del calibre 7.62. También portaban granadas chinas colgando de sus redecillas y machetes sujetos al cinto.

Parecían un grupo heterogéneo de rebeldes sacados de un cómic, pero eran rápidos y estaban bien entrenados. Todos se movían a la vez como una unidad integrada, sin el menor esfuerzo. Eran profesionales, y se notaba a las claras que ya llevaban una temporada juntos. Para el enemigo, o vistos desde un satélite, parecían tropas locales financiadas por mercenarios blancos, pero vistos de cerca eran cien por cien Spetsnaz.

Se quedaron de pie en posición de descanso. La brisa aumentó de intensidad. El generador seguía en marcha y los soldados rascaban la tierra apisonada con las botas, era todo lo que se oía. En aquella choza no cabían doce hombres armados, ni aquella mañana, ni durante la noche, ni nunca. La choza era demasiado pequeña y ellos eran demasiados. No. Solo había un sitio del que podían haber emergido tanto aquellos soldados como la tropa variopinta de la noche anterior: un túnel excavado bajo la choza. El mismo lugar en el que estaba alojado el generador, muy probablemente.

Cuando estudié la foto que había escondido Sonny Boy en el medallón, le pregunté a Roberts cómo era el terreno.

—Hace mucho calor y hay muchas cuevas. Está a un millón de kilómetros de cualquier parte —respondió.

Había tomado en cuenta lo primero y lo último, pero la clave residía en lo de las cuevas. Por eso no quedaba ningún rastro de la exploración de los chinos, y por eso no había rastro de nada en la superficie: porque todo estaba bajo tierra. Yo estaba encima.

También entendí por qué necesitaban un francotirador. Dependiendo de la profundidad que tuvieran las cuevas, era posible que ni siquiera pudieran penetrar en ellas con una bomba antibúnker. Matar a la gente en una cueva es algo notablemente difícil. Lo habían aprendido por las malas en Tora Bora. Me habría sido de utilidad que me informaran de la disposición del terreno. Los espías y sus secretos. Mi carrera había sido como jugar durante veintitrés años a las tinieblas con Frank. Nunca sabía si él no podía, o no quería, quitarse la venda de los ojos; y por lo tanto, nunca sabía si a él lo empujaba la amistad o el deber. Yo iba dando bandazos entre una cosa y otra, perdido en un mar de la sangre que yo mismo había derramado.

Me coloqué la piedrecilla de la boca apoyada contra la cara posterior de los dientes y la dejé allí.

Los soldados adoptaron la posición de firmes.

Y entonces apareció en el claro el hombre blanco caminando de izquierda a derecha, ligeramente encorvado y con el brazo derecho flexionado como si ejecutara un saludo. Fue como si la fotografía de Sonny Boy cobrara vida. Uniforme de color gris, cutis curtido y bronceado. Un hombre delgado como un palo, inclinado bajo el sol matinal.

Le enfoqué con el visor y le seguí mientras se desplazaba de una choza a la otra girado a medias hacia los soldados, sus soldados. El ángulo era demasiado oblicuo para efectuar un disparo en el pecho, así que situé la retícula en el centro de la cabeza.

Un segundo.

El punto de impacto sería el centro de la oreja derecha. Se le veía más frágil de lo que sugería la foto, y tenía el pelo más canoso.

Dos segundos.

Se movía entre las dos chozas tal como había calculado: a un metro por segundo, por zancada.

«Vuélvete, maldita sea. Vuélvete.» Deseé que mirase recto, al frente. «Quiero verte la cara.» Tropezó un momento. Aminoró el paso. Yo también. Pero siguió mirando hacia los soldados, con el brazo levantado para saludar. Presión preliminar.

Tres segundos.

El saludo nunca llegó a hacerse realidad. El brazo no llegó a levantarse. No se dio ninguna orden. El corazón me latía tan despacio que estaba a punto de detenerse. Estaba conectado al proyectil, mi mente albergaba una única certeza. Aquel hombre ya estaba muerto incluso aunque todavía no se hubiese efectuado el disparo. El nombre del objetivo ya había sido escrito en el *Libro de los Muertos*.

El acero se movió en fracciones de milímetro. El gatillo se desplazó menos del ancho de un cabello humano. Y el objetivo se volvió y miró hacia los árboles.

Los relojes se reiniciaron. Sentí el bombeo de la sangre en los oídos. El oxígeno penetró en mi garganta. Pero no hubo eco del disparo, porque no hubo ningún disparo que hacer. Desde mi posición vi a mi objetivo devolviéndome la mirada. Envejecido, pero inconfundible. Tumbado entre la tierra oscura y el cielo claro, vi por fin a través del visor del fusil lo que había tenido delante todo el tiempo.

Más allá de la falda de la colina, en medio del calor africano, lo que estaba viendo era el rostro de mi padre.

22

Era él.
Con toda seguridad.
No me cupo la menor duda.
Había pasado veintiséis años intentando olvidarle, de modo que le recordaba perfectamente.
Aquello supuso una conmoción, pero también era inevitable. Como lo habría sido el disparo. Naturalmente que era él. Había un único desenlace para todo.
Y las coincidencias no existen.
La tensión me recorrió los hombros. Se me aceleró el pulso y luego se normalizó otra vez. Sentí que el cuello se me ablandaba, y la cabeza se desplomó. Me aparté del fusil, apoyé la cabeza en la hierba y la hojarasca y cerré los ojos. En cuanto perdí la concentración y el propósito, me asaltaron los calambres y las náuseas. Sentí como si la boca de mi estómago se estuviera esparciendo por el claro y la colina, como si me estuviera fundiendo con la tierra. Noté que se me clavaba en la muñeca la pulsera que me había regalado Roberts, la del león. Me acordé de su herida de bala en el costado, donde le disparó Ezra para salvarle la vida. Su heri-

da de la suerte. Sonny Boy no había intentado matarme. Había intentado salvarme.

Veintiséis años de olvido acababan de evaporarse en la tierra empapada de sudor. Di vueltas a la piedrecilla que tenía en la boca. Atrapado tras la membrana verde y roja de mis párpados, intenté reunir el mosaico flotante de los rostros de mis padres, pero solo conseguí ver el de mi madre.

Mi madre se había suicidado porque no podía soportar el dolor de perder a su marido, un dolor todavía más hondo que el de dejarme huérfano a mí. Pero no le había perdido. Y yo seguí estando huérfano.

Volví al fusil y disparé.

El proyectil le alcanzó cuatro centímetros por encima de la tetilla derecha. Al caer giró el cuerpo y quedó retorciéndose en un charco de sangre, primero mirando hacia mí y después hacia el cielo. La bala le salió por la espalda, a la izquierda del omoplato. Se desplomó pesadamente, abriendo brazos y piernas. Entonces le disparé cuatro veces más, en las rodillas y en los tobillos. Para herirle, no para matarle.

Cinco. Seis.

Estaba tan desaconsejado disparar cuatro tiros sin moverse como disparar catorce. Ya puestos, daba lo mismo. Mis proyectiles volaron hacia las chozas. Oí el golpe sordo del plomo impactando contra la piel y el crujido agudo de huesos que se fracturaban y se rompían en pedazos.

Trescientos metros es una distancia peligrosa, de tan corta. Si me hubiera puesto de pie, sus AK me habrían obligado a tirarme de nuevo en el suelo. Accioné el pasador y continué disparando.

Siete. Ocho.

Varios soldados corrieron a proteger a mi padre y se tendieron encima de él. Abatí primero a los que se encontraban en el borde del claro, y a continuación fui avanzando hacia dentro, lento pero metódico. Ellos se retorcían y gritaban. La sangre brotaba de las arterias heridas y dibujaba arcos bajo el sol. Aquella formación de soldados polvorientos se transformó en una masa informe de sangre y lodo.

Saqué el cargador vacío e introduje otro. Quedaban diez balas.

Hora de irse.

Me incorporé con las piernas temblorosas, acosado por los calambres y el dolor de la musculatura que volvía a la vida, pero eché a correr a toda velocidad, y tras unos primeros pasos titubeantes recuperé la zancada rápida. A mi espalda sentía disparos, el ratatá de fusiles de asalto que no acertaban más que en los árboles o se perdían en el cielo. A Pocahontas se le había seccionado un pie a la altura del tobillo; su PKM permaneció mudo.

Tenía que cubrir cinco kilómetros sin que me alcanzase ninguna bala, me capturasen o me perdiese. Estaba haciendo caso de una corazonada, pero parecía ser de las buenas. Además, no había otro sitio al que ir. Dos disparos me pasaron muy cerca, y a continuación un tercero me rozó la oreja. Eso es lo que tiene jugar a ser un rebelde: que uno no cuenta con un visor sofisticado ni con un fusil como Dios manda. Aquel fue el último tiro que me dispararon, y el que más cerca estuvo de alcanzarme.

Cuanto más me alejaba, más densa se hacía la sabana, y aunque me veía frenado por la elevación del terreno y por la vegetación de baja altura, ya me encontraba fuera de alcance y bien a cubierto para cualquier miembro de aquella maltrecha milicia que pretendiera meterme una bala en el cuerpo. Corrí manteniendo la velocidad todo lo que me permitía el terreno, desandando lo mejor que pude la ruta exacta por la que había venido. Necesitaba mantenerme a cubierto, pero seguir guardando silencio ya no constituía una prioridad. La velocidad, sí.

A cada kilómetro hacía un alto para ver y escuchar. No se oían perros, ni gritos, ni disparos, nada. Continué corriendo y deteniéndome, corriendo y deteniéndome. Diez minutos después, estaba ya en la curva del río en la que me había encontrado con la niña huérfana. Me agaché en cuclillas junto a la ceiba, en el mismo sitio en que le ofrecí la bolsa de caramelos. No se oía nada. No se movía nada. No había ni rastro de la pequeña, ni de que ella ni yo hubiéramos estado allí siquiera. Hice un esfuerzo para captar algo por encima del estertor de mi respiración y del retumbar de la sangre en mis oídos.

Nada.

Busqué entre el follaje que ocultó a la niña cuando apareció y cuando se marchó de nuevo. De un lado al otro, adelante y atrás, lo sondeé con el cañón del fusil, miré dentro de todos los huecos. Me adentré un metro. Después, dos. Después, tres. Al cabo de pocos minutos había registrado ya un área de veinte metros cuadrados.

Nada.

Simplemente, no podía haberse alejado más sin que yo la viera. No era posible. Regresé a la ceiba para volver a empezar.

Y en aquel momento me descubrieron.

Bum.

En la selva, el contacto estrecho es intenso. Uno puede tener al enemigo encima antes de llegar a verlo u oírlo. El ruido se distorsiona, la vista te engaña, los sentidos te juegan malas pasadas. Junto a mí pasó veloz una bomba de mortero, a escasos centímetros de mi cabeza. Con su inconfundible mezcla de rugido y silbido, voló paralela al suelo y explotó frente a mí, contra la ceiba, lanzando en mi dirección una lluvia de astillas de la corteza y trozos de metralla. Me eché a la derecha y corrí a esconderme entre la vegetación secundaria del claro. Sentí el metal caliente arañándome la cara, el brazo, el muslo. Era un árbol joven, lo bastante blando para que la bomba lo traspasara y la mayor parte de la metralla saliera disparada por el otro lado. Al poco explotó otra diez metros a mi izquierda; y otra más a mi derecha. Volaban alto, chocaban contra los troncos y las copas de los árboles y desgajaban ramas provocando fuertes crujidos tan sonoros como un disparo. Eran bombas pequeñas, de 60 mm lo más seguro, arrojadas a mano por soldados que iban avanzando. Lo sabía. Yo había hecho lo mismo.

Se acercaban implacables, como bailando un vals letal.

Un-dos, tres; un-dos, tres; un-dos, tres.

Seguidamente entraron en acción los PKM y escupieron centenares de balas trazadoras de un cinturón de munición. La oscuridad que reinaba entre los árboles se iluminó con una caótica maraña de estelas de bario de alta velocidad que pasaban zumbando por encima y por debajo de las ramas como si fueran brillantes rayos láser. A juzgar por la dirección de la que provenía el fuego, me tenían acorralado por tres lados. Al oeste, hacia el campamento, se encontraba la cinta del río Mong. Venían hacia mí de frente, y también por el noroeste y el suroeste. La ceiba y la zona que yo había estado registrando se encontraban en la margen este del río. Había una ligera inclinación en el suelo. Me agaché todo lo que pude y tomé el fusil. Las balas trazadoras silbaban por encima de mí y a mi alrededor; sus estelas verdes y mortíferas me rozaban los oídos. Por suerte, la regla de oro del francotirador es la misma que una de las leyes fundamentales de la Física: a toda acción sigue una reacción igual y contraria. Vosotros podréis dispararme doscientas cincuenta balas por minuto, pero yo veo exactamente dónde os encontráis, muchachos.

Me quedaban diez balas, y las hice valer. Las ametralladoras enmudecieron. Acto seguido, callaron también dos de los equipos móviles que lanzaban morteros, pero entretanto siguieron cayendo bombas procedentes de mi flanco derecho, rápidas y a baja altura. Me agaché, dejé el fusil y saqué la SIG.

Y entonces los vi.

Cielo santo.

Cuatro hombres, si es que se les podía denominar así, salieron al descubierto a trescientos metros de donde yo estaba y echaron a correr directamente hacia mí. Dos blancos y dos negros, todos desarmados y vestidos con los andrajos raídos de lo que en otra época debieron de ser uniformes. Cada uno portaba en la mano derecha un matamoscas tradicional: un mango de madera rematado en unos mechones de pelo negro, exactamente el mismo artilugio que había utilizado el tipo de la máscara roja la noche anterior.

Y cómo corrían. Cubrieron un centenar de metros en unos segundos.

Cuanto más cerca estaban, más quedaba de relieve lo horripilantes que eran. Tenían todos los músculos abultados, en tensión, como si estuvieran a punto de reventar, surcados de venas que sobresalían como vías de ferrocarril sobre una carne que era toda fibra. Tenían los ojos vueltos hacia arriba, fijos en una expresión de espanto, de tal modo que el iris se perdía en una mancha blanca de terror. Y la boca, abierta en una mueca de pánico, profería chillidos que helaban la sangre en las venas.

Doscientos metros.

Los equipos de lanzamorteros que había abatido fueron reemplazados por rebeldes que disparaban granadas impulsadas por cohetes. Una de ellas se incrustó con un silbido en el suelo, a mi lado, con un fuerte estruendo y muy cerca de mí. Sentí la quemazón del cobre fundido y el impacto de la metralla. La cabeza me zumbaba, el sudor me escocía en los ojos. Me toqué la oreja izquierda y advertí que había perdido la parte superior del pabellón. Volví a bajar la mano a la SIG manchada con mi propia sangre.

Cien metros.

Los chillidos de aquellos cuatro hombres que venían hacia mí armonizaban con el silbido que oía dentro de mi cabeza. De pronto el suelo de la selva empezó a arder: el magnesio de las balas trazadoras había prendido fuego a la hojarasca. Entre los árboles flotaba humo de cordita que revelaba la ruta de las trazadoras.

Cincuenta metros.

Respiré hondo, apunté y expulsé el aire muy lentamente.

Treinta metros.

Le metí dos balazos en el pecho al primero de los cuatro hombres. No llevaba chaleco antibalas. De su esternón brotó una fuente de sangre densa y roja, pero eso ni siquiera frenó su avance. ¿Qué droga se habrían tomado? ¿Polvo de Ángel? ¿Ketamina?

Mierda.

Veinte metros.

Un solo tiro en la cabeza. Se derrumbó en el suelo. Los otros tres siguieron avanzando implacables.

Diez metros.

Otros dos disparos más en la cabeza. Quedaba uno, que venía corriendo en línea recta hacia mí.

Cinco metros.

Todos los demás dejaron de disparar, por miedo a herir a uno de los suyos. Apreté el gatillo.

Nada.

La pistola no funciona. Suciedad en la culata.

Mi mano izquierda aferró rápidamente la parte posterior de la corredera de la SIG. Tiré de ella hacia atrás con fuerza. Una bala no gastada saltó fuera, demasiado tarde. El atacante arremetió contra mí, y yo le esquivé en el último momento. Noventa kilos de Spetsnaz lanzando aullidos se estrellaron contra el suelo, a mi lado. Estábamos pie con cabeza. Le incrusté la bota en toda la cara. La nariz se le desintegró y todo se llenó de sangre. Me incorporé, pero volví a caer cuando él me hizo la zancadilla. Rodó hacia atrás y de pronto se puso en pie de un salto, como si tal cosa. Le lancé una patada. Él me aferró la bota. Tenía una rapidez increíble y una fuerza excepcional. Supuse que lo que quería era atraparme la pierna y rompérmela, así que giré sobre mí mismo y le rodeé el cuello con la pierna izquierda, pero él tenía otros planes. Sin soltarme el pie derecho, tiró al suelo el matamoscas y me aferró también el izquierdo. De nuevo mordí el polvo, esta vez de espaldas, mirando fijamente su cara de loco destrozada. Entonces giró cada pierna sobre sí misma, una en el sentido de las agujas del reloj y la otra en el sentido contrario.

Intentaba arrancármelas del cuerpo.

Lancé un rugido de dolor. Los fémures empezaban a dislocarse de la pelvis. Mi agresor escupía saliva y sangre, su cuerpo chorreaba sudor. Tenía la expresión de un demente: los ojos fuera de las órbitas, emitía alaridos, tenía los músculos a punto de estallar bajo el uniforme hecho jirones. Apoyé ambos brazos en el suelo para hacer fuerza. Me quemé la piel con los restos aún candentes de una bomba de mortero. Mi mano izquierda encontró la SIG, lista de nuevo. Tenía las rodillas y los tobillos a punto de dislocarse, los ligamentos se habían estirado hasta casi quebrarse. Disparé a ciegas. El tiro le atravesó la muñeca derecha y le hizo añicos el hueso. Me soltó la pierna izquierda. Giré con él en el sentido de las agujas del reloj, rodé y le disparé dos veces más en el pecho. La fuerza de las balas al impactar contra su esternón se le propagó en oleadas por todo el torso. Dio un paso atrás, todavía asiendo firmemente mi pie derecho con la mano izquierda, mientras su mano derecha colgaba a un costado, convertida en una masa informe y sanguinolenta de carne destrozada.

No parecía haberse percatado de que acababa de recibir un balazo. En vez de tambalearse o desmoronarse, me lanzó por los aires. No me arrojó contra el suelo con una llave de artes marciales, sino como lo haría un monstruo. Como si yo fuese un muñeco en la mano de un niño pequeño, me lanzó por los aires, agarrándome del pie, dos metros más allá. Me estrellé hecho un guiñapo contra el tronco de la ceiba. Conseguí agacharme al ver que volvía a arremeter contra mí dispuesto a golpearme con el brazo herido. Entonces subí el brazo derecho y paré el golpe. La fuerza con que me atacó era tan grande que me vi empujado contra el suelo, y a él la mano que tenía casi seccionada se le separó definitivamente del brazo y fue a caer entre ambos. Pero siguió adelante sin inmutarse. Le tenía demasiado cerca para dispararle en la cabeza. Cerró la mano izquierda en un puño. Le disparé ahí. Los dedos salieron volando y la carne de la palma se vaporizó. Entonces rodé hacia un lado, me puse de pie y, todavía con la mano izquierda, volví a encañonarle. Pero aquel ser poseía una rapidez que no era natural. Un muñón ensangrentado me apartó la mano. Patada directa a la rodilla derecha. Nada. Fue como dar un puntapié a un muro de hormigón. Me embistió con todo su peso, intenté echarme a un lado, pero perdí el equilibrio. Me tenía aprisionado en un obsceno abrazo de oso. Ya no había ninguna técnica que poner en práctica, tan solo la absoluta fuerza bruta.

Cuando se pelea, hay que pensar. Y lo que hay que pensar es: «Y ahora, ¿qué?» Y a poco bien que se le dé a uno pelear, debe conocer la respuesta a esa pregunta con varios movimientos de antelación. No se trata de pensar de manera consciente, sino de anticiparse de forma instintiva; desde una pelea en un bar hasta la lucha olímpica, derribar al adversario es una partida de ajedrez con contacto físico. He pasado toda la vida peleando, pero sin saber lo que venía a continuación.

Manteniéndome los brazos aprisionados, me levantó del suelo. Al carecer de manos para sujetarme, simplemente me estrujó. Sentí que se me fracturaba una costilla. Y después otra. Y otra más.

Y de repente sucedió. Mientras me sostenía a unos treinta centímetros del suelo, con la cabeza y los hombros por encima de él, me clavó los dientes en la base del cuello. Un intensísimo dolor me recorrió todo el cuerpo como una corriente eléctrica. Sentí cómo hundía los dientes en mi clavícula. Me vinieron a la memoria los soldados muertos en la aldea de las afueras de Kabala, y en aquel momento comprendí que pretendía arrancarme la cabeza a mordiscos. Todavía empuñaba la SIG, pero tenía los brazos aprisionados y por lo tanto inútiles. Empujé con todas mis fuerzas con la mano izquierda hacia abajo, en dirección al suelo. Mientras él iba profundizando con sus dientes en mi carne, conseguí situar el codo por debajo de su bíceps. Flexioné el brazo, giré la muñeca... y disparé.

Sus sesos me rociaron la cara, la bala me rozó la barbilla al salir de su cráneo. Los dos nos derrumbamos cubiertos de sangre. Escupí un trozo de masa encefálica y forcejeé para liberarme de su peso. Me quedé sentado, me limpié la sangre de los ojos y me saqué un fragmento de hueso de la lengua. Me había entrado en la boca atravesándome la mejilla y pasando entre las muelas. La herida que tenía en el cuello era profunda, pero el hueso no estaba roto. Me dolían las costillas, y el cuerpo entero. Oía un pitido en la cabeza. Me dolía mucho el desgarro de la oreja: incluso sentía dolorida una parte de mi cuerpo que ya no estaba. Olía a sangre, a cordita y, muy levemente, a menta silvestre, que me pareció aplastar cuando rodamos por el suelo.

Mi agresor yacía inmóvil. Los disparos en la cabeza habían acabado al instante con él y con sus compañeros. Y menos mal. Porque los demás disparos no parecían hacerles el menor efecto. Tenía los brazos abiertos de par en par. En la cara interior del brazo derecho, justo al lado de la axila, distinguí un pequeño tatuaje en forma de escorpión negro que nadaba en la sangre que lo rodeaba. Me incorporé con esfuerzo y oteé los alrededores desde lo que quedaba de los árboles. Había un gran número de hombres de uniforme, en estrecha formación, repartidos por el terreno abierto. De pronto volvieron a oírse aullidos, y surgió otra docena más de dementes que se abrieron paso entre las filas de soldados y se lanzaron a la carrera contra mí. De repente recordé, con un sobresalto, que acababa de dispararle a mi padre. A continuación explotó entre los arbustos una granada impulsada por un cohete.

«Ya estamos otra vez.»

Eché a correr de espaldas al río. Pero sabía que me tenían rodeado. Por los costados, sobre mi cabeza y a mi alrededor silbaban proyectiles del 7.62. Avancé agachado, empuñando la SIG, esquivando árboles y ramas. La hierba ardía. Cientos de balas acribillaban los arbustos. Poco a poco iban destrozando lo que me servía de protección. El entrenamiento tiene un límite. Llega un momento en el que la supervivencia pasa a ser una aberración estadística. Me preparé para un impacto y seguí avanzando todo lo rápido que pude, esperando ser abatido en cualquier momento.

Junto a mí pasó silbando otra RPG, lo bastante cerca como para tocarla. Caí al suelo al mismo tiempo que ella, que se estrelló tan solo un par de metros más adelante. Me preparé para la inevitable lluvia de metralla, la onda expansiva, el impacto contra el cuerpo. Pero, aunque la explosión fue ensordecedora, de manera insólita, toda la fuerza de la onda expansiva fue absorbida por el suelo. Levanté la cabeza. La granada había ido a caer entre un pequeño grupo de arbolillos jóvenes. En medio de ellos, desprendiendo humo y rodeado de follaje hecho trizas, había un socavón negro. No era un cráter causado por la explosión ni un foso, sino un boquete. Detrás de mí oí el chapoteo provocado por unas botas en el agua. Los dementes estaban cruzando el río. Apoyé el peso en las manos, levanté las rodillas, me impulsé dando un salto y me catapulté de cabeza hacia la negrura de aquel agujero en la tierra.

Aterricé en la entrada de una cueva. Desprendía humo y había quedado destrozada por efecto de la metralla, pero era lo bastante profunda y con un techo lo bastante alto para permitirme internarme en ella agachado. Saqué la mano por el boquete, tapé la entrada con uno de los arbolillos arrancados por la granada y me escondí a toda prisa. Casi de inmediato el pasadizo doblaba en ángulo recto hacia la derecha, y después de otros diez metros aproximadamente giraba otra vez hacia la izquierda, de tal modo que toda luz procedente de la superficie quedaba bloqueada por completo.

Pasé de la luz diurna a la oscuridad y después a la negrura total, demasiado aprisa para que mis ojos pudieran acostumbrarse. Me detuve un momento para escuchar. Dos cosas que se hicieron obvias de inmediato: que no me había seguido nadie y que no estaba solo.

Apenas audible en aquella oscuridad, por encima del perenne pitido de mis tímpanos dañados por las explosiones, percibí una respiración rápida y superficial. Allí había algo o alguien, y estaba muy asustado, puede que herido, y hacía un gran esfuerzo, muy probablemente, para no delatar su presencia. Miré fijamente la oscuridad, sin ver nada, e intenté distinguir alguna forma o algún movimiento, pero lo único que vi fueron los dibujos de vivos colores que trazaba aquella negrura alrededor de mi retina. Me vinieron a la mente imágenes fragmentadas del danzante de máscara roja y del cautivo atado a la cruz que aparecían y desaparecían en mi visión periférica. ¿Lo que estaba oyendo era la respiración de otro prisionero? Apunté hacia la oscuridad, a ciegas, con el cañón de la SIG, que todavía llevaba acoplado el silenciador.

Nada se movió.

Mantuve la pistola en alto y muy despacio, con la mano izquierda, me palpé el bolsillo del uniforme en busca de la linterna de leds. La coloqué paralela al cañón de la pistola y la encendí, preparado para disparar.

El haz de la linterna alumbró los ojos asustados de la niña que había encontrado bajo la ceiba, o más bien la niña que me había encontrado a mí. Orienté el haz de brillante luz azul hacia el suelo y enfundé la SIG.

Mi corazonada había resultado acertada.

—Hola otra vez —dije, y acto seguido me senté en el suelo y apoyé la espalda contra la pared de la cueva. Estaba sucio, cubierto de sangre seca, sudor y barro. La pequeña no pestañeó; lo observaba todo con los ojos muy abiertos.

No había nada que decir. Nada que pudiera decir.

Fuera, en la superficie, los disparos y los gritos fueron haciéndose cada vez más débiles, amortiguados por los árboles, los recodos del túnel y, con un poco de suerte, la distancia. Me relajé, e inmediatamente me dominaron el dolor y las náuseas.

Cerré los ojos y vi a mi padre cayendo al suelo, alcanzado por mi disparo; el gesto de sorpresa en sus ojos; su delgado cuerpo contorsionándose por el impacto del proyectil. Entonces llegó el llanto, unas lágrimas calientes que fueron trazando surcos al resbalar por mis mejillas manchadas de sangre. Lloré durante mucho rato, con profundo sentimiento. Mis hombros se sacudían, mi nariz moqueaba, la saliva iba cayendo al suelo y formaba un charco entre mis pies. Noté que la mano de la niña se apoyaba ligeramente en mi brazo. Me senté sobre los talones y luego me tumbé de costado, apoyé la cabeza en la almohada de hojas secas que cubría el suelo y lloré en silencio a la luz de la linterna, con la pequeña acuclillada a mi lado.

Veintiséis años, y ni una sola vez había llorado por él. Y ahora me daba la impresión de que ya nunca iba a dejar de llorar. Abrumado por una riada de recuerdos que casi desconocía que tuviera, me hice un ovillo como si fuera un niño que se ha perdido y lloré hasta quedarme dormido.

23

Desperté con un sobresalto y recorrí el pasadizo con el haz de la linterna. Estaba solo. La cueva se hallaba vacía. Miré el reloj. Las catorce horas. Había pasado más de cuatro horas dormido. En el suelo, junto a mi cabeza, había un mango maduro y un trozo de pan. Y al lado, un muñeco confeccionado con palitos de madera, ramitas entrelazadas con hierbajos y un trozo de tela de algodón rojo en torno a la cabeza. Me incorporé, lo cogí y lo examiné dándole vueltas en las manos. Las piernas eran más duras, para que pudiera mantenerse en pie. Las manos eran muñones; en uno de ellos sobresalía una astilla, a modo de cuchillo o de varita mágica; en el otro había un mechón de pelo negro, supuse que sería de la niña. Era un muñeco tosco e infantil, pero una efigie inconfundible del hombre de la máscara roja.

En el suelo, en el lugar en que habían estado posadas las piernas del muñeco, había dibujada una flecha que apuntaba hacia el interior de la cueva. Dejé el muñeco y empecé a comer el mango tras pelarlo con los dientes. El pan estaba reciente, era recio, de centeno. Pan de soldado. Pan ruso. Me quité la mochila que aún llevaba a la espalda. Alguien la había abierto, pero no se había llevado nada que fuera importante. La pequeña tenía curiosidad, pero no era una ladrona, aunque tenía todo el derecho de serlo. Bebí un poco de agua y me comí una chocolatina.

Poco a poco me fui espabilando. Sentí vergüenza y alivio; vergüenza porque no había llorado por mi padre ni por mi madre, sino por mí mismo; alivio porque sabía que mi disparo había dado exactamente en donde debía dar. Sin causar dolor ni sufrimiento innecesarios. Rápido y limpio.

Pero aquello aún no había terminado.

Me quité la camisa y abrí el botiquín de primeros auxilios. En primer lugar me vendé las costillas tan fuerte como pude. En segundo lugar, me desinfecté la herida del cuello, la cubrí con una gasa que fijé con cinta adhesiva lo mejor que pude. A continuación me tragué un gramo de penicilina; a saber lo que podía haberme contagiado aquel Superman rebelde. Por último me froté las encías con un bastoncillo de fentanilo. Alivio instantáneo del dolor. Dios bendiga al Medical Corps. Antes de volver a ponerme la camisa, la utilicé para limpiar la SIG, la cual desmonté totalmente, limpié de tierra y volví a cargar.

Dejé el muñeco de madera donde lo tenía puesto la niña. Mi intención era recompensarla por el mango y el pan, pero, salvo una segunda linterna, poco más llevaba en la mochila que pudiera servirle. La dejé junto al muñeco, a continuación me quité la pulserita con el león y la enrollé alrededor del muñeco. Abrigué la esperanza de que por lo menos aquello lograra arrancarle una sonrisa.

Seguidamente fijé la linterna con cinta adhesiva por debajo del silenciador y examiné una vez más la culata.

Todo preparado.

Aquella cueva era natural: no había señales de que estuviera habitada por seres humanos, ni tampoco había marcas de martillo ni de voladuras hechas por mineros en las paredes de granito. Ni rastro de murciélagos ni guano, aunque me pregunté si la colonia de murciélagos que había visto llegar la tarde anterior para pasar la noche en los árboles hallaría refugio también en las cuevas. El aire era fresco, y la temperatura estable. Me las arreglé para caminar agachado. Suponía un gran esfuerzo para los muslos, pero cubrí terreno rápidamente. Tras un centenar de metros el túnel dio la sensación de torcer hacia la izquierda, pero costaba trabajo saberlo con seguridad. Lo que era seguro era que me estaba adentrando cada vez más bajo tierra, y que cada vez había más pendiente. A medida que descendía, se fue notando un olor en el aire. Un olor que se intensificaba cada vez más, fuerte y rancio, que llenaba todo el pasadizo. Las paredes cubiertas de lodo empezaron a brillar y vi que caían minúsculas gotas de agua del techo, que se hallaba cuajado de estalactitas en miniatura de un color blanco sucio. Me encontraba debajo del río Mong. El suelo estaba mojado. Avancé con precaución, pero en el lecho de roca no había agujeros. Descubrí una delgada fisura en el techo, una falla en el granito, que servía de camino a un goteo constante procedente del curso de agua que circulaba por la superficie. Alumbré el suelo con el haz de la linterna. A uno y otro lado del barro húmedo había huellas humanas de unos pies pequeños, que desaparecían en los tramos secos y continuaban más allá.

Seguí avanzando.

La pendiente se hizo todavía más pronunciada. Sentí una mayor presión en los oídos. Empecé a dar pasos más cortos, a fin de controlar lo que hacía. Iba iluminando el suelo con la linterna por si veía más huellas, algún indicio de que aquella cueva estuviera habitada, pero no vi nada. Cada pocos metros hacía un alto y escuchaba a oscuras. El parloteo de los monos y el zumbido de las moscas habían dejado de oírse del todo. No se oía nada más que mi propia respiración haciendo eco en las paredes del túnel.

Al cabo de un centenar de metros más o menos, el pasadizo llegó a una bifurcación. Hacia la derecha, continuaba la pendiente hacia abajo. Pasé el haz de la linterna por las paredes. Seguía sin haber nada. Ni rastro de animales ni de insectos; ninguna marca en absoluto, únicamente roca ordinaria. Me detuve un momento a escuchar, con el cañón de la SIG apuntando hacia el suelo. De repente, en el mantillo y el barro que alfombraban la cueva, surgió una chispa de color. Me agaché y recogí del suelo un caramelo azul.

La niña no era una ladrona. Me estaba guiando.

El caramelo estaba aproximadamente medio metro dentro del ramal de la izquierda. Dibujé una marca en el barro que cubría la pared, me comí el cacahuete bañado en chocolate y seguí avanzando.

Seguí avanzando cinco kilómetros. La pendiente se niveló un poco, pero continuó descendiendo y adentrándose en el lecho de roca. Me costó dos horas y un puñadito de cacahuetes bañados en chocolate llegar a un lugar en el que el pasadizo se interrumpía bruscamente. Vi el último caramelo colocado encima de una piedra, contra la pared, rojo e incongruente en aquella negra catacumba. No había ninguna flecha. Ninguna otra señal. Me volví, medio esperando que me hubieran seguido, pero allí no había nadie.

—Eres un idiota, Max —maldije en voz baja—. Esto no es una trampa, ni tampoco un mapa. Sino un maldito juego. Un juego infantil.

Todo aquello, para terminar atrapado por una niña de ocho años. No tenía ningún plan, y no lo había tenido nunca.

Cogí el caramelo y lo aplasté entre las muelas. Cuando uno empieza a huir, deja de pensar. Había consumido mi vida entera con tácticas, sin estrategia alguna. Sin pensar. Veintiséis años huyendo. Y matando. Matando sin parar.

—No te olvides de los muertos, Max —exclamé en voz alta—, no sea que ellos se olviden de ti.

Me tragué el caramelo y me senté con desánimo en la piedra en que lo había encontrado. De repente la cabeza empezó a darme vueltas, todo me daba vueltas. El haz de la linterna dio un bandazo cuando yo me caí de lado. Sentí que mis pies perdían apoyo. Perdí el equilibrio, caí rodando por el túnel, y aterricé pesadamente y golpeándome la cabeza contra la pared. Me volví y quise alumbrar el punto en el que antes estaba sentado, pero no fue necesario, porque ahora el pasadizo aparecía iluminado por un haz de luz eléctrica. Había caído desde treinta centímetros y había aterrizado de culo. La piedra, a causa de mi peso, se había movido y había dejado ver una grieta en la cueva. Por allí penetraba la luz.

Había un corredor toscamente excavado que discurría por debajo de la colina abrasada por el sol. Aquel complejo se encontraba situado muy profundo, las paredes y el techo de la cueva aparecían cubiertos de hormigón armado con varillas de hierro y malla metálica. Se oía el zumbido sordo de un generador invisible que llenaba el vacío de aquel húmedo pasadizo de piedra. Unos tubos de acero inoxidable por los que salía un aire fresco recorrían el techo. A intervalos de doce metros había puertas de seguridad provistas de paneles que permitían el acceso mediante una tarjeta magnética, cerradas e iluminadas por la intensa luz blanca.

Guardé la SIG en su funda, me quité la mochila de los hombros y volví a meterla por la grieta por la que acababa de bajar, para ocultarla. Comprobé que estaban bien los vendajes del cuello y del pecho y eché a andar canturreando en voz baja la letra de «*Baiu Baiushki Baiu*». Las madres rusas llevaban varias generaciones cantándoselo a sus hijos pequeños, la mía incluida, para advertirles de que no debían quedarse dormidos demasiado cerca del bosque, no fuera a ser que los raptara el lobo gris y se los llevara consigo.

—*Baiu Baiushki Baiu, nie lozhisia na kraiu...* —Duérmete, niño, no te acerques al bosque...

Cada panel de entrada resplandecía en color rojo, lo cual quería decir que la puerta estaba cerrada. En cada puerta había una ventana de seguridad por la que se veía una celda cuadrada, de hormigón. A través del cristal se distinguían, apenas visibles, las siluetas de varios hombres de pie, en filas. Inexpresivos, desnudos, con la cabeza inclinada hacia delante, descalzos y absolutamente quietos. Eran tanto de raza blanca como de raza negra, llevaban la cabeza rapada y se balanceaban adelante y atrás, adelante y atrás. Les llovía sobre los hombros una fina neblina de un color verde grisáceo, bombeada desde unas rejillas alargadas que había en el techo, que se condensaba al llegar al suelo y corría en reguerillos hacia un desagüe situado en un rincón. No se veía ninguno de los rostros, tan solo las musculosas espaldas de diez sonámbulos que se mecían lentamente.

—*Pridiot serenkiy volchok I ujvatit za bochok...* —O el lobito gris te morderá en el costado...

Pasé por delante de las cinco puertas. En todas vi la misma escena. Cincuenta hombres bañados en la neblina y en el silencio, esperando en estado de animación suspendida. Al final del corredor había un cartel de plástico atornillado a la pared. En ruso y en inglés, decía lo siguiente:

Инкубатор, Уровень 4. Только уполномоченный персонал.

Incubadora, Nivel 4. Solo personal autorizado.

Debajo del cartel había un mapa del complejo en el que se representaban los niveles del 1 al 5. La planta del nivel en que me encontraba yo aparecía dibujada inmediatamente por encima de mí. Lo cual quería decir que, contando solo las celdas, allí había capacidad para albergar a cien hombres. No se indicaba para qué servían los otros dos niveles superiores: armería, intendencia, una cafetería... Todas aquellas dependencias tenían que estar ubicadas en alguna parte, pensé. En medio del Nivel 1 había algo que parecían ser dos salidas que conducían a la superficie, y que muy probablemente desembocaban en las dos chozas de las que había emergido mi padre y entre las cuales se había desplazado. A una de las chozas se llegaba por el hueco de un ascensor, a la otra por un tramo de escaleras.

«Mi padre... —Me interrumpí—. Lo hecho, hecho está.»

En el interior del complejo de la cueva, cada piso tenía una escalera en un extremo y un ascensor en el otro. Me había descolgado hasta un receso que había detrás del ascensor y que probablemente alojaba el grupo electrógeno de aquel piso. Pero lo que buscaba se encontraba en el nivel más bajo. Había una gran cruz roja que marcaba el lugar. Con un poco de suerte, el hospital aún seguiría inundado de heridos.

—*I potashchit vo lesok...* —Y te llevará al bosque...

Inspeccioné nuevamente el corredor. No había guardias. No se oían pasos. No había cámaras a la vista. Veintenas, posiblemente cientos de personas por encima y por debajo de donde me encontraba, y lo único que se oía era el rítmico zumbido de los generadores y el siseo de las luces fluorescentes del techo. Volví a meter la SIG en su funda, dejándole acoplados el silenciador y la linterna, y empecé a bajar la escalera, deprisa pero con cautela, para dirigirme al Nivel 5.

Como olía que apestaba y estaba cubierto de sangre, podía representar mi papel a la perfección. Tenía el uniforme hecho jirones. Resultaba obvio que no hacía mucho que me había visto involucrado en un tiroteo. Y hablaba ruso con fluidez. A pesar del hecho de que me faltaba media oreja y de que llevaba los sesos de otro ser humano a modo de condecoraciones, lo demás encajaba bastante bien. No había nada que me distinguiera de la gente que intentaba matarme. Sintiéndome más que complacido conmigo mismo, tropecé de bruces con un oficial de uniforme inmaculado que estaba vuelto de espaldas al pie de la escalera.

—¡Maldición! Mira por dónde vas, ¿quieres? —me ladró en ruso. Después, se recuperó y me miró detenidamente. Sentí un hormigueo en la mano derecha, pero la SIG siguió en su sitio. La puerta cortafuegos por la que acababa de aparecer se cerró a su espalda.

—Lo siento... —Miré su uniforme buscando una insignia que indicara el rango. Una estrella. Era un comandante. Ejecuté un saludo—. Señor. Lo siento, señor.

—¿Nombre?

—Ivanov. —Pequeñas mentiras. A los altos cargos siempre hay que responderles con pequeñas mentiras. Nos separaba una distancia de treinta centímetros. Él mediría un metro setenta y ocho y era un tipo enjuto, con pinta de cabrón.

—Su pase.

—Señor, lo he perdido, señor, en el tiroteo. Ese hijo de puta nos jodió a base de bien. Acabé separado de mi unidad. Me han ordenado que me presente en el Nivel 5 para curarme las lesiones.

—Hum. Está bien. La próxima vez tome el ascensor. Este es un acceso restringido.

Me miró de arriba abajo. Yo debía de ser uno de los soldados de más edad que había en los barracones. Abrigué la esperanza de que la sangre que me cubría la cara disimulase los años que tenía. El comandante me devolvió el saludo. Hice ademán de continuar, pero de improviso me agarró del brazo.

—¿Señor?

—Cuando haya terminado, vaya a ver a Petrov, el *praporshchik* del Dos-A, y que le dé un pase antes de que tenga problemas de verdad con algún capullo de rango más bajo que el mío.

Sonreí y saludé de nuevo.

—Señor, sí, señor. Gracias, señor.

Me despidió con un «continúe» y nos separamos. Me dirigí hacia las puertas cortafuegos, las crucé y emergí en el centro de operaciones de una gigantesca enfermería.

—*Shto?*

Por detrás de un alto mostrador metálico situado en un costado del área de recepción asomó la cabeza de una enfermera uniformada. A su espalda tenía varias filas de cubículos improvisados, separados por cortinas, unas cuantas camillas con ruedas y una docena de sanitarios que entraban y salían por las puertas que había a ambos lados. Cada salida estaba indicada con el servicio o el área al que conducía: *Cirugía, Radiología, Diagnóstico, Laboratorios Uno y Dos y Reanimación de Emergencia*. Al fondo había una puerta de color rojo que lucía un símbolo de riesgo biológico y un rótulo en ruso y en inglés: «Cuarentena: Infección Nivel Uno. Se autoriza el uso de fuerza letal». Olía a antiséptico y los monitores de constantes vitales emitían pitidos, y también se oía la conversación en tono urgente que acompaña a las emergencias.

Centré la atención en la enfermera.

—Ivanov. —Me señalé la oreja y las costillas al tiempo que hacía una mueca de dolor—. Comandante Ivanov.

Si alguien me observaba detenidamente, no tenía muchas posibilidades de irme de rositas siendo un soldado raso.

—¿Unidad? —Tenía un acento que no era ruso. Ucraniano, muy probablemente. Una mujer de facciones angulosas y actitud profesional.

¿Me preguntaba por mi unidad? Sospeché que la respuesta que esperaba no sería la 45.ª de Spetsnaz. Empecé a toser con violencia y a tener arcadas. Las arcadas me hicieron toser de forma natural, pero gracias al fentanilo no sentía dolor en las costillas. Me doblé sobre mí mismo mientras me caía un hilo de saliva de la boca.

—Discúlpeme —escupí, y me recuperé—. Mi unidad es la... —Pero estallé en otro acceso de tos. Levanté la vista y advertí que la enfermera había dado la vuelta al mostrador y ahora estaba a mi lado. Sobre la cadera le colgaba una pistola Makarov. Su gesto era de exasperación.

—Esto es sumamente... —Acto seguido chilló en dirección a la sala—: ¡Enfermera Kuznetsova! —Observé la hilera de camas de evaluación inicial de los pacientes. Asomó la cabeza una enfermera joven—. Sí, usted, Kuznetsova —gruñó—. Comandante Ivanov a Triaje Uno. Voy a avisar a Radiología.

—Gracias —dije, y volví a toser por si acaso.

—¿Puede andar? —me preguntó la joven enfermera Kuznetsova tocándome el brazo.

Respondí que sí, y me condujo por el centro de la sala hasta uno de los cubículos improvisados. Pasamos por delante de rusos y africanos tumbados en jergones y en camillas con ruedas envueltos en vendajes manchados de sangre. Los estaban atendiendo médicos militares rusos. Junto a ellos estaban sus armas y sus equipos, cuidadosamente colocados.

—¿Qué ha sucedido? —pregunté—. Me golpeé y perdí el conocimiento mientras perseguíamos a aquel hijo de puta. Creo que fue una bomba de mortero. Una de las nuestras. Un desastre total.

La enfermera daba pasos cortos y rápidos con las rodillas fijas. Contoneaba las caderas. El trasero se le meneaba debajo del uniforme. Esperé a que me contestara y me pregunté qué necesitaría para reprimir el natural impulso de imaginarla desnuda debajo de aquella insulsa prenda de algodón verde. Mi abuelo había resultado tan gravemente herido en Stalingrado que le dejaron en un depósito de cadáveres antes de evacuarle al otro lado del Volga. Seis días más tarde, se despertó en una cama del hospital de campaña del batallón y se declaró a su enfermera. Contrajeron matrimonio en cuanto él pudo caminar.

Penetramos en el cubículo situado al fondo de todo, el que estaba más próximo a la puerta señalada con el rótulo de «Cuarentena».

—Más fuego amigo —me respondió en voz baja al tiempo que desenvolvía una bandeja de equipo estéril. Ella también iba armada con una Makarov. Todo el mundo, hasta los heridos, iba armado—. Dos unidades acabaron la una enfrente de la otra, incluida la de usted, por lo visto. —Se volvió hacia mí y se pasó las manos por el uniforme. Afirmó con la cabeza y me dijo—: Usted ha tenido suerte.

—*Da* —coincidí—. Mucha. Podría haber perdido algo más que una oreja.

—*Niet* —replicó—. Me refiero a que ha tenido suerte de no tener que pasar revista, señor. Ahora, desvístase. Puede sentarse en la cama.

Se giró de espaldas a mí y empezó a rellenar un formulario. Su pequeña pistola estaba guardada en una funda cerrada.

—¿Que me desvista?

Se volvió hacia mí.

—Ah, disculpe, las costillas rotas.

Dejó el formulario, cogió una tijera y se acercó a mí. Dejé que empezara a cortarme la camisa, partiendo de la muñeca derecha y subiendo por el brazo. Era una mujer fuerte y actuaba con decisión. Tenía unos labios rojos y bonitos, y un cutis claro que no cuadraba con la determinación de un soldado entrenado y profesional. Acercó la cabeza a mi pecho, y en ese movimiento se le escaparon unos cuantos mechones de pelo rubio de su cofia quirúrgica. Una vez que mi brazo quedó descubierto, empezó a cortarme la camisa, empezando por abajo.

—¿Pues cómo? —le pregunté—. ¿Qué ocurrió en el pase de revista?

Ella lanzó una mirada de soslayo.

—El francotirador, señor. ¿Se puede creer que abatió a una unidad entera, y también al profesor? Pobres muchachos. —Bajó el tono de voz y continuó en un susurro—: La mayoría de ellos tenía heridas horribles. —Hizo una pausa para desprenderse de las tijeras—. Aunque no es que a mí me importen mucho esos simios, la verdad. —No me quedó claro de inmediato que estuviera refiriéndose a los salvajes que me habían atacado o a los soldados africanos que había abatido entre las chozas. El ejército ruso, como mínimo, estaba plagado de prejuicios, y otras veces era tremendamente racista.

—Ah, por supuesto, enfermera. Ese pase de revista.

De repente retrocedió un poco. Yo la miraba a los ojos, en cambio ella observaba mi pecho.

—Ah, veo que ya... le han hecho un vendaje.

—Me lo hizo el médico de nuestra sección cuando me encontraron —expliqué. Tragué saliva. Ella seguía con la mirada fija en el vendaje compresivo que me había aplicado yo sobre las costillas fracturadas.

—Pero estas vendas... no son... —las señaló con la tijera— ... nuestras. —Luego me giró el brazo agarrándolo por la muñeca, observó y lo vio. O más bien, no lo vio—. ¿Dónde está su...

—*Prosti menia* —le dije. Perdóneme. Y lo dije en serio.

Quiso decir algo, pero ya era demasiado tarde, ya la tenía aferrada por el cuello y le estaba tapando la boca. La obligué a tenderse en la camilla y cubrí su cuerpo con el mío. Hicimos fuerza el uno contra el otro. Ella resoplaba por la nariz. Se le hincharon las venas de las sienes. Forcejeó violentamente para respirar, con los ojos muy abiertos, suplicando, todos los músculos en tensión, empujándome. Intentó sin éxito alcanzar su pistola, y después me aferró los brazos sin conseguir nada. Mi mano derecha encontró la navaja que llevaba guardada en la bota, la abrí y acerqué la cuchilla a la nuca de la enfermera.

—Chist —le susurré. Luego le dije en ruso—: Tranquila. Ya casi ha acabado.

Sentí sus labios moverse contra la palma de mi mano. Le clavé la punta de la navaja en la base del cráneo, y noté que se relajaba. Sus músculos se aflojaron bajo el peso de mi cuerpo, y sus brazos dejaron de forcejear. Desapareció la última chispa de luz de sus ojos, y todo terminó. Continué tapándole la boca unos instantes, para asegurarme, y acto seguido la tendí de costado y subí la manta de punto verde para cubrirle el rostro.

El hecho de no tener un escorpión tatuado era necesariamente una sentencia de muerte, ya fuera la mía o la suya. Tomé nota para comentárselo a Ezra.

Saqué el brazo de la camisa convertida en jirones, me agaché y salí del cubículo. En aquellas colinas del África Occidental habían montado una base entera de operaciones. Su rasgo más notorio era lo poco notoria que resultaba. Con solo cambiar los uniformes y el acento, en vez de Sierra Leona podría encontrarme fácilmente en Afganistán. La enfermería prosiguió con su vida normal. Oí, sin ser visto, a la enfermera jefe echando la bronca a otra subordinada.

Ojalá Roberts hubiera podido ver aquello. Le dejaría alucinado, pensé al tiempo que me escabullía por el fondo de la sala con la cabeza agachada. Desconocía adónde iba, pero sabía adónde necesitaba ir. Calculé que disponía de diez minutos antes de que descubrieran el cadáver de Kuznetsova, quince como mucho.

El tiempo se estaba agotando.

24

Con una mano apoyada en la SIG enfundada, continué pasando lentamente de una sala a otra. Vi a «Pocahontas» tendido en una cama, con una pierna levantada, un abultado vendaje en el muñón del tobillo y una mascarilla de oxígeno en la cara. Estaba profundamente dormido, enganchado a un gotero de morfina y a un monitor de constantes vitales. Su pie estaría en alguna parte de aquel complejo, conservado en hielo. Pero dudé que alguien fuera a implantárselo de nuevo. Su PKM estaba apoyado de cualquier forma contra la pared, junto al cabecero de la cama.

Me quedé quieto un instante. Ya había cumplido mi misión: había efectuado el disparo que tenía que efectuar. No había otra, pero con ello no iba a poner fin a aquella guerra, ni a ninguna guerra. Musala seguía estando infestada. Y a saber cuántos salvajes más habría allí fuera, devastando pueblos y ciudades enteras. A saber, también, cuántos niños estarían escondidos en la selva sin saber que en adelante iban a ser huérfanos.

Me invadió la sensación de que había rebasado la línea de salida una docena de veces en aquella misión. Y entonces comprendí que me había detenido, había frenado en seco: no estaba huyendo, no estaba buscando una ruta de escape, porque no había ninguna.

Estaba pensando.

No conocía el porqué, pero había visto el qué con mis propios ojos. Y con eso me bastaba. Yo era el origen de todo aquello. Mi padre. Había dejado de obedecer órdenes. Todo asesinato que cometiera lo estaría cometiendo por mí. Pensaba dejarle aquello bien claro a King, de una forma o de otra. Podía meterse a Raven Hill por aquel gaznate suyo, hinchado de vino. Ya había quedado claro que con un solo McLean al mando de su propio ejército privado había tenido más que de sobra.

Estaba preparado; y, finalmente, estaba cabreado.

Salí del cubículo. En el cubículo contiguo languidecía otro rebelde que yo mismo había herido.

Área correcta, lugar erróneo.

Seguí avanzando por el corredor principal. Este terminaba en una puerta metálica tapada con una cortina aislante de plástico que llevaba la siguiente advertencia:

ВЫХОДА НЕТ
SIN SALIDA

Comprobé que el pasillo estuviera despejado a mi espalda, empujé la barra para abrir la puerta y atravesé una cortina de plástico para desembocar en un espacio iluminado con una luz roja. Cuando me volví, me di cuenta de que estaba aprisionado entre dos pares de cortinas anticontaminación. Aparté el segundo par y dejé pasar unos segundos para que se me acostumbrara la vista. Por encima de mí había un cartel rojo y blanco que decía en ruso:

Límite del cordón sanitario. Solo salida de emergencia. Prohibido el paso a personal contaminado.

Desenfundé la SIG y seguí avanzando.

A mi alrededor flotaba una ligera bruma semejante a hielo seco que salía de unas rejillas del techo, y el aire acondicionado hacía revolotear las diminutas partículas de humedad en el aire teñido de rojo. También percibía un delicado aroma a menta que se esforzaba por imponer su presencia por encima del olor del antiséptico, más fuerte, que lo inundaba todo. El pasillo se hallaba desierto, y, aparte del zumbido constante de los generadores, en él reinaba el silencio. A él daban más salas, todas protegidas igualmente con cortinas de plástico. Sentí una fuerte impresión de *déjà vu*. El resplandor rojo; el zumbido constante; la percepción de que existía una presión, pero sin sentirla. Era como si me hubieran transportado a las entrañas de un submarino nuclear que estuviera navegando muy por debajo de la superficie.

Al igual que las celdas que había visto en el nivel superior, allí las puertas también estaban provistas de una ventana con cristal de seguridad. Al otro lado del cristal había hombres tumbados en fuertes bancos atornillados al suelo. Los brazos aprisionados, la cabeza sujeta con una correa, los pies atados, estaban inmovilizados. Resultaba imposible decir si estaban conscientes o no, porque tenían la cara cubierta por una mascarilla y los ojos por unos parches de tela negra. En todas las celdas había europeos y africanos mezclados; rusos y, supuse, individuos capturados en Guinea y en Sierra Leona.

Me aparté de la ventana por la que estaba mirando y dejé que volviera a taparla la cortina aislante. En aquel momento apareció al fondo del pasillo un hombre ataviado con una bata blanca que echó a correr hacia mí, sus zapatos con suela de caucho rechinando contra el suelo de hormigón, los brazos extendidos, lanzando juramentos en ruso.

—¡Usted! ¡Sí, usted! ¿Se puede saber qué diablos está haciendo aquí? Quédese donde está. No se le ocurra...

Le interrumpí con un disparo entre los ojos, un suave impacto de la bala que resultó incongruente con el destrozo que causó. El hombre se desplomó y su cráneo partido en dos emitió un ruido sordo y húmedo al chocar contra el suelo. Le disparé una segunda vez, y luego le quité la tarjeta que llevaba prendida en el bolsillo de la bata y la utilicé para abrir la puerta por la que había estado mirando. Le arrastré al interior de la celda y lo situé fuera del campo visual de la ventana. El suelo se ensució con una mancha de sangre húmeda. El olor a menta se intensificó.

Había un europeo sujeto con correas. En la cabeza, rapada, le habían puesto un sensor de encefalograma. Veintitantos años. Quizá más joven. En la muñeca llevaba una pulsera de plástico con un código de barras y un texto:

GENERACIÓN 2(IV). SALA DE OBSERVACIÓN 1.
DESTINO NIVEL 3(II).

Aparte del subir y bajar de su pecho y de unos movimientos oculares que parecían ser constantes, estaba inmóvil. Al observarle más detenidamente vi que la mascarilla ocultaba un tubo de intubación. En cambio respiraba sin ayuda. Llevaba un catéter y una bolsa de colostomía que recogían los desechos. Tenía puesto un gotero intravenoso y estaba conectado a un cardiógrafo. Me llevé una sorpresa: el ritmo del corazón era excepcionalmente acelerado, casi letal.

Al pie de la cama había un historial médico lleno de texto impreso por ordenador y cubierto de notas escritas a mano que indicaba la trayectoria de aquel individuo a lo largo de las semanas anteriores e incluía fechas de la infección, cuándo se había vuelto asintomático y cuándo estaría listo para ser «cosechado».

Significara lo que significara aquello de «cosechado», estaba programado para el día siguiente. La presión arterial era anormalmente baja; la temperatura interna era de 39 grados Celsius. Lo más notorio de todo era la lectura que proporcionaba el electroencefalograma: la actividad cerebral era casi latente, salvo por algunos picos ocasionales, que constituían la excepción.

Introduje la boquilla del silenciador por debajo del brazo del paciente y lo levanté un poco. Allí estaba el tatuaje, ya me era familiar. Cuando aparté el cañón, el paciente abrió los ojos. Su expresión era demencial, frenética, inquieta. Hizo fuerza contra las correas y contra el tubo que tenía metido por la tráquea. Enseguida me aparté, pero dominé mi instinto natural de disparar. En vez de eso, me quedé observando. Hasta donde sus ligaduras se lo permitían, forcejeaba y se retorcía, desesperado por liberarse. El cardiograma continuó constante. El encefalograma reflejó un pico y después permaneció inactivo. Fuera quien fuese o lo que fuese, estaba vivito y coleando, y totalmente despierto a pesar de que sus constantes vitales indicasen que debería estar muerto o moribundo.

Volví a acercarme, pero al parecer él no pudo verme. Apoyé la pistola perpendicular a la rótula de su rodilla izquierda y disparé. La articulación implosionó. Por la herida salieron fragmentos de hueso, piel y plomo. El electro permaneció constante, el ritmo cardíaco no se alteró. Estaba intentando morder y expulsar el tubo que tenía en la garganta.

Joder.

No parecía percatarse de un dolor que debería resultarle insoportable. El olor a menta era muy intenso. En el forcejeo, se le aflojó la mascarilla de la nariz. Al instante abrió los ojos de golpe y los clavó en los míos. Tensó los músculos y apretó el cuello, pero estaba bien sujeto. Le apoyé la pistola contra el esternón y disparé otra vez. La bala le abrió un boquete en el corazón y provocó que le brotara un chorro de sangre roja del pecho. Por todas partes cayó una lluvia de fragmentos de carne, hueso y densa sangre arterial. El cardiograma se volvió loco y luego mostró una línea recta, en cambio el encefalograma no se alteró lo más mínimo, y el sujeto siguió mirándome fijamente: los ojos enfocados, alerta, vivos. Le puse la SIG en la sien y disparé una tercera vez. El encefalograma quedó inactivo. Y de pronto me quedé mirando el cadáver de un ser humano, no el de un monstruo.

—Increíble, ¿verdad? —Me giré rápidamente con la pistola en alto, preparado para disparar. Pero mi dedo titubeó en el gatillo—. Eso no es necesario —dijo señalando la pistola—. Claro que ya lo sabes, ¿no es cierto?

No respondí. No tenía nada que decir. Estaba apoyado contra la puerta, sosteniendo su peso con unas muletas. Lucía unos vendajes recientes.

—Ha sido un disparo perfecto, absolutamente brillante —siguió diciendo. Sus ojos reflejaban dolor, pero a pesar de ello su expresión era alegre y llena de vida. Respiraba entrecortadamente y de manera superficial. En cambio su tono de voz era cálido y profundo.

Por segunda vez aquel día, había apuntado a mi padre con una arma.

—Sabía que iban a venir a por mí. Y bien sabe Dios que esos payasos han intentado impedírtelo. —Al decir aquello echó la cabeza hacia atrás. No me cupo duda de que en el pasillo había un pelotón entero de esos payasos que decía él—. Pero entonces fue cuando supe, porque lo supe, ¿entiendes?, que habías sido tú —continuó, tocándose el pecho—. Nadie más podría haber efectuado semejante disparo.

—Nadie más habría querido efectuarlo —repliqué. Y era la verdad. Cualquier otra persona le habría matado—. Pero es que ellos en ningún momento han querido que murieras, ¿verdad? —dije—. Las coincidencias no existen. ¿No es eso lo que siempre me decías? Por eso Londres me envió a mí. El único asesino que sabía que no iba a matarte. Que no podría matarte.

En aquel momento lo entendí. Si Londres lo sabía todo, quería decir que también sabía quién era yo. Quién era de verdad.

Me miró con expresión inquisitiva.

—Londres no es una institución monolítica —dijo, y me tendió una mano—. Ven.

Bajé la pistola y los ojos. Su mirada era magnética, irresistible. Levanté el brazo y, por primera vez en veintiséis años, puse mi mano en la suya. Tenía la piel más frágil en los nudillos y sus dedos habían perdido fuerza, pero seguía siendo su mano. Me abrazó, a mí, su niño mimado, como el gigante amable de los recuerdos de mi infancia, aún sin contaminar por la desilusión.

—Tengo una vida entera que enseñarte, hijo —me dijo al tiempo que me estrechaba contra sí—, y muy poco tiempo.

25

Se sentó en la cama y se inclinó de costado para no hacer presión sobre la herida. Cada uno de sus movimientos parecía entrañar dificultad. Aunque había sido un tiro limpio y la bala le había atravesado en línea recta, había sido sumamente doloroso. Se le había colapsado un pulmón y le habían puesto una válvula sencilla de una sola dirección. Fue la única manera que tenía de abatirle de forma convincente sin matarle. Le quería vivo y en un lugar en el que pudiera encontrarle, en un hospital. Por el momento, Londres, y también todos los demás, tenían que creer que había querido matarle. Si había satélites observando, un fallo cometido a propósito habría resultado de lo más obvio.

Dentro de una semana estaría recuperado casi por completo, aunque era dudoso que dispusiéramos de todo ese tiempo.

—Brillante. Realmente brillante. ¿Se puede saber de dónde diablos sacaste la idea de dispararme con tanta... perfección? —Se le veía verdaderamente impresionado.

—De ti. —Le miré directamente a la cara, pero me costó un esfuerzo, y volví a bajar la mirada al suelo. Era demasiado pronto para aceptar plenamente su presencia, aún era todo muy reciente.

—¿De mí? ¿Cómo va a ser eso? Yo no era capaz de acertar en la puerta de un establo con una escopeta. Ya te lo comenté muchas veces, y también lo comentó mi sargento mayor. —Estábamos los dos solos, pero fuera de la sala montaban guardia los «payasos», los Spetsnaz. Yo me había permitido estar desarmado en el momento en que bajé la SIG.

Sumisión, no rebelión.

La celda de observación había sido sellada, y el pasillo entero había sido desinfectado rápidamente. Los dos cadáveres habían sido introducidos en bolsas y retirados prontamente, sin ceremonias.

—Tus matones intentaron matar a una amiga mía —dije señalando la puerta—. Le causaron casi exactamente la misma herida que tienes tú. Tuvo suerte. En cambio tú sigues vivo porque he querido.

—¿Mis matones, dices?

El recuerdo del daño que le habían hecho a Julieta avivó mi cólera.

—Sí, los tuyos. Y también intentaron matarme a mí, por cierto.

—Después de veintiséis años, lo primero que ocurre es que los dos casi nos matamos el uno al otro. Tienes que reconocer que resulta irónico. No puede haber un caso más claro de fuego amigo.

—A mí me parece más bien fuego enemigo. Y no, no resulta irónico. Resulta trágico. —Paseé la mirada a mi alrededor. Aquella sala era austera, funcional. Fría. Mi voz sonaba estridente, indignada. Él reaccionó sin decir ni hacer nada. Yo continué—: Y no digas «casi». Estás vivo porque te he dejado vivir.

—Entonces, ¿no ha sido venganza?

—La venganza es cosa de los idiotas. —Le señalé—. Y el perdón es cosa de los muertos.

—Ah, veo que algo sí te han enseñado. Y mejor de lo que me enseñaron a mí, eso está claro. —Hablaba en tono sereno, calmado, aunque tenía la voz ronca a causa del dolor y de la falta de aliento—. Max, yo también la echo de menos, con toda mi alma, pero ahora no tenemos tiempo para eso. Los soldados de ahí fuera saben lo que eres, pero no saben quién eres. Si confías en mí, vivirás. Probablemente para mí ya sea demasiado tarde —se encogió de hombros—, y probablemente es justo que sea así. Aunque ya veremos. —Calló un instante, inclinó la cabeza hacia un lado y luego prosiguió—: Si quieres aprovechar el tiempo que queda para ajustar antiguas cuentas, puedes hacerlo, naturalmente. Estás en tu derecho. Pero únicamente tenemos tiempo para una sola cosa. De modo que elige, Max: ¿el pasado o el futuro?

Calló otra vez. Yo mantuve la boca cerrada. Fueron transcurriendo los segundos.

—Está bien. Has venido aquí a hacer un trabajo, ¿no? ¿Eh? Pues confía en mí, hijo. Confía en mí y te enseñaré cómo se puede hacer. De lo contrario... —volvió la vista hacia el techo y levantó las manos—... de lo contrario, todo lo que hay aquí abajo y lo que hay ahí fuera no habrá servido para nada. Todas esas vidas. Esa sería la verdadera catástrofe, Max. Eso sí que sería imperdonable.

Me resultaba exasperante. Su actitud estaba a medio camino entre la paciencia y la condescendencia. Hablaba con una certeza que provenía de una fe absoluta en sí mismo que bordeaba, como siempre, el acertijo. Durante todos aquellos años me había aferrado al amor, a la calidez de su voz y a la verdad emocional que ambos transmitían. Pero la tranquila superioridad que destilaban era algo que no había visto en su día.

Permanecí allí de pie como un necio, señalándole con el dedo.

—Max, piensa. ¿Por qué me has dejado con vida? —Guardé silencio y le dejé hablar—. Me has dejado con vida porque quieres entender las cosas. ¿Correcto? Y en este preciso momento eso significa terminar lo que has venido a hacer, aun cuando todavía no sepas lo que es. Confía en mí, Max. Yo te entregaré las llaves del Reino. La resurrección de los muertos.

—No estoy en ese juego —repliqué. ¿Se había vuelto loco? ¿Se encontraba en estado de shock? Parpadeé y cuadré los hombros—. Venga, vámonos.

—¿Cómo que vámonos? Max, estamos totalmente rodeados. No —me apaciguó—, de aquí no podrás salir luchando. Si no puedes rendirte ante mí, no saldrás jamás. —No sabía si estaba hablando con un genio o con un idiota; así me sentía, igual que cuando era un adolescente—. El comandante sabe que eres un asesino enviado por los británicos. Y también sabe que me has dejado vivir.

—Pero ¿por qué iba a permitirnos estar aquí los dos solos, hablando? ¿Cómo puede ser que no esté ya muerto?

—Porque no sabe que eres hijo mío, y yo le he dicho que eres un agente doble. Hasta que él llegue, yo estoy al mando, pero cuando vea el estropicio que has montado, es imposible saber qué ocurrirá. Queda poco tiempo.

—Entiendo —contesté, y era verdad que empezaba a entender, vagamente—. Y es posible que la persona enviada para matarte de hecho pertenezca al bando de Proshunin, ¿no?

—Sí, es posible. Muy posible. Londres no es un bloque monolítico, acuérdate.

—Eso es lo que has dicho.

—Es lo que has dicho tú. Que por eso Londres te ha enviado a ti, al único asesino que sabía que no podría matarme.

Lo que estaba claro era que yo no iba a poder salir de allí si él no quería. En aquellas circunstancias no podía destruir el búnker, como tampoco podía hacer que mi madre regresara de entre los muertos.

—¿Lo soy? —pregunté al tiempo que él se ponía de pie con esfuerzo.

—¿El qué, hijo?

—Un agente doble.

—No lo sé, Max. De verdad que no lo sé. —Meneó la cabeza en un gesto negativo y sonrió—. Todo depende de quién te ha enviado.

Le ofrecí mi brazo, y juntos salimos de la cálida iluminación de aquella sala al resplandor rojo del pasillo. Seguíamos dentro de la zona de riesgo biológico. A lo largo del pasillo había apostados una docena de hombres armados con Kalashnikovs. Les dijo algo en voz baja, en ruso. Mi madre decía que su gramática era absolutamente correcta, su acento perfecto y su actitud de serena autoridad. De pequeño me resultaba violento que mi madre presumiera tanto de los poderes de persuasión de mi padre. De repente, me alegré de que los tuviera.

—Vamos a utilizar únicamente nuestro idioma nativo, si te parece. Ya se sabe que hay que tener cuidado con lo que se dice. No nos conviene que se nos hunda el barco antes de haber zarpado del puerto, ¿no? Nunca se me ha dado muy bien nadar.

—*Mamaí ach oiread* —le respondí en gaélico. A mamá tampoco. Se ruborizó intensamente; en la penumbra de aquel pasillo, su expresión resultó difícil de descifrar.

Cuando yo era pequeño hablaba el batiburrillo de ruso, inglés y gaélico que manejábamos los tres en casa. A los forasteros les resultábamos totalmente ininteligibles, y era muy frecuente que solo dejásemos de hablar entre nosotros en la jerga demencial que nos habíamos inventado cuando nos percatábamos de que todo el mundo nos estaba mirando con gesto de incomodidad y sin entender nada.

Con mi padre apoyado en mi brazo, fui recorriendo en silencio el laberinto de cuevas que conducían a las diversas salas y laboratorios. Pasamos por delante de celadores y médicos, soldados y enfermeras: todos saludaron a mi padre y todos me ignoraron a mí. No supe si porque iba con él o porque lucía el mismo aspecto que cualquiera de sus soldados.

—Necesito la mano —me dijo en gaélico cuando nos detuvimos delante de otra puerta metálica gris, que había sido empotrada en una abertura natural de la roca. Hizo una breve pausa para inhalar un poco de aire con el pulmón bueno. La válvula funcionaba bien: un simple trozo de plástico que impedía que la cavidad que rodeaba al pulmón colapsado se llenara de aire. Lo más probable era que en aquel momento Julieta llevara puesta una similar—. Incluso esquivaste la costilla, mi brillante hijo. Todo este jadear se debe simplemente a la afición del viejo por el tabaco fuerte.

Permanecí a su lado por si acaso perdía el equilibrio, pero recuperó la compostura y alargó la mano derecha para posarla sobre el panel de entrada. El sistema le escaneó las huellas dactilares, y la luz de fondo del panel pasó del rojo al verde. Indicó la puerta con un gesto de cabeza, la empujé para abrirla y tras ella apareció un laboratorio improvisado pero bien dotado, en el que se encontraban trabajando media docena de hombres y mujeres con bata blanca y redecilla para el pelo. Todos iban armados. Y todos hicieron caso omiso de nosotros. El olor a menta lo inundaba todo. Nuestros guardias Spetsnaz se quedaron fuera, y la puerta se cerró nuevamente.

—Esto no tiene pinta de ser la salida —comenté siguiendo con el gaélico—, ni tampoco un lugar adecuado para rendirse.

—Ah —contestó él—, eso es porque no sabes lo que hay aquí dentro. —Emitió un carraspeo y se dirigió en ruso a la oficial que, a mi modo de ver, era la técnico jefe—. Capitana Berezina. Un descanso para tomar café, por favor.

Ella asintió brevemente y salió por la misma puerta por la que habíamos entrado nosotros, seguida por los demás, con la mirada fija en el suelo. En el momento en que salió alcancé a vislumbrar durante un instante a los matones que esperaban fuera. No me encontraba lo que se dice en mi mejor momento, pero estaba bastante seguro de que con la ayuda de uno de sus AK sería capaz de llegar al nivel del suelo de una sola pieza. Pero ¿correr más que un pelotón de dementes en terreno abierto? De eso ni hablar. Tenía que encontrar una manera de dejarlos encerrados allí abajo antes de huir. Otra cosa era lo que hiciera con los que ya estuvieran en la superficie.

Miré a mi padre y me costó trabajo creerlo. Por un instante me pareció nuevamente increíble. Sí, era él. Era él de verdad. Mi padre. Veintiséis años jugando a ser huérfano, y ahora le tenía allí mismo, frente a mí. Muchas veces había imaginado un encuentro con él, pero ninguna de aquellas fantasías tenía lugar en un búnker del África Occidental. El sentimiento de ira iba y venía. No tenía ningún guion que seguir, pero lo más extraño era que cuando la conmoción fue disminuyendo, me pareció no solo inevitable sino también normal. Pues claro que estábamos allí. Pues claro que él no había muerto cuando derribaron su avión. Obviamente, era un cerebro de la medicina para el ejército ruso. ¿Por qué no iba a serlo? Era lo que había sido durante muchos años para los británicos. Quise decir algo, pero no me salieron las palabras. No tenía ni idea de por dónde empezar, y todavía menos idea de dónde iba a terminar todo aquello.

Al fondo del laboratorio había un armario de acero inoxidable para guardar medicinas. Lo abrió y extrajo un objeto cúbico de metacrilato transparente, del tamaño de mi puño. Extendí la mano sin pensar, y él depositó el bloque en mi palma con sumo cuidado. Lo levanté hacia la luz y lo observé entornando los ojos. Suspendido en su interior había un objeto que parecía un cerebro diminuto, de color marfil, con una hendidura que lo dividía perfectamente en dos mitades. Llevaba unido, integrado con él en la parte de atrás, un tercer lóbulo de un color negro brillante por fuera y de un blanco puro por dentro. Medía aproximadamente cinco por tres centímetros, y su peso resultaba imposible de calcular por encontrarse metido dentro de aquel pesado cubo de metacrilato.

—¿Qué es? —pregunté.

—Así es como empezó todo esto, Max. —Bajé el espécimen y volví a centrar la atención en mi padre—. Es la razón por la que estoy aquí. La razón por la que tú estás aquí.

—Es un cerebro. O, por lo menos, eso parece. Un cerebro enfermo. —Le di vueltas en las manos—. ¿De qué animal es? ¿De un mono? Es raro. Parece casi humano.

En el colegio había suspendido la asignatura de Ciencias. Lo cual era una fuente permanente de irritación para mis padres, que eran líderes en su campo: mi madre públicamente, en Trinity; mi padre secretamente, para el ministerio de Defensa.

—¡Ja! No, no es un cerebro. —Estaba emocionado y hablaba con energía, sobreponiéndose al dolor del pecho—. Pero resulta increíble que tú creas que sí, Max. ¡Increíble!

Has dado completamente en el clavo. No es un cerebro, pero está enfermo, aunque eso no se puede distinguir sin la ayuda de un microscopio muy potente. —Lo miré fijamente de todas formas, como si, a base de concentrarme, fuera a conseguir desentrañar cuál era su problema—. Max, es una semilla. Una semilla muy poco corriente. Es de un árbol frutal que creíamos extinguido hace mucho tiempo, de la familia de las Simarubáceas.

—Eso suena... ¿prehistórico? —De pronto estaba otra vez haciendo los deberes. Todas las afirmaciones eran también preguntas, preguntas protegidas para ocultar la ignorancia que las impregnaba.

—Sí, de hecho hay muchísimas plantas prehistóricas que sobrevivieron en África, la mayoría viviendo discretamente en las selvas tropicales, o en lo que queda de ellas. Pero esta es la tatarabuela, o más, de nuestro común y viejo conocido akee. Probablemente esa sea la razón de que durante tanto tiempo nadie se haya percatado de su presencia. Parece de lo más común, pero es muy singular, porque es una semilla que hace crecer el cerebro, Max. ¡Imagínate! Esta simiente tan pequeña y enferma posee el poder de reconstruir el cerebro humano. Y como puede reconstruir el cerebro humano, puede reconstruir el ser humano. Es... —Se irguió y señaló el cubo de metacrilato con los dedos extendidos—. Milagroso.

—Entiendo —respondí, aunque no era verdad—. ¿Y esto es lo que vuelve invencibles a los individuos que han intentado matarme a mí y a toda persona con la que se tropiezan? —Involuntariamente me toqué el punto donde me había desaparecido media oreja—. Eso no tiene nada de milagroso —le corregí—, es monstruoso.

—¡No! —exclamó él, y acto seguido hizo un gesto de dolor. Replegó la mano y se tocó el pecho. Se le llenaron los ojos de lágrimas—. No —repitió en voz más calmada—, esto no es monstruoso. Los monstruosos somos nosotros. —Dudó un instante—. Lo soy yo. —Se secó los ojos con las manos y recuperó el dominio de sí mismo—. Max, escúchame. Escucha y aprende. No todo es lo que parece.

Le devolví el espécimen, me pesaba en las manos.

—Muy bien —dije. Hundí los hombros. Se iba pasando el efecto del fentanilo, y estaba empezando a notar un dolor profundo y agudo en el costado—. Pero esto vamos a tener que hacerlo en inglés. Mi vocabulario científico no da para tanto.

—Está bien. Pues lo haremos en inglés. —Cambió de idioma—. Supongo que habrás oído hablar del ébola.

Apreté la mandíbula y procuré no parecer sarcástico.

—Sí, me suena de algo.

Era como si hubiéramos retomado la relación en el punto en que la habíamos dejado dos décadas y media antes. Aquel búnker era una base militar, y a la vez una máquina del tiempo. Pero si era un portal para viajar en el tiempo, yo no tenía la menor idea de adónde iba a transportarnos a continuación.

—Bien. —Sonrió débilmente—. Pues claro que te suena lo del ébola. Pero ¿sabes lo que es en realidad? ¿Lo sabíamos nosotros, los científicos? ¿Los virólogos? No, Max, no lo sabíamos.

—Me alegro de no ser el único que no se ha enterado.

—Verás —siguió—, todo el mundo lo sabía todo del ébola, salvo un detalle crucial. —Me miró con gesto expectante. No le decepcioné.

—¿Cuál?

—De dónde proviene —me contestó en ruso. Luego calló un instante y se permitió otra media sonrisa antes de continuar en inglés—: Los americanos investigaron el origen tras el brote aparecido en el Congo, en la ciudad de Kikwit, en el año 95. Arañas, hormigas, aves, escarabajos... Los militares estadounidenses arrasaron con todo ser viviente que se toparon en un radio de varios kilómetros del epicentro. Pusieron mascarillas a los monos y tendieron a personas totalmente sanas en camas al lado de los moribundos, para ver si se habían contagiado y cómo. Y lo único que confirmaron fue lo que ya sabíamos: que los simios y los duikers contraen el virus de los murciélagos frugívoros, y que los seres humanos contraemos el virus de ellos. De manera que los murciélagos son el depósito, el reservorio si quieres, que infecta las cosas que nos infectan a nosotros. Pero ¿cómo se infectan los murciélagos? —Me encogí de hombros—. Tú no puedes responderme a esa pregunta, porque no puede responderla nadie. Nadie lo sabe. O, mejor dicho, nadie lo sabía.

—¿Y ahora sí lo sabes?

—Sí, Max, así es. Todos los tipos listos de la OMS y del CDC te dirán que, aunque no lo sabemos con seguridad, los murciélagos no solo son el reservorio sino también, muy probablemente, el vector original. Pero no es verdad. —Enderezó la espalda y levantó en alto el cubo que contenía la semilla—. ¡Es esto! Los murciélagos contraen el ébola de esta semilla. De hecho, la contraen específicamente de esta semilla enferma, y presumiblemente de otras parecidas, aunque no es que hayamos encontrado más, al verdad. Nadie pensaba que fuera posible.

—¿Qué, que los murciélagos pudieran contraer el ébola de una semilla?

—Sí. ¡No! Quiero decir que nadie pensaba que un animal pudiera contraer un virus de una planta. No solo el ébola, sino cualquier virus. Pero es posible, Max, es posible. El doctor Raoult de Marsella lo demostró en el año 2010 con su investigación sobre el virus del pimiento. Fue un descubrimiento asombroso...

De repente se abrió la puerta del laboratorio y por ella asomó la cabeza de un oficial ruso.

—*Vrach* —preguntó. «¿Va a tardar mucho más?

—Calma, calma —respondió mi padre en ruso—. Todo va bien. Diga a sus hombres que preparen la sala de destino.

El oficial me miró y resopló.

—*Da*, de acuerdo. —A continuación dio media vuelta y dejó que la puerta se cerrase con un suave chasquido.

—Ninguno de los... er... «guerreros» puede ser liberado sin que yo dé la orden —explicó mi padre, y señaló un escáner de huellas dactilares que había en la mesa—. Una orden física, pero me estoy desviando del tema —dijo, y se sentó con esfuerzo en el banco de trabajo que tenía más cerca—. ¿Por dónde íbamos?

—Por Marsella —respondí, procurando no parecer exasperado—. Pero ¿qué te parece si nos lo saltamos y pasamos directamente a Sierra Leona?

—El vector. Íbamos por lo del vector. Eso es. Bien —tocó con el dedo índice la parte superior del cubo de metacrilato—. Los murciélagos comen semillas, hace años que lo sabemos. Pero esta semilla es diferente porque está enferma a causa de un filovirus. Un filovirus muy antiguo y por lo tanto desconocido. —Me miró buscando asentimiento; asentí—. Es el progenitor, Max, el padre de esa molesta familia de tres virus llamada *Filoviridae*. Es más antiguo que el ébola, que el Marburg y que el Lloviu. ¿Y sabes lo que quiere decir eso?

—No, no tengo ni la menor idea de lo que quiere decir.

—Pues que con este vector, el original, el puro, el de primera generación, se puede fabricar una vacuna y una cura. Más que eso: se puede fabricar una que sea eficaz al cien por cien y muy, muy barata. Sí, ya existen vacunas, pero se han sintetizado de una cepa del virus ya transmitida y que, por su propia naturaleza, ya agonizaba. Esto, Max, esto es terror primitivo en estado puro. Simple, hermoso y potente. Es uno de los organismos vivos más antiguos, ¡tiene más de veinticinco millones de años! Es del Oligoceno, como mínimo. Puede que incluso sea anterior a la Gran Extinción. ¿Te lo imaginas?

Le contesté que no.

—Y también se puede hacer otra cosa con él.

Cuando fue decayendo la emoción que le producía explicar la base científica del vector, su gesto se tornó sombrío. Por fin regresábamos a un terreno que yo entendía.

—Se puede fabricar un arma. Un arma muy potente. Es eso, ¿verdad?

—Sí, Max. Se podría. Ellos quisieron fabricarla. —Señaló la puerta con un gesto de cabeza, y acto seguido tocó de nuevo el cubo de metacrilato—. Porque el virus que se puede fabricar con esto es infinitamente más... fuerte que el virus del ébola que conocemos. Este es el filovirus Ur. Hemos hecho pruebas. La cura que sintetizaron los americanos, la vacuna fabricada tras la última epidemia de ébola, no funciona con esto. En absoluto.

—Así que, a menos que uno tenga la semilla, el vector, ¿no se puede fabricar una cura? Y, por supuesto, si no se tiene una cura, ¿el arma no merece la pena?

—Después de todo, no se te dan tan mal las Ciencias, ¿eh? —Alargó una mano y la apoyó en mi antebrazo—. Ese es uno de los motivos por los que el ébola nunca se ha utilizado como arma. Nosotros, los rusos, lo hemos sintetizado en grandes cantidades. Hasta lo hemos cruzado con la viruela para que se extendiera más deprisa. Pero... si no hay cura, no hay arma.

Igual que ocurrió con la bomba atómica, ¿comprendes? Sin control, el poder no es nada. Si se hace uso de él, lo único que se consigue es poner en peligro precisamente a tu bando. Resulta inútil en el campo de batalla. Resulta inútil si lo que se pretende es controlar un territorio. Resulta inútil si uno quiere controlar el número de personas a las que afecta.

—A las que mata —le corregí—. No a las que afecta.

—Sí, es verdad. Al ébola se puede sobrevivir. Al padre del ébola, no. Su mortalidad es del cien por cien.

Puse cara de estoicismo y luego escogí con cuidado mis palabras:

—¿Y tú lo has convertido en un arma? —Miré a mi alrededor, como esperando ver algo que de hecho tuviera pinta de bomba aguardando en un rincón o expuesto en una de las vitrinas que forraban las paredes.

—Sí, así es. Por lo menos, un arma es lo que tienen, aunque no de la manera que ellos esperaban, ni de la manera que esperaba ninguno de nosotros. —Relajó las facciones del rostro. Tras desaparecerle toda la emoción de los ojos, su expresión era ya de total desapasionamiento. Se levantó, buscó mi brazo para conservar el equilibrio y volvió a guardar la semilla en el armario del que la había sacado—. Todo será revelado —declaró.

Fuimos hacia la puerta y hacia los guardias que esperaban fuera.

—¿Adónde vamos? —pregunté.

—Vamos a presentarte al monstruo del doctor Mac Ghill'ean —respondió.

26

El paciente yacía inmóvil y tan insensible a los estímulos como el individuo al que había matado yo no hacía tanto en la sala de observación. Lo llamo «paciente», pero sería más adecuado llamarlo conejillo de Indias. Esta vez, en cambio, era un africano. Cabeza afeitada, cuerpo escultural, parecía una exquisita pieza tallada en obsidiana. El suave subir y bajar de su pecho y el rápido movimiento de sus globos oculares eran los únicos indicios de que estaba vivo. Le separaba de nosotros una mampara de cristal.

—Me parece que hoy mismo he conocido a sus amigos —dije, y de pronto experimenté un súbito mareo. Caí en la cuenta de que no tenía ni idea de qué hora era. Me sentía desconectado, casi disociado de la realidad.

—No sabes cuánto lo siento. Me han dicho que fue un encuentro bastante desagradable. —Arrugó la nariz al notar una nueva ráfaga del olor limpio y penetrante de la menta, procedente de las rejillas de ventilación del techo—. A propósito, tú eres la segunda persona que ha matado en combate a uno de ellos.

—A cinco —le corregí—. He matado a cinco. También

me encontré con otro junto al río. ¿Quién más ha tenido el placer?

—¿No lo sabes? Fue uno de los tuyos. Un guerrero, sin duda. Poseía una fuerza salvaje. Jamás he visto a ningún hombre luchar de esa manera. Le aplastó la cabeza con las manos. Tuvo suerte de sobrevivir, de no infectarse. Fue un milagro, la verdad.

Decidí callarme que Sonny Boy no había sobrevivido.

—He traído de nuevo al soldado original. Son increíbles —comentó mientras inspeccionaba el cardiograma—, pero no invencibles. Por lo menos, todavía no. Pero con cada generación que pasa van haciéndose más fuertes. Dentro de poco, serán indestructibles. —Tocó el cristal con los dedos de la mano derecha y meneó la cabeza en un gesto negativo—. Este será mi regalo al mundo —dijo en voz baja—. Santo Dios.

Experimenté un malestar físico, como si mi cuerpo se encogiera al comprender de lo que era capaz mi padre.

—Entonces, ¿qué son? —le pregunté—. ¿Qué es este individuo? —añadí señalando el paciente.

Mi padre suspiró pero no contestó nada. Esta vez no estábamos solos. Con nosotros habían entrado dos de los guardias Spetsnaz, y detrás de la mampara había un técnico sentado a una mesa, revisando hojas de cálculo. Mi padre se giró hacia mí. El resplandor blanco y duro de las bombillas que iluminaban la sala se le reflejó en la coronilla. El tejido cicatricial que le cubría la sien izquierda se veía casi azul. Tenía el dorso de las manos salpicado de manchas marrones. Estaba viejo. En cambio, parpadeó y vi que le brillaban los ojos. Me perforó con una mirada relampagueante y me asaltó otra oleada de náuseas. Me sentía desorientado. Empecé a tener calambres en el estómago. ¿Cuánto tiempo llevaba sintiéndome así? Hice un inventario de mi estado. Mi ritmo cardíaco iba acelerándose. Estaba sudando. El dolor, el cansancio, los fármacos que había tomado en la cueva... Todo aquello había enmascarado un malestar más profundo. Llevaba horas poniéndome gradualmente enfermo sin prestarle atención de verdad.

—Verás, después de que mi avión... esto... se estrellara en Angola...

—¿Cómo que se estrellara? Te derribaron los cubanos.

—No, hijo —replicó con amabilidad—, eso es mentira. —Calló unos instantes para sopesar lo que consideraba necesario contarme y lo que, quizá, me debía, teniendo en cuenta el tiempo que quedaba—. Una mentira con la que ambos hemos vivido. Para bien o para mal, fue la mentira más piadosa que pudimos contarte.

«¿Piadosa? —pensé—. ¿Fue piadoso decirme que habías muerto?»

—¿Quiénes? —le pregunté—. ¿A quién más te refieres?

—A tu madre, Max. La traicionaron mientras yo estaba en Sudáfrica. No tuvo tiempo de huir. Optó por la única salida que le quedaba.

«¿La traicionaron?» Dejé caer esta pregunta igual que cayó la venda que tenía en los ojos. Así que lo de Stalingrado había traído cola. Pero nunca me había dado cuenta de cuál era su verdadero alcance. Entre las muchas cosas que había imaginado y sabido que era mi madre, nunca figuró la profesión de espía rusa.

—¿Y tú?

—¿Yo? Fui el último desertor. Morí, fui repudiado y volví a nacer en Moscú. Con tu madre ya muerta y tú desaparecido, no me quedaba nada por lo que regresar, aunque tampoco se me ofrecía la posibilidad de regresar, eso me lo dejaron bien claro los...

—Basta —le interrumpí con brusquedad. Todo lo que me estaba contado contradecía lo que siempre había creído. Ahora no había tiempo para pensar—. No quiero saber nada más. —Hice un gesto de dolor y me llevé una mano a las costillas rotas—. A la mierda. Tú eres lo que eres. Y aquí estamos ahora. ¿Quién diablos es ese tipo de ahí? Eso es lo que quiero saber.

Todo me daba vueltas, mi padre se rehízo y centró la atención en el africano que había al otro lado del cristal.

—Ese tipo de ahí es uno de los pioneros de la medicina más importantes que han existido nunca —respondió—. Hemos encontrado el vector. Mejor dicho: lo encontré yo. De modo que, como es natural, intenté fabricar con él una vacuna, una vacuna que fuera sencilla e infalible. Y ese hombre, ese valiente pionero... ese... Lázaro, iba a ser la primera persona en ser inoculada no solo contra el virus que habíamos encontrado sino también contra el ébola y todos los filovirus.

Esperé a que continuase. Uno de los guardias, expectante, emitió un carraspeo. Mi padre miró el reloj e hizo un ademán con la mano para quitarle importancia.

—Pero no funcionó, Max. Y bien sabe Dios lo mucho que me habría gustado.

Me acerqué a la mampara de cristal y observé atentamente el cuerpo del paciente. Visto más de cerca tenía una musculatura esculpida, perfecta; sin embargo su piel era un mosaico de quemaduras marrones y negras. La cara, el torso, las extremidades... todo estaba lleno de cicatrices que parecían ser herencia de heridas infectadas o de lesiones.

—Al principio pensé que había muerto. A causa del virus, quiero decir. Mostraba todos los desagradables síntomas del ébola que ya conocemos, y a continuación desaparecieron sus constantes vitales. Faltaba menos de un minuto para que lo incinerásemos cuando me fijé en que le temblaba la mano.

Aquello también había sucedido en Liberia, y en más de un caso, según los informes. Pero aquellos pacientes no regresaron a la vida, en cambio él sí. Y, como puedes ver —siguió—, de aquello, de un fracaso, surgió... en fin, un milagro. Un milagro horripilante. Max, ¿te acuerdas de los cuentos que te contaba cuando eras pequeño, los del héroe irlandés Cú Chulainn? ¿Te acuerdas de que en el campo de batalla le entraba una fiebre batalladora y un frenesí violento que lo transformaban y lo volvían invencible? —Ahora estaba hablando en gaélico, y de nuevo apasionándose cada vez más, como si el hecho de mencionar a Cú Chulainn le hubiera insuflado el espíritu mismo de aquel legendario guerrero—. ¿Y te acuerdas de los vikingos? ¡Los guerreros de Odín arremetiendo sin llevar armadura, como perros rabiosos, mordiendo sus escudos, fuertes como un oso! ¿Recuerdas que te parecía increíble que pudieran matar de un solo golpe y que «no les afectara ni el fuego ni el acero»?

—Sí —contesté—, lo recuerdo. —Pero no pensaba en los mitos y las leyendas que me contaba él antes de acostarme, sino en Sonny Boy y en Colombia. Y entonces me acordé. No solo de los cuentos, sino también de las escenas que suscitaron en mi imaginación de adolescente—. Odín, el danzante de un solo ojo. Anoche... arriba, en la superficie, el que llevaba la máscara de cíclope. ¿Ese... eras tú?

—Toda la guerra es un teatro, Max, toda victoria depende de la psicología. No se puede derrotar a un hombre si antes no se derrota su espíritu. Y no se puede derrotar su espíritu a no ser que él decida ser derrotado. —Había elevado el tono de voz, y le centelleaban los ojos—. A los hombres les vence lo que tienen en su interior, no el arma que se aplique contra ellos. El miedo, Max. El miedo es el arma. No el miedo al enemigo, sino el miedo a uno mismo.

Hizo una pausa, agotado. En las comisuras de la boca se le había acumulado la saliva en forma de manchas blancas, y tenía la frente perlada de sudor. Las brillantes luces quirúrgicas le robaban todo el color a su rostro y le daban la apariencia de un espectro, bajo el frescor de aquella brisa artificial con olor a menta.

Parecía, sencillamente, loco.

—Los nazis —dije—. También me acuerdo de que me contabas historias de los nazis. Hombres malvados como Mengele, a los que despreciabas porque eran lo contrario de todo aquello por lo que luchabas. Y en cambio ¿esto? —Señalé con la mano lo que había al otro lado del cristal. Hice un gesto negativo con la cabeza, y la habitación entera me dio vueltas—. ¿Cómo llegaste a convencerte de que esto estaba bien? Mírate. Esto es asesinar, lisa y llanamente.

—¿Asesinar? No. —Su tono de voz volvía a ser tranquilo, controlado—. Te has ganado el derecho de matarme, Max, pero no de acusarme. ¿Quieres saber por qué estás aquí? Pues mira y escucha. La vacuna no funcionó porque era demasiado fuerte y el secuenciado era erróneo. No voy a aburrirte con... los detalles —agitó la mano de nuevo—. Baste decir que la vacuna cambió al paciente. ¡No! Algo más que eso: le hizo evolucionar. Al principio pensé que le había infectado con el virus original porque era una vacuna viva. Pero no era eso lo que había ocurrido, y las consecuencias fueron tan espectaculares como impredecibles. Espectaculares y muy valiosas. Perseguir descubrimientos menos importantes que este es algo que ha enriquecido a algunos y ha llevado a varias naciones a la bancarrota. Yo supe de inmediato que intentarían arrebatármelo, pervertirlo para sus jueguecitos políticos.

»¿Me sigues? Los errores como este ocurren. Sobre todo aquí, sobre el terreno. Por lo general estas pruebas requieren años, incluso décadas. Y fíjate en este lugar, míralo. Los juegos de química que te regalaba cuando eras pequeño estaban mejor equipados. —Apretó los puños, y le relampaguearon los ojos—. Pero aquí, aquí mismo, en esta cueva fría y húmeda y contra todo pronóstico, he logrado crear algo, Max, ¡que el mundo no ha visto en mil años!

Me esforzaba por mantener la vista enfocada. Tenía vértigos en medio de aquel ataque de locura de mi padre.

—He creado un guerrero vikingo, Max. Un guerrero vikingo de verdad, humano. No un simple salvaje sino un luchador, un *úlfhéðinn*, un ser transmutado, un *hamrammr*. En ruso los denomino *Spiashie*, Durmientes: seres que están esperando a despertar. ¿Lo entiendes, Max? Ese hombre, ese hombre común y corriente, fue transformado, creado de nuevo, modificado totalmente, ¿y por obra de qué? ¿Algo accidental? No, Max, eso es el destino. Un guerrero puro, obediente, que lucha sin prejuicios; sin rencor; sin opinión. De manera que no, no es un hombre malvado, sino una arma, una arma sobrehumana. Controlable por su creador, pero neutral porque ese es su carácter fundamental y porque no piensa. Acata las órdenes del mismo modo que una bala sigue el cañón de la pistola: a la perfección.

Se me empezaba a nublar la vista, y me fallaban el equilibrio y la percepción del espacio.

—¿Los soltaste tú? ¿Experimentaste con seres humanos vivos y después los soltaste? ¿Has visto lo que han hecho?

El rostro del soldado muerto en la aldea de las afueras de Kabala se me había quedado grabado en la memoria. Y ahora lo comprendí: no era que un científico malvado hubiese creado la esencia del miedo y le hubiera dado un rostro humano; lo había hecho mi padre.

—Lo sabes, ¿verdad? Lo sabes.

Estaba hablando en inglés. A mi espalda oí que los guardias ajustaban sus fusiles. El técnico levantó la vista y me escrutó con atención. Me goteaba sudor de la frente; los restos de mi uniforme hecho jirones estaban empapados. Empezaron a castañetearme los dientes.

Me respondió en voz baja, con cautela.

—Sí, sí, he visto los horrores que han causado. Por supuesto que sí. Lo he visto y lo he vivido. Y tú también. Pero he visto otra cosa más, Max. He visto a los vivos que tú dejas atrás, aquellos a los que tu gobierno condena a una muerte en vida, los supervivientes cuyas madres aprenden a vivir sin sus hijos; los afligidos para los que ya nunca sale el sol. No puedes esconderte detrás de tus armas, Max. No se disparan solas. En cambio —se giró hacia el ser caraléptico que estaba al otro lado del cristal—, él es puro, como un recién nacido. Ha vuelto a nacer, sin miedo, sin arrepentimiento, sin discernimiento. Puede que su mente parezca incapaz de comunicarse, pero existe. Piensa. Todos piensan. Son seres cognitivos. Tal vez no hablen, pero poseen el lenguaje. Te he dicho que le he hecho evolucionar, pero no es verdad. He conseguido algo todavía más extraordinario: le he hecho retroceder, le he devuelto a un estado original, nuestro estado original. Se encuentra en el umbral del libre albedrío: todavía obediente a su creador; desconocedor del bien y del mal; ajeno a la culpa. Derrotar a los nazis en Stalingrado costó la vida a medio millón de rusos. En cambio habría bastado con unos pocos centenares de estos seres.

Me doblé sobre mí mismo e hice un esfuerzo para enfocar la vista. Sudaba a chorros. Me apareció un dolor intenso, demoledor, que me impidía pensar, detrás de los ojos. Me incliné hacia delante y vomité bilis. Sentía que las costillas se me separaban del pecho.

—Así pues, Max, ¿cómo crees que he llamado a este hombre, porque has de entender que todavía es un hombre, que está liberado de las limitaciones que le impone su propia humanidad?

—No lo sé —respondí, pero con aquella frase me refería tanto a su pregunta como a todo lo que me rodeaba.

—¡Le he puesto el único nombre digno de un auténtico hombre anterior a la expulsión del Paraíso, naturalmente!

Caí de rodillas y apoyé las manos en el suelo para sostenerme. Vomité otra vez. De mis entrañas brotó un hilo de mucosa ensangrentada. El olor metálico se mezcló con el de la menta.

—¡Adán! —exclamó con voz triunfante—. Le he llamado Adán.

Me desplomé en el suelo de costado. Estaba sangrando por la nariz. Y entonces comprendí.

—Sois todos inmunes —dije. Tenían que serlo. Ninguno llevaba mascarilla. Ninguno se había descontaminado al entrar o salir de una sala. En toda la zona de riesgo biológico había una libertad total de movimientos. Todos los que se encontraban dentro del perverso jardín del Edén de mi padre eran inmunes.

Todos excepto yo.

Recordé los restos de masa encefálica que había escupido, las heridas perforantes que me causaron en la mejilla y en la lengua los fragmentos de cráneo del rebelde.

Los guardias, entre risotadas, vinieron hasta donde estaba y se agacharon para levantarme del suelo. Me habían quitado la SIG, pero no habían descubierto la pequeña navaja automática de color negro. Me hice un ovillo, subí las rodillas hacia el pecho, y mi mano derecha encontró el mango de la navaja, que estaba metida en la parte superior de mi bota. Apreté con el dedo pulgar el botón niquelado que tenía en la empuñadura, y la hoja saltó y se quedó fija. Se la clavé en el tobillo al guardia que tenía más cerca. La punta le pasó por debajo del hueso, hacia atrás, y le seccionó el tendón de Aquiles. Se derrumbó. El segundo guardia se abalanzó contra mí, pero su compañero herido fue a aterrizar encima de mí, boca arriba. Solté la navaja, que se había quedado incrustada en el cuero de la bota y los tejidos del tendón, y saqué la pistola que llevaba el guardia en una funda abierta y sujeta al cinto. Le metí dos tiros en un lado del torso y disparé otro más al otro guardia, que estaba intentando agarrar su fusil. Cayó. Entonces me retorcí y me levanté de rodillas. La sala me daba vueltas. Escupí sangre e intenté ponerme de pie. Levanté la pistola y disparé de nuevo al guardia caído, me detuve brevemente para recuperar el equilibrio y me lancé contra uno de los armarios apoyados contra la pared. Un frasco cayó y se hizo añicos. Varios instrumentos de acero inoxidable se precipitaron al suelo produciendo un gran estrépito. Me apoyé un momento y me limpié la sangre de los ojos. Los oídos me pitaban a causa del eco de los disparos.

Entonces, el técnico se levantó empuñando una jeringuilla. Pero mi padre le advirtió que esperase.

—Nada de jeringuillas —tosí yo. Apunté al técnico con la pistola—. ¿Qué es...? —No conseguía expresar lo que estaba pensando.

—No pasa nada, Max —dijo mi padre—. Este hombre va a curarte.

—No. —Esa única palabra fue todo lo que pude articular. El técnico iba acercándose despacio, sorteando los cadáveres de los guardias—. ¡No!

Pero continuó avanzando. Hice un gesto negativo con la cabeza y vomité de nuevo, esta vez sangre pura. Cuando ya casi me había alcanzado, alargó la mano que sostenía la jeringuilla, y en ese momento le disparé. La bala le entró por la garganta y de la herida le brotó un chorro de sangre arterial. Primero cayó de rodillas y luego se desmoronó de bruces en el suelo. Me agaché, le arrebaté de la mano la jeringuilla y la aguja y, tambaleándome, me acerqué a mi padre. Él había pegado la espalda a la mampara de cristal que nos separaba de «Adán». No tenía adónde ir.

El laboratorio se había transformado en un matadero.

Lo aferré por la cintura con el brazo torpe y manchado de sangre. Él lanzó una exclamación ahogada cuando le hice expulsar el aire que contenían sus pulmones heridos por mi disparo. Noté que se abría la puerta a mi espalda. Unas botas desplazándose sobre el hormigón. Un roce de metal contra metal. Abracé a mi padre con más fuerza, empujándole contra la mampara, en dirección adonde descansaba el que había sido su primer paciente. Los ojos se me llenaron de sangre. Sentía el cerebro arrasado por un dolor tan agudo que ya veía explosiones de colores en torno a la silueta negra del guerrero primigenio, que permanecía ajeno al forcejeo que tenía lugar al otro lado del cristal.

Situé el cañón de la pistola debajo del mentón de mi padre y lo empujé hasta la entrada de la tráquea. A mi espalda había varios hombres gritándome en ruso. Me incliné sobre mi padre, agotado y dominado por las alucinaciones. También acerqué la jeringuilla, la cual tenía sujeta en el puño y con el dedo pulgar en el émbolo. Empezaron a fallarme las piernas. Dejé caer mi frente sobre la de él y le miré a los ojos. La sangre que me brotaba en cascada de la nariz nos empapaba a ambos. Sentía que iba disolviéndome en una mezcla de dolor y disociación. Mis manos me resultaban ajenas. Mis piernas estaban ausentes. Una nube de calambres me surcaba el estómago.

De repente mi padre puso su mano sobre la mía y aferró mi dedo pulgar. La punta de la aguja se clavó en mi pecho. Apreté mi mejilla contra la de él.

—¿Por qué... —jadeé abriéndome paso por entre la sangre que me llenaba la garganta—... estoy aquí?

—Aquí tienes el porqué —me contestó en gaélico al tiempo que la aguja se hundía más profundamente en mi pecho.

Contrajo la mano. El suero penetró en mi músculo. Miré la imagen, ya borrosa, del hombre que había al otro lado de la mampara. Las luces del laboratorio parpadearon. Entorné los ojos y me vi a mí mismo reflejado en el cristal, mirándome. Tragué saliva. Entonces todo se volvió negro y me desplomé en el suelo.

Mientras perdía el conocimiento, la voz que oí no fue la de mi padre ni la de ninguno de los hombres que me rodeaban, sino la que recordaba del general King ponderando «las cosas que se podrían haber conseguido con un centenar de hombres como aquel». Era una verdad estremecedora y brutal: Sonny Boy no había enloquecido porque se hubiera infectado; Sonny Boy había enloquecido porque había mirado al enemigo a la cara y no había visto un monstruo, sino un espejo.

27

Nada.
Un vacío puro, absoluto.
Ni una sombra.
Ni un eco.
Una eternidad de espacio vacío en medio de un gris infinito.
No es que no lo recuerde. No lo he olvidado. No estaba ni inconsciente ni muerto.
Sencillamente, no estaba. Era un ser carente de voluntad.
Tal vez sea así como vivimos cuando estamos en el vientre materno hasta el momento en que nos vemos arrojados al mundo, despertados por voces humanas, ahogados en el oxígeno de la existencia.
Primero, el sonido.
El último sentido en desaparecer y el primero en regresar. Y lo que oí fue un golpeteo rítmico y continuo, como si fuera el retumbar de un trueno.
Zump-zump. Zump-zump. Zump-zump.
Era un retumbar que procedía de mi interior, y de mi alrededor. Me atravesaba; se me ceñía y me apretaba con fuer-

za. Una vibración profunda y resonante que empezaba donde terminaba yo y daba la vuelta para terminar donde yo empezaba.

Luché por liberarme. Y mientras luchaba supe que existía una línea divisoria. Estaba yo, y después estaba todo lo demás.

Tenía los ojos abiertos, pero no veía nada.

Silencio.

Vuelta al vacío. Sin lucha. Sin memoria.

Dolor.

Un dolor vivo, nítido, transparente. Un dolor como el ruido, que subía y bajaba con el ir y venir de mi corazón.

Forma, y también silueta. Una luz que crecía y disminuía, que cambiaba, que latía.

Tomé conciencia. Mis manos, mis pies, extendidos, atados. Quise mover la mandíbula, pero la tenía bloqueada.

De repente sentí un chorro de aire que penetraba en mi boca, como si me hubieran destapado la garganta. Un sabor a sangre. Y un débil, levísimo rastro de olor a menta.

De nuevo el vacío.

Abrí los ojos. Por encima de mí fue enfocándose la forma de una luz plateada. Un punto focal en el vacío que se expandía hendiendo la oscuridad.

¿El techo de un laboratorio? ¿El hospital? No... la luna. Una luna deforme y torcida, lo bastante brillante para guiarme por su resplandor.

Más luces: unas llamas anaranjadas y parpadeantes que proyectaban unas sombras que lamían el suelo por debajo de mí. Me encontraba suspendido por los brazos y las piernas a cierta distancia del suelo. Intenté levantar la cabeza. Alguien gritaba. Era un alarido profundo, gutural. Levanté la barbilla y sentí la potencia de aquel grito. Lo profería yo. El que gritaba era yo. Intenté sofocar mi grito, reprimirlo. Mi cabeza se agitaba adelante y atrás. A mi alrededor había rostros que entraban y salían del resplandor del fuego. Cuatro animales se mecían y golpeaban el suelo con los pies siguiendo el ritmo de aquel frenético retumbar que me recorría todo el cuerpo, a mí y a todos los demás. Monstruos grotescos bajo aquella media luz, lanzando aullidos por debajo de sus absurdas máscaras metálicas con trompa de elefante.

Apreté la mandíbula, y el grito cesó.

Cerré los ojos y vi la imagen de la escena que me rodeaba impresa en mi memoria. El vacío se había esfumado. Y en aquel momento me acordé: la cruz; los tambores; el danzante de un solo ojo. De improviso sentí un fuerte golpe en el mentón, y abrí los ojos. Allí estaba, con aquella boca sonriente formada con trocitos de hueso y aquel ojo absurdo lanzando destellos en la semioscuridad. Los hombres-elefante se quedaron quietos. El danzante de la máscara roja levantó en alto el matamoscas; el sable ya había caído a sus pies. Al tiempo que, levantando el polvo del suelo, daba dos pasos alrededor del sable, me pasó el matamoscas por la cabeza y me siseó en ruso:

—*Vi svoboden.* —Eres libre.

Acto seguido, me acercó su mano manchada de barro al pecho y apretó con fuerza contra mi corazón, cuatro veces. Solté un chillido. Y lo vi.

El mundo se enfocó de pronto con implacable nitidez. Mi cerebro se llenó de pensamientos, sentimientos y recuerdos, igual que un valle que se inunda cuando revienta una presa; el vacío gris de la nada fue arrastrado por la riada del ser.

Mi padre apartó la mano de mi pecho. Y hablé sin pensar.

—*Blagodariu.* —Gracias.

Los cuatro hombres que me habían transportado hasta allí soltaron mis ligaduras. Estaba envuelto en una piel de hiena y en varias capas de dolor: el cuello, las costillas, la cabeza. Era como si me hubieran clavado una hacha en la cabeza. Me doblé sobre mí mismo, presa de fuertes arcadas, no sé si por efecto del dolor o de la infección. Ni lo sabía ni me importaba.

No eché sangre. Ni tampoco bilis. Sufrí otra arcada más, y luego me incorporé.

Tenía a mi padre frente a mí, ahora sin la máscara, ataviado con una túnica roja que le cubría la cabeza y el cuerpo y con los brazos y los pies untados de barro. Los portadores de la cruz ya no estaban, y también habían desaparecido los hombres-elefante. Estábamos solos, mi padre y yo. Él sostenía una única antorcha que nos alumbraba y nos cegaba a la vez, con lo que la negrura de la noche resultaba más intensa y ni siquiera la luna era capaz de penetrarla.

—Max, querías saber en qué consistía tu misión. —Afirmé con la cabeza y tosí. Fui a decir algo, pero se me atascó en la garganta. Aún sentía el eco de los tambores resonando en los oídos y en el pecho—. Un hombre te envió aquí a matarme; otro te envió a salvarme. —Volvió la mirada hacia la oscuridad y agitó la antorcha de lado a lado al tiempo que daba unos pasos—. Pero tu misión no era esa.

Apoyó una mano en mi hombro. Aquella ceremonia le había dejado exhausto. Incluso bajo el resplandor dorado de la antorcha su rostro aparecía ceniciento. Tenía las facciones tensas y la respiración entrecortada, en cambio los ojos le centelleaban al hablar, llenos de inspiración, de delirio.

—A lo largo de todos estos años he querido hacer lo que era correcto. Y tu madre también. Escogimos un bando. Luchamos. Y nos equivocamos. Lo que era Rusia y en lo que se ha convertido: esa ha sido la mayor traición de todas. Fue una pobre excusa para perder a tu madre, y una excusa todavía más pobre para abandonarte a ti. —Se le llenaron los ojos de lágrimas y comenzó a jadear—. Dios, no sabes cuánto lo lamento. Lo siento muchísimo. No ha pasado ni un solo día en que no me haya arrepentido de todas las decisiones que me alejaron de ti, lo único que tenía era la lucha. Pasó a serlo todo para mí, lo único que me quedaba. Y ahora, ahora hay una oportunidad. —Me aferró con fuerza el hombro—. Ahora hay algo por lo que verdaderamente merece la pena luchar. Tu misión en ningún momento he sido yo, Max. La misión eres tú.

Me lo quedé mirando sin comprender.

—No lo entiendo —dije, haciendo un esfuerzo para hablar. Cogí su mano y la aparté de mi hombro—. Lo único que tenemos que hacer... es marcharnos.

—No hay nada que entender, Max. Se ha terminado. La belleza terrible e imperdonable ha nacido, y yo te la he entregado toda a ti. —Soltó la mano y la apoyó sobre mi corazón—. Aquí. Dentro de ti, en su sangre, está todo cuanto necesitas para crear a Adán, y también para destruirle. En secreto, he perfeccionado el virus y la vacuna. Permanecerán vivos cuarenta días. Estos necios avariciosos de aquí abajo —golpeó suavemente el suelo de tierra— y los necios de Londres son gente ignorante y estúpida que solo tiene interés por lo que puede obtener con lo que yo he creado. En cambio tú, hijo mío —me tocó la cara con la mano—, mi querido hijo, tú eres el futuro. La casa, el dinero, el título; aprovecha todo lo que dejé y utilízalo para luchar. Lucha por lo que aún se pueda salvar y haz que tu madre se sienta orgullosa. Utiliza tu *fearúlacht* y haz lo que ella y yo nunca pudimos hacer. Lucha, pero lucha y gana.

Hice un gesto negativo con la cabeza.

—No. Vamos. Ven conmigo. Tú y yo, juntos. Por favor. Ya hablaremos más tarde, pero ahora tenemos que irnos.

Hablé en voz baja, con cautela. Me acordé de la niña de la cueva, y de la desconexión mental de aquellas ceremonias nocturnas, y de la devastación absoluta que habían causado los seres creados por mi padre. Y también pensé en Raven Hill, lo imaginé bajo mi mando, y el espectro de controlar un ejército inacabable de Durmientes perfeccionados e indestructibles.

—No, hijo, mi tiempo se ha acabado. Utiliza a mis guerreros. Pero recuerda que no son monstruos, sino seres humanos. No lo olvides nunca. Solo hay un monstruo, y le ha llegado el momento de despedirse de ti.

Me quedé de pie donde estaba, contemplando a mi padre, que se dirigió hacia la puerta abierta de la choza. Se giró un momento hacia mí, me sonrió a la luz de la antorcha y levantó una mano a modo de despedida.

—Max, haz que cesen las guerras hasta los confines de la tierra. Rompe el arco y quiebra la lanza. ¡Arroja los escudos al fuego! ¡El que crea al guerrero controla al guerrero!

Luego bajó la mano, volvió a taparse la cara con su máscara de cíclope y se perdió de vista en la oscuridad.

28

La encontré donde la había visto por última vez.

Estaba dormida en la primera antecámara de la cueva, hecha un ovillo igual que yo la última vez que me vio ella, con la cabeza apoyada en las manos. Una improvisada lámpara de aceite de palma proyectaba sobre ella un débil resplandor amarillo. La mecha, diminuta y retorcida, tenía una pequeñísima llama que sin embargo alcanzaba a iluminar la pulsera de Roberts, la cual llevaba anudada en la muñeca.

Me despojé de la piel de hiena y, apartándome un poco, la sacudí con delicadeza para despertarla. Se despertó despacio, recobrando la conciencia poco a poco, como me había ocurrido a mí una hora antes. Su actitud era de cautela pero no de miedo. Se incorporó hasta quedar sentada y me miró fijamente.

—*Aw di bodi?* —le pregunté.

Ella se estiró y encogió los hombros, y después señaló la herida que tenía yo en la base del cuello.

—*Mi bodi fain* —dije. Ella puso cara de no entender. Entonces hice la señal de pulgares arriba y sonreí—. OK —le dije, y ella sonrió. No vi por allí cerca el muñeco de madera, en cambio la linterna que le había dejado estaba posada en el suelo, a su lado. La recogí, la encendí y se la entregué. Mientras ella paseaba el haz de luz por las paredes de la cueva, yo apagué la lámpara de aceite, quité la mecha y la enrollé. Abrigué la esperanza de que con eso fuera suficiente—. Vámonos.

La pequeña me condujo primero al tramo cubierto de barro que quedaba debajo del río. Hicimos un alto. Ella desanduvo sus pisadas para no dejar más, y yo la seguí. Las marcas que había dejado en las paredes me bastaban para orientarme, sin embargo la niña se conocía aquellas cuevas incluso a oscuras. Era la mejor guía que podía haber pedido. Y además se movía rápidamente, sin que la estorbase la baja altura del techo que presentaban algunos pasadizos. Al cabo de una hora habíamos llegado al lugar en el que se descendía al búnker y en el que, detalle de importancia crucial, había dejado mi mochila. Seguía allí, sin que la hubiera tocado nadie. La cogí y saqué un par de galletas. Como los dos estábamos hambrientos, nos las comimos allí mismo, y nos ayudamos con agua de la cantimplora para tragarlas. Al terminar, tomé un bastoncillo de fentanilo del botiquín y me lo pasé por las encías. El analgésico hizo efecto al instante, pero el chute me dejó un tanto aturdido, como si acabara de tomarme media docena de chupitos de tequila, y tuve que apoyarme en la pared para recobrar el equilibrio. La pequeña me tendió la mano pensando que se trataba de un caramelo, pero yo negué con la cabeza.

—Medicina. —Me eché la mochila al hombro—. Muy bien —dije—, vámonos. —E hice ademán de salir por donde habíamos entrado, pero la pequeña se encogió de hombros y enarcó las cejas—. Sí, nos vamos. —Ella me miró y negó con la cabeza. No fue un gesto de negación, sino de desconfianza—. Fíate de mí —le dije—, sé lo que hago.

Ella volvió a encogerse de hombros, caminando en sentido inverso, reemprendimos el regreso a través del complejo laberinto de la cueva.

Hicimos un alto en el punto en que el suelo aparecía embarrado. Señalé el techo.

—*Riva?*

La pequeña asintió y se sentó, agotada. Llevábamos más de dos horas caminando por aquellos túneles. Le pasé la cantimplora de agua y me puse a trabajar a toda velocidad.

Me quité la mochila y saqué el cable detonador. Había suficiente para derribar un árbol de la selva. Que fuera capaz de abrir un boquete en el techo de la cueva ya era harina de otro costal. Diseñado como fusil explosivo para detonar con él otros explosivos, también podía utilizarse como un dispositivo primario. Las Fuerzas Especiales de la Marina usaban cable fuerte para cortar pilotes de muelles bajo el agua. Yo lo había utilizado para volar los picaportes de puertas cerradas con llave. Parecía un trozo de cuerda para tender la ropa y poseía una versatilidad infinita.

Tal vez funcionara. Lo único que tenía que hacer era abrir una mínima fracción el lecho de roca. Si la grieta se extendiera a lo largo de la línea de ruptura del techo del túnel, el peso del agua haría el resto. Con sumo cuidado, introduje un hilo doble de cable detonador en una fisura de la roca, por encima de mi cabeza, y conforme lo colocaba lo iba sujetando con cinta adhesiva que también saqué de la mochila. Fue un duro trabajo. Tenía los brazos totalmente extendidos, y a duras penas lograba alcanzar el techo. El gesto de levantar los brazos me provocaba un tirón en las costillas, pero el fentanilo enmascaraba la peor parte.

Era necesario que la voladura empujase hacia arriba. No serviría de nada si la fuerza de la explosión se disipaba en el espacio vacío de la cueva. No se necesita gran cosa para orientar una explosión. Hurgué en el interior de la mochila. En ella guardaba un ejemplar plegado del diario *Awoko* que me había enseñado Ezra en Freetown. Lo estiré y volví a plegarlo, pero esta vez formando una tira vertical. Formé una hendidura todo a lo largo, la rellené de mantillo y barro que recogí del suelo del túnel y lo pegué firmemente, con cinta adhesiva, por encima del cable, dejando la espoleta detonadora al aire en un extremo. Por último, desenrollé la mecha mojada de aceite que había alimentado la lámpara de la niña, la até con un nudo corredizo por encima de la espoleta y, con cuidado, la dejé colgando.

En el bolsillo lateral de la mochila encontré un paquete arrugado de Marlboro y mi encendedor. Pensé en encender un cigarrillo, pero miré a la pequeña y deseché la idea. En vez de eso, prendí únicamente la espoleta. El aceite de palma ardía despacio y desprendía mucho calor. No tenía ni idea del tiempo que tardaría aquella mecha en quemarse. Esperé que tardara el suficiente.

La niña me miró. Señalé el techo.

—¡Bum! —Imité con los brazos la cascada de agua que esperaba hacer caer. Ella observó con los ojos muy abiertos la llamita de color amarillo que lentamente iba aproximándose al techo de la cueva.

—*Dyinyinga* —dije al tiempo que imitaba el gesto de lavarme las manos y apuntaba con los dedos hacia el suelo—. *Finito.*

Ella miró arriba, después abajo, y sonrió. Juntos salimos al exterior de la cueva, donde ya era de noche.

Le di la comida preparada que había quedado, dediqué unos momentos a orientarme y luego le indiqué dónde quedaba el este y la pequeña población de Bindi. Se encontraba a unos cinco kilómetros en línea recta, la misma distancia a la que estaba en dirección oeste la entrada de las chozas que ocultaba la entrada del búnker. Le hice el gesto de caminar con dos dedos de la mano. Ella desvió el rostro y no dijo nada. Le hice el gesto de pulgares arriba, pero ella bajó la vista hacia el suelo para no cruzar la mirada conmigo. Entonces me agaché en cuclillas y la sujeté de los hombros con suavidad.

—No puedo ayudarte —le dije—. Tienes que marcharte. No te pasará nada. Todo va a salir bien. —La volví hacia la dirección que tenía que tomar y le di una palmada en la espalda. Le rodaban las lágrimas por las mejillas—. Por favor —insistí—. Vete.

Echó a andar hacia la oscuridad, esquivando con cuidado los árboles, en dirección a Bindi. No tenía ni idea de si aquel pueblo habría sido saqueado o no, pero allí la pequeña tendría más posibilidades que si se quedaba conmigo, de eso no cabía duda.

Cuando perdí de vista su silueta, eché a andar en sentido contrario. Me mantuve bajo los árboles y me moví tan deprisa como me lo permitían el terreno y la oscuridad. La luna ya descendía en el cielo, pero su resplandor constituía una bendición; sin él, habría caminado a ciegas. Ya no faltaba mucho para que amaneciese, y cuando saliera el sol quedaría totalmente a la vista. Pero durante un rato más aún podía permanecer escondido y moverme sin ser visto por las sombras plateadas de la desigual vegetación de la sabana.

Mantuve un paso ligero y constante, esperando todo el tiempo a oír el estruendo de la tierra abriéndose y de la inundación que seguiría después. Abrigaba la esperanza de que por lo menos quedara arrasado el nivel inferior del complejo, y con él los instrumentos científicos necesarios para repetir los experimentos de mi padre.

Hice un alto y me paré a escuchar. Había transcurrido media hora desde que salí de la cueva, pero todo estaba en silencio.

Allá delante eran claramente visibles las dos chozas. Esta vez no llevaba encima ninguna arma, ni siquiera una navaja, pero tampoco la necesitaba. Me acuclillé detrás de un akee que había en la linde del claro y saqué de la mochila la baliza de emergencia que me había dado Ezra. Se trataba de una baliza personal de posición, para uso civil. Era mi único recurso a prueba de fallos. Si la bomba de la cueva no funcionaba, la baliza sí funcionaría. Extraje la antena, quité el sello antimanipulación, apoyé el dedo en el botón de encendido y... me detuve.

Si pulsaba aquel botón, era posible que jamás llegara a saber con seguridad si mi padre era un agente ruso, un agente doble o simplemente un loco. Pero una cosa sí era segura: que mi misión había estado totalmente a la vista de todos desde el principio. Los rusos supieron casi inmediatamente que yo me encontraba sobre el terreno, y mi padre sabía que Sonny Boy era uno de los míos. Kristóf King, David Mason, Frank Knight: ¿quién deseaba ver muerto a mi padre, quién deseaba verme muerto a mí, y quién quería mi sangre?

Además, yo sabía otra cosa. Mi padre había fallecido al estrellarse su avión en Angola. Con independencia de lo que hubieran sido él o mi madre en otra época o de lo que hubieran sido más tarde, para mí ambos habían muerto en aquel entonces. Mi madre no era una marioneta de mi padre. Aquel demente que se cubría la cara con una máscara no era mi progenitor.

Y sin embargo, sí lo era.

—A la mierda.

Apreté el botón.

A mi alrededor no cambió nada, pero Ezra tenía razón: la potente señal que la baliza envió al satélite notificando la urgente necesidad de efectuar un rescate de emergencia sería visible para todo el mundo. Fue como si hubiera iluminado la entrada del búnker, con todo lo que había en su interior, con un foco de intensa luz blanca. La ubicación de aquella base secreta ahora era de dominio público.

Escondí la baliza al pie del árbol, debajo de un montón de pieles secas de frutos. Solo había ocho kilómetros en dirección noroeste hasta el aeródromo de Soron y la posibilidad de secuestrar un avión que se dirigiese a Guinea, o como mínimo de cruzar la frontera andando.

Tras una pausa, volví a internarme entre los árboles. En aquel momento oí una voz que me ladraba en ruso:

—*Ostanovis!*

Me detuve, tal como me ordenaban, y me volví muy despacio y con las manos en alto. Forcé los ojos para escrutar la oscuridad, y descubrí una pistola que me apuntaba y el severo semblante del coronel Proshunin.

29

—Sargento, deténgalo —ordenó Proshunin a sus hombres en ruso. Sentí que me daban sendos puntapiés en las rodillas. Me derrumbé, y al caer giré de costado para proteger las costillas fracturadas, pues creí que iban a propinarme una paliza. Al momento tuve media docena de AK apuntándome—. Lo quiero vivo —dijo Proshunin—. Llévenlo adentro.

Al principio titubearon. Después, uno de ellos me registró. Me tumbé boca abajo. Como vieron que no llevaba armas encima, me quitaron la mochila que llevaba a la espalda y la vaciaron delante de mí.

—Vale —dijo uno de ellos en ruso—. Está limpio.

Recogieron la mochila, ya vacía, y me cubrieron la cabeza con ella. La poca luz que había quedó extinguida: una sombra fue sustituida por otra. Unas manos me agarraron por los brazos y me levantaron del suelo. Me ataron las muñecas con mi propia cinta adhesiva. Alguien me clavó en la espalda el cañón de un fusil.

—*Davai, davai* —rugió el soldado. Di un paso inseguro, pero él me apremió con un empujón—. *Skoreie!* —Y caminé más deprisa.

Costaba trabajo oír con nitidez bajo aquella improvisada capucha, pero lo que oía no me indicaba que hubieran encontrado la baliza. Tenía calor y respiraba con dificultad. El sudor se me metía en los ojos, mientras me esforzaba en distinguir algo a través de la tela de la mochila.

Nada.

¿Era aquello lo que sucedió mientras estuve... qué, inconsciente? No tenía ningún recuerdo de ello, excepto la vaga reminiscencia de una niebla densa y gris. Recordaba que no lograba recordar nada. Nada más. Si había hecho algo, si había matado a alguien como los otros Durmientes, desde luego lo había olvidado por completo. En las aproximadamente dos horas que habían transcurrido desde que mi padre me dejó en libertad, el dolor de cabeza había cedido un poco, aunque me resultaba imposible saber si ello se debía a que el virus había sido anulado por el antídoto o a que el fentanilo había hecho efecto.

Los soldados me empujaron para que siguiera caminando. Noté un cambio en el ambiente. Desnudo de cintura para arriba, tenía que guiarme por las sensaciones de mi piel, ahora que no podía servirme de la vista. Penetramos en una de las chozas y empezamos a descender. De modo que aquello era el final. Ya no había escapatoria. Si la carga finalmente explotaba, lo haría de un momento a otro. Igual que le ocurrió a Sonny Boy, iba a quedar atrapado en el lado malo de la línea de fuego, después de todo. Me puse en tensión al recordar el momento en que prendí la espoleta, y luego exhalé.

«De todas las muertes posibles —pensé—, esta no la he visto venir.»

Noté un aire más fresco, producto de las ráfagas que nos enviaba el sistema de aire acondicionado. Bajamos tres tramos de escaleras, después atravesamos otra puerta y por último salimos a un pasillo. Haciendo memoria del mapa del complejo que había visto en la pared, nos encontrábamos en el Nivel 1. Proshunin les dijo a sus hombres que todo lo que encontraran en mi mochila lo llevasen al laboratorio.

—Examinen los teléfonos. Quiero la información ya.

—Señor, sí, señor. ¿Y el prisionero, señor?

—Al Nivel 2. La sala de observación.

El grupo se dividió en dos. Media docena de hombres se quedaron conmigo, incluido Proshunin. Caminaba dando zancadas cortas y respirando con fuerza. No podía verle, pero podía oírle. Descendimos otros dos tramos de escalera y doblamos bruscamente hacia la derecha. De nuevo se modificó la presión. Y con ella, azotando mis sentidos en el momento en que me retiraron la mochila de la cabeza, apareció el fuerte olor a menta.

Una luz cegadora. La sala estaba totalmente forrada de plásticos blancos. En el centro mismo había un sillón de exploración médica, provisto de sujeciones de acero para la cabeza, los brazos y los pies. En un carrito metálico que había al lado del sillón, una mujer ataviada con una bata de laboratorio estaba colocando algodones y jeringuillas. También distinguí varias brocas de torno de dentista y una sierra para huesos, todo ya sacado de su envoltorio estéril. La cosa se estaba poniendo fea.

—Un poco sofisticado para usted, ¿no, coronel? —comenté en ruso—. Esperaba que nos enzarzáramos en una buena pelea con las manos.

—Al contrario —replicó él en inglés con un acento muy marcado—. Los métodos de la capitana Tarasova no tienen nada de sofisticados. Para cuando haya terminado con usted, no le reconocería ni su propia madre.

Mis ojos se acostumbraron a la luz de la sala. Dos metros

cuadrados. Techo bajo. Una única entrada, a mi espalda. Con nosotros habían entrado cuatro de los hombres de Proshunin: a dos les veía; a los otros dos les oía ajustando sus fusiles.

—Una última cosa, si me permite. Le ruego que no nos aburra con su nombre y su rango. Ya los conocemos.

—¿Está seguro, coronel Proshunin?

—Sí, estoy seguro, comandante McLean.

Quien respondió no fue Proshunin. La capitana Tarasova desenvolvió el último de los instrumentos de tortura y giró bruscamente sobre sus talones. Ya se había lavado el tinte del pelo, y el uniforme con la bata de laboratorio disimulaba bastante bien su identidad, pero resultaba inconfundible.

—¿No sabe usted que los caballeros las prefieren rubias? —le espeté.

—*Mudak!* —suspiró ella.

Era ella, sin la menor duda. Ana María había salido de Caracas.

Dos de los hombres de Proshunin se acercaron por detrás de mí y me empujaron hacia el sillón. Mientras me daban la vuelta y me cortaban la cinta de las muñecas, vi a los otros dos apuntándome directamente con sus AK. Resistirme significaba morir allí mismo. Siempre me han parecido sospechosas las personas que dicen que prefieren morir peleando. Una vez muerto, ya no puedes hacer nada más. Yo pensaba continuar vivo todo el tiempo que me fuera posible.

Mientras me sujetaban la cabeza y las extremidades al sillón, Ana María se hallaba enfrascada en lo que parecían las herramientas de su oficio. La tenía justo en el límite de mi campo visual, y por lo tanto la veía borrosa y de soslayo. Francamente, resultaba difícil saber qué decir. ¿Sabía quién era yo cuando estábamos en Caracas? Desde luego, yo no tenía ni idea de quién era ella ni para quién trabajaba, y ni siquiera si había logrado escapar o Frank le había permitido irse de rositas. De repente, David Mason y el general King no me parecieron los candidatos ideales para ser los responsables de haber viciado mi misión, cualquiera que fuera, o cualquiera que ellos pensaran que era. Mi padre había dicho que dependía de quién me hubiera enviado allí.

La orden podría haber partido de otras personas. Sin embargo, me había enviado Frank.

—Tú sabes cómo me llamo —dije—. ¿Cómo te llamas tú? Nada.

—Vas a matarme de todos modos. Y si no me matas tú, me matará él. —Hice un esfuerzo para girar la cabeza hacia donde estaba Proshunin, que ahora quedaba fuera de mi campo visual, pero las sujeciones me lo impidieron—. Que me digas tu nombre no es mucho pedir, ¿no crees?

Ana María habló, pero no se dirigió a mí sino al coronel:

—¿Permiso para empezar, señor? —Hablaba ruso con fluidez y seguridad. Era su lengua materna, sin duda alguna.

—*Da*, proceda, capitana Tarasova.

Ana María se acercó a mí para inspeccionarme y se inclinó sobre mi rostro. Al mismo tiempo, los dos guardias que tenía a la espalda dieron un paso al frente, de forma que podía verles. Todavía me apuntaban con sus fusiles.

—No soy el puñetero Houdini —musité en voz baja. Ella me iluminó con una linterna para examinarme los ojos. En aquel momento me acordé del cable detonador y la imaginé flotando en la inundación que ya no podía impedir. Sentí que me asfixiaba una oleada de claustrofobia.

—Ana María —murmuré, procurando que Proshunin no viera ni oyera lo que estaba diciendo—. Si nos quedamos aquí, moriremos —dije en español—. Fíate de mí. Tenemos que salir.

Ana María, en un solo movimiento, bajó la mano izquierda y me propinó un puñetazo en la entrepierna. Fue un golpe perfectamente ejecutado que me impactó de lleno en los genitales. Mis testículos se expandieron contra el hueso pélvico. Perdí el conocimiento durante un instante, y cuando lo recuperé sentí un acceso de náuseas que me subía a la garganta. Los músculos de mi estómago sufrieron un espasmo y empujaron la galleta que había comido hacia arriba, hacia la glotis. Me vi atrapado por un violento dolor que me conmocionó todo el cuerpo. De todos los métodos ideados a lo largo de los siglos para incapacitar a un hombre, el puñetazo en los huevos continúa siendo el más puro y más simple para causar la máxima concentración de dolor.

—Mi nombre es capitana Ana María Tarasova —dijo al tiempo que dibujaba aquella sonrisa amplia y triste que me había desarmado en Caracas—. Soy doctora en Medicina, así que puede usted tener la seguridad de que morirá exactamente cuando lo desee el coronel Proshunin. —Acto seguido, cogió mis testículos con la mano—. Lo cual no va a suceder pronto —agregó.

Y cerró la mano.

Solo veía chispas de colores, rojas y amarillas. Lancé un bramido de dolor tan salvaje que me estallaron varios capilares de la garganta y volví a notar un sabor a hierro en la boca. Cerré con fuerza la mandíbula para ahogar el grito. Ana María, animada por el efecto conseguido, apretó más fuerte, y yo abrí los ojos para mirarla.

La vi allí de pie, calmada, profesional, con una actitud de total desapego, observando cómo iba reaccionando yo igual que un biólogo podría observar a una rana antes de diseccionarla, o igual que yo evaluaría un objetivo a través de la mira de mi fusil antes de acabar con él. Su semblante apenas revelaba un mínimo esfuerzo. Volví a cerrar los ojos e intenté respirar a pesar del dolor. Y la vi allí, desnuda bajo la ducha en el baño del hotel, retirándose el agua de los ojos. La voz de Proshunin me devolvió a la cámara de tortura.

—Basta de entretenimientos, capitana. El suero. Vamos a averiguar qué clase de agente es verdaderamente el comandante McLean.

—Enseguida, coronel. Enseguida. —Las luces del techo parpadearon cuando Ana María aflojó la tenaza, pero el dolor persistió. Utilizando una aguja de grueso calibre, empezó a llenar una jeringa con un líquido incoloro de una ampolla de cristal que había tomado del carrito—. Abra la boca.

—¿No me la puedes dar con un terrón de azúcar? —pedí con una sonrisa débil.

—Abra la boca —repitió—, o se la abrirán estos hombres.

—Qué amable en invitarme a tomar algo, para variar. Imagino que no tendrás ni limón ni hielo, ¿verdad?

Ella permaneció impasible. Bella, pero inmutable.

—No —contestó—. Simplemente es un pequeño remedio que afloja la lengua. Voy a disfrutar de nuestra conversación, Max.

SP-117. Sin sabor. Sin color. Sin efectos secundarios. El suero de la verdad más eficaz que posee el Departamento 12 del KGB, responsable de Armas Biológicas. Con Litvinenko les funcionó. Y conmigo también iba a funcionarles. Ana María volvió a estrujarme los testículos con la mano que le quedaba libre. El dolor fue indescriptible.

—¿O prefieres que te lo inyecte? —me preguntó al tiempo que empezaba a apretar de nuevo—. Vamos.

Abrí la boca.

Se inclinó hacia mí con el suero en la mano, pero justo cuando la gruesa aguja me tocaba el labio, la sala se sacudió y los instrumentos de tortura que aguardaban en el carrito se agitaron. Las brillantes luces del techo parpadearon un momento y luego se apagaron, y para sustituirlas se encendieron unos pilotos de color rojo que iluminaron la sala. De las rejillas de ventilación del techo empezó a salir una densa nube de vapor con olor a menta. Proshunin dijo algo, pero su voz quedó ahogada por el aullido de una alarma de emergencia.

Ana María se irguió sin haberme administrado el suero. Los guardias bajaron los fusiles y se miraron primero el uno al otro y después a ella, buscando una explicación. Una voz robotizada que hablaba en ruso ordenó a todo el personal no inmunizado que se reuniera inmediatamente en el Nivel 1.

Proshunin gritó varias órdenes a través de la radio. Las únicas palabras que logré entender fueron: *obshchiy vipusk*, liberación general. Acto seguido se abrió la puerta de la sala, y todo fueron gritos y chillidos de pánico.

El explosivo había estallado.

30

La mecha había aguantado.

Miles de litros de agua del río Mong estaban inundando el búnker subterráneo desde el nivel más bajo. Forcejeé en vano para liberarme de las sujeciones. Proshunin ya había salido por la puerta, su voz se iba perdiendo conforme ladraba más órdenes a lo largo del pasillo. Los cuatro Spetsnaz fueron tras él. Nunca había visto a operativos de las Fuerzas Especiales rusas tan agobiados. A lo mejor era porque sabían lo que se les venía encima.

—¡Ana María! —chillé—. ¡Por el amor de Dios! ¡Ana María, por favor!

Ella había salido de mi campo visual y se había marchado, supuse, con Proshunin. Tiré con todas mis fuerzas, pero fue inútil. La sala se había llenado de vapor de menta, que iba extendiéndose en forma de enormes volutas bajo el débil resplandor rojizo de las luces de seguridad. Una y otra vez la voz robotizada ordenaba a todos los que corrieran peligro de infectarse que se congregaran en el Nivel 1.

Cerré los ojos y evoqué la imagen de Roberts y Julieta sentados en su bar de la playa el día en que les conocí, y también la imagen de la niña de la cueva caminando en dirección a Bindi.

—Espero que lo consigas —susurré para mí mismo. Me dije que sería bonito que por lo menos una persona decente consiguiera salir de aquello. No me incluía a mí mismo. «No te eches a dormir demasiado cerca de la linde del bosque —le recordé a la pequeña mientras la veía mentalmente atravesando la vegetación de la sabana—, «no sea que venga el lobo gris y te coma.»

De improviso se cerró la puerta de la sala, y el estrépito del pandemónium que había fuera quedó amortiguado. Así que aquel era el final. De un modo u otro, todo indicaba que me encontraba dentro de lo que sería mi ataúd. No hubo reflexiones profundas. No hubo arrepentimientos. No hubo nada excepto una calmada resignación ante la inevitabilidad de la situación. Y también un sentimiento de asombro ante lo tonto que había sido al imaginar que el mundo podría ser distinto solo porque uno así lo desea. Mentalmente vi a mi padre poniéndose la máscara y desapareciendo por última vez en el interior de la choza. Ojalá tuviera otra oportunidad para hacerle entrar en razón, pensé. Ojalá hubiera ido tras él. Quizá, solo quizá, pudiera haberle salvado. Y haberme salvado yo. Pero ya no era posible.

Me relajé y descubrí que las palabras acudían a mí con más facilidad de la que habría imaginado:

—Dios te salve, María, llena eres de gracia...

La puerta de la sala se abrió y volvió a cerrarse. Durante un instante todo volvió a llenarse con el eco de las alarmas. Igual que cuando uno se acerca una caracola al oído y vuelve a apartarla, la marea de pánico que inundaba el pasillo se acercaba y se alejaba.

—Ruega por nosotros, pecadores...

De pronto oí el chasquido inconfundible del seguro de un Kalashnikov al liberarse, seguido del ruido del cargador.

—Ahora y en la hora...

El cañón se apoyó en mi cabeza, por debajo del oído derecho.

—... de nuestra muerte.

Oí que se liberaba un muelle, una pieza metálica que se soltaba. Me vibró la cabeza a causa del impacto, y quedé libre.

—Amén —me siseó Ana María al oído. Habían saltado las sujeciones metálicas que me aprisionaban la cabeza, las muñecas, los tobillos. Aún tenía el cañón del AK apretado contra la cabeza—. Una vida por otra —añadió en un inglés impecable.

—Gracias —le respondí yo.

Apartó el fusil y me lo lanzó. Intenté incorporarme. El movimiento me causó un dolor insoportable.

—En pie —me ordenó. Me dolía todo: las costillas, la cabeza, el oído, la herida del cuello, y ahora también los huevos—. ¡Levántate!

Respiré hondo, me puse de pie y eché los hombros hacia atrás. Ella meneó la cabeza en un gesto negativo, como diciendo: «Patético». Examiné el cargador del AK. Estaba lleno.

—De acuerdo, vamos allá —resoplé.

Fui hasta la puerta y eché un vistazo por el ventanuco. En el pasillo también habían fallado las luces principales; todo estaba iluminado por el resplandor fantasmagórico de los pilotos rojos de seguridad. En aquella penumbra, el barniz de orden militar de aquella base subterránea se disolvió, y la base se convirtió en lo que era: una mina abandonada que prometía transformarse en una tumba.

El generador principal, o por lo menos el secundario, también debía de haber fallado. Imaginé que también se encontraba en el nivel inferior.

—¿Qué es lo que has hecho, Max? ¿Qué está ocurriendo?

No le hice caso y me aparté del ventanuco para recorrer la sala con la mirada en busca de algo que pudiera ayudarnos a salir.

«Mierda —pensé—. ¿Ahora la estoy incluyendo en mis planes?»

Me eché el AK al hombro, cogí un puñado de ampollas del carrito y las metí en el bolsillo lateral de mi pantalón, excepto la que llevaba el rótulo de морфин. La rompí por el fino cuello de cristal, vertí unos cuantos mililitros del líquido transparente que contenía en una jeringuilla vacía que Ana María había colocado en el carrito y me lo inyecté en el muslo.

—¿Qué estás haciendo? —gritó ella por encima de la voz robotizada que constantemente advertía a todo aquel que corriera peligro de infectarse que acudiera al Nivel 1.

—Curarme de tu trabajito manual —repliqué. El efecto de la morfina, por suerte, fue casi instantáneo. Era una dosis baja y serviría para paliar el dolor lo suficiente para permitirme funcionar, pero sin sedarme. Ajusté el modo de disparo del Kalashnikov para que disparase proyectiles de uno en uno y oteé otra vez el pasillo. Soldados uniformados, enfermeras y toda una colección variopinta de «rebeldes» que corrían de izquierda a derecha buscando la salida que llevaba al Nivel 1. En medio de ellos permanecía de pie una figura solitaria, cabizbaja, sosteniendo una radio en la mano y batallando por avanzar a contracorriente; era Proshunin, que pretendía ir en la dirección contraria. Cuando le vi pasar por delante de nuestra puerta, me aparté enseguida del ventanuco.

—Las criaturas encerradas en las celdas de abajo, ¿van a poder salir? —le pregunté a Ana María.

—¿Los Durmientes? No. Solo si alguien los libera.

—Vale. ¿Y cómo se los libera?

—El profesor —contestó—, solo puede liberarlos el profesor. —Hablábamos en inglés—. Eso es lo que está ordenando Proshunin. Una liberación general. —Se produjo un cambio sutil en la sala. Ana María miró en derredor y luego miró hacia arriba—. ¡Mierda! —Tensó los músculos de la cara. De repente estaba aterrorizada.

—¿Qué? ¿Qué ocurre?

—El neutralizador. Se ha detenido. —Yo también miré hacia arriba, pero no vi nada. Me encogí de hombros—. El vapor. ¡El gas con olor a menta! —gritó, exasperada al ver que no la entendía—. Los neutraliza, los vuelve dóciles, más fáciles de controlar. Han debido de fallar las bombas. —Me miró con una expresión de pánico en los ojos—. Max —repitió—, ¿qué es lo que has hecho?

—He volado el generador principal. —Había una cosa que necesitaba saber—. Ana María, los Durmientes... —Ella me miró con cara de horror.

—¿Sí?

—¿Saben nadar?

Entonces comprendió de repente.

—¿Has inundado la base? *Mudak!* Pero eso no va a detener al profesor. Su laboratorio es hermético, para poder llevar a cabo los experimentos. Y también lo son las celdas de los Durmientes, pero si no salimos antes de que falle la energía de emergencia, quedaremos atrapados. —Acercó su pase a la cerradura, abrió la puerta, y salimos los dos juntos. La voz robótica aumentó de volumen. A lo lejos se oían gritos en ruso que se sumaban a la cacofonía, pero la riada de gente había disminuido hasta convertirse en un reguerillo de unas pocas personas. Ana María hizo ademán de dirigirse a la derecha, hacia la salida, pero la escalera estaba atascada por el flujo de gente que intentaba salir. La agarré de la muñeca.

—El profesor —le dije—. Le necesito vivo.

Me miró, y en la comisura de sus labios se dibujó una minúscula sonrisa.

—El profesor Mac Ghill'ean es tu padre, ¿verdad? —me dijo, y yo asentí con la cabeza—. En la choza por la que entraste hay una trampilla contra explosiones. Si está sellada, quedaremos atrapados. Y los Durmientes también.

Le entregué el AK. Ella titubeó un momento, y luego me entregó su pase.

—De acuerdo. Dame diez minutos y después séllala —le dije—. Al más mínimo indicio que veas de los Durmientes, bloquéala y huye.

—Si veo un mínimo indicio, ya será demasiado tarde —replicó.

Le hice una breve caricia en la mejilla y a continuación me volví de cara al pasillo ya vacío. En mi opinión, daba lo mismo que sellara aquella trampilla o no; que estuviera de mi parte, de la de ellos o únicamente de la suya propia; y si en Venezuela sabía quién era yo o no. Yo ya estaba viviendo un tiempo de prórroga, y desentrañar quién era ella era un lujo que no podía permitirme. Cuando eché a correr, oí que voceaba a mi espalda:

—Buena suerte, Max McLean.

Y entonces sentí algo, la misma conexión que había sentido en Caracas y la misma conmoción al perderla.

Seguí avanzando en dirección al ascensor situado al fondo de aquella planta. Por el camino fui mirando en las salas: todas estaban vacías. No había rastro de Proshunin y tampoco de cómo había salido de allí. Pero si yo estaba arriesgando la vida para llegar hasta mi padre, aposté a que el coronel también.

Al final del pasillo las puertas del ascensor del personal estaban cerradas, y las luces que indicaban el número de la planta estaban apagadas. De pronto enmudeció la megafonía, y el búnker se sumió en un inquietante silencio. Acerqué el pase de Ana María al escáner que había debajo del botón de llamada.

Nada. El sistema principal se había quedado sin energía, y el de emergencia no bastaba para hacer funcionar los ascensores.

Introduje los dedos entre las puertas del ascensor e intenté separarlas, pero no lo conseguí. No sabía adónde había ido Proshunin, pero desde luego no había utilizado el ascensor.

A mi lado se abrió la última puerta del pasillo. Apareció un soldado con traje de combate, presa del pánico, abrochándose el pantalón. Cuando se giró para mirarme, mi mano derecha le asestó un puñetazo en plena tráquea. Se derrumbó, y entonces le agarré la cabeza y se la retorcí aprovechando el peso de su propio cuerpo. El cuello se le partió sin esfuerzo. Cogí la pistola de nueve milímetros que tenía en el cinto, la dejé lista para disparar y me la puse en la espalda, metida en la cinturilla del pantalón. También le quité las dos granadas de mano que llevaba, pero en aquel momento lo que más necesitaba era su bayoneta.

Introduje la punta entre las puertas del ascensor, le di varios golpes con el canto de la mano para que la hoja entrara bien y a continuación tiré con fuerza hacia la izquierda. Las puertas se abrieron lo suficiente para permitirme meter los dedos. Tiré otra vez, sintiendo el efecto de la tensión en mis costillas fracturadas, y logré separarlas unos centímetros más.

La abertura ya era lo bastante grande para que pudiera colarme por ella.

Primero metí la cabeza y miré hacia abajo. El hueco del ascensor estaba iluminado por unas tenues luces rojas. Había cables eléctricos y otros de acero que se perdían de vista en la oscuridad. En la pared de mi derecha había unas argollas incrustadas en el hormigón que formaban una improvisada escala de mano. Al parecer, los rusos habían reacondicionado bien el antiguo ascensor de la mina.

Después, miré hacia arriba.

La cabina se hallaba suspendida por encima de mí, abandonada en el Nivel 1. Aquello quería decir que por todos los demás niveles se podía pasar. En el ascensor cabían como mínimo veinte personas y el pozo era muy profundo. Escuché con atención. De allá abajo me llegó el gorgoteo del agua cuyo eco ascendía por el hueco del ascensor. El complejo se estaba inundando, pero despacio. O la explosión había abierto únicamente una fisura pequeña, o los túneles y las cuevas subterráneas estaban absorbiendo mucha agua.

Me metí por el estrecho espacio que había abierto entre las puertas y empujé. Se abrieron lo suficiente para permitirme intentar un salto desde la cornisa de fuera hasta las argollas de la pared. Cubrí aquella distancia con facilidad, pero la repentina sacudida que supuso aferrarme a la primera argolla me produjo un doloroso tirón en las costillas. Me resbalaron los dedos, mi rodilla rebotó en la argolla inferior y me lanzó contra la pared, mi hombro derecho se raspó contra el hormigón. Estaba cayendo muy deprisa. Me golpeé la cabeza contra otra argolla. Manoteé con desesperación buscando un punto al que asirme. Logré agarrarme con las yemas de los dedos, pero, debido a la velocidad de la caída, el peso muerto de mi cuerpo hizo que se soltaran.

Iba cayendo demasiado pegado a la pared y corría el peligro de darme un golpe que me hiciera perder el conocimiento y terminar ahogado. Me estaba despellejando un brazo a causa de la fricción. Hice fuerza contra la pared con ambas manos, arañándome las palmas, para girar sobre mí mismo y situarme en el centro del pozo; entonces crucé los brazos sobre el pecho y junté los pies.

Una ráfaga de aire teñido de rojo. Me relajé para recibir el impacto, y las suelas de mis botas chocaron con el agua. El estruendo del choque me percutió en los oídos y me siguió, transmutado en un rugido torrencial, cuando comencé a hundirme en el agua del río.

Levanté las rodillas y extendí los brazos para ralentizar el descenso, hasta que por fin mis pies encontraron el suelo. El agua estaba turbia, pero no opaca. Las luces de seguridad continuaban encendidas incluso bajo el agua, con lo cual el desbordamiento del río Mong parecía un torrente de sangre transparente y poco densa. Empecé a patalear y subí a la superficie.

La inundación había llegado a las puertas del ascensor del Nivel 4, el punto del búnker al que me había conducido el túnel de la cueva. Por detrás de las puertas se oía una fuerte corriente de agua. Me agarré a los cables del ascensor para recobrarme un momento y seguidamente me zambullí otra vez.

Había cinco metros hasta el fondo y el Nivel 5. El peso de la pistola y de las granadas me ayudó a bajar por el pozo. La puerta del ascensor ya estaba parcialmente abierta. Por la abertura asomaba un brazo que se agitaba en la corriente. Lo empujé hasta el otro lado y volví a hacer fuerza contra las puertas del ascensor, igual que antes. Estaban muy trabadas. Probé otra vez. No se movieron lo más mínimo.

Los francotiradores gozamos de una ventaja injusta a la hora de aguantar la respiración. Ralentizar nuestro metabolismo y disminuir los latidos del corazón es un truco del oficio que aporta estabilidad al disparo, y también nos permite aguantar más tiempo debajo del agua. Yo era capaz de aguantar cinco minutos como máximo. Expulsé un poco de aire para relajar el diafragma y volví a la carga. Las puertas se abrieron un poco más, el ancho de una mano. Suficiente. En la turbidez del agua que inundaba el corredor vi flotando inerte el cadáver de la enfermera ucraniana. Por allí abajo andaría también el cuerpo de la enfermera Kuznetsova. Cualquier punzada de remordimiento que hubiera podido sentir por haberla matado se disipó en el agua que me rodeaba. De todas formas, ya estaban todos muertos.

Emergí a la superficie y respiré. Allá arriba, había cambiado el timbre del ruido que surcaba el hueco del ascensor. Por encima del rumor del agua se oía el rápido retumbar de algo que sonaba como unos tambores a lo lejos. Era un retumbar desigual, sin ritmo alguno, pero diferente de los que sonaban al compás en las ceremonias nocturnas de mi padre. El eco de aquel repiqueteo subía y bajaba por todo el complejo, semejante a un sinfín de manos que golpearan continuamente contra el metal.

«Mierda —pensé—. Los Durmientes.»

Como ya no había nada que los neutralizase y los mantuviese dentro de sus celdas, se habían despertado.

Volví a sumergirme, salí nadando del hueco del ascensor y entré en el pasillo inundado. Pasé junto a la enfermera ucraniana y miré fijamente hacia el fondo insondable de aquel espacio teñido de rojo. En el agua turbia empezaron a definirse cuerpos. Pacientes todavía enganchados a bolsas de fluidos intravenosos; soldados hundidos por el peso de las armas;

médicos con sus blancas batas de laboratorio ondeando a la espalda. Todos muertos.

Me orienté y procuré no pensar en las personas a las que había quitado la vida con la inundación. Una presión así puede acabar con cualquiera.

«Un minuto.»

El nivel del hospital estaba inundado hasta el techo. Hacer incursiones de dos minutos en los túneles para luego regresar al hueco del ascensor para tomar aire no me proporcionaría, ni de lejos, margen suficiente para explorar como era debido. Tal vez hubiera cámaras de aire aquí y allá, pero dar con ellas ayudándome de la débil iluminación que ofrecían las luces de seguridad resultaba imposible. Se me ocurrió una idea de cómo hacerlo, de cómo seguir respirando debajo del agua, pero significaba jugársela. Seguí nadando y avanzando por el pasillo sumergido.

«Dos minutos.»

El momento de la verdad: dar media vuelta y vivir, al menos de momento; o continuar y, si aquella apuesta no salía bien, acabar muerto en un par de minutos.

Seguí avanzando.

«Tres minutos.»

No tenía ni idea de cómo era la distribución de aquel nivel. Además, la vez anterior había entrado por el otro extremo, viniendo de la escalera. Y el hecho de que allí abajo la distribución fuera distinta todavía me confundía más. Mientras que los niveles superiores estaban todos ordenados siguiendo el mismo patrón, el del hospital estaba dividido en salas y laboratorios aislados y más pequeños. Notaba cómo tiraba de mí el flujo del agua, la corriente del río. Llegué a un pasillo sin salida y volví atrás maldiciendo los segundos que había perdido.

«Cuatro minutos.»

Sentía una fuerte presión en el pecho y en el cuello. Solté un poco de aire y atravesé una salida de incendios que daba a un descansillo entre dos salas. Estaba abarrotado de cuerpos. Las personas que trabajaban en aquel nivel se habían refugiado allí en masa, tal vez con la esperanza de que la puerta metálica les salvase la vida. Pero no se la salvó.

Me abrí paso por entre ellos. Varias manos sin vida me acariciaron la cara. El cabello liberado de la cofia de una enfermera se me enredó en los dedos.

«Cinco minutos.»

Ya era un futuro muerto nadando.

Emergí en la unidad de cuidados intensivos. Vi a «Pocahontas» flotando boca abajo, con los vendajes del pie amputado desenrollándose en la corriente. Sentía espasmos en el pecho y notaba la visión borrosa. Solté un poco de aire sin querer. Lo poco que me quedaba en los pulmones salió en forma de burbujas que acariciaron el cuerpo del cadáver cuando tiré de él. De repente me entró agua en la boca y en la nariz. Le arrebaté la mascarilla de oxígeno de la cara y me la coloqué, al tiempo que daba una patada hacia abajo. Mi mano izquierda alcanzó la válvula de la bombona que estaba anclada junto a su cama, y al instante abrí la garganta y los pulmones para aspirar un chorro de oxígeno puro.

Estaba vivo, pero de todas formas se me estaba agotando el tiempo. Mientras estaba allí respirando frenéticamente de aquel tubo salvavidas, Ana María estaría sellando la puerta blindada. Respiré hondo a través de la mascarilla y volví a la carga, esta vez dirigiéndome hacia la zona de riesgo biológico.

Todo estaba a oscuras. Allá delante, al final del pasillo, brillaba una luz solitaria en el ventanuco del último laboratorio de la fila. Me dirigí hacia ella como si fuera una polilla que se está ahogando y que se esfuerza por alcanzar una luna sumergida. Llegué, pegué la cara al cristal del ventanuco y observé con ansia lo que había dentro.

Totalmente seco en su despacho perfectamente hermético, se encontraba mi padre, de pie, sosteniendo en la mano el cubo de metacrilato que guardaba el trabajo de su vida. Frente a él, la luz verde de un escáner de huellas dactilares parpadeaba rítmicamente al compás de los latidos de mi corazón, que me reverberaban en los oídos. Aporreé el ventanuco con la mano una y otra vez, pero el débil sonido de mis golpes se lo llevó la corriente.

Mi padre depositó el cubo de metacrilato con sumo cuidado al lado del escáner y acto seguido, despacio, pausadamente, se santiguó. Luego abrió un cajón de la mesa y sacó una granada de mano. Golpeé repetidamente el cristal del ventanuco con los nudillos, y después, en silencio, contemplé cómo mi padre cerraba los dedos en torno a la palanca detonadora. Comprendí lo que se proponía hacer. La explosión arrasaría el vector, y también el escáner. Los Durmientes quedarían atrapados y destruidos, junto con el trabajo de toda su vida, y yo pasaría a ser el único heredero del proyecto que había perfeccionado en secreto.

Cogió de nuevo la semilla atrapada en el metacrilato y se la acercó al pecho, junto a la granada. A continuación, levantó el rostro hacia mí con los ojos cerrados, y haciendo un gesto de esfuerzo tiró de la anilla.

—¡Mírame! —grité bajo el agua, pero mi voz apenas llegó más allá que las burbujas que salieron de mi boca.

Mi padre inclinó la cabeza, con el dedo índice todavía metido en la anilla, y la palanca detonadora se liberó. Su cuerpo se sacudió. Abrió los ojos en un gesto de sorpresa, y me vio.

—*Dia dhuit* —articuló con los labios en gaélico. «Que Dios te acompañe.» Y a continuación le brotó de la boca un reguero de sangre de un rojo brillante.

Cuando se desmoronó, apareció detrás de él la figura del coronel Proshunin. Vio la granada y se abalanzó hacia mi padre, le agarró el brazo derecho por la muñeca y tiró de él para acercarle el dedo pulgar al escáner.

Levantó la vista hacia mí y esbozó una sonrisa burlona. Del techo, a su espalda, colgaba abierta la trampilla que daba al conducto de salida por el que acababa de descender.

Cerré los ojos y me preparé para el impacto.

Pero es imposible prepararse para una devastación semejante. Y cuando llegó la explosión, no sentí nada.

Abrí los ojos, pero se había apagado la luz. En vez de ser una baliza iluminada, el ventanuco era ahora un cuadrado negro pintado de rojo desde el interior. Otros habían completado mi misión; mi padre esperando todo el tiempo que yo completara la suya. Di media vuelta y seguí nadando con los pulmones a punto de estallar por la falta de aire, mientras todo el búnker se estremecía con las vibraciones de las puertas metálicas de seguridad que iban abriéndose de par en par.

Proshunin había abierto las puertas del infierno.

31

Nadé como un poseso, haciendo un alto junto a «Pocahontas» para rellenar mis pulmones, en dirección al hueco del ascensor. Nada más emerger a la superficie me llegó el estrépito del metal al quebrarse. Por todas partes se oían aullidos y gritos. Por encima de mí vi que las puertas del ascensor empezaban a abrirse. El Nivel 3 fue el primero. A duras penas discernibles en la oscuridad, por la abertura asomaron unos brazos cuya silueta se recortaba contra las luces de seguridad. Saltó una figura. Y después otra. Iban saltando de las puertas del ascensor a los cables de la cabina, y después trepaban sin esfuerzo hacia la salida que yo les había facilitado en el piso superior. Se contaban por decenas.

De pronto se abrieron violentamente las puertas de los niveles inferiores, menos de tres metros por encima de donde me encontraba. Los oí en el túnel que tenía a mi lado, en el mismo nivel en que estaba vertiéndose el agua del río. Me zambullí y, para evitar emerger a la superficie, me agarré a las argollas de la pared. Las puertas se desgarraron, y al instante se precipitó un torrente de agua al hueco del ascensor. Inmediatamente por encima de mí las siluetas de los Durmientes, desdibujadas por el agua, fueron cayendo al pozo del ascensor y empezaron a escalar por las paredes, rumbo a la libertad.

No hubo retenciones ni atascos, o sea que estaban saliendo al exterior. Ana María no había podido sellar la salida. Abrigué la esperanza de que por lo menos ella hubiera podido escapar antes de que aquellas criaturas emergieran al mundo.

Cinco minutos. Veinte, cincuenta, cien, habían salido ya de sus celdas e iban de camino a la superficie. Sentí un espasmo en los pulmones. Con cuidado, saqué los labios por encima del agua. En cuanto mi cara rompió la tensión superficial, lancé una exclamación ahogada. Hacia mí venía la silueta de un Durmiente abierto de brazos y piernas, precipitándose por el hueco del ascensor. Acompañaba su caída con un fuerte alarido, un chillido histérico y penetrante que reverberaba en las paredes conforme iba cortando el aire.

Logré apartarme justo antes de que chocara contra la corriente. A mí lado se sumergieron en el agua enrojecida los ciento diez kilos de lo que antes había sido un soldado ruso. Cuando su rostro se cruzó con el mío, intentó aferrarme con las manos. Me lanzó un zarpazo al estómago, pero lo esquivé pegándome a la pared. Ya había perdido media oreja por culpa de uno de aquellos monstruos; no tenía intención de perder también las tripas.

Cuando vi que se ralentizaba en su caída, cogí la pistola Makarov que llevaba escondida en la espalda y le apunté con ella en el último momento, justo cuando se abalanzaba contra mí. Intentó agarrarme, y yo me impulsé hacia él con la pistola en alto. Cuando quiso aferrarme la mano, le disparé a bocajarro en plena cara. La vida le abandonó al instante, cayó hacia atrás y se precipitó hasta el fondo del pozo, con el rostro velado por su propia sangre.

Pero el disparo había delatado mi presencia.

Emergí de nuevo y vi que los Durmientes ya no estaban escalando. Habían frenado en seco y miraban hacia abajo, hacia el agua que poco a poco iba subiendo de nivel. La pistola estaba nuevamente lista para disparar. Disparé a la cabeza a los tres que tenía más cerca y que ahora se encontraban a menos de dos metros de distancia. Las balas les abrieron el cráneo, y cayeron al agua a mi lado, inertes.

De repente se interrumpieron los aullidos. Las criaturas se miraron las unas a las otras. De pronto vi que, desde lo alto del pozo, una de ellas se soltaba de los cables del ascensor y saltaba hacia mí. Me zambullí rápidamente hacia el fondo. Para cuando él entró en el agua, ya habían saltado también otros seis para sumarse a la persecución.

En los segundos que tardaron en orientarse, me colé por el hueco que había abierto entre las puertas del ascensor sumergidas. Al mismo tiempo le quité la anilla a una granada de mano y la arrojé detrás de mí. Disponía de cuatro segundos para ponerme a salvo. Nadé por el corredor lo más rápido que pude, mientras los Durmientes se zambullían en el agua para buscarme, con rapidez y determinación. La pequeña granada rusa explotó justo en el momento en que el líder intentaba, sin éxito, pasar por el estrecho espacio abierto en el pozo.

Esta vez sí que sentí algo.

Lo peor de la explosión se lo llevaron las puertas, así como el suelo del hueco del ascensor, que hizo que el impacto rebotara hacia arriba, lejos de mí. El agua comenzó a hervir, y la onda expansiva me engulló de lleno y se me metió en los pulmones. Sangraba por la nariz, por los oídos. Expulsé aire y rodé sobre mí mismo boca abajo.

La explosión arrolló a los Durmientes, comprimió los gases contenidos en sus cuerpos alterados y les destrozó los pulmones y los tejidos internos. Todo aquello consiguieron soportarlo, pero a lo que no pudieron sobrevivir fue a las masivas hemorragias cerebrales que les ocasionó la onda expansiva. Se hundieron en el agua, derrotados. Aniquilados.

Regresé nadando al hueco del ascensor, me abrí paso por entre la sangre y los fragmentos de tejidos corporales que obstruían la abertura y, tosiendo y escupiendo, emergí a la superficie. Los últimos Durmientes habían salido de sus celdas y estaban trepando por los cables y ayudándose de las argollas de la pared para escalar. El agua estaba acercándose ya a la entrada del Nivel 4, al que había accedido yo la primera vez desde el túnel de la cueva, y por el que estaba irrumpiendo el agua del río.

Varios monstruos más miraron hacia abajo, hacia mí. Cogí la última granada que llevaba en el bolsillo y la sujeté con fuerza en la mano. En ausencia de un plan, lo único que se me ocurrió fue exhibir arrogancia y repetir la trampa que acababa de utilizar.

Ya estaba completamente agotado.

—¡Vamos, hijos de puta! —les chillé—. ¡No hay retirada! ¡No hay rendición!

Uno tras otro fueron dejándose caer por el hueco del ascensor lanzando alaridos.

Y de repente, tembló la tierra.

Un temblor tremendo, que me recorrió todo el cuerpo, sacudió no solo el hueco del ascensor sino también todo el complejo de aquella antigua mina. A mi lado iban chocando contra el agua los cuerpos de los Durmientes. Pero no me sumergí. La superficie bullía y se agitaba, y a través de las puertas semisumergidas y semiabiertas que tenía al lado se oyó un profundo retumbar que explotó en un ensordecedor aluvión de agua y piedras. A la vez que los Durmientes sumergidos se aferraban a mis piernas, las oscuras fauces de aquel pasadizo se llenaron de pronto con un impresionante muro de agua.

El lecho de granito había cedido por completo. El río Mong estaba vertiéndose sin estorbo alguno al interior del complejo. El agua, atrapada en el embudo del hueco del ascensor, salió disparada hacia arriba. Me vi empujado y zarandeado en medio de un gigantesco chorro de agua hacia lo alto del complejo. De nada servía intentar resistir. Cuando el chorro de agua subió por el pozo, engulló todo lo que se encontró en su camino. Arrancó a los Durmientes de los cables y de las argollas, arrastró cadáveres que había en los pasillos. Vi pasar por mi lado papeles, uniformes, manos, caras, todo absorbido por aquel torbellino que nos elevaba hacia la superficie. Me orienté a tiempo para ver cómo se acercaba rápidamente hacia mí el suelo de la cabina del ascensor, que estaba atascada en el Nivel 1. Saqué la cabeza del agua, aspiré una última bocanada de aire y pataleé con todas mis fuerzas hacia un costado.

Los Durmientes habían ensanchado el espacio que había abierto yo entre las puertas, con lo cual me resultó más fácil atravesarlo. La presión del agua me empujó violentamente contra la parte superior de la abertura, y en el topetazo me rozó contra la espalda y me arrancó la pistola que llevaba en el cinto. Me impulsé con las piernas y me lancé adelante. El agua me arrastró por el pasillo más deprisa que si hubiera ido a nado. Fui dando tumbos y volteretas, enredado en los brazos y las piernas de soldados muertos y Durmientes vivos, hasta que de pronto vi que me encontraba en la escalera. El nivel del agua ascendía rápidamente y me hacía subir por los mismos peldaños por los que poco antes me había hecho bajar Proshunin con la cabeza tapada.

El color del agua cambió del rojo a un marrón oscuro y después a un marrón claro cuando las lámparas de seguridad fueron dando paso a la pálida luz del amanecer. La fuerza de la riada fue cediendo, y allí, no muy lejos de donde me encontraba, vi abierta de par en par la trampilla antiexplosiones. Sentí el contacto del aire. Respiré hondo y con ganas, salí del agua con gran esfuerzo y obligué a mis piernas a salvar los últimos escalones andando, de dos en dos. Dejé que la granada se hundiera en las profundidades, hacia las manos que se tendían hacia mí intentando aferrarme los tobillos.

Cuando la explosión de la granada arrolló a mis perseguidores, la pesada trampilla se cerró. El impacto me lanzó rodando hacia un lado, me sacó del pequeño redondel techado y acabé en el cuadrado de tierra apisonada que servía como escenario de las ceremonias. El sol estaba empezando a elevarse justo por detrás de la colina y a barrerlo todo con las sombras alargadas del amanecer.

Me incorporé con esfuerzo y di unos cuantos pasos cegado por la claridad de una perfecta mañana africana. Mientras mis ojos iban acostumbrándose, hubo una cosa que me quedó bien clara: que todavía estaba rodeado.

Los Durmientes se habían repartido por los árboles que rodeaban el cuadrado de tierra apisonada que había entre las dos chozas. Meciéndose adelante y atrás, olfatearon el aire y clavaron los ojos en mí. Aquí y allá había tantos soldados como miembros del personal médico, de pie o en el suelo. Unos estaban heridos, otros simplemente exhaustos. La mayoría iban armados.

Todos tenían un único objetivo.

Miré en derredor buscando a Ana María, pero no se la veía por ninguna parte. Los Durmientes, todos a una, dieron un paso al frente, desnudos, con la mirada enloquecida y los músculos en tensión. De sus filas emanaba un profundo rugido, grave y resonante, como el zumbido de los generadores que había destruido. Metro a metro, el cerco se fue estrechando. Los Spetsnaz permanecieron detrás, con los fusiles en alto. Yo levanté las manos muy despacio. No tenía armas, nada con que luchar, ningún sitio hacia el que huir.

Después de matarme, un centenar de hombres transformados en monstruos se adentrarían en la selva. Infectarían a otros para ir engrosando su ejército. Dentro de pocas semanas habrían caído las ciudades. Y después caerían países enteros. En Liberia se había necesitado un millar de rebeldes para derrocar el gobierno de Charles Taylor; los guerreros que me rodeaban a mí en aquel momento ya por sí solos bastarían para poner de rodillas a toda África Occidental. Aquello no era fracasar en una misión; aquello era un fallo catastrófico.

Mezclado con el grave gruñido de los Durmientes que iban acercándose se oía el roce de sus pies al andar. Sabía lo que se avecinaba. Miré hacia el suelo y observé las líneas curvas que habían dibujado en la tierra los lentos pasos de danza de mi padre. Mi bota tropezó con un pequeño montículo. Cuando los pies de los Durmientes se acercaron otro poco, me agaché en cuclillas y cogí un puñado de aquella tierra rojiza en la mano.

«Recuerda que polvo eres y en polvo te convertirás.»

Pero, además de tierra, mis dedos tropezaron con un objeto de acero. Allí, semienterrado, estaba el sable ceremonial de mi padre. Él lo había dejado caer allí la noche anterior, cuando me dejó libre.

Aferré la empuñadura, me incorporé y sostuve aquella hoja oxidada en alto. Los Spetsnaz no apartaron la mirada de mí, en cambio los Durmientes levantaron la vista todos a la vez.

—¡Alto! —grité—. ¡Os ordeno que os detengáis!

Ellos, con la mirada fija en el sable, continuaron con su marcha letal, cada vez más cerca. Si hubiera extendido el brazo, casi habría podido tocarlos. El cerco era ya tan estrecho que aquellos africanos y europeos cuyas almas de metal mi padre había fundido para transformarlas en el oro de su ambición me engullían.

Una salvaguarda. Tenía que existir una salvaguarda de algún tipo, un medio de controlarlos. Pero allí no había escáner de huellas dactilares, ni máscara ni herramienta alguna, excepto el sable.

Control.

Roberts había dicho que a los *dyinyinga* solamente podía controlarlos el hombre que mira hacia el suelo. Vi manos que se acercaban a mí. Dedos que intentaban tocarme. Iban a despedazarme miembro por miembro. Y entonces entendí el mensaje final de mi padre: *El que crea al guerrero controla al guerrero*.

Había tomado una cita de la Biblia.

Salmo 46: «Rompe el arco y quiebra la lanza».

Ya no me quedaban más opciones, y busqué a la desesperada algo que decir.

—¡Quietos! —grité.

Ellos, sin inmutarse, empezaron a agarrarme. Sentí unas manos que tiraban con fuerza de mi brazo izquierdo, otras que me apretaban el cuello. Unos dedos se clavaron en mi carne. Entonces blandí el sable y bramé en gaélico a todo lo que me dieron de sí los pulmones:

—*Éistigí!*

Las manos aguantaron un instante y luego se apartaron. Miré fijamente a aquellas criaturas, aquellos seres humanos que serían iguales que usted o yo solo con que hubieran podido expresar ese deseo. Pusieron los ojos en blanco y empezaron a mecerse y tambalearse. Seguidamente, todos a una, olfatearon el aire y captaron mi olor como si fueran una jauría de perros de caza.

Me abrí paso entre ellos en dirección a los fusiles de los soldados rusos.

—*Ubey yego!* —gritó un soldado invisible. «Matadle.»

Mientras el soldado que tenía yo enfrente apuntaba su fusil, la primera fila de Durmientes pasó corriendo por mi lado y por encima de mí. La andanada de proyectiles fue directa contra ellos. Las balas se incrustaron en huesos y músculos. Por encima se oían los aullidos, su canto de batalla. El soldado desapareció en una mancha borrosa de niebla roja. Sus extremidades se desperdigaron a los cuatro lados; le arrancaron la piel; los intestinos se desparramaron. Antes de que nadie pudiera reaccionar, donde antes había un hombre joven no quedó nada más que una masa informe y sanguinolenta.

Los demás soldados retrocedieron, las armas en alto, los dedos tensos sobre el gatillo. Frente a mí, el Durmiente ruso que había absorbido una docena de impactos en el pecho levantó en alto la cabeza del soldado destripado y, llamando a las armas, profirió un chillido capaz de helar la sangre en las venas.

—¡Cuando yo afile el rayo de mi espada y tome en mis manos el juicio, retribuiré mi venganza a mis enemigos! —bramé en gaélico señalando a los soldados rusos con el sable—. ¡Y daré su merecido a los que me odian!

El Durmiente arrojó la cabeza cercenada hacia los hombres uniformados que tenía enfrente al tiempo que profería una serie de aullidos victoriosos. Los operativos Spetsnaz reaccionaron abriendo fuego todos a la vez. Una falange de Durmientes formó un escudo protector a mi alrededor mientras los Spetsnaz vaciaban sobre ellos los fusiles de asalto y las ametralladoras. Proyectiles procedentes de todas direcciones estallaron en su fuerte musculatura. Las balas trazadoras de color verde los atravesaron. La metralla de granada desgarró sus ligamentos e hizo trizas sus huesos. Todo se llenó de humo, calor y luz en una nube abrasadora de polvo de cordita. La tierra se levantaba del suelo en erupción a nuestros pies y nos llovía en cascada desde lo alto. Un disparo me rozó el cuello. Una explosión me tiró al suelo y me hizo soltar el sable.

En medio de la efervescencia de la adrenalina y entendiendo por fin, me puse de nuevo en pie y los exhorté en gaélico:

—*Fúmsa an díoltas!* —rugí. Mía es la venganza.

32

Los Durmientes empezaron a avanzar igual que una onda expansiva y fueron penetrando en las filas de Fuerzas Especiales rusas que nos rodeaban, las empujaron hacia los árboles, las acorralaron en una marea imparable de destrucción ciega. Entonces comprendí la genialidad de todo aquello, el poder puro y sin adulterar que había creado mi padre. Y también comprendí lo que había visto King en Sonny Boy y el motivo por el que él también deseó tener un ejército de hombres así.

Pero Sonny Boy era un solo hombre, si bien un hombre singular, posiblemente. Aquello era más que un arma, incluso más que un ejército: era una fuerza. Tomados de forma individual, los Durmientes eran meras curiosidades; pero como unidad era imposible detenerlos con otra cosa que no fuera una potencia de fuego masiva; y como totalidad resultaban prácticamente invencibles.

Algunos de ellos caían muertos de un tiro en la cabeza, otros acababan cortados por la mitad o abatidos con las extremidades seccionadas. Pero eran una pequeña minoría. Los que habían sufrido heridas que para un ser humano normal serían mortales continuaban peleando. Mi padre se había cerciorado de que los muertos ya no marcaran el final de la guerra.

Eran rápidos, precisos y muy eficientes, de tan despiadados. Ningún ser humano podía aventajarlos. Y una vez que habían detectado el olor, nadie podía esconderse de ellos. Sincronizados por instinto, el grupo entero se coordinaba sin necesidad de hablar. Eran los perfectos cazadores-asesinos. Iban arrebatando los fusiles a los muertos que iban dejando atrás, con lo que iban armándose sobre la marcha, aunque la única arma que necesitaban aquella mañana era su sola fuerza bruta. Me quedé quieto donde estaba y contemplé cómo iban desplegándose, cómo iban reduciendo a una carnicería lo que quedaba del ejército convencional al que antes habían prestado apoyo.

Quizá fue aquello mismo lo que sintieron Gatling, Nobel u Oppenheimer: un asombro reverencial ante el poder de su propio invento, superado tan solo por el asco que les produjo. Quizá fue aquello, ¿qué, remordimiento?, lo que sintió mi padre cuando me entregó los medios tanto para crear como para destruir la obra que le había consumido a él. Por lo menos eso esperaba. Una cosa es construir una bomba, y otra muy distinta rediseñar seres humanos para convertirlos en armas. Mi padre había sobrepasado la raya que separaba la investigación de la obscenidad. Y allí estaba yo: protegido por ello y sacándole provecho. Lo que me había causado repugnancia en Kabala me había rescatado en Karabunda.

Me doblé sobre mí mismo y vomité. Estaba deshidratado, débil de no comer, infestado de virus y físicamente agotado.

«Un último empujón, Max.»

Tenía que largarme de allí, y rápido. Dependiendo de quién hubiera recibido la señal de la baliza de emergencia, y de lo que pudieran ver con sus satélites, era posible que estuviera a punto de caer un misil. Corría el peligro de morir presa de mi propio plan. Calculé que mis mejores probabilidades estaban en el aeródromo de Soron. Si allí no había ningún avión, podría cruzar la frontera de Guinea. Sin órdenes que obedecer ni enemigo que matar, abrigué la esperanza de que los Durmientes se quedaran quietos aún el tiempo suficiente para que yo averiguase qué hacer con ellos —o hacerles a ellos— si no caía ningún misil. Por el momento, no se veía que se acercara ninguno.

El sable se me había escapado de la mano. Cuando me incliné para recogerlo, de improviso me mareé y me desplomé de rodillas, asaltado por un ataque de náuseas.

«Venga, tío. Aguanta.»

Apoyé las manos en el suelo para recuperarme y miré en derredor buscando algo, lo que fuese, que pudiera beber. Necesitaba agua más de lo que necesitaba un arma, pero no había. Estando así en el suelo, a cuatro patas, buscando fuerzas para un último empujón, vi una sombra que se me acercaba por detrás.

—De modo que has conseguido salir vivo, ¿eh?

Su voz había perdido aquel tono afilado que tenía en la sala de interrogatorios. Ahora había sido sustituido por la tristeza de siempre. Giré la cabeza e intenté ponerme de pie, pero volví a derrumbarme en el suelo. Levanté la vista hacia ella, pero tenía el sol a su espalda.

—Sí —contesté—. Eso parece.

A nuestro alrededor no había más que muertos. Ya había aparecido una bandada de buitres trazando círculos en el cielo. Miré hacia la choza. La trampilla antiexplosiones seguía cerrada, pero se oía movimiento. Los Durmientes atrapados en el interior intentaban salir.

Fuera quien fuese Ana María, y por muy diestra que fuera

manejando una semiautomática, parecía inconcebible que hubiera logrado sobrevivir al ataque.

—¿Cómo? —me preguntó.

—Nadando. ¿Y tú?

—Del mismo modo que bajó Vladislav. —Por un instante me quedé sin entender, pero luego me acordé. Se refería al coronel Proshunin. El coronel Vladislav Proshunin. Cuando mi padre recibió el disparo, Proshunin no tenía nada en las manos. No empuñaba ninguna pistola. El cuerpo de mi padre se llevó lo peor de la explosión. Me fijé en el uniforme que llevaba Ana María. Tenía varios desgarrones, y también varias heridas sangrantes de metralla en el brazo y en el hombro.

—Tú —le dije—, tú estabas dentro del despacho. —Ella dio un paso al costado, y al momento me vi cegado por el sol. Me protegí los ojos con el dorso de la mano—. Tú disparaste a mi padre. Le disparaste por la espalda.

—Era un traidor. Un desleal. De tal palo, tal astilla. —Abrí los ojos y, entrecerrándolos, distinguí su silueta. Ella me apuntó con la pistola al pecho. Escupí en el suelo. En mi barbilla sin afeitar se quedó adherido un hilo de saliva mezclada con sangre—. Pero nos dio lo que necesitábamos. Lo que ambos habéis destruido.

—¿Y crees que a Moscú eso le importa una mierda? —Reí—. Intentaron iniciar una guerra, y fallaron. Volverán a intentarlo en otro lugar. Así va la cosa. Ahora estás sola, cariño. He puesto en marcha a esos Durmientes, y tú no puedes escapar de ellos. Te encontrarán y te matarán. Se terminó. Fuera lo que fuera esto, se ha acabado. Estás acabada.

—Oh, no, Max. No hemos hecho más que empezar. El coronel Proshunin era un patriota, un verdadero mártir de Rusia. Tú no le has frenado, Max, no podrías hacerlo de ningún modo.

Estaba empezando a hablar igual que mi padre. No iba a poder razonar con ella, como tampoco había podido razonar con él.

—Chorradas —suspiré—. El fundamento científico de esto ha quedado hecho pedazos, y esos putos monstruos te harán pedazos a ti. Podríamos salvarnos yendo juntos, tú y yo. Sola por tu cuenta no tienes la menor posibilidad.

—¿Tú y yo? —Ana María puso los ojos en blanco y ajustó la posición de la pistola en la mano—. ¡Coño! Cuando estábamos en Caracas, tenías razón en una cosa: tú eras la persona que yo llevaba tantos años esperando. Por tus venas corre la obra de tu padre. Tu sangre es el precio de nuestra victoria, Max. Una vida por otra. Tu vida.

—¿Pero por qué aquí, y por qué ahora? ¿Por qué no lo hiciste en la sala de interrogatorios, cuando me tenías en aquel sillón?

De repente soltó una carcajada. Fue una risa triste y arrogante que se evaporó en el calor que ya empezaba a notarse en el ambiente.

—Entiendes muy poco por lo que has arriesgado tanto. El código, Max. El código. Con tu sangre podemos fabricar el virus y la vacuna, pero no podemos controlar a los Durmientes cuando se despiertan por primera vez. O no podíamos. Tu padre nunca quiso decirnos cómo se hacía, y tú ni siquiera eras consciente de que conocías la manera. El coronel Proshunin liberó a los Durmientes a fin de llevar a cabo su misión. Y ahora que yo he llevado a cabo la mía, tú morirás como el perro mercenario que eres.

—Soy lo que soy.

—Tu padre creó el arma más grandiosa que el mundo ha conocido jamás. Y tú nos has proporcionado el modo de usarla. Acuérdate de eso, Max McLean, cuando estés ante tu Dios.

Amartilló la nueve milímetros. Apreté los puños.

—Sabes —le dije—, el compañero de Frank llevaba razón. —Y volví la mirada hacia el cielo—. La próxima vez, debo matar a esa zorra.

Parpadeé cuando sentí que me atravesaba el estampido sordo del disparo de la pistola. No noté ningún impacto, ningún dolor, tan solo el eco del disparo en los oídos. Abrí los ojos y vi el cuerpo ensangrentado de Ana María derrumbándose en el suelo con elegancia.

Por detrás de la choza emergió, en el calor de la mañana, una figura empuñando una pistola.

—¿Está muerta? —A Roberts le temblaba la voz a causa del miedo y del cansancio.

—Llegas justo a tiempo.

Le sonreí y extendí un brazo hacia él. Me aferró de la muñeca y tiró de mí para ayudarme a levantarme, y trastabilló hacia atrás. Tenía las rastas empapadas de sudor y respiraba jadeando. Le atraje hacia mí y ambos nos abrazamos en medio del calor y del polvo, cada uno fuertemente agarrado al cuello del otro, apoyándonos mutuamente para no perder el equilibrio.

Cuando nos separamos, él inmediatamente miró el cadáver de Ana María, y yo le quité de la mano la pequeña Glock que había recuperado del cadáver de Micky, en Freetown. Le temblaban las manos.

—Ya te dije que sabrías cuándo usar esta pistola. —Sonreí otra vez, pero Roberts estaba dominado por el nerviosismo—. Roberts, ¿cómo has... —Empecé a formular la pregunta inevitable, pero no merecía la pena. No era el momento. Roberts se encontraba allí. Ya averiguaría la razón más tarde. Pero estaba claro lo que significaba aquello: si Roberts había podido entrar en Karabunda, yo iba a poder salir. Pero antes tenía que conseguir que se concentrase en mí, no en Ana María.

—¿Está muerta? —repitió. Le costaba respirar, estaba haciendo un gran esfuerzo por asimilar la enormidad de lo que acababa de hacer. Me fijé en que la humedad que le mojaba las mejillas no era solo del sudor, sino también de las lágrimas.

Me arrodillé al lado de Ana María y la volví boca arriba. A continuación acerqué el oído a sus labios y le puse una mano en el pecho. Nada en absoluto. Quise recuperar el recuerdo de la persona a la que había abrazado y por la que había sentido algo. Pero lo único que vi fue otro cadáver más.

—Sí —respondí al tiempo que me incorporaba—. Está muerta.

Roberts se tapó la boca con la mano. No supe qué decir, pero de repente me vino la inspiración. Le puse una mano en el hombro y conseguí que se concentrara en mí.

—Lo has hecho muy bien —le dije—. Tu padre se sentiría muy orgulloso de ti.

A lo lejos comenzó a oírse el rítmico batir de las aspas de un helicóptero que se acercaba, y al mismo tiempo se oyó dentro de la choza el ruido de algo que se doblaba violentamente. Alguien estaba intentando abrir la trampilla antiexplosiones.

—Roberts —exclamé—, si no nos largamos de aquí, nosotros también moriremos. —Se quedó petrificado, intentando asimilar lo que había hecho y ya no podía deshacer—. Venga, tío, tenemos que largarnos ahora mismo.

Hice ademán de ponerme en marcha. Roberts parpadeó y, cuando su cerebro hizo hueco para otra cosa que no fueran las consecuencias de haber quitado la vida a una persona, pareció recordar dónde se encontraba.

—Pero tú tienes el código —dijo, frenético—. Ella ha dicho que tú tienes el código. Se lo he oído decir.

—Sí, pero no tengo la espada.

—¿La espada? ¿Qué puta espada? ¿Necesitas una espada?

—No lo sé —contesté—. Y no pienso averiguarlo. —El rumor del helicóptero se hizo más intenso—. ¡Muévete! —le chillé—. ¡Vamos!

Le agarré por la nuca y le empujé hacia la protección de los árboles. Echamos a correr esquivando los restos humanos que habían dejado los Durmientes a su paso, pisando sangre en cada zancada.

—¡Al suelo, al suelo!

Nos arrojamos cuerpo a tierra cuando el helicóptero rebasó la cima de la colina y de repente lo ensordeció todo con el rugido del rotor. Era un Mi24 ruso, cargado de lanzacohetes.

—Pero ¿qué haces, tío? —Roberts se zafó de mi mano. Estaba volviendo a ser él mismo.

—Salvarte el culo —le respondí al tiempo que cogía un AK que no tenía dueño—. Y salvar el mío. No podemos correr más que un helicóptero de combate, y tampoco más que los monstruos de ahí abajo. Ahora cierra la boca y agáchate.

Pero no se agachó. En vez de eso, se incorporó y volvió corriendo al claro.

Intenté atraparle por el tobillo, pero se me escapó. Segundos después estaba de nuevo junto a las chozas, cerca del cadáver de Ana María, agitando los brazos. Grité para advertirle, pero mi voz quedó ahogada por el estrépito del motor del helicóptero. El enorme pájaro metálico giró para situarse de cara a nosotros, con el morro hacia abajo y las aspas girando. Los cañones gemelos que llevaba en la parte delantera iban a desintegrar a Roberts en pedazos, igual que harían los Durmientes. Miré a mis costados y a mi espalda, y eché a correr hacia él. Le agarré por la cintura y le hice caer al suelo. En la caída se golpeó la cara, se partió el labio, y las rastas se le ensuciaron con la tierra empapada de sangre de la escena de las ceremonias.

Forcejeando en el suelo nos chillamos simultáneamente el uno al otro:

—¡¿Pero qué cojones?!

Nos azotaba el viento de las aspas del helicóptero, que levantaba del suelo tierra que me acribillaba la cara y no me permitía ver. La fuerza de aquella corriente convectiva transformaba en metralla hasta la piedrecilla más minúscula. Detrás del fuselaje se elevaban grandes remolinos de polvo que se expandían hacia fuera, semejantes a las alas de un ángel de la muerte. Roberts se levantó del suelo, se inclinó hacia delante y fue directo hacia ellos.

—¡Vamos! —me dijo haciéndome señas—. ¡No pasa nada!

Me incorporé yo también y, agachando la cabeza, me metí en la tormenta de polvo. El piloto dio la vuelta al aparato. Ya estaba abierta la portezuela lateral. Y allí dentro, con una mano extendida y la otra empuñando su AK, estaba la figura inconfundible de Ezra Black.

Nos ayudó a subir, y Roberts se dejó caer sobre la cubierta de aquel tanque volador parloteando sin parar, por efecto del torrente de adrenalina y del alivio de haber sobrevivido, aunque, a causa del estruendo del rotor, resultó imposible saber lo que decía.

Miré a Ezra, que estaba escrutando el lugar de aterrizaje a la vez que el helicóptero levantaba el vuelo, y me señaló unos auriculares. En aquel momento efectuamos un fuerte viraje, pero logré mantenerme de pie y sujetarme junto a la portezuela abierta. Me puse los auriculares.

—Esto está costando mucho dinero, amigo mío —me dijo. Yo reí, y él me miró con los ojos muy abiertos y un gesto de sinceridad—. Lo digo en serio. Estos sudafricanos son *meod* caros.

—Oye tío, si quieres volar con los mejores, tienes que pagar como los demás —crepitó la voz del piloto a través de los auriculares.

—Soy Max McLean —me presenté hablando al micrófono.

—¿Cómo va eso, señor McLean? —El piloto tenía un fuerte acento afrikaans atenuado por la actitud de desapego de quien está concentrado en el combate. Por debajo de la indiferencia de su forma de hablar, típica de piloto de helicóptero, había una aguda concentración—. Capitán de Vuelo Jan van Vuuren a su servicio. Es un verdadero placer tenerlo a bordo.

—Gracias por el transporte, capitán. El gobierno de su Majestad es buen pagador.

—Sí, pero, según tengo entendido, le debe usted mucho whisky a un tipo escocés.

Me giré hacia Roberts, pero el que habló fue Ezra.

—Cuando hizo aquella llamada a Londres desde mi base, removió un montón de mierda, ¿sabe? Seis de los *idiotim* de la CIA de Micky probaron suerte. Roberts me facilitó el teléfono de Nazzar. Es un buen tipo. Juntos él y yo jodimos a un montón de rebeldes durante la operación de *Barras*.

—Sí, les dimos a esos payasos una buena paliza —intervino Van Vuuren—. Pero ahora se va a armar la gorda.

Allá abajo, la media docena de Durmientes que quedaban había conseguido abrir la trampilla antiexplosiones y estaban saliendo de la choza. Al carecer de órdenes, iban olfateando el aire y se dirigían corriendo hacia los árboles.

—Putos zombis, tío, son auténticos zombis. —Roberts se

había colocado los auriculares y tenía la cara pegada a la ventanilla con expresión de asombro—. Esto es demencial.

Me volví hacia Ezra.

—¿Qué puedo decir? —Ezra se encogió de hombros—. Le tenía cubierto. Se suponía que debía quedarse con el helicóptero, pero ni siquiera yo pude dispararle dos veces. Conoce el terreno. Y este es un terreno que no conoce nadie, ni siquiera mis hombres de Freetown. —Se giró hacia Roberts—. La próxima vez que alguien te entregue una pistola, mejor te acuerdas de contármelo, ¿vale?

Pero Roberts estaba demasiado concentrado en la escena que estaba teniendo lugar en tierra como para prestar atención.

—Sí, bueno, todavía no nos encontramos fuera de peligro —dije. Mientras Roberts se maravillaba de los muertos vivientes que se movían allá abajo, yo me fui preparando para lo que se avecinaba. Abrigué la esperanza de que Van Vuuren estuviera a la altura. Pulsé el botón del micrófono de mis auriculares.

—Aún han quedado asuntos sin terminar, capitán.

—Eso es cosa de usted, McLean. Estamos volando con los tanques auxiliares. Tengo combustible suficiente para una sola pasada, no para efectuar un reconocimiento de daños. ¿Ahí abajo hay civiles?

—Negativo, capitán. Esto es una zona rebelde —respondí escrutando el terreno.

—Negativo para civiles. Recibido. Como en los viejos tiempos, ¿eh, coronel Black?

El israelí sonrió y guardó su AK.

—Capitán, ¿qué es lo que hay en los tubos? —pregunté.

—Ochenta cohetes de fragmentación y bombas termobáricas listas para ser lanzadas.

Realizó un amplio viraje sobre la falda de la colina a fin de alinearse para efectuar la pasada. Por el torbellino creado por la portezuela abierta penetraba una bocanada de aire fresco. Ezra se situó en la ametralladora GPMG de babor y le introdujo una carga de proyectiles. Roberts se abrochó el cinturón, aturdido y a la vez fascinado por el horror que veía a su alrededor. Conforme íbamos ganando altura, fue quedando atrás la realidad de lo sucedido. Allá abajo el río Mong seguía discurriendo por el paisaje, y el único indicio del desastre que habían ocasionado sus verdes aguas era un leve ensanchamiento que se apreciaba en su cauce. Los cadáveres destrozados de los médicos, los técnicos, los soldados y los científicos parecían surrealistas: muñecos de madera salidos de los pequeños redondeles de las chozas y desperdigados entre los círculos verde oscuro que formaban los bosquecillos de árboles. Ana María apareció tumbada inmóvil en el suelo, con el uniforme agitado por el viento artificial que generaban las palas del helicóptero.

Los Durmientes estaban de pie, quietos, formando grupos, con la cara vuelta hacia lo alto y sosteniendo pasivamente a un costado las armas que habían ido quitando a los muertos. Con la misión cumplida y el enemigo destruido, simplemente estaban esperando. Únicamente se les había ordenado cobrarse venganza, nada más, y nada menos. Y aquello era exactamente lo que habían hecho.

El auricular cobró vida. Era otra vez Van Vuuren:

—¿Cuál es la orden?

Miré primero a Ezra, después a Roberts, y por último al terreno que iba pasando por debajo de nosotros. Aquella iba a ser la única oportunidad de frenarlos. Estando al descubierto, no sobrevivirían al ataque. Los cohetes de fragmentación los harían añicos y les impedirían moverse. Las bombas termobáricas vaporizarían todo cuanto hallaran a su paso. Cuando el acelerador se inflamase, la bola de fuego resultante dejaría calveros en la sabana. Los cuerpos implosionarían, la trampilla antiexplosiones que sellaba el búnker sería arrancada de sus goznes. Los túneles y corredores, así como el hueco del ascensor que estaba cerca de la entrada, se hundirían. En la superficie apenas quedaría rastro alguno de que hubiera sucedido nada, excepto por la cicatriz negra de un incendio forestal. Y allá en las profundidades, sin que nadie le viera ni le tocara, quedaría sepultado mi padre, compartiendo mausoleo bajo el agua con el coronel Proshunin para toda la eternidad.

Los seres humanos a los que mi padre había condenado continuaban de pie bajo el sol de África, en estado letárgico, a la espera. Ya no les quedaba otra cosa que la traición y la destrucción. Y, fueran seres humanos o monstruos, en aquel momento supe que su muerte pesaría sobre mi conciencia hasta el final de mis días.

—Código Zulú —respondí hablando por el micrófono—. Mátelos a todos.

33

—¿Desde dónde viene usted, señor Schwartz?

Me froté los ojos para ahuyentar el sueño y conseguí esbozar una sonrisa. Con independencia de lo que uno pudiera opinar de él, desde luego Ezra Black tenía sentido del humor.

—Desde Tel Aviv —respondí, y luego, tras una pausa de expectación, agregué—: Vía Bruselas.

La funcionaria del Border Force británico introdujo más datos en la consola que tenía delante y escudriñó el pasaporte canadiense. A diferencia de la documentación con la que había volado, aquel era falso; a diferencia de los británicos, los israelíes eran expertos en hacer falsificaciones. Comparó el tipo de rostro serio, apático y sin afeitar que aparecía en la foto con el tipo de rostro serio, apático y sin afeitar que tenía enfrente. Ahora llevaba el pelo de color castaño, y la barba también. Cada vez que me miraba en el espejo me llevaba un sobresalto. Por suerte, a la funcionaria de inmigración no le ocurrió lo mismo.

—¿Y ha estado en África Occidental en los últimos cuarenta días?

Negué con la cabeza.

—No, fui directamente desde Toronto hasta Tel Aviv.

El MI6 había lanzado una falsa alerta de ébola a través del Foreign Office a fin de atraparme, imaginé, mientras daba la apariencia de estar buscando un virus que no existía. Jack Nazzar había enviado suficiente *bitcoin* a Ezra para comprarme una identidad nueva; y Ezra había tirado de todos los hilos necesarios para que dicha identidad cobrara vida. Hablando a través de una línea segura de Freetown, Nazzar me había dejado clara una cosa: que estaba tan enfadado como yo por la muerte de Sonny Boy.

Accedió a ayudarme a volver a casa con las condiciones que impuse yo porque sabía que era la única manera de enterarse de quién había vendido a quién y por qué. En última instancia, yo era prescindible, incluso para Jack Nazzar. Un solo hombre siempre es prescindible. Y también lo era Sonny Boy, motivo por el cual lo enviaron a él antes. Sin embargo, las unidades, el Escuadrón E y el Incremento, así como los Desconocidos a los que apoyaban, no eran prescindibles. Así lo había demostrado el desaguisado de Bengasi. Si alguien nos traicionaba desde dentro, quienes lo sufrirían más serían sus propios hombres.

Si Mason me había dejado abandonado a mi suerte, lo cual era un gran interrogante, Nazzar iba a salir tan perjudicado como yo. Hasta que supiera con seguridad si era eso lo que estaba ocurriendo, no solo estaba huido, sino que además era un asesino buscado.

—¿Y se encuentra de vacaciones, señor?

Había otra cosa que Nazzar me había dejado clara: que si a mí me caía una buena, también le caería a él. «Me cago en la puta, hijo, no es solo mi pensión lo que va a irse al carajo.» Y a continuación soltó un resoplido como quitándole importancia y colgó. Ya no había nada más que Ezra pudiera hacer por mí. Me había quedado solo.

—¿Señor Schwarzt?

—Ah, sí, disculpe —contesté. «Céntrate, Max, céntrate.»—. Solo por unos días. Siempre he querido ver la abadía de Westminster.

—Así que es usted un peregrino, ¿eh? —sonrió la funcionaria.

—Pues sí, se podría decir que sí. —Sonreí también, y me selló el pasaporte.

—Bienvenido al Reino Unido. Que lo disfrute.

No tenía equipaje que recoger ni ningún taxi que viniera a buscarme; y esperé que tampoco tuviera a nadie esperándome. Me calé sobre los ojos la gorra de béisbol que me había comprado en el aeropuerto de Ben Gurion y me encaminé hacia la salida. Hacía un día de primavera fresco. El suelo estaba mojado a causa de un chubasco reciente, y el asfalto se veía de un blanco reluciente bajo la tenue luz del sol. Permanecí con la mirada baja y tomé una serie de autobuses para ir al centro de Londres.

Nadie me dio el alto. Nadie habló conmigo. Nadie intentó matarme.

Hasta el momento, todo bien.

El piso franco se encontraba en Russell Square: un apartamento situado en un bloque ubicado enfrente del hotel Morton. Los pasillos estaban desiertos; el constante tráfico del exterior quedaba amortiguado por las gruesas alfombras y por las puertas contraincendios con marco de bronce. Entré por la entrada principal y doblé a la derecha para tomar la escalera a la segunda planta, directo al apartamento 201.

Un discreto teclado encerrado en un cajetín metálico de

color negro servía para abrir la cerradura de la puerta. Ni llaves, ni botones ni rastro alguno, porque la unidad DSC no existía, y tampoco existía ninguno de sus miembros. El hecho de que ahora mi cabeza estuviera asomando por encima del parapeto era una rara excepción gracias a Frank y a los trabajos que Frank me encargaba.

La ubicación de los pisos francos, las identidades reales de los operativos, el lugar del que provenía el dinero que les permitía trabajar; todo aquello no figuraba en ninguna parte. El MI6, el secretario de Estado, el director de las Fuerzas Especiales; ninguno de ellos sabía nada y tampoco quería saber nada. Si uno no sabe nada, no se le pueden pedir responsabilidades.

Un dormitorio doble con baño incorporado, una pequeña cocina-comedor y un pasillo en el que había un aseo. Abrí el armario del dormitorio y encontré lo que estaba buscando. Tecleé el mismo código en otro panel, que en esta ocasión me permitió abrir una pequeña caja fuerte. En su interior había una pistola SIG 226 de nueve milímetros, dos cargadores llenos, cinco mil libras esterlinas en billetes usados y las llaves de un Mercedes AMG Estate aparcado en el garaje del subterráneo. Me guardé las llaves, examiné y cargué la pistola, cogí el fajo de billetes y volví a salir a la calle.

Si uno sustenta su casa con una *quinta columna*, no ha de sorprenderse cuando se le derrumbe encima.

Salí a la plaza.

Zump. Zump. Zump.

Entre los árboles y los parterres de flores veo a los Durmientes corriendo, desperdigándose, invadiendo las calles de la ciudad. Un policía es destripado. Los coches se detienen, a los conductores les entra el pánico cuando ven a esos monstruos destrozando el metal y sacándoles por la fuerza para darles una muerte espeluznante. Las madres corren detrás de sus hijos. Y por todas partes hay sangre.

Cierro los ojos.

Zump. Zump. Zump.

«Domínate, Max.»

Parpadeé con fuerza y recobré la compostura.

Fui andando por Bayley Street y después torcí en zigzag para tomar Percy Street. Cuando giré en sentido norte para enfilar Charlotte Street, empezó a caer un chubasco que vació las aceras de oficinistas, los cuales corrieron a refugiarse bajo los toldos o en el interior de los restaurantes.

Me toqué el vendaje limpio del cuello y después me pasé los dedos por el desgarrado pabellón de la oreja. Me sentía igual que un turista que regresa a casa todavía vestido como en la playa: desubicado, ni aquí ni allá, como si caminase por detrás de mí mismo. Me ocurría lo mismo siempre que regresaba a Londres tras cumplir una misión. Igual que cuando un buceador emerge a la superficie al final de una inmersión, necesitaba un rato para hacer la descompresión, y mientras esperaba nada me parecía real. Regresar de aquella misión en particular fue como estar todavía atrapado bajo la superficie. No tenía ni idea de qué mundo me esperaba allá arriba.

Pero conforme iba caminando fui recordando quién era.

La Fitzroy Tavern se hallaba enclavada en el cruce con Windmill Street. En la planta baja tenía dos salones victorianos renovados, separados por paredes de madera bruñida. Me dirigí a la barra alargada que había a la izquierda y pedí una Guinness.

—Lo siento, señor, no tenemos Guinness —se disculpó la camarera con una sonrisa. Un metro cincuenta y siete, cabello teñido de azul, cejas negras con *piercings*. Delgada como un palo. Me encogí de hombros. Ella puso una mano en uno de los grifos de cerveza de barril—. Esta gente tiene su propia marca, ¿sabe? La verdad es que no está mal. Y de todas formas la Guinness de aquí está asquerosa.

Era de Dublín. Sin la menor duda.

—De acuerdo —acepté asintiendo—. Tú mandas.

—¿Una jarra?

Asentí otra vez con la cabeza, y la chica puso debajo del grifo una jarra de media pinta. Se llenó, formó espuma, se asentó, y la camarera la rellenó hasta el borde al mismo tiempo que atendía pedidos a un lado y al otro. Le entregué uno de los billetes de cincuenta libras que había sacado de la caja fuerte. Extendió la mano para cogerlo, pero se detuvo a mitad de camino.

—No, no, da igual. Invita la casa.

—No, en serio, lo siento, pero no tengo nada más pequeño.

—No sea bobo. Hoy la casa invita a la primera consumición. Tiene usted pinta de estar muy lejos de casa. —De lo que tenía pinta era de estar desconcertado—. Hoy es San Patricio —me informó.

Claro. El 17 de marzo. Levanté la jarra hacia ella.

—*Sláinte*.

La chica fue a preguntarme algo, pero la distrajo otro cliente, de modo que cogí la cerveza y me acomodé en un taburete, junto a una mesa alta situada al fondo de la barra. Mirando hacia la puerta, de espaldas a la pared. Era un local amplio, desahogado, con asientos alrededor y espacio de sobra para estar de pie. En la planta de abajo estaban los aseos y en la de arriba había un restaurante. Aquello iba a tener que hacerlo en alguna parte, y aquel era un sitio tan bueno como cualquier otro. Si iban a dar conmigo, cosa que acabaría ocurriendo, sería donde y cuando yo quisiera.

Bebí un sorbo de cerveza y me limpié la espuma del bigote que me crecía en el labio. La camarera llevaba razón; aquella cerveza estaba buena. Me saqué del bolsillo de los vaqueros un teléfono móvil con tarjeta de prepago que había comprado en Heathrow. Compuse, corrigiéndolo media docena de veces, el mensaje SMS que quería mandarle a Frank.

Al final, preferí no complicarme:

«Fitzrovia. Las 20.00 h. Enviaré ubicación».

No merecía la pena darle ninguna indicación más.

Frank, como de costumbre, haría lo que se le antojase. Se pensaría si acudir acompañado de un grupo de gente, o si acudir temprano, o si no acudir en absoluto. Pero sabría que yo lo sabría. Frank había supervisado mi transición hasta convertirme en un artista profesional del escapismo, y los dos sabíamos que al final él se avendría a participar en aquel espectáculo o acabaría perdiéndose sin remedio el acto final.

El número de teléfono que me había proporcionado Nazzar era el del general Kristóf King. Uno necesitaría mucha suerte para lograr tomarse una copa con algún otro jefazo avisando con tan poca antelación un viernes por la noche. Pero el director de las Fuerzas Especiales tenía un talón de Aquiles: si uno posee su teléfono de emergencia, puede encontrarle a cualquier hora del día o de la noche.

Tres timbrazos, y después unos instantes de confusión tras oírse al fondo un violín húngaro que se interrumpía bruscamente.

—King —ladró el general al teléfono.

—Soy McLean —contesté. Una pausa—. Max McLean.

—Ah —dijo el general sin inmutarse—, el hijo pródigo ha vuelto a casa, ¿eh? —Guardé silencio, y él llenó el vacío—: Tengo entendido que has progresado, Max.

—¿De dónde adónde, señor? —pregunté.

—De no apretar el gatillo en absoluto a apretarlo más de lo previsto. ¿Dónde estás?

—En Londres. Vamos a vernos esta noche. En Fitzrovia. A las ocho.

—¿A las ocho? Pero eso es...

—Hasta luego, general —le interrumpí—. Volveré a llamarle a las siete cuarenta y cinco.

Y colgué. Los motivos que tuviera King eran imposibles de saber. De todas formas, que acudiera a la cita o no me serviría para saber casi todo cuanto necesitaba saber.

A continuación marqué el número de Londres que había memorizado cuando estaba en Freetown.

—Embankment. —La misma operadora de voz monocorde.

—Tres, cero, nueve —dije en el mismo tono. En Vauxhall Cross nadie daba ni esperaba cortesías.

—Un momento.

Para hacerme ver que no me habían colgado, mientras esperaba me pusieron una música clásica fácil de escuchar. Transcurridos diez segundos volvió la misma voz de tono monocorde para comunicarme que procedía a transferirme. Otra vez la música de espera. Y luego:

—El comandante McLean, supongo.

Un inglés británico culto. La llamada la había atendido directamente David Mason. Empezábamos con buen pie.

—Tengo lo que quiere —le dije.

Él hizo una pausa antes de responder.

—¿A qué se refiere, McLean?

—Al objetivo abatido.

—Ah... —titubeó—. Me alegro de que haya decidido llamar, McLean, pero...

—Fitzrovia, a las ocho en punto. Volveré a llamar.

Colgué y saqué la batería del móvil.

El primer día que pasamos en Raven Hill, el coronel Ellard nos dijo que toda acción comienza con una decisión: hacer una cosa o no hacerla. Cuando tenía dieciséis años, decidí hacer una cosa: huir. Y a partir de ahí ya vino todo lo demás.

Apoyé tres dedos de mi mano derecha en mi muñeca izquierda y sentí el pulso de la arteria radial bajo la piel. Ahora era un asesino de cuarenta y dos años sancionado por el estado y había decidido dejar de huir. Creía en lo que estaba haciendo. Al igual que mis padres, había elegido un bando. Y al igual que les había sucedido a ellos, mi bando me había traicionado. Se me había permitido vivir una mentira, me habían vendido y me habían convertido en una arma.

Aquel día el coronel Ellard nos enseñó otra cosa más: nunca perdonéis, y nunca olvidéis.

La camarera iba recorriendo el local recogiendo mesas y haciendo equilibrios con una bandeja de jarras. Se movía con seguridad, sorteando a los clientes y esquivando a los que querían charlar con ella. Con determinación e indiferencia. ¿Cuántos años tendría... veinticinco? Quizá menos. Era guapa, y esperé que también fuera pobre.

Me acabé la cerveza, y cuando ella se acercó puse un billete de cincuenta debajo de la jarra.

—*Go raibh maith agat* —le dije. «Gracias.» Esta vez fue ella la que puso cara de no entender. Recogió la jarra, se quedó mirando el billete y después me miró a mí—. *An ndéanfá gar dom* —añadí.

—Soy de Dublín —repuso—, no de Donegal. No sé casi nada de gaélico, y no tengo tiempo para dar clases. —Dio un paso atrás. Empujé el billete hacia ella.

—Necesito un favor —repetí, esta vez en inglés pero amplificando todo lo posible mi acento de Wicklow—. Nada del otro mundo. Voy a volver más tarde con un par de amigos ingleses. Muy pijos, ya me entiendes. Necesito que uno de ellos se afloje un poco. Que se ponga un poco achispado, nada más. Ya sabes, que se relaje para poder divertirse.

—¿Quiera o no quiera?

Hice ademán de cogerle la mano, como si fuera a estrechársela. Ella la retiró otro poco más, pero cuando vio lo que iba a darle aceptó, y le puse en la palma un fajo de billetes.

—Exacto —dije—. Quiera o no quiera.

Cuando hubimos terminado de hablar, fui a la planta de abajo y pasé de largo los lavabos. Había un pasillo que discurría por debajo de la barra del bar y conducía hasta una escalera terminada en una puerta lateral que daba a Windmill Street. Me calé la gorra de béisbol sobre los ojos, di la vuelta al edificio por Rathbone Street, atravesé el pasaje Percy y desemboqué en el Charlotte Street Hotel, justo enfrente de la Fitzroy Tavern. Una maniobra de lo más básico en lo que se refiere a tácticas de evasión y escape, pero fue lo mejor que se me ocurrió dadas las circunstancias.

Pedí una habitación y me dieron una abuhardillada situada en la cuarta planta. La ventana daba a la Fitzroy Tavern, situada en la esquina de Charlotte Street y Windmill Street, y desde ella se divisaban los tejados de otros edificios. No iba a tardar en saber si la camarera llamaba a la policía o si otra persona llamaba a la caballería. Apagué las luces y encendí un Marlboro.

No quedaba otra cosa que hacer más que esperar.

34

El primero en llegar fue King. Se apeó de un taxi negro inmediatamente delante de la Fitzroy Tavern y se metió en el local por la izquierda, tal como se le había indicado que hiciera. A continuación llegó Mason. Se bajó de lo que parecía un coche oficial: anodino y sin distintivos, reconocible únicamente por las lunas opacas y por el chófer trajeado. Llevaba corbata negra. Los dos fueron puntuales. Los dos atendieron de inmediato el teléfono cuando les llamé a las ocho menos cuarto. Ninguno de los dos dijo nada.

Frank se estaba retrasando.

Vigilé atentamente las aceras iluminadas por las farolas. No había respondido a mis mensajes. Oteé las calles, escudriñé los taxis.

Y entonces le vi.

Venía andando por Windmill Street, en línea recta hacia donde me encontraba yo. Llevaba abierta la chaqueta del traje, y la lluvia le había mojado la cabeza y los hombros. Caminaba deprisa, con la cabeza baja y el gesto decidido. A saber de dónde venía. El cristal de la ventana se empañó con mi respiración.

—Muy bien —me dije para tranquilizarme—, vamos allá. Bajé la escalera a toda prisa, saltando los escalones de dos en dos.

Cuando salí a la calle vi que Frank entraba en el pub. Estaba todo lo seguro que podía estar de que la camarera no había llamado a la policía, pero aún estaba por ver si se había cagado de miedo. También estaba seguro de que no me esperaba ninguna sorpresa desagradable en los tejados que se extendían más allá de la ventana del hotel. Lo que no podía saber era si habría alguien apostado en el tejado que tenía justo encima.

Me preparé mentalmente y me dirigí a la misma puerta que habían utilizado Mason y King. Caminé con paso vivo, tal como correspondía al tiempo del mes de marzo, pero no tan vivo como para llamar la atención. Tardé tres segundos en cruzar la calle. Agarré el tirador de la puerta y entré.

No hubo ningún disparo.

Si me habían encontrado y me querían muerto, estaba claro que antes de matarme querían saber qué era lo que yo sabía.

La puerta se cerró a mi espalda, y al momento me envolvió el ambiente caluroso y cargado del local, todo cerveza y vocerío. Frank había cruzado la barra y estaba sorteando a un par de clientes que ya estaban achispados. Vislumbré un mechón de pelo azul detrás de la barra que al instante se perdió de vista. Fui detrás de Frank. King estaba al final de la barra, apoyado de lado. Primero vio a Frank y luego a mí, e irguió la postura. En el pub había más luz de la que imaginaba que iba a haber, pero la sombra de su frente no me permitió verle los ojos. Costaba trabajo leer su expresión. Hizo un gesto con la cabeza, y Frank se volvió para saludarme.

—¡Pero si es el muchachote en persona! —Sonrió de oreja

a oreja y me tendió la mano. Parecía sinceramente contento de verme, y caí en la cuenta de que no tenía ni idea de lo que esperaba de ninguno de ellos. Sentí el peso de la SIG en la espalda, contra la piel. Nos estrechamos la mano. Al mismo tiempo él me palmeó en el hombro, como para cerciorarse, al parecer, de que era yo de verdad—. Gracias a Dios que no has elegido el Archway Tavern —me dijo—. Llevo sin poder tomarme una cerveza allí desde lo que pasó en 1983.

Yo también sonreí, solté la mano y me toqué la sien para saludar brevemente al general King, que siguió con las manos metidas en los bolsillos.

—Señor —dije—. Gracias por reunirse con nosotros. Él dirigió una mirada rápida a Frank, y Frank se encogió de hombros como diciendo: «A mí no me mires».

—Un placer —dijo con un bufido—. Menuda sorpresa, ¿eh? —Me miró fijamente y arrugó la nariz—. Pero llámame Kristóf. Ya estamos bastante ridículos sin ejecutar saludos entre nosotros. Supongo que habrás invitado a Mason.

Hice un gesto afirmativo. King enarcó las cejas. Frank lanzó un juramento en voz baja. Mason emergió de la escalera que bajaba a los lavabos. Traía las manos mojadas, y advertí que se había lavado la cara. No se ofreció a estrecharme la mano.

—Ah, comandante McLean. Veo que ha reunido a los demás... —Calló unos instantes, nervioso, sin saber muy bien cómo referirse a King y a Frank en público.

—¿Monos sabios? —le interrumpió King.

—Por el amor de Dios —suspiró Mason—. Esto es una puñetera farsa. —Y continuó imperturbable, elevando el tono de voz—: Sí, una puñetera farsa. No se creerá de verdad que va a salir impune, ¿no, comandante? Sea cual sea su... —dudó otra vez—... jueguecito, más vale que deje de tocar las narices y nos ayude a desenmarañar el puto lío que ha organizado.

—¿Salir impune exactamente de qué? —le pregunté—. ¿De asesinato?

Estábamos de pie los cuatro en un semicírculo en torno a la barra, enfrente unos de otros. Si esperaba que los otros dos le prestasen apoyo, se equivocaba. King se limitó a mirarle fijamente. Frank paseó la mirada por el local.

Había dos mesas ocupadas: una con unas estudiantes que reían continuamente, atraídas por la cerveza barata, y otra con unos tipos atraídos por las estudiantes. Los clientes iban y venían de la puerta a los aseos. Nadie nos prestó la menor atención. Mason empezó a hablar de nuevo, pero se vio silenciado por la camarera:

—¿Qué va a ser, señores? —El acento dublinés de mi cómplice de pelo azul hizo que todos girásemos la cabeza—. Antes de que me lo pregunten, no tenemos Guinness.

—¿No hay Guinness? Pues vaya local nos has buscado, Max, para ser el día de San Patricio. —Frank observó los grifos de barril—. En fin, tomaré una cerveza de esa, sea la que sea, y fingiré que es buena.

—Así se habla —le animó la camarera—. Para serle sincera, no está mal del todo. ¿Una pinta, entonces?

—Sí —afirmó Frank.

—Que sean dos —añadí yo. La chica tomó otra jarra y luego miró a Mason y a King.

—¿Caballeros?

Mason pidió una tónica, y King un vino tinto. La camarera paró el grifo en la primera pinta, y mientras esperaba a que se asentase la espuma cambió de jarra.

Observé a los tres. Disponía de un único disparo, contra un único blanco. Y tenía que hacerlo valer.

Me metí la mano en el bolsillo. Frank metió la suya en la chaqueta. Podría estar intentando coger tanto la billetera como la pistola. Me adelanté y puse un billete de cincuenta encima del mostrador. Él retiró la mano y volvió a sonreírme de oreja a oreja.

—*Go raibh maith agat* —dijo.

—El placer es mío —repuse yo—. La siguiente ronda la pagas tú.

Aparté ligeramente el billete.

—Perfecto. Siéntense —dijo la camarera a la vez que cogía el dinero y contaba las monedas para darme el cambio—. Ya les llevo yo las consumiciones a la mesa.

Tomamos asiento a una mesa baja y apartada de la puerta. Mason, con la espalda contra la pared. Frank se sentó a mi lado, y King a mi derecha. Cada uno de ellos ejercía el efecto de calmar a los demás, pues estaban midiéndose los unos a los otros al mismo tiempo que me medían a mí. El ambiente no era tan distinto del de las reuniones previas a una misión. Y, como de costumbre, nadie sabía quién tenía los triunfos en la mano.

En cuanto nos sentamos, la escasa conversación que había habido hasta ese momento se evaporó y dio paso a un silencio incómodo. King no se quitó el abrigo. Mason se ajustó la pajarita. Frank se alisó el cabello, mojado a causa de la lluvia, y observó las caras. Ya no sonreía. Comprendí que antes no sonreía porque se alegrase de verme, sino previendo lo incómodos que iban a sentirse al verme Mason y King.

—¿Y bien? —dijo.

Abrí la boca para empezar, pero esta vez fui yo el que se vio interrumpido.

—Aquí tienen, caballeros. —Unos dedos llenos de anillos fueron trasladando desde una bandeja redonda dos pintas de cerveza, una tónica y una copa pequeña de vino tinto, y depositando todo en el centro de la mesa—. Que lo disfruten mucho.

Levanté mi jarra. Sentí un pequeño tirón en las costillas. Frank también levantó la suya.

—*Sláinte* —dijo, y acto seguido bebió un sorbo de aquella cerveza inglesa fuerte y negra. Tragó e hizo un gesto afirmativo con la cabeza para dar su aprobación.

—*Do shláinte!* —contesté.

—*Egészségünkre* —brindó King suspirando para sus adentros. Le miré, y dibujó una breve sonrisa con los labios. Mason no dijo nada y dio un sorbo a su tónica. Empezaba a haber más ruido en el bar. Se llenó otra mesa más al lado de las estudiantes, que estaban atrayendo admiradores como moscas a la miel. No tardé mucho en tener que elevar la voz para hacerme oír. Tomé otro trago de cerveza. Todos los demás bebieron también, como si de aquella forma fuéramos a concluir más deprisa nuestros asuntos.

—Bien —dije—, vayamos al grano. Siento ser tan directo, pero es que no tengo mucho tiempo. —Frank me miró con expresión interrogante. Continué—: ¿Saben qué es lo que me interesa de verdad, caballeros? —Ninguno respondió—. Muy bien —proseguí—, pues voy a decírselo. No es el hecho de que hayan acudido todos a esta cita. Con eso ya contaba. Es el hecho de que ninguno de ustedes haya dicho a los otros que iba a venir aquí. ¿A que resulta fascinante?

—Desde luego —contestó King. Se reclinó en su silla y se relajó—. Y es muy triste. —Hizo una pausa y dio la impresión de decidirse respecto de algo—. Me caes bien, Max, eso que quede claro. Y también quiero que quede clara otra cosa: que eres un valioso activo. Fuiste enviado a llevar a cabo un trabajo. Se te entregó una información limitada por tu propio bien, y por el bien de la misión. Ya lo sabes. Todo lo que hacemos son secretos y mentiras. Falsedades que sirven a un bien mayor. Imagino que el coronel Ellard ya te dijo estas cosas en Raven Hill, aunque muchos años atrás.

—Veintitrés —le recordé.

—Bien, pues ahí lo tienes. Veintitrés años. No eres un novato, sino un profesional. Así que dime. Dinos. ¿Qué estamos haciendo aquí? Porque en este momento lo único que sabemos es que te has cargado a un montón de gente, por lo visto incluidos un alto mando de la inteligencia rusa y un agente de la CIA, y que se armó una buena. Mason tiene razón, Max. Es un lío de mil demonios, y seguimos sin tener la menor idea de a qué se debe.

—¿Y cómo saben que he matado a un agente de la CIA? —repliqué—. ¿Se lo ha dicho Vauxhall? —Mason cruzó los brazos y volvió a descruzarlos. Continué—. «No olvides nunca de dónde provienes.» Eso fue lo que me dijo usted, ¿no, general?, hace dos semanas, cuando regresé de Caracas. —King hizo un gesto afirmativo con la cabeza—. Bien, pues la razón de que estemos aquí es que yo nunca he sabido de dónde provenía, y uno de ustedes tres ha olvidado de qué lado está.

—Max. —Frank cuadró los hombros y levantó la vista hacia el techo—. Que nosotros sepamos, has cumplido tu misión. Al parecer, el objetivo ha sido eliminado. Si ha sido una misión desagradable, lo siento. Pero antes de que sigas —bebió otro trago de su cerveza—, recuerda que lo que digas ahora no podrás retirarlo después.

—Ya lo sé, Frank, pero no debes preocuparte. —Miré a Mason y suavicé el tono—. Verán, lo único que pretendo es tener una charla amistosa. —Mason se desanudó la pajarita—. Una conversación franca, si prefieren.

—No estaría mal. —Mason lo dijo en un tono tan bajo

que costaba oírle. Me incliné hacia él por encima de la mesa, y noté el bulto de la SIG en la cinturilla de los vaqueros—. Una agradable conversación amistosa y sincera.

—¿Qué? —dijo King.

—Sí, una conversación sincera. —Mason alzó un poco el tono de voz, amigable pero enérgico—. Es bueno hablar, ¿no?

—¿Lo es? —King frunció el ceño y miró a Frank. Frank me miró a mí. Yo todavía estaba mirando a Mason.

—Lo es —contesté. Acto seguido, puse una mano sobre la mano de Mason—. De verdad que sí. ¿Te importa que te llame David?

—Oh, por favor, tutéame. El apellido es demasiado formal.

—Pues bien, David, verás, hay una cosa que me encantaría saber, algo especial que creo que solo tú puedes ayudarme a aclarar.

—¡Por supuesto, Max! Por supuesto. ¿Qué es lo que quieres saber? —Bebió otro sorbo de su tónica y se pasó la lengua por los labios, y después se inclinó hacia delante, esperando expectante mi pregunta. Frank también se había acercado. King se irguió en su silla y apartó un poco su copa de vino. Respiré hondo y abrigué la esperanza de estar sobre el blanco.

—Verás, David, es que el coronel Proshunin estaba al tanto de que yo iba a llegar. Sabía cómo me llamaba y lo que estaba haciendo en Sierra Leona. ¿Cómo es posible, David? ¿Cómo crees tú que pudo enterarse?

Mason bostezó y me miró a la cara.

—Lo sabía porque se lo dije yo.

Frank dejó su cerveza en la mesa y enderezó la espalda.

—¿Cómo has dicho? —preguntó.

Mason se giró hacia él.

—He dicho que yo le dije al coronel Proshunin que Max iría.

—¿Y por qué, David, hiciste semejante cosa?

King habló despacio y con cuidado, quizá temiendo lo que fuera a desvelarse a continuación. Sin saber muy bien hacia dónde girarse, Mason se giró hacia mí.

—Para que matase a Max, naturalmente. —Tenía lágrimas en los ojos—. Max, lo siento mucho. ¿Podrás perdonarme? Te ruego que me perdones. Es maravilloso poder hablar por fin de todo esto. Llevaba encima una carga muy pesada.

—Ya me lo figuro —repliqué. Retiré la mano con cuidado y la puse sobre el respaldo de mi silla, donde me resultara fácil coger la SIG—. ¿Y por qué intentaste que me mataran?

—Porque quería hacer un trato. Y los americanos también. En realidad, es todo muy simple.

—¿Un trato con quién, David? —pregunté. A mí me pareció cualquier cosa menos simple cuando me vi atrapado bajo el agua con los monstruos que había creado mi padre.

—Con Moscú, naturalmente. Les permitiríamos quedarse con el virus y salvar a su profesor de... en fin... de ti, Max.

—¿En qué consistía el trato? —preguntó King—. ¿Qué pediste a cambio?

—Influencia, Kristóf.

—¿Influencia? —King retrocedió ligeramente.

—Sí, influencia. Estás muy anticuado, Kristóf. No soportas a los rusos, y todo a causa de lo que sucedió en Hungría cuando tú no eras más que un crío. Seguro que ya ni te acuerdas de ello. —King le dejó continuar—. Mentiras, como acabas de decir tú. Mentiras e historia. ¿Y sabes qué hay entre una cosa y la otra, Kristóf? Ideología. Hubo una época en la que los rusos eran simplemente un elemento irritante contra el que nos oponíamos, pero ahora son el futuro. Nuestro futuro. Los americanos lo saben —Mason se volvió hacia Frank—, pero nos están excluyendo, nos están dejando rezagados. Corrompidos, engañados por necios para que renunciemos alegremente a las cosas por las que deberíamos estar luchando para conservar. Ya no se trata de la izquierda y la derecha, Kristóf. El núcleo se ha hundido. La idea misma de Europa, de la democracia, de todo, ¡de todo!, aquello por lo que antes luchabas, aquello por lo que luchabais todos vosotros, ha muerto —dijo recorriéndonos con la mirada.

Los tres le escuchamos en silencio. Tenía la frente y el labio perlados de gotitas de sudor. Bebió un sorbo de su vaso y centró toda su atención en King.

—¿Tú crees que a Washington o a Moscú le importamos una mierda mientras nosotros mismos nos despreciamos y nos desesperamos acordándonos de lo grandiosos que fuimos en otra época? No, Kristóf. Es necesario que actuemos. El partido ya ha comenzado, y mal lo tiene el que piense lo contrario. Los que sobrevivirán serán los fuertes, los hombres y las naciones fuertes. Esta misión tenía únicamente ese fin: nuestra supervivencia. Construir una alianza estratégica con personas que entienden cuál es su destino, no servir a los traidores de Westminster que luchan contra el nuestro. Hay que romper las normas antiguas para poder seguir otras nuevas. Pero los rusos saben que no existen normas. Ellos lo han visto primero, más claramente que nadie. Y vosotros sois solamente unos ciegos que vais caminando a tientas, a la sombra de un gigante. —Frank metió las manos debajo de la mesa. Yo me recliné un poco—. Era una oportunidad única —finalizó—. Y la aproveché. Teniendo acceso a ese virus suyo podríamos haber hecho cualquier cosa juntos. Podríamos haberlo hecho todo.

—De manera que te aseguraste de que paso a paso la operación fracasara —dijo King. Era una afirmación, no una pregunta. Durante unos momentos, nadie dijo nada. No me quedaba mucho tiempo.

—Sí. La verdad es que estuvo bastante bien pensado. Max se condenaría él solito y nosotros obtendríamos... cómo lo describieron ellos... Las llaves del Reino. Les salvamos de Max, una amenaza creada por nosotros, y ellos nos quedan eternamente agradecidos. En eso consiste el espionaje, ¿no? En un fraude internacional de extorsión.

—Y Sonny Boy —continué—. El sargento Mayne. Él te lo estropeó todo, ¿verdad? Él sabía lo que te proponías e intentó pararlo, porque descubrió lo del virus y lo que este era capaz de hacer. —Mason asintió con la cabeza. Las lágrimas le corrían por las mejillas, pero todavía sonreía a pesar de ello—. ¿Por eso ordenaste que le mataran? —Mason asintió otra vez—. ¿Y a los demás? ¿Marie Margai? ¿Tu agente en Freetown?

—Sí —respondió con un suspiro—. A todos. Y también a aquella terapeuta, Crossman se llamaba, ¿no? —Bostezó de nuevo—. La semana pasada. Envenenada en su propio despacho. Brutal. Me alivia mucho sacarlo todo a la luz.

Me recliné en mi asiento. Mason se secó los ojos y me hizo un gesto afirmativo con la cabeza. Frank y King se miraron el uno al otro y luego me miraron a mí. Introduje la mano en el bolsillo de mi chaqueta y saqué mi móvil. La grabadora de voz todavía estaba funcionando. Pulsé la tecla de STOP y después la de «enviar», y Jack Nazzar, donde quiera que estuviese, recibió un correo con el archivo de audio.

Mason apoyó la cabeza contra la pared y cerró los ojos. Justo cuando King iba a hablar de nuevo, Mason se desmoronó hacia un costado y se sumió en un sueño profundo. Había muchas preguntas, pero la ventana era estrecha y las cortinas ya se habían cerrado. Volví a guardarme el teléfono en el bolsillo y alargué una mano para tomarle el pulso en la arteria carótida. David Mason se despertaría dentro de unas horas con dolor de cabeza y sin acordarse de nuestra conversación sincera. Lo único que recordaría sería que se quedó dormido de repente en un pub de Londres.

Saqué de mis vaqueros la ampolla de cristal que la camarera, que ya estaría de camino hacia Dios sabe dónde, me había entregado junto con el cambio.

—SP-117 —le dije a King—. Cortesía de nuestros amigos rusos. —Me tendió la mano y yo le puse la ampolla en la palma—. Es lo que ellos denominan el «remedio que afloja la lengua».

—¿Cómo lo has sabido? —me preguntó Frank—. Podría haber sido yo, o el general, aquí presente. ¿Cómo has sabido a quién debías drogarle la bebida? —Volvió a poner las manos encima de la mesa, a la vista de todos.

—Un número en un teléfono móvil —respondí—. Confusión respecto de cuándo había muerto alguien o quién le había matado. El enemigo que sabe cómo te llamas. Todo son mentiras. Mentiras interesantes, pero mentiras al fin y al cabo. Dependiendo de cómo se mire, puede significar algo o nada.

—Está bien. Pero lo sabías, ¿verdad? Lo has sabido todo el tiempo. ¿Cómo lo has hecho?

Me puse de pie y los miré a los dos. King echó la cabeza hacia atrás, y por primera vez le vi los ojos. No eran negros, sino marrones.

«Probablemente iguales que los de su madre», pensé.

—Proshunin no solo conocía mi nombre —dije—. También conocía mi rango. —Cogí mi jarra y la incliné hacia Mason—. Los dos sois militares. Ninguno de los dos le habría dicho que soy comandante, porque no lo soy.

—¿Y ya está? —dijo King.

—Casi —repliqué—. También hubo otra cosa. —Miré a Frank—. El científico, mi objetivo. —Frank me miró directamente a la cara y abrió los ojos de forma imperceptible—. Había servido en Adén, ¿no es cierto?

—Sí —contestó—, eso tengo entendido.

—Tenía una cicatriz muy marcada en la sien.

—Así es.

—Creo que tuvo un altercado con la gente de allá. En un autobús —dije.

Frank extendió los dedos sobre la mesa.

—He visto que es una buena política no formular demasiadas preguntas cuya respuesta ya se conoce. —Miró a King—. A los demás les resulta aburrido.

—Ya —repuse—. ¿Pero cómo supiste tú que era él?

Frank carraspeó y me miró de nuevo.

—Lo supe porque Sonny Boy volvió cubierto de sangre. Estaba empapado, y sin embargo no se había infectado. Hicimos la prueba del ADN. Hubo una sola coincidencia. Max, fuera lo que fuese lo que el profesor estaba haciendo, mezcló en ello su propio ADN.

«Y el mío», pensé yo. El virus y el antídoto, la cepa nueva y definitiva se fabricó con mi ADN. Sentí cómo me retumbaba el corazón en el pecho y en los oídos. La sangre me corría veloz por las venas. La sangre de él. Mala sangre.

—Comandante Knight, no estoy seguro del todo de haberlo entendido —dijo King poniéndose en pie.

Frank permaneció sentado al lado de Mason.

—¿Qué vas a hacer ahora, Max? —me preguntó Frank—. Raven Hill sigue siendo una opción, si tú quieres.

King asintió para ratificarlo.

—Antes hay una cosa que tengo que sacar de mi cuerpo —respondí. Di vueltas a la cerveza que quedaba en el fondo de mi jarra y agregué—: Seguiremos en contacto.

Les di la espalda y eché a andar hacia la salida, pero Frank me llamó por encima del estruendo que reinaba en el bar:

—Ana María consiguió salir de Venezuela.

—Ya lo sé —respondí—. Y también consiguió volver a Karabunda. —En aquel momento lo vi con claridad. No era el único que desconfiaba del MI6—. Tú sabías que estaba involucrada. Cambiaste mi objetivo original por ella en el último momento, ¿no es así? Para que Mason no pudiera frenarlo todo.

—Quizá —contestó Frank—. Pero una cosa es segura: si la hubieras matado en Caracas, no estaríamos ahora aquí. —Agarró a Mason por el hombro y sonrió—. Hiciste bien.

—Tú también, Frank.

Me dirigí hacia la puerta atravesando una muchedumbre de pelucas verdes y camisetas tricolor, y abandoné el calor del pub para salir al frío nocturno de la calle. Me detuve un momento para terminarme lo que me quedaba de cerveza y después eché a andar. La ciudad entera estaba cobrando vida a mi alrededor. Frente a mí, la bala ya había salido del cañón del arma.

No oí el disparo.

Nunca se oye.

El cristal emitió un chasquido nítido cuando el proyectil explotó en un puñado de fragmentos. Ya habían oído todo cuanto tenía que decirles; supuse que iban a cerciorarse de que no dijera nada más. Al levantar la vista, vi la puerta abierta de una furgoneta de lunas opacas, y en ella el rostro de Jim Jones.

Bajó el cañón de su pistola, provisto de silenciador, y se apeó. La bala me había esquivado por los pelos y se había incrustado detrás de mí, en el marco de madera de la puerta.

—Al escocés cascarrabias le ha gustado el correo que le has enviado —dijo al tiempo que pasaba por mi lado y entraba en el bar—. Feliz día de san Patricio. *Señor*.

Expulsé el aire con un resoplido.

Por lo que parecía, Mason iba a pasar una mala noche.

EPÍLOGO

Primera luz

Lunes, 20 de marzo de 2017

El conductor me dejó en Oughterard. Contemplé cómo se alejaban las luces traseras de la camioneta de reparto del pan en la claridad que precede al amanecer, y seguidamente recorrí andando, en dirección norte, los dos últimos kilómetros de Glann Road que quedaban hasta Baurisheen. Al este se extendía la ancha superficie negra del lago Lough Corrib. Me detuve un instante a esperar a que se me acostumbrase la vista y a respirar el viento, las olas y la naturaleza.

Había abandonado el Mercedes en Holyhead y había subido al ferry a pie. Mi teléfono móvil se encontraba en el fondo del mar de Irlanda. El último mensaje que había recibido era de Roberts y Julieta.

«Estamos yendo hacia Bindi, tío. Deséanos suerte.»

Estaban buscando a la niña a la que yo regalé la pulsera con el león. Si alguien podía encontrarla, eran ellos.

Durante el fin de semana había estado recorriendo el país,

a pie o haciendo dedo, desde Dún Laoghaire. No había ido a casa. Tal vez no volviera nunca. Hacía veintiséis años que no caminaba por los pasillos y los jardines de nuestra antigua casa, nuestra casa familiar. Lo único que podía quedar allí era el eco. Las voces, las voces de ellos, ya hacía mucho que se habían desvanecido, distorsionadas por el paso del tiempo.

¿Quién fue la persona que acudió aquel día a ver a mi madre y le dio a escoger: o se quitaba la vida ella misma, o se la quitaban ellos? No lo había preguntado, porque no tenía necesidad de preguntarlo. Tuvo que ser una persona como yo, y la única persona como yo que conocía era Frank. Muerta mi madre y desaparecido mi padre, yo pasé a ser su penitencia, su proyecto.

Mason lo había preparado todo para que yo fracasara; Frank lo había preparado todo para que fracasara Mason; y a King le daba lo mismo quién fracasara, con tal de que no ganaran los rusos. Me agaché en cuclillas y contemplé mi cara reflejada en las oscuras aguas del lago.

Costaba trabajo saber cómo era la cara de un ganador.

Al final del pequeño brazo de tierra encontré la embarcación que estaba buscando: un bote pintado de azul y blanco varado en la playa. Solté el cabo que lo amarraba a un bloque de hormigón y dejé encima de este, sujeto bajo una piedra grande, el importe de un mes de alquiler en metálico. Acto seguido subí mi mochila al bote y lo empujé hacia el agua.

En Holyhead había echado al correo un sobre herméticamente cerrado que contenía otra pequeña ampolla de cristal. Cuando el sol naciente se llevara consigo las sombras de las colinas del condado de Galway, diez mililitros de sangre mía llegarían a las manos de la capitana Rhodes, que se encontraba en el Laboratorio de Ciencia y Tecnología del Departamento de Defensa, en Porton Down. Si los rusos habían conseguido hacer llegar el virus a Moscú, Rhodes sabría cómo detenerles; si King quería fabricar un ejército, sabría detenerle yo.

Moví los remos con fuerza y puse rumbo a la naturaleza silvestre de las islas del lago. Mi pequeño bote luchaba contra la corriente. Cuarenta días, había dicho mi padre, tras los cuales regresaría para seguir haciendo lo que mejor se me daba.

Matar era mi vida.

Todo lo que sucediera antes o después de ese plazo sería simplemente un compás de espera.